Mauricio
o las elecciones primarias

Seix Barral Biblioteca Breve

Eduardo Mendoza

Mauricio o las elecciones primarias

Diseño original de la colección:
Josep Bagà Associats

Primera edición: marzo 2006

www.eduardo-mendoza.com

Avda. Diagonal, 662-664 - 08034 Barcelona
www.seix-barral.es

ISBN: 84-322-1220-2 (rústica)
84-322-1221-0 (tela)
Depósito legal: M. 7.144 - 2006
Impreso en España

A Carmen Balcells,
agente, regente y compinche.

PRÓLOGO

Según los teólogos, los ángeles no son eternos. Sólo Dios es eterno, y Él creó los ángeles en un momento de la eternidad, anterior a la existencia del tiempo. En consecuencia, y aunque de hecho los ángeles son inmortales, nada garantiza que hayan de existir eternamente, salvo la voluntad de Dios. En cualquier momento Dios podría eliminar a uno, o a varios, o a todos, con causa o sin ella. Los teólogos afirman que tal cosa es improbable y que no ha ocurrido nunca. Sólo una leyenda poco fiable, seguramente derivada de un error de traducción, refiere el caso excepcional de Rahab. Rahab era el ángel tutelar de Egipto cuando el pueblo judío, guiado por Moisés, emprendió el éxodo hacia la Tierra Prometida. Aun sabiendo que Jehová estaba al lado de Moisés y del pueblo elegido y que, por consiguiente, llevaba todas las de perder, Rahab se negó a abandonar a quienes habían sido confiados a su protección, y en el desastroso episodio del Mar Rojo, pereció en el ejército del Faraón.

CAPÍTULO I

Mauricio llevaba un año escaso ejerciendo la odontología en la clínica dental Torralba, del doctor Robartes, cuando se encontró, precisamente en un pasillo de la clínica dental, a un antiguo condiscípulo a quien no había vuelto a ver desde los años escolares.

—¡Greis!

—¡Fontán! ¡Qué sorpresa!

Se abrazaron efusivamente y se separaron riendo.

—Vaya, vaya, dijo Fontán, de modo que al final te has hecho dentista.

—Pues sí, ya ves. Y a ti, ¿qué te trae por un lugar tan poco recomendable?

—Vengo desde hace años, pero no sabía que trabajabas aquí. ¿Qué ha sido de tu vida? ¿Estás casado? ¿Tienes novia? ¿Te has vuelto gay como todo el mundo?

—Nada de nada.

—Yo tampoco, dijo Fontán.

Los dos se quedaron en silencio, algo azorados: habían iniciado la conversación con efusividad y no sabían cómo seguir. La última vez que se habían visto eran dos niños y ahora presentaban un aspecto de gran seriedad. Mauricio se sentía incómodo hablando con un compañero de colegio vestido con bata blanca y en un lugar que olía a antiséptico mentolado. Se abrió una puerta y una enfermera dijo:

—Doctor, le llaman al teléfono. Es la señora Villamil.

—Ahora mismo me pongo.

—Bueno, tú tienes trabajo y yo he de irme, dijo Fontán. Me he alegrado mucho de verte.

—Yo también.

—Sí, claro, pero yo lo digo en serio, dijo Fontán. Había un leve matiz de melancolía en la voz. Añadió: Al dejar el colegio también dejas de ver a los amigos, de un día para otro, sin más ni más. Vivíamos cerca, no había motivo para distanciarnos de un modo tan radical. Nos podíamos haber seguido viendo. Pero no fue así. A menudo he pensado en esto y me he arrepentido. No te sabría decir por qué: simplemente, me he arrepentido.

—Esto es que se te está pasando el efecto de la novocaína, bromeó Mauricio.

—No, no, soy sincero. Y para demostrártelo, la semana entrante te llamaré para invitarte a cenar. Tú y yo, mano a mano. Estás pensando que no te llamaré, pero te llamaré, de modo que si no quieres cenar conmigo ya puedes ir buscando una buena excusa.

Fontán cumplió su palabra y Mauricio aceptó la invitación. No deseaba reanudar una amistad que en realidad nunca había existido, pero tampoco podía desairar a quien, como paciente, seguiría viendo con regularidad. Por otra parte, la perspectiva no le resultaba molesta: como en el colegio no había intimado con Fontán no se sentía obligado a rememorar el pasado, cosa que le desagradaba.

Al acabar la carrera, Mauricio había pasado un año en Alemania, luego dos en Madrid para hacer la especialidad de estomatología. En este lapso se había desconectado de los amigos y compañeros y los que recuperó habían dejado de interesarle. Ahora el aislamiento en que vivía desde su regreso a Barcelona empezaba a resultarle gravoso. En fin de cuentas, pensó, una noche de parranda no me hará ningún mal.

Fontán le había citado a una hora temprana en un restaurante lujoso y caro de la calle Ganduxer.

En el interior del restaurante el *maître* recibió a Mauricio con deferencia y lo acompañó a una mesa donde ya le esperaba Fontán.

Mauricio no salía de su asombro. No le impresionaba aquel despliegue de opulencia, sino el hecho de que lo protagonizara un individuo a quien había visto por última vez de pantalón corto y corriendo detrás de una pelota. Entonces recordó que su antiguo condiscípulo siempre había tenido fama de linajudo y refinado, incluso en sus años de estudiante, cuando era sólo una criatura. Vestía con un atildamiento impropio de su edad y trataba a sus compañeros en una forma desenfadada que algunos tomaban por condescendencia. El padre de Fontán era hombre de fortuna y se dedicaba ostentosamente a lo que en aquella época se llamaba la *dolce vita.* Se le atribuían viajes exóticos, y aventuras amorosas con mujeres cuya imagen aparecía en las revistas ilustradas. En cierta ocasión apareció en un diario vespertino una fotografía en la que se le veía en las pistas del Club de Tenis Barcelona junto a Rod Laver, cuyos hombros rodeaba con el brazo en un gesto de camaradería. Los dos sostenían sendas raquetas y el pie de foto consignaba que don Tomás Fontán, conocido prohombre barcelonés y deportista *amateur*, había disputado un reñido *match* amistoso con el número uno del tenis mundial. En el colegio la foto había corrido de mano en mano, convertida en prueba fehaciente de los rumores relacionados con el ilustre personaje y sus proezas mundanas. El referente paterno había impuesto a su hijo una pesada responsabilidad. Ahora, al hilo de estos recuerdos, Mauricio se preguntaba si la reputación del mítico señor Fontán había respondido a la realidad o si en realidad el mítico señor Fontán no había sido más que un figurón en una época oscura y en una ciudad mezquina y provinciana.

—¿Tu padre vive todavía?, preguntó.

Fontán sonrió como si hubiera podido ver la famosa fotografía reproducida en el rostro de su antiguo condiscípulo.

—Sí, claro. Pero ya no juega al tenis. Hizo una pausa y añadió: Desde hace unos años yo me ocupo de los negocios familiares. Por esto me ves rodeado de tanta tontería, haciendo el paripé.

Fontán había estudiado derecho y administración de empresas en ESADE, luego había pasado por Deusto y finalmente había hecho un máster en una universidad americana. De vuelta a Barcelona, descubrió que ninguno de los conocimientos adquiridos le servía para tomar las decisiones más importantes, que seguían siendo, como siempre, fruto de la intuición y del azar. En realidad, aquellos conocimientos sólo le servían para no incurrir en los errores que cometían a diario otros empresarios, menos preparados, por creer ingenuamente en métodos y fórmulas de pacotilla. Gracias a esta actitud, razonablemente escéptica, los negocios habían prosperado sin apresuramiento, pero con regularidad y firmeza desde su incorporación a la empresa. Y lo mejor era que esta forma de enriquecerse apenas le llevaba tiempo ni esfuerzo. Todo consistía en dejar que las cosas siguieran su debido curso, sin tomar ninguna iniciativa. Aparte de eso, poco más podía contar: vivía solo y sin compromiso en un piso grande, era ordenado, no tenía vicios y, siguiendo la tradición familiar, jugaba al tenis.

Esta breve relación, hecha con franqueza y sencillez, sin asomo de cinismo ni de jactancia, agradó y desconcertó a Mauricio. Pese a percibir un buen sueldo, Mauricio todavía no había abandonado sus hábitos juveniles: vivía con independencia, pero no se permitía ningún lujo, no por avaricia, sino porque no se le ocurría en qué malgastar el dinero. Si a fin de mes le sobraba algo, lo dejaba en la cuenta corriente y se olvidaba de que lo tenía. Dedicaba su tiempo libre al estudio y la lectura, carecía de aficiones y vestía con sencillez. Ahora, en aquel ambiente envarado, en el que se sentía un intruso, se preguntaba si estaba cometiendo una impostura o si estaba abriendo los ojos al mundo que realmente le correspondía y del que hasta aquel momento se creía alejado en virtud de un engaño destinado a su exclusiva tranquilidad. También pensaba en quién pagaría la cuenta de aquel opíparo banquete. Todas estas ideas contrapuestas le impedían disfrutar de los placeres de la buena mesa.

A la perspicacia de Fontán no le pasó por alto su retraimiento.

—¿Qué te ocurre?

—Nada, sólo que no estoy habituado a frecuentar estos lugares.

—¿Y eso qué tiene que ver? La novedad es un incentivo o lo debería ser. Salvo que haya razones de otro orden, claro.

—No, en absoluto. Es que todavía tengo una mala relación con el dinero.

—¿Y quién no la tiene? El dinero, las mujeres, el más allá..., no pretenderás resolver estos dilemas. Nadie duerme tranquilo, y los niños menos que nadie. De pequeño me pasaba buena parte de la noche en vela, devanándome el seso, infligiéndome a mí mismo un auténtico tormento: qué pasaría si de repente me encontrara abandonado y sin recursos, si me olvidara de todo lo que sé, si me quedara ciego, sordo y mudo, adónde iré a parar cuando me muera, en fin, ya sabes. Entonces pensaba que los mayores habían encontrado la respuesta a las cuestiones fundamentales y por eso dormían a pierna suelta, roncando y resoplando como si quisieran proclamar groseramente su serenidad. Más tarde comprendí que los adultos tampoco sabían nada. Simplemente, otras preocupaciones más prosaicas pero más inmediatas les impedían filosofar. No sé si éste es el secreto de la vida. Lo único que te puedo decir es que darle vueltas a las cosas que no tienen solución no sirve para nada. Y mientras tanto, el tiempo va pasando.

—¿*Carpe diem?*

—No sé lo que significa, pero si significa que no hay que dejar que se enfríen los platos, estoy de acuerdo. Tampoco hay que dejar que se acabe una botella sin tener otra al lado, lista para ser servida.

Llamó al camarero y le pidió otra botella de vino, porque antes de empezar a cenar, sólo con los aperitivos de la casa, casi habían liquidado la primera.

—No lo digo en sentido figurado. Soy un hombre práctico que vive al día y trata de disfrutar lo bueno que me depara la suerte. No es el consejo de un filósofo, sino el de un economista. La vida es frágil, fugaz y voluble, pero esto no es nada comparado con el sistema monetario internacional. La mayoría de las personas se niega a aceptar esta evidencia. Unos, por temor, por no saber cómo afrontar la incertidumbre. Otros, por motivos ideológicos, por no admitir que el sistema al que viven sometidos y en función del cual han organizado sus vidas no es más que un castillo de naipes. Y esto vale tanto para los defensores como para los detractores del sistema. Los que propugnan la destrucción del capitalismo demuestran tener una fe digna de mejor causa: ven al demonio donde sólo hay inercia, improvisación e incompetencia. Tú en el colegio eras un poco izquierdoso, si no recuerdo mal.

—Sí, y luego aún lo fui más. En la facultad iba de bracete con los comunistas, aunque nunca me afilié al partido.

—¿Por qué?

—¿Por qué no me afilié? Francamente, no sabría decírtelo. No fue el riesgo lo que me disuadió. Entonces me justificaba diciendo que no soportaba la rigidez de la jerarquía y de la doctrina. Hoy pienso que en el fondo no tenía un auténtico deseo de destruir la sociedad en la que me había tocado vivir. El mundo era injusto, pero a mí ya me parecía bien. En cambio la utopía leninista me parecía siniestra.

—¿Y ahora?

—Ahora sigo sin militar en ninguna parte. Procuro no claudicar de mis antiguos principios, que ya es algo. Con los años me he ido volviendo pragmático: un avance real, el más pequeño, vale más que cualquier promesa o que cualquier expectativa. En definitiva, tienes tú razón: la vida es corta.

—En especial la del PSOE. ¿Tú crees que aguantarán toda la legislatura?

—No tengo ni idea. La política ha dejado de interesarme. ¿Podemos cambiar de registro?

—Como quieras. Hace años que dejé la brigada social.

—Oh, vamos...

Siguieron hablando distendidamente, a ratos en broma y a ratos en serio, saltando de un tema a otro. A los postres, Fontán dijo que si a Mauricio no le parecía mal, podían dar por concluida la velada: no era aficionado a trasnochar y suponía que a Mauricio tampoco le convenía dormir poco si a la mañana siguiente había de tener la cabeza clara y el pulso firme. No quería que por su culpa le arrancara a alguien una muela equivocada. Mauricio le dio la razón, aunque en su fuero interno se sentía algo decepcionado: por el carácter desenvuelto de su antiguo condiscípulo y su propensión al despilfarro, le había adjudicado una conducta libertina a la que, con recelo pero con curiosidad, habría estado dispuesto a sumarse por una vez si su amigo se lo hubiera propuesto.

Fontán ya había pedido la cuenta e insistió en pagarla sin atender a las protestas de Mauricio. Era él quien había propuesto la cena y elegido el restaurante. A cambio, aceptaría ser invitado donde y cuando Mauricio tuviera a bien invitarle.

Así quedó convenido y Fontán acompañó a Mauricio a su casa.

Una vez a solas, Mauricio hizo balance del encuentro y tuvo que reconocer que había pasado un rato muy agradable, aunque lamentaba haberse sincerado sobre algunos extremos con una persona a la que no creía probable volver a ver socialmente. Ambos pertenecían a ambientes distintos. Llegó a la conclusión de que su antiguo condiscípulo, con instinto de negociante, sólo había querido aprovechar el encuentro casual en la clínica dental Torralba para ver si podía obtener algún provecho. Seguramente en la próxima cena me propondría un negocio, pensó. Me ha visto bien situado y ha olido dinero. Los dentistas tenemos fama de ganar dinero a espuertas, y algo de cierto hay en ello, aunque no es mi caso.

En la clínica dental Torralba, donde había entrado a trabajar de la mano del doctor Robartes, un conocido de su padre, Mauricio cobraba un sueldo decoroso y vivía sin estrecheces.

Más tarde, se avergonzó de haber pensado mal de Fontán: fueran cuales fueran sus móviles, lo único cierto era que le había invitado y le había tratado en todo momento como a un verdadero amigo, mostrando un genuino interés por sus circunstancias personales y sus opiniones. En vez de alimentar sospechas infundadas, lo que debía hacer era devolverle la invitación lo antes posible. Pero por abulia dejaba pasar los días sin hacerlo.

Finalmente fue Fontán quien le llamó. Como en aquel preciso momento Mauricio no estaba en casa, le dejó un recado en el contestador diciendo que le volvería a llamar para concertar una nueva cita.

Esta vez la suspicacia de Mauricio atribuyó tanta solicitud a la necesidad de Fontán de comunicarse con alguien de confianza. Probablemente la vida que había elegido o que el destino había elegido por él le había proporcionado poder y riqueza a cambio de un cruel aislamiento. Esta soledad le llevaba ahora a buscar un confidente en alguien conocido y al mismo tiempo tan ajeno en todo a su mundo como Mauricio.

Sin embargo, cuando devolvió su llamada, Fontán le dijo que el jueves siguiente había convocado a un pequeño grupo de amigos en su casa; una reunión informal, sin motivo alguno, para tomar copas, picar algo y reírse un rato. Sin mucho entusiasmo ante la perspectiva de alternar con desconocidos pero incapaz de excusarse a causa del remordimiento que le producían sus reiteradas y siempre desmentidas sospechas, Mauricio prometió no faltar.

Fontán vivía en un edificio nuevo de la calle Anglí,

un poco por debajo del paseo de la Bonanova, con amplio vestíbulo y portero uniformado que le preguntó el nombre y luego le acompañó al ascensor y pulsó el botón.

Un camarero le abrió, le ofreció una copa de champán y lo dejó solo en el recibidor.

Mauricio no sabía qué hacer. Se quitó la gabardina y la dejó en una alcoba contigua al recibidor, donde se apilaban varias prendas de abrigo. Hecho esto, regresó al recibidor.

Al cabo de un rato Fontán salió a su encuentro.

—¡Greis, cuánto me alegra que hayas podido venir!

Lo condujo a un salón contiguo muy grande, de techo alto, pintado de beige y salmón y amueblado con una sobriedad algo afectada. En todos los detalles se veía la mano del decorador profesional, más pendiente de la impresión del extraño que del confort del cliente.

En el salón había una docena de hombres y mujeres, todos muy bien vestidos. Mauricio se alegró de haberse puesto su mejor traje después de mucho cavilar.

—Como te dije, cuatro amigotes, dijo Fontán. Ven, te los presentaré.

Los invitados dispensaban al recién llegado una acogida amistosa pero efímera: eran viejos conocidos, tenían entre sí mucho en común y nada de que hablar con un recién llegado.

La sensación de ser un intruso no desagradó a Mauricio. Cambió la copa vacía por otra llena y se puso a mirar los cuadros de las paredes. A diferencia de los muebles, eran unos cuadros fuera de lo común, elegidos con un criterio personal.

Una mujer joven que acababa de serle presentada, pero a la que de inmediato había perdido de vista, se colocó a su lado. Era evidente que había ido a su encuentro al verle solo, por pura cortesía, tal vez a instancias del dueño de la casa.

—¿Te gustan?, dijo refiriéndose a los cuadros.

—No lo sé. Son un verdadero desafío para el espectador.

—¿En qué sentido?

—Bueno, son de artistas desconocidos salvo para los expertos o los coleccionistas y por lo tanto es imposible calcular su valor económico. Cuánto puede valer este cuadro, por ejemplo, o aquel otro: es imposible barruntar siquiera una cifra.

—¿Y eso es importante?

—Claro. El valor económico es parte del valor global de una obra; siempre es así, pero en el arte contemporáneo es esencial. No lo digo en broma ni en sentido peyorativo. Hoy en día el aspecto técnico del arte tiene poca importancia. Antes había que pintar bien un paisaje, un retrato o el éxtasis de san Francisco. El arte se valoraba con criterios artesanales. Hoy esto es secundario, por no decir superfluo. Cuando personas incultas y estúpidas dicen que un cuadro no figurativo lo puede pintar un niño o un mico, dicen la verdad. Pero es una verdad irrelevante. Porque lo importante es el significado de la obra, no para el artista sino para la sociedad. Un cuadro en blanco o un lienzo roto no tendrían ningún significado si los hiciera yo. En cambio sí que lo tienen cuando provienen del taller de un artista consagrado; y no por papanatismo, sino porque en este caso representan la posición del artista con respecto al arte. Es como el silencio de un filósofo en relación con un tema trascendental: tiene valor en la medida en que la sociedad ha asignado un valor a sus palabras.

Ella se quedó callada un rato, mirando fijamente a

Mauricio: se la veía reflexionar, pero no sobre las opiniones que acababa de oír sino sobre la persona que las había expuesto. Finalmente dijo:

—¿Eres médico?

Mauricio se quedó desconcertado y luego se puso a reír.

—Pensé que te había dado el pego. Sí, soy médico y no entiendo nada de arte.

—No lo decía por eso. A lo mejor lo que acabas de decir no está mal. Preguntaba si eras médico por tu forma de hablar.

—Ah, ¿hay una forma específica?

—Sí. En general, los médicos sois arrogantes.

Ahora era Mauricio el que no sabía si ella hablaba en serio o le estaba tomando el pelo.

—¿Arrogante yo? Por el amor de Dios: soy un hombre tímido, inseguro, pusilánime, un auténtico caracol.

Ella se encogió de hombros.

—Una cosa no quita la otra. A sabiendas o no, los médicos tendéis a la arrogancia de un modo natural, porque tarde o temprano todos acabamos llorando en vuestros brazos.

—En los míos no: soy dentista.

Había seguido llegando gente.

Fontán se acercó a ellos y les informó de que la cena estaba servida en el comedor.

—Es un bufé. Cada cual se sirve lo que le dejan los demás. Si no os dais prisa os quedaréis en ayunas.

Ella se fue sin decir nada.

—¿Tú le has dicho que soy médico?, preguntó Mauricio a su antiguo condiscípulo.

—No.

—¿Cómo puede haberlo adivinado?

—Oh, Clotilde es muy lista. En la facultad siempre sacaba las mejores notas, sobresalientes, matrículas, un horror. Y encima estaba muy politizada. Pero como era guapa, disimulábamos y le echábamos los tejos igualmente.

En torno a la mesa reinaba una gozosa y comedida confusión. Mauricio se sirvió, comió y bebió y regresó al salón con la esperanza de reanudar la conversación con Clotilde, pero no la vio por ninguna parte.

Fontán vino a su encuentro acompañado de dos hombres de su misma edad. Los dos vestían de manera similar, con elegante sencillez no exenta de coquetería. Uno de ellos llevaba una barba corta y bien cuidada.

—Te quiero presentar a dos amigos, Víctor Alemany y Andreu Fitó, peligrosos bolcheviques recién salidos de la tintorería; quiero decir blanqueados por las urnas. Como buenos políticos, han llegado tardísimo para hacernos creer que dedican muchas horas al bien común. Éste es Mauricio Greis; fuimos juntos al colegio.

Mauricio estaba seguro de haber visto anteriormente aquellas caras, en la televisión y en los periódicos, pero como la política local le traía sin cuidado, no había reparado en sus nombres ni en sus cargos. Ni siquiera ahora, en su presencia, conseguía recordar quién era Alemany y quién Fitó.

—Os dejo solos para que despachéis, dijo Fontán. Ándate con tiento: de los políticos no hay que fiarse un pelo.

Los dos políticos se limitaban a sonreír y a mover la cabeza con el aire de resignación del invitado dispuesto a aceptar gustosamente todas las bromas del anfitrión. Mauricio advirtió que al ser identificados como políticos, incluso de un modo festivo y cariñoso, los dos habían adoptado un aire de reserva y timidez: hacía muy poco que habían accedido al poder y todavía no se habían acostumbrado a ostentar la autoridad de que habían sido investidos. Pero tampoco olvidaban su condición: aunque hablaban y actuaban con sinceridad y a ratos con apasionamiento, en su actitud ya se apreciaban ribetes de petulancia. No obstante, pensó Mauricio, esta actitud, derivada de la importancia que daban a sus respectivos cargos, era preferible a la indiferencia y el escepticismo.

—Fontán nos ha dicho que estuviste muy implicado en los últimos años del franquismo. Y también que más tarde te desengañaste de la política.

—Fontán habla por hablar. Ni entonces tuve un papel destacado ni abandoné por desengaño. Simplemente, me fui a estudiar a Madrid y me desentendí de todo.

—¿Por qué a Madrid? No es que tenga nada de malo, pero siendo de aquí...

—Soy dentista y en aquella época el doctorado en estomatología sólo se podía hacer en Madrid.

—¿Y ahora?

—Ahora ya se puede hacer en Barcelona.

—Me refería a ti.

—Ah. Ahora trabajo aquí. En la clínica dental Torralba, del doctor Robartes.

—¿Y lo demás? La política y todo eso.

—Se acabó. Vivo y dejo vivir. Los tiempos han cambiado.

—Pero nosotros no podemos permitirnos el lujo de cambiar, replicó el que acababa de hablar con cierta viveza, como si deseara entrar en polémica.

Al otro extremo del salón Mauricio distinguió a la mujer de los cuadros rodeada de hombres. Mauricio creyó advertir que ella le miraba de soslayo y le sonreía. Por un momento perdió el hilo de la conversación y aprovechó para imprimirle un sesgo menos serio.

—Presiento que me estáis sonsacando.

Los dos políticos cruzaron una mirada y sonrieron.

—Sí, en realidad hemos venido a determinar la medida de tu compromiso y a hacerte una proposición, si hubiera cierta disponibilidad por tu parte.

Una mujer de facciones afiladas, con el pelo encrespado, largo hasta los hombros, se unió al grupo.

—¿No podéis dejar de trabajar ni siquiera un minuto?

—En un minuto se perdió Constantinopla, dijo Fitó.

—Después de once siglos de hacer el burro, dijo ella. Y dirigiéndose a Mauricio: Soy la mujer de Fitó.

Le tendió una mano. En la muñeca llevaba varios brazaletes y dijes.

—Mauricio Greis.

—¿Amigo de Fontán?

—Sí, del cole.

—Estábamos a punto de hacerle una proposición, dijo Fitó.

—Pues os dejo.

—Si quieres la puedes oír.

—No. Sois un rollo. Me voy.

A Mauricio le pareció muy simpática.

Alemany y Fitó le explicaron que el país atravesaba por un momento difícil. Después de los años turbulentos de la transición, una vez establecida la democracia con claras expectativas de permanencia, la ciudadanía había creído llegado el momento de volver a sus asuntos personales. Unos por cansancio, otros por desencanto y todos, en definitiva, por egoísmo, preferían dejar el gobierno en manos de unos políticos profesionales en los que, por otra parte, ni creían ni confiaban.

—Afrontamos un reto muy especial, dijo Fitó. En poco tiempo la izquierda española ha tenido que improvisar una clase política. Los del otro bando tienen cierta experiencia, de la etapa anterior, y aun así se las ven y se las desean. Por la misma regla de tres, nuestro caso es dramático. ¿Para qué engañarnos? Hemos conseguido el poder y estamos en cuadro. Tenemos líderes de talla, es cierto, pero los líderes sólo son la punta del iceberg: hay que cubrir miles de cargos con gente más o menos afín a nuestra ideología o, por lo menos, que no nos sea hostil, que no torpedee deliberadamente nuestro trabajo. Y ha de ser gente eficaz: el electorado vota según sus inclinaciones pero luego reclama eficacia, como es natural. El éxito de tal o cual partido no sirve de nada si después de acceder al poder no funciona la medicina asistencial, o la educación pública, la seguridad ciudadana o las comunicaciones.

—Esto por no hablar del desgaste, dijo Alemany. No es un secreto que el referéndum para entrar en la Alianza Atlántica nos ha restado muchas simpatías. Especialmente en Cataluña.

—Yo voté a favor, dijo Mauricio.

—Y para postre, concluyó Fitó en voz más baja, seguimos sobre arenas movedizas: el ejército, la Iglesia, las multinacionales o los grupúsculos extraparlamentarios. Los terroristas de todos los pelajes.

Inopinadamente, los dos se pusieron a reír al mismo tiempo.

—Hemos conseguido aterrorizarte, a que sí.

—Un poco, dijo Mauricio, pero me temo que lo peor está por venir. ¿Qué me queréis proponer?

Los dos políticos guardaron un rato de silencio antes de responder.

—Está bien. La pregunta es ésta: en las próximas elecciones autonómicas, ¿estarías dispuesto a entrar en las listas del PSC? No hace falta que contestes ahora mismo. Cuanto antes nos contestes, mejor, pero piénsalo con calma. Y piensa también el lugar que quieres ocupar. Si es alto, es posible que tengas un cargo público; si es bajo, tu presencia será sólo testimonial pero igualmente importante. Sea cual sea tu respuesta, mantendremos el asunto en la máxima confidencialidad. También conviene que sepas que la iniciativa de contactar contigo es nuestra, pero que cuenta con la aprobación y el interés de personas situadas a muy alto nivel.

Mauricio desvió la mirada hacia el salón, rebosante de invitados. Con la comida y la bebida todo el mundo se había vuelto más expansivo y el vocerío iba en aumento. Mauricio buscaba a la mujer de los cuadros, pero había desaparecido nuevamente. Luego se volvió a los políticos. La proposición le había pillado tan de sorpresa que ni siquiera se había molestado en considerarla.

—Os agradezco mucho vuestro interés, pero yo no tengo nada que ver con la política. Además, no sé cómo podría compaginarla con mi profesión.

—Justamente nos interesas por tu profesión, entre otras cosas. No podemos presentar una lista compuesta sólo de abogados laboralistas y economistas pasados por la London School. Es preciso que toda la sociedad civil se sienta representada. No todas las profesiones, ni siquiera todos los sectores, pero sí un amplio espectro. Si te decides, ya nos ocuparemos del aspecto práctico de la cuestión. Toma, aquí tienes nuestros teléfonos.

Le dieron dos tarjetas y lo dejaron solo y sumamente perplejo. Dudaba entre irse a su casa o tomarse un whisky y considerar que lo que acababa de suceder no tenía importancia. De las dos opciones, la primera le parecía la más sensata, pero se resistía a dejar la reunión sin haber hablado nuevamente con la mujer de los cuadros. Llamó la atención de un camarero y le pidió un whisky con hielo y agua. Fontán se puso a su lado.

—Te juro que yo no tengo nada que ver con la encerrona. Si hubiera imaginado las intenciones de esos dos caimanes...

—¿Tú crees que hablaban en serio?

—No te quepa duda.

—Pero no saben nada de mí. Sólo lo que tú les puedas haber contado.

—Será que se fían de mí. Qué remedio: la democracia está en pañales y hay que improvisar: aquí te pillo, aquí te mato.

Mauricio no sabía si debía estar enfadado con su antiguo condiscípulo. En fin de cuentas, el que le hubieran querido atraer a las filas del partido en el poder era algo halagüeño y si Fontán había mediado en ello, sin duda lo había hecho porque valoraba sus méritos.

En aquel momento se abrió una puerta que comunicaba con las habitaciones y salió la mujer de los cuadros. Al verlos fue directamente hacia ellos.

—¿Dónde te habías metido?, preguntó Fontán. En tu ausencia nuestro amigo Greis ha estado en un tris de convertirse en ministro del Interior.

—No digas tonterías, protestó Mauricio.

—¿Te llamas Greis?, preguntó ella.

—Sí. Mauricio Greis. La familia de mi padre es de origen centroeuropeo. Y al parecer, judío. Pero se establecieron en Cataluña hace varias generaciones y rompieron toda vinculación con su procedencia y con su etnia. Sólo después de la Segunda Guerra Mundial apareció un primo lejano de mi padre que vive en Israel.

—Qué interesante.

Mauricio temía aburrirla con aquella historia insulsa.

Fontán se la llevó a un rincón y ambos sostuvieron un diálogo breve pero intenso. Por un instante ella pareció irritarse. Luego, de inmediato, recobró la compostura. Mauricio se dio media vuelta para que no pudieran pensar que los espiaba. Al cabo de muy poco ella regresó a su lado.

—Adiós, dijo con cierta precipitación, he de irme.

—Cómo, ¿te vas? Pero yo creía...

—¿Que vivía aquí?

Mauricio enrojeció y no supo qué responder.

Ella también titubeaba. Finalmente le tendió la mano.

—Bueno, ya volveremos a vernos, supongo, murmuró.

—Claro. Espero no haberte molestado antes con lo que dije de los cuadros. Normalmente no soy así. Es que no conocía a nadie y esta circunstancia, en lugar de cohibirme, me desinhibe. Digo chorradas por decir algo.

—¿De veras eres dentista?

—Sí.

—¿Y de qué conoces a Fontán?

—Fuimos juntos al colegio. Luego ya no nos volvimos a ver hasta el otro día, en la clínica dental donde trabajo. Desde entonces él parece interesado en reanudar la relación interrumpida durante tantos años, y, a decir verdad, no sé por qué.

—Será que le gustas.

—¿Yo? ¿En qué sentido?

—En cualquier sentido, ¿qué más da? A uno le puede gustar una persona al margen de su valor material, a diferencia de lo que ocurre con el arte contemporáneo.

—Ah, era ahí adonde querías ir a parar.

—No. Quería ir un poco más lejos, pero no mucho. Y ahora realmente me marcho.

Volvió a darle la mano. En su urgencia había algo enigmático que remitía a los cuentos infantiles. Mauricio esperó unos segundos, pensando que ella le daría una explicación que justificara su prisa, pero viendo que no era así y que en efecto se disponía a marcharse, tomó una decisión repentina.

—Yo también me voy, dijo, y de inmediato añadió: Mañana trabajo y no quiero acostarme tarde. Si te esperas un segundo, me despido y salimos juntos.

Sin darle tiempo a replicar, buscó a Fontán, le agradeció la invitación, le rogó que le despidiera del resto de los invitados y le prometió llamarle en breve.

Fontán no pareció percatarse de que la mujer de los cuadros y Mauricio se iban juntos.

Al salir a la calle, Mauricio le preguntó si había venido en coche.

—No tengo coche. He venido en taxi. Voy en autobús a todas partes, pero esta noche no he querido cogerlo para no desentonar con mi vestido despampanante.

Al advertir su tono irónico Mauricio cayó en la cuenta de que llevaba un vestido muy sencillo. Antes no se había fijado en este detalle. Ahora, en la acera estrecha de aquella calle tranquila, a la luz anodina e incidental del alumbrado, ella le ofrecía una imagen muy distinta de la que él había creído percibir en la atmósfera refinada del salón. Era más joven de lo que antes había supuesto, tenía facciones expresivas y sin artificio, el pelo corto, ligeramente hirsuto y los ojos penetrantes.

—Yo tampoco he traído el coche, dijo. ¿Tú crees que encontraremos taxi?

—Si andamos un poco, sí.

Anduvieron un rato en un silencio embarazoso. Aunque la noche era fría y la humedad nimbaba las farolas y abrillantaba el asfalto, ella caminaba despacio, como si hubiera desaparecido la urgencia que había dicho tener un rato antes. Pasó una moto haciendo un ruido horrible.

—Sólo sé que te llamas Clotilde, dijo Mauricio.

—No hay mucho más que saber. Estudié Derecho en Barcelona y ahora ejerzo la abogacía. Especializada en delitos informáticos.

—¿Tantos hay?

Clotilde sonrió e hizo un gesto de resignación.

—Por ahora no. Pero van en aumento y yo confío en la capacidad de renovación de nuestros esforzados delincuentes. De momento, trabajo poco, gano menos y sigo viviendo en casa de mis padres. ¿Y tú?

—A mí me va un poco mejor. Por suerte no dependo de la iniciativa privada: para tener caries no hay que hacer casi nada. Y vivo solo, en un piso de alquiler.

Al desembocar en el paseo de la Bonanova vieron un taxi parado en la esquina, con la lucecita verde prendida. Ante la inminencia de la separación, Mauricio retardó el paso. Quería decir algo y no sabía qué. Miraba con obstinación hacia delante, pero sentía los ojos de ella fijos en él, como a la expectativa.

—Ese piso donde vives, dijo Clotilde, ¿está hecho una leonera?

—Más o menos.

—¿Y me lo vas a enseñar?

—Claro.

Subieron los dos al taxi y Mauricio dio la dirección de su casa.

En el taxi hablaron poco.

—Si has de madrugar y quieres poner el despertador muy temprano, a mí no me importa, dijo Clotilde al entrar en el piso.

*

A la mañana siguiente Mauricio se despertó con el presentimiento de que en su vida se había producido un cambio irreversible, aunque no podía precisar si este cambio era profundo ni si sería duradero. Anteriormente había tenido relaciones sentimentales efímeras; una en su época de estudiante en Barcelona, y tres o cuatro en Madrid, donde en aquellos años imperaba una atmósfera alocada y él disfrutaba de una libertad absoluta. Ninguna había calado hondo. Al contrario: tan pronto se consolidaban, se sentía agobiado, especialmente si creía percibir en la otra parte unos sentimientos que sobrepasaban a los suyos en intensidad. Entonces empezaba a buscar la forma de desembarazarse de aquel vínculo de una manera indolora y honrosa.

De regreso había tenido aventuras fugaces con chicas a las que también había llevado a su piso, sin dar ninguna significación especial a este hecho. Para él aquel piso era un sitio como cualquier otro. Lo había encontrado a poco de empezar a trabajar, a través de un anuncio en *La Vanguardia*, lo había alquilado por razones prácticas y nunca se había preocupado de embellecerlo.

En el dormitorio sólo había una cama grande y sin cabecera y una silla donde dejar la ropa. La sala contaba con un sofá algo desvencijado, una mesa cuadrada y cuatro sillas y una lámpara de pie. En una estantería de madera oscura se alineaban los libros, agrupados por un orden escrupuloso. Esta biblioteca constaba de unos seiscientos ejemplares, una parte de lo cuales eran estudios de odontología y el resto, casi sin excepción, novelas.

Clotilde les pasaba revista. La selección de títulos le parecía rara.

—No estoy al día de las novedades y soy poco metódico, dijo Mauricio. Me gustan los clásicos.

—Los clásicos, vaya y pase, pero ¿Goethe? Tienes las obras completas, ¡y en alemán!

—Aprendí alemán de niño, porque mi madre se

empeñó. Decía que era el idioma del futuro. Más tarde pasé un año en Alemania, haciendo trabajos esporádicos. Goethe es mi autor favorito. ¿Esto me convierte en un monstruo?

—En un *freak*. No conozco a nadie que lea a Goethe.

—Ahora sí.

Eran las ocho y media. Clotilde remoloneaba por el piso, como si esperase una propuesta. Mauricio la seguía tontamente con la mirada. Al verla allí sentía que su presencia cancelaba el recuerdo amargo de anteriores desencantos y rupturas. Dijo:

—Me gustaría ofrecerte algo, al menos un café o un zumo, pero no tengo nada.

Mauricio desayunaba todas las mañanas en un bar cercano llamado *Bar Claret*. Como era muy regular en sus costumbres, a la misma hora ocupaba la misma mesa, pedía lo mismo y se enfrascaba en la lectura del periódico.

Invitó a Clotilde a desayunar y ella aceptó.

El viento había ahuyentado las nubes, el aire era seco y frío y el cielo, limpio, todavía de un azul pálido a aquella hora temprana.

Con el vestido de la víspera Clotilde llamaba la atención en el *Bar Claret* a aquella hora. Mauricio creía detectar un deje socarrón en la mirada del señor Claret, que atendía la barra. Agobiado por el trabajo, al señor Claret le traía sin cuidado que Mauricio acudiera solo o acompañado, pero él proyectaba en el señor Claret su propia incertidumbre.

Al acabar el desayuno dijo:

—¿Volveremos a vernos?

—¿Me lo preguntas?

—No. Lo doy por hecho. Te llamaré.

—Sí. Pero deja pasar un par de días, ¿eh?

Mauricio entendió que ella no quería sentirse presionada. Durante la noche él había hablado mucho y ella muy poco y ahora temía haberle causado una mala impresión.

Llamó a los dos días. Era sábado. La invitó a salir aquella noche y Clotilde se excusó alegando un compromiso.

—¿Y mañana?

—Tampoco puedo. Lo siento.

—No pasa nada. Releeré a Goethe.

—Jolín, es un cargo de conciencia.

A media semana volvió a llamar. La persona que contestó dijo ser la madre de Clotilde y le informó de que no estaba en casa ni iría a cenar.

—Dígale por favor que la ha llamado Mauricio Greis. Le dejaré mi teléfono por si ella quiere devolverme la llamada.

—¿Es usted el dentista?

—Sí, señora.

—Ah. La madre de Clotilde esperó un rato. Mauricio temía que le hiciera una consulta, pero cuando volvió a hablar dijo: Clotilde ya tiene sus teléfonos; el particular y el de la consulta.

En aquella actitud cortés pero firme Mauricio creyó ver una estrategia y decidió no volver a llamar. Si quiere verme, que me llame ella, pensó, y si no, más vale cortar ahora. No quería ser cargante ni parecer un perro apaleado.

Cumplió su determinación y pasaron varios días sin saber nada de Clotilde.

A Mauricio este silencio le producía más enojo que amargura. Aunque ella no le había prometido nada, ni siquiera de un modo velado o tácito, se sentía engañado. Por esta causa andaba desasosegado. Incluso su vida profesional, que antes le absorbía plenamente, ahora se le antojaba rutinaria. Trabajaba con interés y pulcritud, procurando aprender algo nuevo cada día, y mientras estaba inmerso en el trabajo no pensaba en otra cosa. Pero luego, al concluir la jornada, no le encontraba gusto a nada, la casa se le caía encima, las horas se le hacían largas y la vida, en general, se le presentaba como algo insípido y desnortado.

*

Durante aquel tiempo Mauricio no había dejado de pensar en la conversación en casa de Fontán con los dos militantes del partido socialista, cuyas tarjetas había guardado. Un día se le ocurrió que podía ponerse en contacto con ellos y averiguar cuáles eran sus intenciones. Si, como ellos mismos habían insinuado, le proponían participar en alguna actividad política que no supusiera el abandono de la profesión, no habría sabido qué contestar. La idea había estado presente en su ánimo desde entonces, pero no había hecho ningún esfuerzo para anticiparse a los acontecimientos ni para sopesar el pro y el contra de la disyuntiva: se limitaba a contemplarla con el vago propósito de acostumbrarse a su presencia.

Finalmente llamó a uno de los teléfonos. La telefonista le dijo que, en efecto, aquélla era la sede del Partido Socialista de Cataluña, pero que ni el señor Alemany ni el señor Fitó se encontraban allí en aquel momento. Si tenía la amabilidad de dejar su nombre y su teléfono, ella les pasaría nota de su llamada tan pronto le fuera posible.

—Dígales que ha llamado el doctor Greis.

A la mañana siguiente recibió una llamada de Alemany en la clínica dental. Si quería, podían almorzar cualquier día y hablar un rato, sin compromiso. Mauricio aceptó y quedaron para el día siguiente en un restaurante céntrico, sencillo y un poco ruidoso, donde se comía bien por un precio razonable. Esta elección agradó a Mauricio: pensaba que si le hubieran invitado a un restaurante de lujo, le habría resultado incómodo negarse a lo que le quisiesen pedir.

Al entrar en el restaurante dio el nombre de Alemany y un camarero de modales desabridos le condujo a una mesa reservada y vacía.

—Todavía no ha llegado nadie. ¿Le sirvo algo?

—No, gracias.

Esperó un rato que se le hizo largo. Finalmente vio entrar a la mujer de Fitó, a la que reconoció antes por la melena y el vestuario que por la fisonomía. Iba acompañada de un desconocido. Ambos fueron directamente a la mesa y ella le tendió la mano cargada de pulseras.

—Soy la mujer de Fitó. No sé si me recuerdas. Nos conocimos la otra noche en casa de Fontán.

—Sí, te recuerdo bien. ¿Tu marido no viene?

—Mi marido se disculpa. Le es imposible llegar a tiempo. Tenía una reunión con unos sindicalistas. Su misión era darles caña, pero se la deben de estar dando a él, porque ha llamado diciendo que la cosa iba para largo. Y Alemany está en Madrid. Para no cancelar la cita han enviado a Raurell, y a mí de acompañante, para hacer las presentaciones. Yo no me ocupo de cuestiones políticas, pero estar casada con un político tiene estas desventajas. Y otras.

Hablaba con absoluta seriedad. Mauricio no podía determinar si cumplía su papel con resignación o si disfrutaba usurpando ocasionalmente la figura pública de su marido. Lo más probable era que los dos estados de ánimo se dieran alternativa e incluso simultáneamente, pensó.

El acompañante dijo:

—Me llamo Raurell, Quique Raurell. Lamento la confusión y el retraso. Me han avisado hace un momento. Esto no quiere decir que no te tomen en serio. Es simplemente que las cosas funcionan así, ya te irás dando cuenta. Y lo que estás pensando, también es verdad.

—¿Qué estoy pensando?

—Que cuando les interesas, se te echa encima la plana mayor y te ofrecen el oro y el moro y cuando les dices que sí, te envían a un mindundi. En este caso, yo soy el mindundi. ¿De veras eres dentista?

—Sí. Todo el mundo me lo pregunta con incredulidad, como si les pareciera raro que alguien eligiese una profesión tan monstruosa.

—La verdad es que sí se me hace raro, pero no por lo que dices. Me he pasado la vida yendo al dentista, pero nunca había tratado a ninguno fuera del consultorio. ¿Sabes una cosa? Siempre que estoy en el sillón, con la boca abierta, tengo el mismo pensamiento. Pienso: mira que si ahora se desprende la fresa del torno y me la trago. Es una tontería, ya lo sé, pero no lo puedo evitar.

El camarero les ofreció unas cartas plastificadas y les preguntó si pensaban beber vino, agua o cerveza. Mauricio dijo que no bebía alcohol hasta no haber terminado la jornada laboral.

Raurell pidió agua y vino y preguntó cuál era la especialidad de la casa.

—El bacalao, dijo el camarero, pero hoy precisamente no tenemos bacalao.

—Vaya, hombre.

Revisaron las cartas. Mauricio pidió un estofado de garbanzos como plato único y Raurell una merluza a la romana. La mujer de Fitó dijo:

—Si me permitís hacer el ridículo, yo tomaré una ensalada de endibias.

—Vayamos al grano, dijo Mauricio cuando el camarero se hubo ido.

—De acuerdo, dijo Raurell. Ante todo, déjame que haga balance de la situación. No te descubriré nada nuevo. Lo que te voy a decir es bien sabido de todos, pero a veces conviene repetir las cosas, aunque sólo sea para establecer puntos de concomitancia, por así decir.

—Me gusta la palabra concomitancia, dijo Mauricio, es un buen punto de partida.

—Sí, no está mal, dijo Raurell, y tras una pausa añadió: Para empezar, y hablando en plata, el país, tal como está, es un castillo de arena. Visto de lejos no queda mal, pero a la que caigan cuatro gotas se viene abajo. Dejémonos de tópicos y de posturas al uso: ni el desencanto ni el triunfalismo nos llevarán a ninguna parte; la realidad es ésta. Al gobierno anterior hay que reconocerle sus méritos: muchas veces sin criterio, pero con un par de cojones, consiguió reformar las instituciones del país en un tiempo récord, cuando nadie daba un duro por el futuro de España. Pero en el terreno económico no hizo más que disparates. No lo tenía fácil, y tampoco entraba en sus planes una reforma del sistema. Al ganar las elecciones en el 82, el partido socialista se enfrentó a este reto: adaptar una maquinaria económica y social obsoleta a la realidad interior y sobre todo exterior. No podíamos seguir viviendo en una burbuja. La coyuntura internacional es buena. Los socialistas gobernamos en todo el arco mediterráneo: Portugal, España, Francia, Italia y Grecia. Esto favorecerá nuestra entrada en la Comunidad Europea si hacemos los deberes. Queda por disipar la susceptibilidad de los Estados Unidos, convencer al Tío Sam de que el socialismo no es el demonio, sino todo lo contrario: la mejor garantía contra el comunismo. De ahí la entrada en la OTAN, una necesidad que hemos asumido, pero que nos está pasando factura. De puertas adentro, la situación tampoco es mala. Dos intentonas de pronunciamiento han acabado poco menos que en ridículo y, por el contrario, han clarificado algunas posiciones, especialmente la del Rey. Actualmente la inviabilidad de las asonadas decimonónicas es patente; la población le ha visto las orejas al lobo y está vacunada contra el virus de la añoranza; en el camino no hay espacio para dar marcha atrás. Y al otro extremo del espectro, tres cuartos de lo mismo: las aventuras revolucionarias y los izquierdismos románticos están desacreditados. El partido comunista es un globo pinchado, y ellos son los primeros en saberlo. Lo que queda por hacer, sin embargo, es mucho. Y delicado. Poco espectacular y a menudo doloroso. ¿A qué me refiero? Pues a la labor diaria de extensión. A consolidar lo ya hecho y a seguir avanzando con firmeza pero con prudencia, evitando las tentaciones maximalistas y, sobre todo, sin rebajar las cotas de bienestar alcanzadas. El enemigo ya no lleva uniforme: hoy es la inflación, el paro, la inseguridad ciudadana, el descontento. Me refiero al descontento dentro de nuestras propias filas. Todos soñábamos con la revolución. Al fin y al cabo, todos somos hijos de mayo del 68.

—Yo no, dijo Mauricio.

—Hablo en general. Crecimos con teorías abonadas con sueños y discos de 45. Un primo mío estuvo en Woodstock y volvió con unas purgaciones de no te menees.

—Lo celebro, dijo Mauricio echando un rápido vistazo al reloj, pero no me sobra el tiempo.

—Tienes razón. Acabo. Para llevar a término la reforma necesitamos el apoyo de la ciudadanía. Pero el hombre de la calle no está informado. Estamos estrenando democracia y todavía no sabemos en qué consiste. La mayoría de los españoles no hemos conocido otro régimen que la dictadura. Nunca pensamos realmente que esa dictadura se pudiera acabar. Ahora la libertad nos ha cogido en bragas. Muchos creen que la democracia es poder infringir todas las normas impunemente y basurear al vecino. Otros creían que con la democracia no pararían de follar y como no es así se sienten traicionados. Por pura frivolidad unos y otros están dispuestos a aplicarnos el voto de castigo, sin pensar en las consecuencias. Por esto una de las funciones más urgentes que nos competen es educar a la población. Y para esta labor necesitamos gente, mucha gente, más de la que nosotros mismos podíamos imaginar. Entonces... ahí va nuestra proposición: ¿estarías dispuesto a figurar en la lista electoral del partido para las próximas elecciones autonómicas?

—¿Como candidato?

—Naturalmente. Pero no te lo tomes al pie de la letra. Damos por sentado que no tienes el menor interés en dejar la odontología para dedicarte de lleno a la política. Sólo pensábamos poner tu nombre al final de la lista. Las probabilidades de salir elegido son nulas y, en último extremo, podrías renunciar. Figurar en la lista es un acto testimonial. Habrás visto nombres conocidos en todas las listas: intelectuales, artistas. De esta forma expresan su apoyo a una formación política.

—Ya lo sé. Pero yo soy un desconocido.

—No importa. Lo que realmente desearíamos es que te involucraras en la campaña electoral. ¿Por qué? Porque eres un profesional competente, joven, de buena presencia, inteligente y honrado, en suma, alguien que responde al perfil de lo que somos o de lo que nos esforzamos por ser. Por supuesto, no se trataría de intervenir en mítines multitudinarios, sino de acudir a reuniones marginales: asociaciones de barrio, cosas así.

Dialogar con la gente, escuchar sus opiniones, decir lisa y llanamente lo que piensas. Es una labor importantísima, porque en estos reductos está el auténtico electorado y el verdadero destinatario de nuestra política. Los que vociferan en los mítines son convencidos y si se organizan estos saraos es sólo para salir en la tele, para dar sensación de sobreabundancia. A donde tú irías, en cambio, va el pueblo, la gente que escucha y piensa antes de elegir la papeleta.

Calló de repente y al cabo de poco volvió a hablar en un tono más pausado:

—Piénsalo. No interferirá en tu trabajo y además de un servicio al país, será una experiencia humana de primer orden. Si tienes alguna pregunta o si quieres comentar algún aspecto de la cuestión, llámanos. Comprendemos todas las reservas y todas las ambivalencias y, por supuesto, respetamos todas las decisiones. Sólo te reiteraré que nos enfrentamos a una gran labor, a una ingente labor de reconstrucción, después de un largo período de erosión.

Al acabar la frase hizo señas al camarero, pagó la cuenta y se levantó de la mesa.

—Todos tenemos trabajo, dijo. Cada cual a sus cosas y ya nos veremos cuando toque.

En la calle, antes de separarse, la mujer de Fitó retuvo a Mauricio sujetándole el brazo y murmuró con mucha seriedad:

—Todas las generaciones que nos han precedido han llevado a España por el camino de la discordia. La nuestra es la primera que sólo busca la reconciliación.

Aquella noche, en su casa, Mauricio analizaba la conversación y se preguntaba si la acción política se avenía con su temperamento o si sólo le movía un oscuro sentido del deber. En el fondo se consideraba un señorito burgués y tenía mala conciencia.

Sumido en la confusión, se le ocurrió de repente la idea de consultar con Clotilde. La opinión de ella le parecía decisiva. Este convencimiento le impulsó a romper el silencio que se había impuesto. La llamaré, pensó, y si no está o me da una excusa para no verme, será el adiós definitivo.

La propia Clotilde contestó al teléfono.

—Vaya, creía que no me ibas a llamar nunca más, dijo.

Mauricio se quedó un poco cortado.

—He estado bastante liado últimamente, acertó a decir. Luego recobró la calma y añadió en un tono más festivo: Además, soy un hombre reflexivo, nunca hago nada con precipitación.

—Pues para ser eso que dices, te has metido en un buen berenjenal.

—¿A qué te refieres?

—Dicen que te presentas a las elecciones.

—¿Eso dicen?

—Los rumores corren. ¿No es verdad?

—Ni verdad ni mentira. Aún no me he decidido. Por esto quería hablar contigo. Bueno, no sólo por esto... pero quería saber tu opinión.

—¿Mi opinión? ¿Cómo te la voy a dar si no te conozco?

—Hemos dormido juntos.

—Sólo una vez.

—Eso tiene fácil arreglo. ¿Cuándo podré volver a verte?

—Creí que estabas muy ocupado con la política.

—Todavía no. ¿Quedamos a las ocho?

—Sí. Aunque no sirvo para dar consejos.

*

Clotilde vivía con sus padres y esto la mortificaba, pero sus ingresos no le permitían independizarse. A su edad todavía no tenía un trabajo fijo ni un verdadero sueldo. Un abogado de prestigio la había admitido como pasante en su bufete para hacer un favor a su tío y le daba mensualmente una remuneración simbólica. Era una relación laboral que nadie había querido. El tío de Clotilde no tenía simpatía por ella. La había recomendado por complacer a su hermana, en el convencimiento de que la gestión sería inútil. El abogado la había recibido a regañadientes, porque no necesitaba a nadie en el bufete y menos a una recomendada, y porque aborrecía perder el tiempo en la formación de una persona inexperta. Clotilde tampoco quería aquel trabajo. Hacía un año que había acabado la carrera y habría preferido ampliar estudios en el extranjero antes de empezar a trabajar.

Había estudiado el bachillerato en una escuela privada de orientación laica y de un progresismo nostálgico y algo trasnochado, y había ingresado en una universidad cuya única razón de ser en aquellos años agitados, presididos por los portentosos cambios que siguieron a la muerte del dictador, parecía no ser otra que la transformación de una sociedad injusta, anquilosada y gazmoña. De esa universidad, Clotilde salió imbuida de la idea de que el único fruto de sus estudios había de ser la adquisición de unos principios éticos inamovibles, de un compromiso sin reserva y de un talante ávido de saber, solidario y transigente.

Esta creencia la compartía todo el mundo: los estudiantes, los profesores e incluso las autoridades que en ocasiones reprimían a los estudiantes con extrema violencia y severidad. Unos y otros estaban convencidos de que se avecinaba un cambio radical, de resultas del cual las formas de conocimiento tradicionales serían objeto de revisión y adaptación a la nueva realidad. Sólo quienes hubiesen conservado una mentalidad dúctil y no contaminada por el saber ni por la experiencia podrían llevar a feliz término este proceso de transformación, para el que no había fórmula previa ni camino marcado. Todo lo cual era verdad en cierta medida, pero había acabado produciendo una generación de diletantes que no servían para casi nada y de la cual Clotilde formaba parte.

Una estancia de varios meses en Inglaterra, invertidos mayormente en una relación tormentosa y extenuante con un francés dubitativo y desequilibrado, acabó de sumirla en la confusión. Por primera vez gozaba de libertad, pero también por primera vez tenía que soportar el desamparo, las incomodidades de la vida bohemia y los sobresaltos de una relación desapacible. Su padre sufragaba los gastos, pero su posición económica sólo le permitía hacerlo con parsimonia y a costa de grandes sacrificios. Por todas estas razones, la propia Clotilde optó por regresar antes de lo previsto.

La vuelta al hogar supuso la restauración de un régimen de dependencia, pero también el reencuentro con un entorno especialmente concebido para satisfacer todas sus necesidades y buena parte de sus caprichos. La indulgencia de sus padres, la sensación de disponer a su antojo de su persona y de su tiempo, y el convencimiento de estar viviendo una etapa transitoria, hacían la situación soportable y a ratos placentera.

En estas circunstancias, la idea de entrar a trabajar por enchufe en el bufete de un abogado a quien se atribuían actuaciones irregulares y conexiones turbias, no podía estar más alejada de sus planes. Pero acudió a la cita para no dar un disgusto a su madre desairando a su tío, que había intercedido de mala gana en su favor.

Luego las cosas se conjuraron para que nada saliera de acuerdo con las intenciones de todos los implicados.

Cuando le anunciaron la visita de Clotilde, el abogado Macabrós llevaba toda la mañana tratando en vano de iniciarse en el mundo desolador de la informática. No conseguía realizar las operaciones más elementales y se exasperaba ante una pantalla en la que sin cesar y en forma inapelable se ponían de manifiesto sus errores cada vez que él pulsaba una tecla, convencido de seguir puntualmente las instrucciones anotadas en un papel. Y aunque comprendía que era inútil y ridículo perder los estribos por algo que sólo podía atribuir a su propia ineptitud, su naturaleza se rebelaba ante aquella forma de inteligencia rudimentaria, invulnerable a cualquier transacción. Una greña le caía sobre la frente y tenía los ojos enrojecidos como si hubiera pasado la noche en vela.

Aprovechando la interrupción, desplazó el teclado hacia un lado de la mesa, volvió a colocar en el centro el viejo cartapacio de cuero color burdeos, se estiró los puños de la camisa, colocó las palmas de las manos sobre el cartapacio, irguió la espalda y dijo:

—Hágala pasar.

Había olvidado la cita. Recordó que un conocido le había rogado que recibiera a su sobrina y le brindara consejo y orientación. Era una servidumbre a la que el abogado Macabrós se sometía periódicamente y resolvía con brevedad mediante una perorata alentadora pero ambigua, cuidadosamente pensada para no crear ninguna expectativa.

Clotilde había elegido para aquella entrevista la indumentaria más convencional: un jersey de algodón, una chaqueta de ante, un pantalón de pana y mocasines. También llevaba un vade de piel negro con un exiguo currículo y la escasa documentación académica que acreditaba su exactitud.

—Siéntate.

Clotilde se sentó, puso el vade sobre las rodillas y adoptó una actitud comedida.

En el despacho sólo se oía el enojoso zumbido del ordenador.

—Quisiera disculparme por la molestia y agradecer que haya tenido la amabilidad de recibirme.

—No me has de agradecer nada. Tu tío es persona a la que respeto y aprecio y a la que no puedo negar un favor. Sin embargo, muy poco puedo decirte que tú no sepas. Cada uno ha de abrirse camino según su capacidad y sus circunstancias; cada experiencia es intransferible y en última instancia cuenta más la suerte que la sabiduría. ¿Qué edad tienes?

—Veintidós.

—¿Y te acabas de licenciar?

—El curso anterior. Luego he pasado una temporada en Inglaterra, perfeccionando el inglés.

—Perfeccionando...

Clotilde enrojeció y clavó la mirada en el vade. Luego levantó los ojos y sonrió con aire de disculpa. Este gesto sumió al abogado Macabrós en una insólita melancolía. Si yo hubiera tenido una hija, seguramente hoy sería así: guapa y delicada como su madre, pero embustera y displicente como yo.

El abogado Macabrós no tenía hijos. Se había casado a los treinta y cinco años de edad y su mujer había muerto a los tres años de matrimonio de resultas de una enfermedad larga y encarnizada. Después no se había vuelto a casar, no tanto por fidelidad al recuerdo de la difunta, con la que había tenido una relación afectuosa y satisfactoria pero no apasionada, como por el inusitado bienestar que le supuso recuperar una soledad a la que había renunciado con difidencia. En su condición de hombre nuevamente casadero y dotado de los atributos más preciados por la sociedad barcelonesa de su tiempo no le faltaron oportunidades de contraer segundas nupcias, pero prefirió aferrarse a una soltería tenaz y anticuada. Una asistenta de mediana edad, hacendosa, leal y mediocre cocinera, atendía a sus necesidades materiales. El tiempo lo ocupaba en su trabajo, al que dedicaba muchas horas, en sobrios y espaciados contactos sociales y en poca cosa más: lejos de llevar la conducta disoluta que indefectiblemente le había sido augurada en el letargo de los cenáculos malintencionados, aprovechaba la libertad para llevar una existencia plácida y frugal, libre de las actividades y servidumbres de la vida familiar, consagrada al estudio y la lectura.

La gente que lee con avidez y método suele leer cosas que no le reportan ningún provecho. El abogado Macabrós poseía una extensa y selecta biblioteca sobre la baja edad media y se consideraba un hombre impuesto en la materia. Cuando le preguntaban el porqué de esta afición, respondía que aquel período oscuro, confuso, violento y dejado de la mano de Dios le resultaba especialmente acogedor, un refugio en medio de la atmósfera discreta, educada y perversa en que vivía por razones de trabajo.

—En definitiva, lo que yo te diga de nada te ha de servir. Lo único que cuenta es la edad. A la tuya todo se puede intentar, todo se puede aprender. A la mía, en cambio, ya ves, llevo no sé cuántas horas lidiando en vano con este aparato rudo e incivil y me ha ganado todas las partidas. Y no creas que me arredro ante las dificultades. De niño tuve una institutriz que se llamaba Iefgenya Sprytziskaya y todavía puedo pronunciar su nombre. Descendía de una familia ilustre de rusos blancos, exiliados y empobrecidos. Ella me enseñó francés. El francés es una hermosa lengua. Inútil, pero hermosa. En cambio el inglés es un idioma infantil. Por eso se ha impuesto. Imprescindible para la informática.

—¿Para qué lo quiere? El ordenador, ¿para qué lo quiere? Nunca lo usará.

—*Peut-être.* ¿Tú sabes hacer funcionar un aparato de éstos?

—Un poco. En casa tengo un Amstrad.

El abogado Macabrós hizo una larga pausa.

—Necesito alguien que entienda de computadoras. No una mecanógrafa. *Tout à fait une autre chose.*

—Yo no sé nada de informática.

—Déjame hablar a mí. En los últimos meses las computadoras se han convertido en un tema de conversación recurrente. Se reúnen dos hombres y en vez de hablar de los temas habituales sólo hablan de esto: cada uno aporta su experiencia y su opinión. Mucha gente, de cuya cordura hasta ahora no había motivo para dudar, tan pronto se compra un ordenador le pone nombre y se lo presenta a las visitas como si fuera un bebé o un animal de compañía. Es deprimente, pero a mí me trae sin cuidado. No soy un psicólogo ni un sociólogo ni un moralista, sino todo lo contrario: soy un hombre de leyes con ánimo de lucro, y el aumento de la estupidez humana implica forzosamente un aumento proporcional de mis ingresos. Esto, por demás está decirlo, debe quedar entre tú y yo.

Sonrió y Clotilde correspondió con otra sonrisa.

—Pierda usted cuidado.

—Hace poco, en una entidad bancaria de Barcelona, un individuo realizó a través de una computadora una anotación contable de resultas de la que obtuvo un incremento patrimonial indebido. La acción fue objeto de denuncia, pero no se pudo probar que hubiera causado el perjuicio correspondiente, por lo que no cabía aducir lesión patrimonial, sin la que no hay delito, toda vez que el código penal requiere que la estafa se realice «en perjuicio de terceros». Al parecer, aunque el concepto escapa a mi comprensión, en informática no existe un objeto físico, todo es incorporal. Por consiguiente, y conforme a la ley, en las operaciones informáticas no existe «una cosa ajena, mueble o inmueble», concepto que se remonta al *quae tangi possunt* del derecho romano, es decir, a cosas perceptibles mediante el tacto. ¿Me sigues?

—Sí.

—Por supuesto, dentro del mundo en que nos movemos, la operación contable a la que me acabo de referir es una trivialidad, una mera anécdota. Lo que debe importarnos es que dentro de muy poco proliferarán casos como éste. La informática es el progreso y nada detiene el progreso, especialmente el progreso de la especulación, el dolo y la mangancia. Todavía no sabemos cómo se materializará este potencial, pero ay de aquel que no lo haya previsto y no esté preparado para cuando estas anécdotas inocentes se conviertan en fraudes colosales. Y señalando el ordenador añadió: Por esto me has sorprendido luchando en vano con este *colifichet*. Quería entender su personalidad. Si a la larga se ha de convertir en un cliente, esto es esencial. No he avanzado mucho; me temo que somos incompatibles. Pero tu caso es distinto: a tu edad todo se aprende. De hecho, ya dominas los rudimentos: esto es lo más arduo. Los rudimentos. Además, sabes inglés. No sé si mucho, pero sí lo suficiente. ¿Y francés?

—También.

Se levantó sin previo aviso, tendió la mano a Clotilde y dijo en tono seco:

—Tres meses a prueba, sin sueldo, luego ya hablaremos. Te espero mañana a las nueve en punto. Lo primero que harás será llevarte de aquí este trasto. Mi secretaria te habilitará una mesa, una silla y un enchufe.

De este modo Clotilde había entrado a trabajar en el bufete del abogado Macabrós.

Era un bufete a la antigua usanza, integrado por el propio abogado, dos pasantes y dos secretarias.

Clotilde llegaba puntualmente a las nueve todas las mañanas y empleaba la jornada en leer compendios legislativos, jurisprudencia y comentarios a los artículos del código penal relacionados con estafas, fraudes y falsificaciones. El bufete ocupaba un piso antiguo y grande de la Gran Vía, a escasos metros del *Hotel Ritz*, pero el despacho que le habían asignado era un cuarto pequeño, sin más luz que la fría claridad proveniente del patio de cocinas. De lo que leía hacía fichas y resúmenes. Era un trabajo tedioso y árido y no parecía llevar a ninguna parte. A Clotilde las horas se le hacían eternas y aunque nadie la controlaba ni se le exigía ninguna productividad y podía emplear el tiempo a su aire, salía de trabajar con una profunda sensación de cansancio y desánimo. Como no cobraba, no tenía ninguna compensación. Se aburría mortalmente. Era otoño y oscurecía pronto. En el cielo bajo reverberaba el alumbrado urbano en un remedo de crepúsculo insalubre y triste. Mientras esperaba el autobús creía estar desperdiciando en aquella espera los mejores años de su vida. En el autobús viajaban personas como ella, que parecían haber olvidado el alma en otra parte. Clotilde veía pintado en sus rostros el anticipo de la muerte.

Sus compañeros de oficina no le hacían caso. Entre los pasantes había corrido la voz de que Clotilde había sido contratada por recomendación, y aunque ninguno de ellos podía jactarse de haber obtenido el empleo por méritos propios, la antigüedad les había hecho olvidar esta eventualidad y ahora consideraban a la recién llegada una extraña y un peligro potencial para sus respectivos puestos de trabajo. Uno de los pasantes también era abogado, y el otro, un perito mercantil a punto de licenciarse en Derecho. Ninguno de los dos aventajaba en muchos años a Clotilde, pero ambos parecían pertenecer a otra generación: eran redichos y muy conservadores en sus ideas y en su conducta, y nada suscitaba su interés salvo los asuntos que llevaban entre manos.

Entre las secretarias Clotilde encontró mayor simpatía, pero su apariencia y su actitud dejaban entrever una personalidad y un origen social con el que aquéllas no podían identificarse.

Los pasantes y las secretarias estaban muy contentos y orgullosos de tener un empleo fijo en un bufete importante y veían en la insatisfacción de Clotilde una muestra de insensatez no exenta de superioridad. Clotilde lo notaba, lo entendía y se sentía doblemente infeliz.

Todos los días tomaba la decisión de despedirse y todos los días su propio abatimiento le impedía llevarla a término.

El abogado Macabrós daba muestras de haber olvidado su existencia y el motivo que le había llevado a contratarla. Sólo una vez, transcurridos dos meses desde la primera entrevista, entró súbitamente en el reducido cuarto que ocupaba Clotilde y le preguntó cómo iban las cosas.

—Bien, pero ya no puedo hacer mucho más en el terreno de la teoría. Si no se presenta ningún caso...

—Ya se presentarán, ya se presentarán. No hay que ser impacientes. *Surtout, pas de zèle.*

Clotilde se llevaba novelas al trabajo y las leía a escondidas. Sin embargo, aunque la lectura aliviaba su hastío y le hacía las horas más llevaderas, el argumento de aquellas novelas, fuera cual fuera, incluso el más cómico, le producía una tristeza sin límites.

La llegada de la primavera, en vez de levantarle el ánimo, la deprimió todavía más.

Una tarde, a finales de marzo, entró la secretaria de Macabrós en el cubículo de Clotilde y le dijo:

—El señor Macabrós quiere verte.

—¿Para qué?

—Ni idea, chica.

Clotilde se sentía tan descorazonada que pensaba que sólo podían convocarla para hacerle algún reproche.

En el despacho del abogado Macabrós había una visita. Era un hombre de edad indefinida, tan bajo y contrahecho que se vio obligado a dar un salto y hacer una pirueta para bajar de la butaca al ver entrar a Clotilde. Ésta a duras penas contuvo su asombro.

—Te presento a don Anselmo Cervello, dijo el abogado, estrecho colaborador y viejo amigo. Ésta es la chica de que te he hablado, añadió refiriéndose a Clotilde.

El corcovado había recobrado el equilibrio y alargó una mano diminuta y sarmentosa. La piel amarillenta de la cara se arrugaba formando una sonrisa.

—Cervello, prosiguió diciendo el abogado Macabrós, no cree en el futuro de la inteligencia artificial. Le he dicho que tú le convencerías. No te será fácil: Cervello desconfía de todas las formas de inteligencia. De todas menos de la suya.

—Y aun ni de ésa, replicó el corcovado con una mueca maligna. Había vuelto a trepar a la butaca y emitía una risa seca entrecortada por el jadeo. Pero siéntese, señorita, siéntese. El señor letrado no me había advertido de que era usted tan guapa. Celebro que así sea. Contra el sentir común, señorita, las mujeres guapas son las más inteligentes. ¿Por alguna razón especial? No, que yo sepa. La naturaleza es arbitraria, tengo yo para mí. A unos les concede dones a espuertas y a otros se los niega todos. En mi caso, ya ve usted, señorita, la naturaleza y yo no nos avenimos. Soy deforme y corto de luces. Pero como por fortuna soy más malo que la tiña, voy tirando. El ilustre letrado no me dejará mentir.

El abogado Macabrós escuchaba esta perorata con seriedad. Clotilde pugnaba por disimular la repugnancia que le inspiraba el corcovado, cuyas palabras destilaban amargura y sarcasmo. Por más que su lamentable constitución la justificara, su actitud le resultaba muy desagradable y le inspiraba recelo.

Clotilde se sentó y empezó a resumir sus conocimientos de informática. Mientras hablaba, era consciente de que Cervello iba examinando sin tapujos su anatomía. No parecía interesarle la explicación.

Sin embargo, la interrumpió al cabo de un rato.

—Entonces, si lo he entendido bien, sería posible, para quien dispusiera de la clave apropiada, obtener información almacenada en la red de ordenadores de una empresa.

—Sí, tal posibilidad existe. De hecho...

—¿Por ejemplo de Iberia? ¿Las reservas de billetes, las listas de pasajeros?

—Sí.

—Y de una cadena de hoteles, lo mismo.

—Lo mismo.

—Y de una entidad bancaria.

—De cualquier sistema en red.

—Conociendo la contraseña, claro. ¿Y sin conocerla?

—Hay maneras. Si me permite que se lo cuente...

—Se lo ruego, señorita, disculpe mi entrometimiento. Es mi natural apasionado cuando algo me estimula, en el buen sentido del término. Soy un perro de presa. El señor letrado no me dejará mentir.

Clotilde expuso en forma sucinta algunos casos ocurridos en los Estados Unidos. Curiosamente, la penetración en la red informática había sido por lo general obra de jóvenes estudiantes, sin más finalidad que el juego. Habían entrado incluso en los archivos secretos del FBI y del Pentágono, pero luego no habían hecho ningún uso de esta prodigiosa información. Para ellos era una gamberrada o, en algunos casos, un desafío al sistema. Ahora la protección contra los intrusos suponía un gasto adicional extraordinario para las empresas y organismos que dependían de la informática. Y aun así, los piratas seguían venciendo todos los obstáculos.

—Perdonen si me he alargado demasiado.

—Por el amor de Dios, señorita, lo expuesto ha sido muy instructivo y lo ha explicado usted muy bien. Oyéndola hablar el tiempo es como si no corriera, el señor letrado me corregirá si miento. Sin embargo, lo que nos ha referido, al menos para mis pobres luces, no tiene mucho sentido. Quizá no tengo visión de futuro.

Clotilde no sabía si las palabras del corcovado encerraban un elogio o una burla. Intervino el abogado Macabrós.

—Gracias. Ya te puedes retirar.

Clotilde se fue muy humillada, creyendo haber sido objeto de un espectáculo.

Al día siguiente volvió a llamarla el abogado Macabrós. Esta vez estaba solo en el despacho.

—No te preguntaré la impresión que te produjo Anselmo Cervello. No viene al caso. Tú a él se la causaste muy buena. Se deshizo en elogios de tu inteligencia, por no mencionar otros elogios de los que te haré gracia, hizo una pausa y continuó en un tono más bajo, casi confidencial: Cervello es el demonio, y como tal tiene buen ojo para juzgar a las personas. En su condición, lo necesita. Hombre despierto, astuto, inculto y de muy humilde extracción. Todo en contra. Desde la cuna, todo en contra. Y sin embargo, ahí lo tienes.

—¿Es abogado?

—No, no. Un respeto para la profesión. ¿No has advertido su forma de vestir, sus maneras y su *vocabulaire*? Cervello es detective privado. Lo creas o no. Empezó de la nada, rebuscando en la basura, en los dos sentidos de la palabra, metafórico y literal, y ahora es propietario de una agencia de investigación con más de diez empleados. A menudo le encargo informes. Nunca falla, pero no conviene fiarse de él. Es malo y no pondría la mano en el fuego por su discreción. ¿Chantaje? Yo no diría tanto. En fin, te cuento estas cosas porque desde ayer se ha constituido en tu valedor. Cuando te fuiste insistió en dos cosas. Primeramente, en tu valía personal. Dijo que yo estaba desperdiciando tu talento. Y a renglón seguido, en la inutilidad del trabajo que vienes realizando.

—Pues parecía muy interesado.

—Lo estaba. Pero opina que la informática es un oficio de canallas y que tú no das el perfil.

—¿Me va a despedir?

—No, al contrario. Te voy a encomendar algún asunto y a pagarte un estipendio. Siempre hago caso de las advertencias de Cervello. En cuanto al estipendio, no te hagas ilusiones. Muchos pagarían por estar donde tú estás.

Durante un par de semanas no pasó nada. Luego, de repente, la secretaria del abogado Macabrós le dejó en la mesa una pila de folios sujetos por un clip.

—Dice el señor Macabrós que te estudies esto.

La secretaria del abogado Macabrós se llamaba Feli.

—¿Y cuando lo haya estudiado?

—No sé.

Era un contrato de arrendamiento. Clotilde lo leyó varias veces sin encontrar nada anormal. Al cabo de un par de horas Feli vino a buscarlo y se lo llevó sin darle ninguna explicación.

De cuando en cuando, Feli u otro miembro del bufete depositaba un escrito en la mesa de Clotilde con el encargo de leerlo detenidamente para ver si todo estaba conforme y no había cabos sueltos. Estos escritos se referían a etapas cansinas de asuntos largos y enrevesados. Leer aquellos textos farragosos sin perder el hilo de la argumentación requería un gran esfuerzo. Al cabo de un rato, a la luz del flexo sobre el papel, la letra impresa parecía desprender un resplandor malsano.

Clotilde no creía haber ganado mucho en el cambio.

Más tarde empezó a ser convocada a pequeñas reuniones de abogados, donde los escritos eran analizados y discutidos tediosamente. A estas reuniones de trabajo nunca acudía el abogado Macabrós, sino alguno de los pasantes. Como éstos actuaban con plenos poderes, se crecían y peroraban frente a sus colegas como si estuvieran en un ágora. Estas divagaciones eran ridículas, pero los oyentes las toleraban porque al llegar su turno procedían de la misma manera y con misma pompa. Tanta palabrería contribuía a hacer los pleitos más largos y dificultosos.

En algunas ocasiones las reuniones de este tipo se celebraban en el bufete de la parte contraria, en las salas de una notaría o en la asesoría de un banco. Estas últimas ocupaban piezas amplias, bien iluminadas, con muebles modernos; de las paredes colgaban enormes lienzos de artistas contemporáneos en los que no era raro ver incrustados cordeles, ladrillos, harapos y suelas de zapato. Allí la gente parecía más jovial y más limpia, los abogados vestían a la moda y se tomaban los asuntos con alegría.

En una de estas sesiones de trabajo Clotilde encontró a Fontán, a quien no había visto desde los tiempos de la facultad. Fontán era unos años mayor que ella, había estudiado en Deusto y en Yale y el paso por estos centros le había conferido un aplomo mundano del que por lo común carecían los hombres y las mujeres de su edad y condición. Clotilde no lo tenía por muy inteligente, pero sentía por él una especial debilidad. De otros hombres más capaces valoraba las virtudes; de Fontán le hacían gracia los defectos.

*

Clotilde llegó puntualmente a la cita con Mauricio. Éste ya la esperaba.

—Yo creía que los dentistas siempre hacíais esperar.

—A los pacientes.

—¿Por sadismo?

—Claro. No pensarás que trabajamos por dinero.

Habían quedado a las ocho en un bar de la calle Aribau. A aquella hora eran los únicos clientes del local. El camarero, en mangas de camisa, leía *El Mundo Deportivo* con las cejas arqueadas, moviendo los labios. Les sirvió con diligencia dos cervezas y volvió a su lectura.

Mauricio le contó a Clotilde la proposición que había recibido del partido socialista.

—No sé qué debo hacer.

—Pero sí sabes lo que quieres hacer, repuso ella, y como te parece un disparate, me pides que te dé el visto bueno.

—¿Tan transparente soy?

—Sí.

—¿Entonces, tú crees que debo meterme en esta aventura?

—Yo no he dicho eso.

—¿No debo?

—Ni una cosa ni otra. Todo depende de si te interesa.

—Vaya un consejo.

—No pretenderás que decida por ti. Si dudas es que estás dispuesto a decir que sí. Sé sincero.

—Bueno, por probar, no pierdo nada.

—Ni ganas nada. La política te trae sin cuidado. Discutir y especular, sí, pero la práctica te horroriza. Para ser político hay que tener una extraña vocación, y tú ya tienes una extraña vocación. No necesitas otra.

Mauricio no tenía argumentos que oponer, pero como Clotilde no hablaba en tono agresivo ni petulante, tampoco podía sentirse maltratado. Ella hizo una pausa y viendo que él no decía nada, añadió:

—No puedo decidir por ti. Ahora, un consejo sí te voy a dar. No lo seguirás, pero te lo daré igual. Si por mala conciencia te crees en la obligación de sacrificar tus horas de ocio a la política, no hagas campaña con los socialistas.

—¿Por qué no? Son los nuestros.

—Precisamente. El partido socialista es el partido de los fracasados y los zascandiles como nosotros. Primero quisimos hacer la revolución y al final nos hemos quedado con el Estado del bienestar. Yo voto socialista, por supuesto; los demás son peores. Incluso es posible que el PSOE vuelva a ganar. Pero como ganará por el voto de los inútiles, lo seguirá haciendo fatal y durará poco. Bebió un sorbo de cerveza y continuó: El partido socialista se basa en la falta de ideales. Ni la santa tradición ni la revolución permanente. Sólo gestión y distribución. Poco estimulante, salvo que sea novedoso, como en España. Todo nos parece bien comparado con lo que hemos tenido. Pero cuando nos acostumbremos, veremos que detrás de la práctica diaria no hay nada. Peor aún: le veremos las interioridades al partido y no nos gustarán. Un gobierno sin ideología ha de mantener un nivel muy alto de eficiencia y de honradez, y eso no está al alcance de nadie. En cuanto hayan puesto la casa en orden y la gente vea que poco o nada cambia, vendrán las viejas retóricas y los harán a un lado. Embarcarse con ellos es ir de cabeza al fracaso. Esto por lo que se refiere a los socialistas en general. Aquí el panorama es aún peor. Cataluña es ingobernable. Durante siglos hemos funcionado a nuestro aire, sin estamento político, y no estamos preparados para encajar en una estructura de poder. Estamos acostumbrados a vivir en la periferia de un Estado incompetente y a sobrevivir a base de pactos secretos, acuerdos tácitos y chanchullos disimulados, bajo el velo de un nacionalismo sentimental, autocompasivo y autocomplaciente. En Cataluña la política es un circo de pulgas para un público embrutecido por el fútbol y el virolai. Jordi Pujol entiende la situación y por eso gana y volverá a ganar. Su partido no es tal partido, sino una asociación de hombres de negocios que dirigen el país como lo que es: un negocio.

Calló bruscamente y miró a su alrededor. No había entrado nadie y el camarero seguía absorto en la exégesis de *El Mundo Deportivo*.

—Caray, dijo Mauricio.

—Las mujeres siempre procuran decir lo que los hombres quieren oír. Yo no hago eso.

—Sí, ya me he dado cuenta.

—De todos modos, esto no significa nada. No soy la sibila. Mi opinión sólo es un factor a tener en cuenta. Hay muchos más. Cuestiones personales, conflictos no resueltos, curiosidad, afán de probar lo desconocido o de probarse a uno mismo. Razones legítimas. Más legítimas que las que mueven a muchos. Y si se presentan, no se las puede rechazar impunemente. Muchas veces uno se arrepiente de no haber hecho algo por prudencia. Eres joven y no pareces tonto. Haz lo que te dé la gana, y si la cosa se tuerce, ya sabrás cómo salir sin demasiadas magulladuras.

—Entonces, ¿no está mal que acepte la propuesta de Raurell?

—No, si tú la encuentras razonable. Y para zanjar el tema, quiero que queden claras dos cosas. Una, que hagas lo que hagas, yo no te ayudaré en nada. Y dos, que si algo sale mal o te das un batacazo, no dejaré que vengas a llorar en mi hombro. No soy simpática, ni siquiera buena persona, y creo que lo mejor es evitar malentendidos. Primero escuchas una confidencia, te muestras comprensiva, te vas a la cama con un tío y sin más ni más te encuentras metida en una relación.

Mauricio sonrió.

—Ya veo que tienes mucha experiencia, dijo.

Clotilde percibió la burla y se puso colorada.

—Debes pensar que soy una tonta. Tengo la manía de generalizar.

—Un poquito. Pero no eres tonta ni es una manía. Lo que ocurre es que tú eres de letras y yo soy de ciencias. En el pensamiento científico la generalización es un sacrilegio: cada caso es un caso y responde a unos parámetros que no se pueden extrapolar. Hay pocas leyes científicas y las pocas que hay acaban resultando falsas. En cambio el pensamiento humanístico tiende a convertir el caso particular en fenómeno universal.

—¿Vanidad de vanidades?

—No. Cada uno trabaja un campo distinto. Los dos son complementarios y ninguno es mejor. Todo depende. Por esto te he pedido consejo, porque tú tienes una mentalidad más amplia, más abierta, y yo sólo soy un dentista.

No había reproche en las palabras de Mauricio, pero Clotilde se sintió corregida.

—Quizá he sido un poco brusca.

—Es tu manera de ser. Pero yo te he pedido una opinión, me has dicho lo que creías que me habías de decir y te lo agradezco. De veras que me ha sido muy útil. Además, esto no es un concurso de méritos. Somos amigos, cada cual puede decir lo que quiera, y será realmente tonto quien piense que estamos echando un pulso. Cuando he dicho lo del pensamiento científico tampoco me estaba rebajando. Soy dentista y me gusta mi profesión, pero no me impide seguir en contacto con la literatura, el arte, el pensamiento y, como ves, hasta con la política activa. En cambio tú no sabes nada de ciencias y si te mostrara un tratado de odontología te desmayarías del susto.

—*Ja, Herr Doktor*, dijo ella en broma. Pero Mauricio añadió con seriedad:

—No digo esto para echarme flores. No leo a Goethe para fardar ni para competir. Lo hago porque me gusta y porque pienso que si me pasara la vida mirando la boca averiada de la gente me convertiría en un borrico. También por esta razón, en parte, había pensado que echarme al ruedo no era una mala idea. Y volviendo a lo de antes, sí, has estado un poco brusca. No pasa nada. Conmigo no tienes por qué gastar cumplidos.

Echó una mirada al reloj y añadió:

—Se ha hecho un poco tarde. Lo siento, cuando me pongo a discursear, no paro. ¿Te acompaño a casa?

Clotilde había supuesto que Mauricio la invitaría a cenar. Sin duda él había acudido a la cita con la misma intención. Pero luego, en vista de la actitud de ella, había cambiado de plan sobre la marcha. Clotilde interpretó este cambio como un reproche y adoptó un aire distante.

—No te molestes. Tengo un autobús aquí mismo que me deja muy bien.

Se despidieron deprisa y fríamente.

Al día siguiente Mauricio decidió dar su consentimiento a la propuesta de Raurell y no volver a ver a Clotilde si ella no le llamaba.

Llamó a la sede del Partido Socialista de Cataluña e informó a Raurell de su decisión. Raurell le dio las gracias y le dijo que en breve se pondrían en contacto con él.

Así pasaron diez o doce días. Cuando ya faltaba poco para el inicio de la campaña electoral, Mauricio, en vista de que no tenía noticia de Raurell ni de nadie relacionado con el partido, se personó en la calle Nicaragua y le dijo a la recepcionista que venía a recibir instrucciones. Al principio la recepcionista lo tomó por un excéntrico.

En el local reinaba un gran desbarajuste. Los teléfonos no dejaban de sonar sin ser atendidos, todo el mundo corría de un sitio a otro sin detenerse en ninguno y sin dejar de quejarse de la incompetencia de los demás. En las sillas había pilas de pasquines atados. Mauricio comprendió que el tiempo se les había echado encima, la campaña electoral todavía no estaba organizada y nadie quería responsabilizarse de la imprevisión.

Al cabo de un rato de deambular por todas partes sin que nadie reparara en su presencia, vio pasar a Fitó en mangas de camisa y lo abordó. Fitó le dijo que ahora no podía perder el tiempo en minucias y le sugirió que buscara a un tal Brihuegas y se pusiera a su disposición.

—¿Quién es Brihuegas?

—Un histórico. Un viejo luchador. Y un coñazo. Él te dirá lo que has de hacer.

—Oye, si sobro, me lo dices y me vuelvo a mi consulta, dijo Mauricio un poco molesto.

—No, no, tu ayuda nos vendrá bien, dijo Fitó, y luego, como justificante de sus malos modales, añadió: Si seguimos a este ritmo me va a dar una apoplejía.

—No lo creo, diagnosticó Mauricio, pero si ahora ya estás así, ¿cómo estarás al final de la campaña?

Preguntando a unos y a otros, dio finalmente con Brihuegas, un hombre bajo, macizo, de cabeza grande, aspecto ordinario, sucio y gargajoso. Escuchó a Mauricio con mucha atención y luego le dijo que se presentara el sábado siguiente a las seis y media de la tarde en el centro cívico de la zona norte.

—¿Dónde queda eso?, dijo Mauricio.

—En Ciudad Meridiana, ¿sabrás llegar?

—No.

Brihuegas reflexionó entre ruidos guturales y dijo:

—El cincuenta y uno te deja en la puerta. Adiós.

—¿Tendré que hablar?

—O bailar. Todo va a gustos, dijo el viejo luchador.

Mauricio temía haber cometido un grave error comprometiéndose con una gente que ahora obviamente no sabía cómo deshacerse de él.

Conforme avanzaba la semana, su nerviosismo iba derivando hacia un sentimiento de sombría fatalidad. Lamentaba no tener a nadie a quien confiar sus zozobras. Todo el mundo habría considerado una insensatez aquella repentina incursión en la política y el propio Mauricio les habría dado la razón. Por un momento pensó en llamar a Fontán, pero desistió de inmediato.

El sábado, un poco antes de la hora convenida, se

apeó del autobús tal y como le había indicado Brihuegas. El trayecto se le había hecho larguísimo y allí no había nadie esperándole. Temió haberse equivocado de lugar, de día o de hora. A su alrededor todo se le antojaba siniestro, como el escenario de una pesadilla.

El barrio estaba en los confines de la ciudad y su trazado se deshilachaba en desmontes y baldíos tapiados, hasta morir en una carretera elevada por la que circulaban camiones a gran velocidad. Al otro lado, una sucesión de bloques de viviendas grandes y regulares presentaban un perfil continuo y opaco. Caía la tarde y el cielo se teñía de un rosa pálido y melancólico. Si en aquel preciso instante hubiera pasado un taxi o un autobús en dirección contraria, Mauricio lo habría cogido sin vacilar. Pero como por allí no pasaba nadie, optó por caminar hacia la zona edificada.

Apenas llevaba recorridos veinte metros, vio venir corriendo a un hombre. Como no parecía peligroso, Mauricio se detuvo a esperar y ver qué quería. Cuando lo tuvo cerca reconoció a Brihuegas. Le hizo señas y Brihuegas se detuvo a su vez y esperó a que Mauricio se reuniera con él. Sudaba y jadeaba como si acabara de recorrer una larga distancia a la carrera. Dijo:

—Va, estamos llegando tarde.

A buen paso y sin decirse nada alcanzaron las primeras construcciones y siguieron caminando hasta llegar a una más baja, de hormigón oscuro, con barrotes en las ventanas. En un vestíbulo alumbrado por fluorescentes les esperaba un joven vestido con un chándal gris. De las paredes del vestíbulo colgaban anuncios manuscritos, recortes de periódico y un póster grande del grupo chileno Quilapayún. Sin darle tiempo a ver más, el joven los condujo por un pasillo hasta una sala de actos llena de gente. En el estrado había una mesa cubierta por un fieltro verde, con un micrófono en el centro y tres sillas vacías. En la pared, detrás de las sillas, había una pancarta con el emblema del partido socialista pintado a mano y el eslogan de la campaña:

CATALUNYA VOLVERÁ A SER ESCUCHADA
VOTA PSC

Por los altavoces sonaban canciones españolas de moda que Mauricio creía haber oído en el supermercado.

Brihuegas preguntó:

—¿Quién falta?

—Mosén Serapio, respondió el joven que los acompañaba.

Brihuegas hizo un gesto de contrariedad y exclamó por lo bajo.

—Oh, nadie me había informado.

No tanto por curiosidad como por integrarse en el pequeño grupo, Mauricio preguntó:

—¿Pasa algo?

—No, no, qué va, qué va. Mosén Serapio te va a encantar. Cura obrero, ya sabes, un tipo muy sano. Muy sano.

En aquel momento llegaba el aludido. Dirigiéndose a Mauricio dijo:

—Hola, soy mosén Serapio.

Estrechó la mano de Mauricio con inusitada fuerza. Mauricio supuso que Brihuegas había utilizado el término sano en sentido metafórico. Mosén Serapio era alto, flaco de cuerpo, de rostro verdoso, demacrado, con los ojos hundidos, la nariz afilada y las orejas grandes y transparentes. En conjunto parecía un enfermo grave, y también un depravado. Mauricio pensó que podía tratarse de un sifilítico.

Brihuegas y el cura obrero discutían el orden de las intervenciones.

Mosén Serapio dijo:

—A mí me da lo mismo, pero lo normal es que empiece el nuevo.

—No, hombre, ¿no ves que está más nervioso que un flan?, dijo Brihuegas. Yo abriré, luego viene él y tú cierras.

—Está bien.

Era evidente que entre ellos había una antigua y sorda animadversión. Los tres subieron al estrado sin que el público les prestara atención ni dejara de hablar y de hacer ruido. Cuando estaban sentados subió el joven del chándal y golpeó el micrófono y sopló para ver si funcionaba bien. Como no funcionaba ni bien ni mal, se fue deprisa y no volvió a aparecer. De vez en cuando Brihuegas soplaba el micro sin obtener ningún resultado. Al cabo de unos minutos se oyó en toda la sala un pitido largo y desagradable que restableció el uso del micrófono y de paso hizo callar a la concurrencia. Brihuegas aprovechó la oportunidad para ponerse a hablar inmediatamente y con mucho énfasis. Mauricio le escuchaba con la máxima atención, tratando de descubrir los trucos de la oratoria popular. Era obvio que Brihuegas poseía larga experiencia en aquel terreno, pero su discurso consistía en una sucesión de estereotipos y lugares comunes. A veces perdía el hilo en mitad de una frase. Entonces levantaba la voz, señalaba a los oyentes con ademán conminatorio y exclamaba: ¡Compañeros, os lo digo bien claro para que me entendáis! Y acto seguido se adentraba en un nuevo tema del que tampoco decía nada específico. El público escuchaba con respetuosa apatía y emitía risitas de complicidad cuando el orador aludía con sarcasmo a los partidos rivales o dedicaba pullas a personas conocidas sin citarlas por el nombre. El público estaba compuesto en su mayor parte de hombres de cierta edad, enjutos y arcillosos. Las mujeres, mucho más escasas, con aire beatífico y ajamonado, parecían haber ido acompañando a sus parejas y no por voluntad propia. Ellas y ellos se habían endomingado, quizá en previsión de que a la televisión se le ocurriera hacer acto de presencia. A la espera de este acontecimiento, muchos dormitaban sin disimulo.

Mauricio dejaba vagar la mirada por aquellos individuos tratando de adivinar su ocupación, su procedencia, su nivel intelectual o cualquier otro dato revelador, pero todos se mostraban impermeables a su análisis. Ni su apariencia ni su actitud le permitían deducir si eran obreros o simples desocupados contratados por horas para no dar un mitin en una sala vacía. Tal vez aquellas mismas personas acudían a todas las convocatorias por una módica suma o sólo por la merienda, sin que les importara la ideología del orador. Esta sensación de falsedad paliaba su nerviosismo, pero le hacía preguntarse la razón de su propia asistencia. Ante aquella masa hermética, Mauricio, con su ropa deportiva de buena calidad, se sentía fuera de lugar.

De repente Brihuegas puso fin a su intervención con tanta brusquedad como la había iniciado. Hubo un breve silencio en la sala y luego sonaron algunos aplausos tibios. El orador atajando con un gesto el homenaje y señalando a Mauricio dijo:

—Vale, gracias. Y ahora oiréis lo que os va a decir aquí el compañero.

Mauricio sacó del bolsillo unas cuartillas dobladas y las colocó sobre la mesa, carraspeó y empezó a leerlas con voz temblorosa. No era su primera intervención pública, pero en las ocasiones anteriores conocía la materia sobre la que había de disertar y también a su auditorio. Por fortuna, las exageradas muestras de indiferencia de sus oyentes demostraban que no se esperaba nada de él. Bueno, pensó, mejor para todos. Conforme iba leyendo se iba sintiendo más aplomado. Al acabar recibió su correspondiente tanda de aplausos y una palmada en el hombro propinada por Brihuegas.

—Has estado muy bien, leñe.

—¿Se ha entendido lo que quería decir?

El viejo luchador se encogió de hombros y respondió:

—No lo sé, supongo que sí. Yo, como comprenderás, tenía la cabeza en otro sitio. ¿Y el mosén?, ¿por qué no arranca? Ah, ya lo entiendo: el muy carbón se ha traído a su morcillera.

En efecto, sin dar tiempo a que el cura obrero tomara la palabra, había subido al estrado una mujer joven, de porte atlético, vestida con una falda corta y un jersey negro muy ceñido. En la mano llevaba una guitarra. Se la colgó del cuello y sin más preámbulo se puso a cantar una ranchera.

Que no me rajo
¡que noooooo...
me rajooooo!

El público seguía en vilo la actuación. Después de dos rancheras, un bolero y una canción de protesta y con la misma celeridad con que había subido al estrado, saltó al suelo y desapareció por el pasillo oscuro con la guitarra todavía colgada del cuello.

El cura obrero aprovechó aquel momento de estupor para empezar su alocución. Fue conciso, habló en tono coloquial y fue premiado con una fuerte ovación. Mauricio advirtió con extrañeza que ni mosén Serapio ni Brihuegas habían mencionado en sus intervenciones el programa del partido en cuyo nombre hablaban, ni tampoco habían pedido el voto de los espectadores.

Cuando Mauricio en un aparte le preguntó la causa de la omisión, Brihuegas dijo:

—Ni falta que hace. Estos capullos sólo vienen a matar el rato; a la hora de votar hacen lo que les sale del pijo. Entonces a qué coño venimos, me preguntarás. Pues te lo explico en dos palabras: venimos porque los demás partidos vienen, y si nosotros no, pues van y se ofenden y entonces sí que no nos vota ni Cristo. Así es la política, chico: una gilipollez.

Mosén Serapio interrumpió este coloquio:

—Venga, se os convida a una cervecita. Al fin y al cabo, estáis en mi territorio. Y dirigiéndose a Mauricio añadió: ¿Qué?, ¿canguelo?

Al salir, el cura obrero iba estrechando la mano de los rezagados. A algunas mujeres les hacía mamolas cariñosas. Todos le conocían y esto disipó las dudas de Mauricio sobre la autenticidad de la audiencia.

Brihuegas iba muy enfurruñado, porque a él no le saludaba nadie.

Al salir a la calle era noche cerrada. Las farolas de mercurio, muy altas y nimbadas por la humedad, daban al rostro del cura un aspecto cadavérico. Dijo:

—Vamos aquí al lado.

Las aceras estaban llenas de motocicletas y menudeaban corrillos de jóvenes vestidos de un modo estrafalario que miraban a los transeúntes con aire de perdonavidas. En compañía de los otros dos, Mauricio se sentía seguro. Superado el trance del discurso, empezaba a encontrarle gusto a aquella aventura singular. Todo lo miraba con curiosidad y con desconcierto. El barrio impersonal, el estrépito de la circulación, el aspecto de la gente y los colores chillones de los rótulos lo transportaban a lugares remotos. Lo mismo podían estar en Barcelona que en Asia o en cualquier ciudad de América Latina.

Entraron en un bar amplio y muy concurrido y fueron directamente a la barra, donde les esperaba la mujer que había cantado en el mitin. Brihuegas, que la conocía de antiguo, se la presentó a Mauricio. Ella le dio dos besos en las mejillas, lo miró con los párpados entrecerrados y exclamó en tono admirativo:

—¡Macho, valiente chupa!

Mauricio sonrió y esbozó un gesto de disculpa.

—Es de Gonzalo Comella, dijo como si eso fuera un castigo.

El aire era denso y apestaba a tabaco y a fritos.

La mujer se llamaba Adela pero todos la llamaban la Porritos. Éste era el nombre de guerra que había utilizado en el pasado, le explicó, en los tiempos de la clandestinidad. Mauricio dijo:

—Has cantado muy bien. Y tienes una bonita voz.

A pesar de su aire socarrón, la mujer se ruborizó.

—Una vez, le confió aprovechando que los otros no escuchaban, hice de telonera en un recital de Raimon. Éramos bastantes, no vayas a pensar. Pero eso ya no me lo quita nadie de mi currinculo. A la salida del concierto cargaron los grises. Por suerte Raimon ya se había ido por otra puerta, que si no, igual lo trincan.

La mujer que atendía la barra puso cuatro jarras de cerveza de barril delante de ellos y un plato de tasajo. El curo obrero dijo:

—Bueno, ya hemos concluido otra jornada de lucha. Salud.

En su voz Mauricio creyó percibir un deje de nostalgia.

Como si hubiera leído los pensamientos de Mauricio, Brihuegas dijo:

—Antes, por menos, acabábamos todos en comisaría. En cambio ahora, el respetable se duerme mientras nos desgañitamos, y al final, hasta nos aplauden.

Mosén Serapio dijo:

—El día menos pensado nos dan una oreja.

—Dejarse de tonterías, dijo la Porritos, gracias a Dios aquellos tiempos ya pasaron.

—Bueno, antes nos daban de hostias, pero ligábamos más, dijo Brihuegas. A que sí, reverendo padre... ¡Picha de oro! Aquí donde le veis, tan modosito... ¡picha de oro!

El cura obrero se reía en silencio mostrando unos dientes desiguales y ennegrecidos. Mauricio comprendió que no obstante sus ideas irreconciliables y su rivalidad personal, entre aquellos dos hombres atrabiliarios existía una camaradería forjada en los largos años de lucha y persecución. Esta idea le hizo sentirse aún más desplazado: era evidente que lo consideraban un advenedizo y un parásito y que toleraban su compañía en cumplimiento de unas reglas de juego que habían entrado en vigor recientemente y cuyo objetivo no era otro que reemplazar a los antiguos activistas por hombres como el propio Mauricio, más jóvenes, mejor preparados, con las energías intactas y un historial por estrenar.

Mientas pensaba esto, los dos hombres se habían enzarzado en una conversación plagada de nombres propios y alusiones indescifrables. Al verlo tan pensativo, la Porritos le zarandeó por un brazo y le dijo:

—Venga, hombre, no te desanimes, que para ser el primer día has estado requetebién. A estos dos no les hagas ni caso, son perros viejos.

A Mauricio le invadió una repentina ternura hacia

aquella mujer simple y generosa, que se esforzaba por apuntalar los nimios triunfos de un personaje anacrónico como mosén Serapio.

Al salir del local, el aire contaminado de la calle le pareció una brisa alpina. Toda la ropa olía horriblemente a humo de cigarrillos y a fritanga. Brihuegas dijo:

—Yo he traído coche, os llevo.

El cura y la Porritos declinaron el ofrecimiento. Ella tenía cosas que hacer por el barrio y él iba en moto. Brihuegas y Mauricio anduvieron hasta donde aquél había estacionado un Ford Fiesta rojo, con la carrocería abollada y la pintura desleída.

Ya en el coche, Brihuegas, consciente de la curiosidad de Mauricio y sin esperar a que éste le preguntara nada, dijo:

—Mosén Serapio no es mal hombre, sólo que, en su estado...

—Sí, ya me he dado cuenta de que no está bien de salud.

—Ca, yo me refiero a su estado religioso. Alguien que ha hecho voto de pobreza, castidad y obediencia, ¿cómo te vas a fiar de él? Y luego los curas, ya se sabe, la castidad y la pobreza, como si no, pero la obediencia, jodó, de ésa no se apartan un pelo. Como el obispo les diga cualquier cosa, aunque sea dar por el culo a su padre, lo hacen sin rechistar, oye. Sin rechistar. Y si lo dice el cabrón del Santo Padre, ni te cuento. Además, a ésos la policía nunca les ponía la mano encima. Así ya se puede, digo yo. Pero como persona, añadió tras una pausa, nada que decir: un tipo legal, y de lo más quijotero. En estos barrios ha hecho una buena labor, esto nadie se lo puede negar.

—¿Y la Porritos?

—¿Ésa? Un ángel bendito de Dios y su padre. De jovencita andaba en la droga. Él la ayudó a salirse y ahora lo sigue a todas partes con la guitarra y las putas rancheras. Pero yo todo se lo perdono por su buen corazón. Y por ese par de peras... ¿tú has visto cómo se le marcaban? Chico, si no fuera por el jersey y por lo de debajo del jersey, ni Dios le aguantaba los gallos que se la escapan.

*

Al llegar a casa, Mauricio no podía librarse de una profunda sensación de cansancio y desaliento. Le parecía haber dedicado muchas horas y muchos esfuerzos a una cosa fútil. Durmió mal y al día siguiente estaba muy abatido. Como era domingo, se quedó en casa, leyendo, viendo la televisión y cabeceando. A última hora de la tarde recibió una llamada de Fitó.

—Soy Fitó. Te llamo para darte las gracias. Brihuegas me ha comentado que lo hiciste muy bien.

—No, estuve francamente mal. Pero no me importa: es la primera vez. Espero no haber sido contraproducente para...

—Qué va, qué va. Todo lo contrario. Lo importante es machacar. Machacar sin descanso y no desperdiciar ninguna oportunidad. Estar siempre donde se ha de estar y no dar nunca nada por perdido. Sólo así se consigue algo. ¿Dispuesto a repetir?

—¿En el mismo sitio?

—No, en otro sitio, con otro público. Irás con Brihuegas. Hacéis un buen tándem. El martes.

—El martes trabajo.

—A la salida. Brihuegas te pasará a recoger por la clínica. Si surge un imprevisto, no te preocupes, te esperará. Y el público, también. Al fin y al cabo, el espectáculo es gratuito. ¿A las siete te va bien?

—A las siete y media.

El lugar adonde le llevó Brihuegas era un centro cívico similar al anterior, en un barrio pobre, de casas bajas, con paredes blancas, sucias y desconchadas. El barrio se extendía por una colina urbanizada sin otro criterio que el adaptarse a los accidentes del terreno. Las calles eran tortuosas, con pendiente pronunciada, y a veces acababan bruscamente en una vaguada o contra una roca. Con todo, aquella aglomeración absurda conservaba cierto aire pueblerino. La circulación rodada era escasa y se oía a los niños gritar y a los perros ladrar por todas partes.

Al entrar en el centro cívico, se les acercó una mujer gorda, con gafas espesas y pelo oxigenado y murmuró algo al oído de Brihuegas. Éste frunció el ceño.

Mauricio preguntó:

—¿Qué ocurre?

—Chorradas. Una amenaza de bomba.

El viejo luchador parecía contrariado pero no atemorizado.

—¿Y qué hacemos?

—Nada. Vaya, si quieres te puedes ir, pero yo pienso seguir con el programa.

—¿Y si explota?

—¿Qué ha de explotar? De noventa y nueve coma nueve amenazas de bomba, son todas falsas. No hay dinero en el Banco de España para comprar tanta dinamita como se anuncia. Lo hacen unos guasones, o unos hijoputas, para perturbar la actividad democrática. Con una llamada de treinta segundos se cargan un mitin que ha costado un huevo de organizar. Nada, no hay que hacerles el juego.

—¿Y no habría que informar a los asistentes?

—No, hombre. Se largarían. Además, no hay que ser paternalista.

Dicho esto, Brihuegas entró en la sala donde ya había un público bastante numeroso. Mauricio le siguió sin saber si estaba haciendo un acto heroico o una estupidez. Se sentía muy excitado. Creía estar jugándose la vida a cara o cruz. Cuando le llegó el turno, habló con un ardor y una elocuencia contagiosos y al finalizar le aplaudieron con ganas.

A la vuelta dijo Brihuegas:

—Ahora ya no me necesitas.

En su voz se notaba el orgullo del maestro ante los progresos de un discípulo aventajado.

Durante el trayecto, el viejo luchador le contó que él, a sus cincuenta años, nunca se había casado. Para él las mujeres habían sido un lujo pasajero, una breve escala en el agitado itinerario de una vida consagrada a la lucha. Ahora, en cambio, desde hacía una temporada, tenía una novia fija, una mujer de treinta y pico, sin demasiados atributos físicos, según reconocía el propio Brihuegas, pero a la que se sentía fuertemente ligado, si bien por el momento no tenía pensado pedirla en matrimonio. En el tiempo que llevaban saliendo, nunca se habían ido a la cama. Besitos y toqueteos, alguna que otra vez, pero de meter la salchicha, nada de nada, dijo en tono jactancioso el viejo luchador. Se veían a diario, bien al acabar la faena, bien por la mañana, a primera hora, antes de entrar a trabajar. Ella vivía con su madre y con una hija habida de un matrimonio anterior, con un sinvergüenza que un buen día se fugó y del que nunca más habían vuelto a saber nada. Ahora Brihuegas consideraba a aquella muchacha, de catorce años recién cumplidos, como hija suya. Se había encariñado mucho con la niña y, según él creía, ella con él. Estaba decidido a que la niña hiciera una carrera universitaria, con su ayuda, ahora que las cosas por fin estaban cambiando en España.

Que la niña no tuviera que llevar una vida tan difícil como había llevado su madre y antes de ésta, su abuela.

Mauricio escuchaba estas confidencias con curiosidad, sin juzgar lo que el otro le contaba y sin hacer el menor comentario, contento de haberse granjeado la confianza de aquel hombre rudo con quien no tenía nada en común.

Al llegar a casa, todavía bajo los efectos de la excitación producida por la amenaza de bomba, llamó a Clotilde y la invitó a cenar.

—¡Pero si son las once! Ya hemos cenado hace rato.

—Pues yo no he comido nada desde el mediodía. Venga, te paso a buscar y me acompañas, aunque sólo sea para verme engullir un plato de pasta.

Clotilde se echó a reír.

—Menudo plan.

Mauricio la recogió a la puerta de casa de sus padres y fueron al *Giardinetto*. Él pidió una ensalada y unos espagueti a la boloñesa y ella un helado.

Durante la cena Mauricio habló por los codos, pero se abstuvo de mencionar el episodio de la bomba. Temía que a Clotilde su comportamiento le pareciera infantil. En cambio le refirió lo que le había contado Brihuegas.

Al término del relato, Clotilde dijo:

—Francamente, la vida de este hombre me parece un solemne disparate.

—Yo no diría eso. Cada cual se organiza como mejor le parece.

—No, ni hablar.

—Bueno, no insisto. Al fin y al cabo, tú tienes más experiencia. Por tu trabajo, quiero decir. Debes de oír un montón de historias extravagantes. En cambio mis clientes se pasan el rato con la boca abierta, pero sin decir nada. Sólo gritan, se quejan y tratan de darme un sopapo si me pongo a tiro.

—No te burles de mí. Yo me paso el día leyendo insensateces. No sé cómo no me he muerto de asco. Te desaconsejé que te metieras en política y ahora envidio tu decisión.

Al salir del restaurante, Clotilde se colgó del brazo de Mauricio y le apoyó la cabeza en el hombro. Había refrescado y soplaba un viento húmedo. El asfalto brillaba como si estuviera mojado.

—Estoy un poco achispada, dijo. Habían tomado un par de margaritas cada uno.

—En cinco minutos estás en casa, y en menos de diez, en la camita.

—¿Cuál casa y cuál camita?

—Ya lo verás.

Al cabo de unas horas, Mauricio se despertó sobresaltado, como si hubiera sonado una alarma. Clotilde no estaba a su lado. En la penumbra de la habitación se veía la sábana revuelta. El despertador señalaba las tres y treinta y tres. Se levantó y salió del dormitorio en bata y zapatillas. Clotilde estaba en la sala, mirando por la ventana. Se había puesto la camisa que Mauricio había dejado sobre una silla al meterse en la cama.

—¿Te encuentras bien?

—Sí. No podía dormir pero estoy bien.

—Pensativa.

—Eso sí.

Mauricio se puso a su lado y la observó con suspicacia. Temía que ella estuviera llorando y aborrecía tener que enfrentarse a esta eventualidad. El llanto callado de las mujeres le parecía una coacción insoportable, una acusación genérica frente a la que se sentía indefenso.

Clotilde no lloraba. Ni siquiera tenía aire de tristeza o preocupación. Sólo concentrada y distante. Mauricio le cogió la muñeca y simuló tomarle el pulso. Luego en un tono profesional que sabía tranquilizador dijo:

—Todo normal. ¿En qué pensabas?

—Una bobada.

—Me la puedes contar igual. Si quieres. Si no, no.

—No me importa contártela, aunque me tomarás por tonta. Pensaba cómo se debía de sentir la Regenta cuando cayó en brazos de don Álvaro Mesía.

—Como tema de tesis no está mal, siempre que no se te ocurra extrapolarlo. No estamos en el siglo XIX, ni esto es Vetusta, ni estás casada con don Fermín de Pas.

—Animal, don Fermín de Pas no es el marido de la Regenta.

Le acarició el pelo. Después de las emociones del día, Mauricio se moría de sueño, pero no podía dejar a Clotilde sola, ensimismada ante la ventana. Al otro lado de la calle todas las fachadas tenían las ventanas cerradas.

Mauricio advirtió que estaba lloviendo.

—Volvamos a la cama. Te vas a enfriar y yo también.

Clotilde no respondió ni se movió. Estuvieron un rato los dos en silencio, viendo llover. Mauricio no sabía qué hacer. Con gran esfuerzo disimulaba los bostezos.

Cambió el viento y las gotas de lluvia se estrellaron contra el cristal de la ventana. Clotilde se estremeció.

Mauricio dijo:

—Si te digo que te quiero, ¿será mejor o peor?

—Peor.

—Entonces no lo digo. Pero a cambio, has de volver a la cama ahora mismo. Te traeré un vaso de agua.

Al regresar de la cocina, Clotilde se había acostado y dormía con placidez.

Mauricio no pudo conciliar el sueño. Escuchaba la respiración tranquila de Clotilde y miraba el techo. No pensaba en nada concreto, pero tampoco se aburría. Lo dicho, dicho está, pensó. Temía haber cometido una imprudencia. Ni siquiera estaba seguro de sus verdaderos sentimientos y menos aún de si quería que estos sentimientos cambiaran su forma de vida. Veremos a ver, pensó, ahora le toca a ella mover pieza. De la sala llegaba la claridad mate de un amanecer lluvioso. El áspero sonido del despertador le arrancó del sueño profundo en el que había caído sin darse cuenta. Cuando regresó al dormitorio duchado, afeitado y vestido, Clotilde seguía durmiendo. Se agachó y le dijo al oído:

—He de ir a trabajar. ¿Tú no?

—Más tarde.

—Pues sigue durmiendo. Al salir, cierra de golpe. Ya te llamaré.

Se fue sin recibir respuesta. El día era lluvioso y triste. Mientras desayunaba repasó los acontecimientos de la víspera y no le parecieron tan extraordinarios. El clima y la falta de sueño le hacían verlo todo bajo un prisma prosaico y sombrío. Lo hablado durante la noche carecía de importancia a la luz del día. Si ella no vuelve a sacar el tema a colación, pensó, yo tampoco lo haré.

A media mañana, entre dos visitas, llamó a su propia casa y se identificó después de oír el mensaje del contestador por si Clotilde aún estaba allí y quería coger el teléfono, pero no recibió respuesta. Seguramente ya se había ido. Que llame ella, pensó.

Ni aquel día ni el siguiente pasó nada. Al tercero, Mauricio se encontró en el buzón de su casa un sobre franqueado. Dentro había una postal con una foto de Copito de Nieve y al dorso, escrito con rotulador en trazos gruesos: «Gracias por ser un encanto. Besos. Clotilde.» A Mauricio este mensaje le pareció una forma fácil de salir del paso. Decidió no darle más importancia, pero el recuerdo de cada instante pasado con ella le perseguía a todas horas.

*

Los días se deslizaban sin noticias de Clotilde, pero no sin frecuentes llamadas de la oficina electoral del Partido Socialista de Cataluña. La campaña proseguía a un ritmo enloquecido, las actividades se multiplicaban y en la misma proporción crecían la desorganización y el nerviosismo. De buen gusto, Mauricio habría abandonado aquella olla de grillos en la que ya nadie tenía autoridad pero todos mandaban y donde el frenesí y el malhumor parecían haber reemplazado a las ideas y los principios, pero en conciencia no podía hacerlo.

De resultas de ello continuaba participando en unos mítines cada vez más esperpénticos.

Por las prisas y la falta de personal, y considerando que unas cuantas experiencias en compañía de Brihuegas revalidaban su competencia, lo enviaban solo a todas partes, no le ponían en antecedentes de nada y dejaban a su arbitrio el contenido de la intervención: podía hacer y decir lo que le viniera en gana con tal de que hiciera acto de presencia en el lugar y la hora convenidos. Mauricio aprovechaba este desamparo para prescindir del objetivo inmediato de la comparecencia y hablar de las cosas que a él le interesaban o simplemente de lo que se le ocurría en aquel momento. Exponía sus ideas sobre la convivencia y el progreso del modo que juzgaba más directo y claro y no tenía reparo en invocar a Trotsky o a Bakunin, a los que había leído en sus años juveniles con más ardor que provecho, si a medio discurso le venía a la memoria una cita oportuna.

Esta actitud anárquica soliviantaba a los organizadores locales, gente por lo general muy formalista y pusilánime, que se desconcertaba si algún detalle no cuadraba con el estricto procedimiento. Mauricio no hacía caso de sus reconvenciones, porque sabía que no se atreverían a delatarlo y porque en el fondo le traía sin cuidado que lo hicieran. Él iba a la suya.

Naturalmente, estas libertades se las podía permitir porque siempre le tocaba actuar en circunscripciones muy marginales, ante una audiencia en la que abundaban los viejos frágiles y desdentados y los subnormales. El suyo era un público pasivo, respetuoso y poco exigente, propenso a la apatía, pero no reacio a escuchar a un orador dispuesto a dejar a un lado la propaganda electoral para debatir cualquier asunto desde cualquier punto de vista. Por esta causa se armaban con frecuencia coloquios animados, que se prolongaban mucho más allá de la hora prevista y en los que casi todos los presentes participaban con gran vehemencia, unos de viva voz y otros mediante aplausos, jaleos, interjecciones y aspavientos. En estas ocasiones Mauricio se sorprendía al comprobar hasta qué punto aquel público, aparentemente simple y desinformado, conocía la existencia de todos los partidos en liza, el contenido de sus programas electorales y el perfil de buena parte de sus líderes, por más que se mostraban muy reservados a la hora de manifestar sus preferencias. Estos conocimientos, acabó por colegir Mauricio, se debían a la labor ardua, tenaz y generosa de individuos como Brihuegas o mosén Serapio, y no a los intelectuales ni a los dirigentes de las diversas formaciones. Aquéllos habían abonado el terreno por el que ahora éstos mariposeaban alegremente.

Mauricio se percataba de que su aceptación era debida a su aspecto estrafalario, de señorito desorientado, que ahora ya no hacía nada por disimular y que a los ojos de aquella gente lo convertía en un fenómeno de feria. Contrariamente a lo previsible, esta percepción no mermaba la deferencia en el trato ni la predisposición al diálogo.

—Dígale usted a su candidato que para cuándo nos van a prolongar la línea de metro, que llevan años diciendo que sí, y luego na de na.

—No, si por decirlo no quedará, pero del resultado no os hagáis muchas ilusiones, respondía Mauricio.

Los organizadores del mitin se rasgaban las vestiduras al oírlo.

Otras veces las cuestiones de tipo práctico daban paso a temas abstractos, de más enjundia, porque nunca faltaba algún antiguo militante que no conseguía digerir el abandono explícito del marxismo por parte de los socialistas.

—Estuve en la batalla del Ebro, luego seis años en un penal, y ahora vienen a prometernos una guardería infantil y dos paradas de autobús. Y yo me pregunto, ¿ande coño ha ido a parar la revolución?

Entonces alguien del público le respondía:

—Has hecho la guerra, has estado en la cárcel ¿y todavía quieres más? ¿Aún no ha llegado la hora de olvidar el pasado? Lo que se necesita ahora es una política social justa, y más puestos de trabajo. Esto es lo que se necesita. Trabajo pa la gente joven, medicina pa todos, qué coño.

—Pues sin revolución, todo esto te lo vas a pintar al óleo. Y si no, a ver.

—Callar, terciaba alguien, que hable el compañero, que a eso ha venío.

Cuando le interpelaban de este modo, Mauricio nunca se acobardaba.

—¿Queréis saber lo que yo pienso? Pues venga, os lo voy a decir. Yo pienso que esta discusión es sólo de concepto y que en el fondo los dos tenéis razón. Aquí el compañero no quiere olvidar el pasado y hace bien, porque el olvido, cuando se trata de cosas importantes, o es un fallo del cerebro o es pura comodidad, y no podemos construir el futuro sobre una base falsa. De lo que se trata es de recordar, pero sin malevolencia y sin perder de vista que hemos de vivir en paz los unos con los otros y todos en libertad. Esto tampoco significa renunciar a nuestros sueños. La revolución sigue pendiente. Pero la revolución no es un espectáculo. No son gritos ni carreras ni incendios. Eso son los Sanfermines y las Fallas de Valencia. La revolución es cambiar el orden de las cosas y hacer que haya justicia donde antes no la había y que no quede ningún niño sin escuela, ningún enfermo sin hospital, ningún trabajador sin trabajo y nadie sin techo ni pan. Y esta revolución no se hace con alharacas, de un día para otro, sino poco a poco, con el esfuerzo de todos y con el sacrificio de muchos. Y ya está. Vámonos a cenar.

Se enardecía fácilmente, pero cuando veía el efecto electrizante de sus palabras en los asistentes, se sentía un manipulador, cortaba la oratoria fácil y aterrizaba bruscamente en la realidad, con lo que dejaba al público un poco desconcertado.

Como los organizadores, al presentarlo siempre le llamaban doctor, bien por razones de prestigio, bien para justificar su aspecto de pijo incongruente, no era raro que a la salida del mitin se le acercaran varias personas para contarle sus problemas.

—Doctor, la niña no me come.

—Doctor, tengo unas jaquecas que no me las quita ningún remedio.

—Doctor, cada vez que orino me escuece la minga.

Otros, más sensatos, le planteaban cuestiones de interés general.

—Doctor, diga que pongan más médicos en el ambulatorio.

—Doctor, diga a los que gobiernan que legalicen el aborto cuanto antes.

De todas estas peticiones se zafaba como podía.

*

Una noche lluviosa, al salir de un teatrillo parroquial donde acababa de celebrarse un acto preelectoral, un individuo cuyas facciones se ocultaban a la sombra de un paraguas muy grande salió al encuentro de Mauricio y le dijo:

—¿Te acuerdas de mí?

—Ah, sí, ya caigo, exclamó Mauricio tras una vacilación, mosén Serapio. Disculpe, al pronto, con este paraguas... ¿Estaba en el mitin?

—No, respondió el cura obrero, me habría gustado, pero otras ocupaciones me lo han impedido. Además, éstos no son mis caladeros. ¿Puedo invitarte a una copa?

—Claro, dijo Mauricio con renuencia, porque le daba mala espina aquel hombre de aspecto cadavérico, mirada huidiza y sonrisa de chacal.

—¿No traes paraguas?

—No... Pero he tenido suerte y he podido dejar el coche cerca. Al venir no llovía.

—Sí, pero yo soy precavido, dijo el cura obrero. Allí veo un bar. Vamos, en mi paraguas cabemos los dos, si no te importa arrimarte.

Anduvieron del brazo lentamente y en silencio hasta una tasca cochambrosa y vacía a causa del mal tiempo. Un televisor en blanco y negro retransmitía una entrevista sin sonido. Se acodaron en la barra y Mauricio pidió una caña.

Mosén Serapio dijo:

—No, he dicho que yo invitaba, y yo elijo. Chico, nos pones dos copas de ron Negrita.

Un muchacho adormilado llenó hasta el borde dos copas de vidrio grueso no muy limpias. Mosén Serapio dijo:

—Salud.

—Salud, dijo Mauricio. Y luego, tras un corto silencio, añadió por decir algo: ¿Cómo va todo?

—Bien.

—¿Y aquella chica tan simpática que cantaba rancheras?

—¿La Porritos? No sé; hace días que no sé de ella. Es muy independiente. ¿Y tú? Me han dicho que estás metido de lleno en la campaña y que vas por ahí levantando entusiasmos.

—No crea todo lo que oye. Sólo me utilizan para echar remiendos. Si eso sirve de algo, a mí me parece bien. ¿Qué más le han dicho?

El cura apuró de un trago la copa de ron y golpeó el mostrador para pedir al camarero que se la rellenara.

—No me trates de usted, dijo cuando hubo concluido la operación.

—No lo puedo evitar, dijo Mauricio, fui muchos años a un colegio religioso.

Mosén Serapio lo miró de hito en hito, sin ocultar su hostilidad.

—Esto no es un colegio, replicó. Esto es una tasca. Aquí el protocolo es otro.

—Puede ser, pero a mí la desconfianza me acompaña a todas partes. Lo siento.

Mosén Serapio dio un sorbo a la copita de ron y sonrió con paciente ferocidad, como si percibiera que la escaramuza había entrado en su fase decisiva.

—Cada uno es responsable ante Dios, ante la Historia, ante la ley o ante lo que sea, pero sólo de sus actos. Yo no tengo la culpa de lo que te hayan hecho los jesuitas, o los escolapios, o el hatajo de maricones adonde te enviaron tus padres. Tú no me metas en un saco que no me corresponde y yo no te meteré a ti en el de los niñatos que andan por ahí agitando la raqueta como si fuera la hoz y el martillo.

—Oiga, ¿por qué no me dice lo que le pasa y acabamos con este pugilato? Yo creía que estábamos todos en el mismo barco.

—Y lo estamos. La cuestión es ver quién lleva el timón y quién decide el rumbo.

—A mí no me mire: yo sólo baldeo la cubierta, dijo Mauricio. Hizo una pausa y añadió en un tono más conciliador: Escuche, mosén, yo no tengo ambiciones políticas. Sólo intento ayudar. En cuanto vea que ya no me necesitan, me largo. No intento pisarle el terreno y mucho menos quitarle la feligresía, o el rebaño, o como usted prefiera llamarlo. Nada más lejos de mi intención. ¿Por qué se mete conmigo?

El cura obrero se quedó mirando el fondo de su copa vacía con expresión de tristeza y desconcierto. Luego se encogió de hombros y dejó escapar un suspiro pestilente.

—¿Y con quién me voy a meter si no es contigo? ¿Tú crees que Felipe González o Fraga o el mismísimo Carrillo de los cojones vendrán aquí a preguntarme mi opinión? Y si voy a verles ¿me recibirán? ¿Eh?

—¿Lo ha probado?

—Por supuesto que no, hombre. No estoy tan loco. Me echarían los perros o aún peor, me utilizarían como a una mona de feria. Y eso no, ¿eh? Después de todo lo que hemos pasado, ni hablar. Que vayan otros, joder, que vayan otros a dejarse dar palmadas y a salir en la foto. Hale, mosén, una fotito para *El País*; mire para aquí, mosén, sonría, mosén, y abróchese la bragueta, por el amor de Dios, ¿qué van a pensar las damas del ropero? Soltó una carcajada prolongada, como si la farsa que acababa de representar le hubiera hecho mucha gracia. Luego, dirigiéndose al mozo, gritó: Y tú, joder, ¿eres corto de vista o qué? Ven acá y ponnos otros dos rones, ¿no ves que estamos secos?

El mozo salió de su ensimismamiento y rellenó la copa del mosén con la pachorra de quien está habituado a los desahogos de la clientela. Mientras la cosa no pase a mayores, parecía decir, por mí que cante misa. Mauricio lo detuvo con un gesto cuando se disponía a rellenar también su copa. El cura obrero lo advirtió, pero no dijo nada: era evidente que no pretendía emborracharlo. Bebió un sorbo y dijo con voz sorda:

—A mí no me llevarán al festival benéfico de la socialdemocracia. Dio un sorbo y siguió diciendo como si hablara para sí: Yo ya estoy del otro lado.

Mauricio no pudo inferir de sus palabras si se refería a su estado de salud, a su estado anímico o a su estado etílico. Tenía la mirada opaca. Mauricio dijo:

—Entonces, dejemos las cosas como están, ¿no le parece?

—Ah, no, repuso el cura obrero, si he venido a este barrio, con esta tarde de lluvia, no... Además, yo no renuncio a nada. Mi compromiso político sigue en pie. Muchas cosas habrían de pasar todavía antes de que yo renunciase a... a lo que sea, joder. Por otra parte, hijo mío, no olvides que soy sacerdote. Y como sacerdote tengo la obligación, firme ¡e irrenunciable, eh!, la obligación irrenunciable de velar por tu salvación, en este mundo y en el otro. En los dos.

—Por este lado, no se preocupe, yo le relevo muy gustoso de su obligación. Y no me llame hijo: yo no soy hijo suyo.

El cura obrero ahogó una risita al oír estas palabras.

—Pues claro que sí, hijo mío. Claro que sí. ¿O te crees que por haber ido a la universidad vas a poder librarte de esta ignominia? Hijo mío, hijo mío, sé humilde y escucha esta admonición. Extendió un dedo huesudo y tiznado y señaló primero a Mauricio, luego al techo y finalmente al suelo: Guárdate de las asechanzas del maligno.

Mauricio no sabía si hablaba en serio o si desvariaba y se encogió de hombros: de ninguna de las dos maneras aquella prédica iba con él. Mosén Serapio no hizo caso de esta actitud y prosiguió:

—Ya sé que habrás oído la misma advertencia más de mil veces en la escuela. Pero no es lo mismo. Sólo las palabras son las mismas. Porque en la escuela lo decían sin convicción, sólo porque lo exige la doctrina. ¿Qué sabrán ellos? Ellos no tienen una experiencia directa. Cuando se tiene una experiencia directa, hijo mío, todo se ve de otro modo. La doctrina también. Paparruchas. Ya lo sé, ahora me dirás: este tío esta borracho. ¿Y qué, si lo estoy? Además, no lo estoy. Bueno, quizá un poco. Pero no tanto que no te pueda dar un buen consejo.

—Ya me ha dado uno.

—No importa: hoy estoy sembrao.

—Pues venga ese consejo y acabemos de una vez.

—¿Te he dicho ya que te guardes del maligno?

—Sí.

—Bueno, no importa, te daré otro consejo. Es éste: guárdate del maligno, pero si no te quieres guardar del maligno, al menos desconfía de los que te rodean. *Seditiones ipsas ornant.* Esto significa que abusan de tu buena fe. De tu buena fe y también de tu vanidad. La buena fe y la vanidad son dos caras de la misma medalla.

—Lo tendré en cuenta, padre. Gracias por la invitación.

Previendo su partida, mosén Serapio lo agarró por la manga. Sin darle tiempo a reaccionar, acercó la cara a la de Mauricio y susurró:

—Esa gente, la del mitin, ¿qué les cuentas? Predicas la resignación, como los curas carcas. Ellos se van a casa contentos y exaltados, y esto les dura hasta que se vuelven a dar de bruces con la puta realidad. Y tú, lo mismo.

*

Mauricio se había propuesto no dar importancia a la acerba plática de mosén Serapio. El sábado por la mañana se encontró con Brihuegas en la sede del partido y omitió informarle del encuentro. Además, para entonces otro asunto ocupaba su atención.

El viernes a media tarde le había llamado Fontán a la clínica dental para preguntarle si tenía algún plan para aquella noche y, en caso contrario, si le apetecía que cenaran juntos. Como aquel día no tenía programado ningún acto electoral ni prevista actividad alguna, Mauricio aceptó.

—Podemos quedar directamente en el restaurante *Arenzata*, a las nueve y media. Es un sitio nuevo, agradable y no se come mal. No tardarán en cerrar. Está en la calle Laforja, entre Muntaner y la siguiente, dijo Fontán. Y a renglón seguido añadió atropelladamente: Ah, he invitado también a Clotilde. No tendrás inconveniente, supongo.

Mauricio tuvo la sensación de haber caído en una trampa, pero no vio modo de zafarse.

Cuando entró en el restaurante, Fontán le esperaba sentado a la mesa. Clotilde todavía no había llegado. Mauricio no supo cómo interpretar esta circunstancia: para él todos los detalles de aquella cena tenían una significación precisa, que se esforzaba inútilmente en desentrañar.

—Mientras te esperaba he pedido dos dry martinis, uno para mí y otro para ti, dijo Fontán. Y el dueño ha venido expresamente a decirme que hoy tienen cocochas.

—No estoy acostumbrado a beber antes de las comidas. Se me subirá a la cabeza.

—No importa, todavía no has de responder de tus actos ante el electorado. Me han dicho que estás hecho un Castelar.

—No te burles, a fin de cuentas tú me metiste en este lío.

Fontán se puso serio repentinamente.

—Ah, no. Declino toda responsabilidad. Unos invitados me pidieron que te presentase, yo era el anfitrión, no me podía negar. El resto es cosa tuya: tú te dejaste poner el dogal. Ya eres mayorcito.

—No te estoy haciendo ningún reproche, hombre. Lo decía en broma.

—Bueno, por si las moscas. Y esto que quede claro: yo no me meto en política. No me gusta la política y los políticos aún menos. Desconfío de todos, pero muy especialmente de los socialistas. Serán nefastos para el país.

—No estoy de acuerdo.

El camarero les sirvió las bebidas y un platillo de aceitunas.

—No se trata de estar de acuerdo o no. Las cosas son como son. El país está en recesión, la tasa de desempleo es la más alta de Europa, lo que hace falta es incentivar la economía y esto los socialistas ni lo están haciendo ni lo van a hacer. Los socialistas no se proponen crear riqueza, sino distribuir la que ya existe o, dicho en otras palabras, desbaratar un sistema que por el momento funciona. Mal, pero funciona.

El dueño les interrumpió bruscamente.

—¿Ya tenéis claro lo que vais a querer?

—No. Y todavía falta una persona.

—Hay cocochas.

—Ya lo sabemos.

Se retiró el dueño y Mauricio siguió diciendo:

—He oído varias veces el mismo argumento: los socialistas pretenden gestionar el dinero que otros ganan. Lo ha dicho Margaret Thatcher o alguien de su cuerda. La frase es eficaz; el concepto es falso. Lo sería si hubiera igualdad de oportunidades, pero en España estamos a años luz de lo que podría ser un punto de partida no ya justo, sino aceptable. Cuando tú o yo empezamos a ganarnos la vida, llevábamos una ventaja desmesurada sobre la mayoría de nuestros compatriotas, por la familia, por la educación, por las relaciones sociales, por un sinfín de oportunidades y privilegios. La sociedad nos había concedido un crédito sin límites y sin condiciones. Es razonable que ahora lo vayamos devolviendo; sin violencia, pero sin subterfugios.

—Todo esto suena muy bien, pero en la práctica, ¿cómo se guisa? La presión fiscal induce al desaliento y el subsidio de paro fomenta la vagancia. Y a esto se le llama modernizar el país y hacer justicia.

—¿Se te ocurre un sistema mejor?

—Por de pronto, no meter palos en las ruedas. ¿Qué sucederá si se continúa penalizando el rendimiento de las inversiones? Pues que quien tiene dinero, en vez de ponerlo a trabajar, lo esconderá o lo sacará del país, como ya está haciendo.

—Pero si los pillan, irán a la cárcel, y los demás escarmentarán en cabeza ajena.

—Lo dudo. La cárcel está hecha para los chorizos. Los ricos no van a la cárcel. ¿Para qué? Sueltos no son peligrosos y encerrados no producen. Pregúntaselo a

Clotilde: ella es abogada y te lo explicará. Para conseguir lo que tú propones, o se desempolva la guillotina o no pasa nada. Y esto los socialistas no lo harán. Al contrario: seguirán hablando de igualdad, pero cortejarán a los ricos, y serán los primeros en sacar tajada de la crisis que ellos mismos habrán contribuido a crear.

La conversación había subido de tono y casi no prestaron atención a la llegada de Clotilde.

—¿Os estabais peleando?

—Un poco.

—No por mi causa, espero.

—Hablábamos de política.

—Vaya, si lo llego a saber no me lavo el pelo.

Su presencia no sirvió para poner fin a la discusión, pero sí para que cada uno de los contendientes modificara su actitud. Fontán adoptó un tono más escéptico y desaprensivo, raro en él. Mauricio, un tono sincero, casi suplicante: le parecía de vital importancia que ella entendiera las razones de su conducta y las aprobara.

A Mauricio le irritaba la actitud de su amigo, a quien tenía por hombre inteligente y a quien ahora veía incurrir en unos tópicos tendenciosos, difundidos ex profeso para desalentar a la ciudadanía y provocar la inhibición.

A decir verdad, hasta aquel momento Mauricio había conocido a muy pocos políticos profesionales y aun éstos de rango inferior, piezas pequeñas del engranaje local del partido socialista. Por lo general, individuos de su misma edad y de su misma extracción social, de inteligencia media, bien informados e impuestos en las materias de su competencia, aunque todavía inexpertos y a menudo desprovistos de sentido práctico. Por añadidura, los catalanes, por educación o por inseguridad, cultivaban unas maneras discretas, rayanas en la modestia y en la torpeza, que los hacían simpáticos. Los comunistas, con quienes Mauricio también tenía contactos episódicos, gastaban un trato franco, una camaradería superficial, que al menor motivo se convertía en rigidez y aspereza. Razonaban de un modo implacable, y oyéndolos uno no podía menos de darles la razón y depositar en sus manos las riendas de la sociedad. Luego, sin embargo, a la hora de la verdad, todo se les iba en tediosos análisis, en planteamientos tácticos enrevesados y en intrigas internas. El partido comunista, famoso por su disciplina férrea y despiadada, se andaba dividiendo y subdividiendo continuamente, y sus militantes no se recataban de hacer acerbas críticas tanto del partido español como de los partidos comunistas del resto de Europa, de enjuiciar severamente a sus dirigentes, incluso al propio Lenin, y de hacer cuchufleta de la revolución, de la economía centralizada y hasta de sus camaradas más próximos. De esta escabechina sólo salía bien librado Fidel Castro.

Fontán tenía una visión muy diferente. Como miembro del círculo empresarial, había tratado a los políticos en su propio terreno, de puertas adentro y sin testigos, siempre por asuntos que llevaban aparejado el trasiego de fuertes sumas de dinero, y no había visto a ninguno que no se dejara sobornar en mayor o menor grado, de un modo más tosco o más sutil, según la personalidad de cada uno. Los socialistas eran, a su juicio, patanes e incompetentes; los nacionalistas, zafios y desconfiados; los comunistas, esquinados e hipócritas. De la derecha, mejor era no hablar: displicentes, resentidos y codiciosos. Sólo los anarquistas le parecían simpáticos, aunque irresponsables. Unos y otros tenían a sus adversarios políticos por farsantes y criminales, pero se decían dispuestos a perdonarlos en aras de la concordia.

Con su fatua condescendencia, todos parecían querer decir: merecéis que os rompamos la crisma, pero no lo haremos para contribuir a la gobernabilidad de España. En cuanto a los dirigentes de las distintas formaciones, eran todos unos matones de poca monta convencidos de ser Danton o Marco Aurelio, o cualquier cosa menos lo que realmente eran. A la hora de elegir a sus colaboradores, elegían entre sus amigos y compinches a los que más y mejor les adulaban y siempre a personas mediocres que no pudieran hacerles sombra.

—Señorita, ¿estos caballeros ya le han dicho que hoy tenemos cocochas?

—Estos caballeros están enzarzados en un combate de sumo y ni siquiera se han enterado de que estoy aquí.

El dueño del establecimiento reflexionó un rato. Era un hombre alto, fornido y mal afeitado.

—Yo creo que sí se han enterado, señorita. Por eso pelean.

—¿No te jode el psicólogo de la *nouvelle cuisine*?, dijo Fontán.

Mauricio se preguntaba si el dueño del establecimiento no estaría en lo cierto. En aquel momento sentía una animadversión hacia su antiguo compañero difícilmente justificable por razones políticas, ya que éste nunca había ocultado sus convicciones ni sus preferencias. Pero si en su caso la presencia de Clotilde podía ser el motivo de su agresividad, ¿qué provocaba el desafuero de Fontán? Dijo:

—El señor de las cocochas lleva razón, cambiemos de tema. Discutir de política es tan inútil como discutir de fútbol. En última instancia, todo depende de un resultado en el que no podemos intervenir. Nosotros hablamos y hablamos pero llegado el día, los electores decidirán en las urnas libremente.

—Y se equivocarán.

—En esto consiste justamente la libertad.

Clotilde preguntó:

—¿La libertad consiste en equivocarse?

—Precisamente. Acertar a palos no es libertad y encima el resultado es peor. Hemos tenido cuarenta años de aciertos forzados y ya parece que los hemos olvidado.

—¿Pagando o sin pagar?, dijo Fontán.

—No te entiendo.

—Me refiero a lo de equivocarse. Si yo me equivoco, ¿quién paga las consecuencias de mi equivocación? ¿Yo solo? ¿O se reparten a escote? Dicho de otro modo, ¿cómo se compaginan la libertad de equivocarse y la responsabilidad?

Mauricio no tenía ganas de discutir, pero no sabía cómo llevar la conversación a un territorio más amable. La mera proximidad de Clotilde le daba serenidad y alegría, y se desesperaba viendo cómo la velada avanzaba sin salir de aquel atolladero áspero y fastidioso.

—¿Y si pedimos la cena y hablamos de otra cosa?

Así lo hicieron, pero la reunión había empezado torcidamente y no había forma de enderezarla. Como cada uno tenía miedo de herir la susceptibilidad de los otros, las conversaciones languidecían en cuanto se enunciaba el tema. Mauricio no entendía nada. Pensaba que Fontán había organizado aquella cena para gozar de su compañía, pero ahora parecía el más perplejo y el más contrariado. Tal vez Clotilde le había incitado a convocar la reunión de los tres con algún propósito, posiblemente para comunicarles algo de interés. Pero como al llegar los había encontrado enzarzados en una diatriba y con el humor esquinado, no sabía qué hacer ni cómo reconducir la situación hacia sus propósitos.

Mauricio, que había acudido a la cena de mal grado

y no traía ninguna intención determinada, navegaba en un mar de conjeturas.

Finalizada la cena, volvió el dueño del establecimiento.

—¿Habéis comido bien?

—Sí, todo estaba muy rico.

—Pues os convido a una copita de Patxarán.

—Para mí no, gracias, dijo Clotilde.

—Si prefiere otra bebida...

—No. Es que he de irme ya, dijo Clotilde. Y acto seguido, viendo reflejada la sorpresa en el rostro de sus dos acompañantes, exclamó con impaciencia: ¿Qué miráis? Ya os advertí de que tenía un compromiso.

Era obvio que Fontán no había sido informado de esta eventualidad y Mauricio ni siquiera había hablado con ella, pero uno y otro renunciaron caballerosamente a rebatir aquel embuste. Mauricio se preguntaba si Clotilde habría tomado la decisión de abandonarlos en el transcurso de la cena, ante el feo cariz del encuentro, o si este golpe de efecto era el objetivo único de la convocatoria. Había algo de teatral en la conducta de Clotilde. Sin duda su proceder respondía a un plan premeditado, al propósito inequívoco de chasquearlos a ambos por igual.

Ahora Mauricio se sentía humillado y pesaroso y Fontán presa de una sorda irritación.

—¿Qué tal este Patxarán?, dijo el dueño del establecimiento cuando Clotilde se hubo ido con torpe precipitación y los dos amigos se hubieron vuelto a sentar. A que es cojonudo. Venga, os pongo otra copita. Total, ahora que la chavala os ha dao calabazas, ya me diréis.

—Ponga y deje la botella, dijo Fontán. Y cuando el dueño hubo atendido este requerimiento, exclamó: ¡A la porra las mujeres!

—Bien dicho.

A partir de aquel momento, la relación entre ambos se volvió más cordial. Sin embargo, el vínculo de solidaridad que había establecido el desplante de Clotilde no fue suficiente para que alguno de los dos se sincerase. Mauricio habría dado cualquier cosa por conocer los pensamientos de Fontán en aquel momento, y suponía por parte de éste una curiosidad equivalente, pero sabía que ninguno de los dos abordaría el tema ni siquiera de un modo tangencial.

Como los dos habían dejado sus respectivos coches en el mismo garaje, al salir del restaurante anduvieron juntos un trecho. La noche era tibia y soplaba una brisa húmeda que presagiaba lluvia.

—Estamos teniendo una primavera de lo más rara, dijo Fontán.

—Sí, es verdad.

—¿Te digo una cosa? Estoy un poco trompa.

—Yo también. ¿No sería más prudente coger un taxi?

—No. ¿Quién te garantiza que el taxista no estará peor que tú? Además, tendríamos que venir mañana a recuperar los coches y pagar una pasta. Si vamos despacito no pasará nada.

Mauricio tenía un Citroën de tres puertas, que había comprado de segunda mano y al que profesaba un gran cariño. Ahora, sin embargo, comparado con el BMW de Fontán, le pareció una birria. En igualdad de condiciones, ¿a cuál de los dos preferiría una chica normal? En aquel momento se alegró de que Clotilde no estuviera allí y no tuviera que hacer una elección tan desventajosa.

Durante el trayecto de vuelta a casa, Mauricio iba haciendo planes para aumentar sustancialmente sus ingresos.

*

El sábado, Mauricio acudió a la sede del partido con una resaca considerable, provocada por los excesos de la víspera. Cuando entraba se encontró con Brihuegas que salía. Saludó a su antiguo compañero y dijo:

—Vengo a recibir instrucciones.

—No hay instrucciones, repuso el viejo militante. Ven, te invito a unos vinos.

Camino de un bar cercano Brihuegas le contó que en la recta final de la campaña el partido estaba echando mano de los pesos pesados y en consecuencia prescindía del peonaje. Ahora todo el esfuerzo iba dirigido a organizar unos mítines multitudinarios con la presencia de políticos venidos expresamente de Madrid, como Alfonso Guerra o el propio Felipe. En la explicación del viejo militante, Mauricio creyó percibir un trasfondo de amargura.

—Lo único importante es salir por la televisión, dijo Brihuegas.

—A lo mejor es verdad.

—Ca. Lo importante es la base. Siempre lo ha sido y siempre lo será. Un programa político no se vende como si fuera un detergente. A menos que la intención sea convertir a la ciudadanía en una masa sin criterio ni voluntad. Pero si se lograra esto, ¿quién recogería los frutos? ¡El capital!

Como Mauricio no había hecho ningún plan alternativo para el fin de semana y no se encontraba muy bien, pasó el resto del sábado en casa, tumbado en el sofá, tratando de ponerse al día en la lectura de revistas atrasadas de odontología, viendo la televisión y dormitando a ratos. De cuando en cuando trataba de imaginar alguna actividad menos tediosa, pero ninguna le parecía sugerente.

El domingo por la tarde llamó a Fontán y le propuso ir juntos al cine. Fontán aceptó la proposición con una prontitud que sorprendió a Mauricio. Seguía pensando que un hombre como Fontán había de llevar una vida muy agitada. Lo imaginaba siempre viajando o practicando algún deporte minoritario.

Quedaron en ir a la última sesión. Mauricio quería ver una película española de la que había leído críticas encomiásticas, pero Fontán se negó en redondo.

—No seas anticuado, dijo Mauricio. El cine español está mejorando mucho. Y ya es hora de darle una oportunidad.

—Ni hablar. España puede pedirme muchos sacrificios, pero éste no. En el cine español sólo ha mejorado el patriotismo de los críticos. O su estulticia. El resto, lo de siempre. Mira, Mauricio, el cine es una mezcla de industria y talento; para lo primero, aquí no hay pelas; y de lo segundo padecemos la pertinaz sequía. O cine americano o conmigo no cuentes.

La película resultó decepcionante, pero a la salida entraron en una taberna a tomar una cerveza y se rieron mucho. A pesar del largo período que separaba el presente de su etapa de compañerismo escolar y de las diferencias en todos los terrenos, existía entre ambos una relación de confianza antigua y cándida. La conversación iba sin esfuerzo de un tema a otro y sobre todos tenían posiciones encontradas, lo que les permitía discutir con mucha animación. Finalmente se despidieron más tarde de lo previsto y al día siguiente Mauricio se sentía soñoliento y embotado, pero bastante contento.

El martes por la noche le llamó Clotilde.

—No sabía si te encontraría, dijo ella. Según veo en la tele, la campaña está al rojo vivo. Te hacía en la plaza de toros, desgañitándote y brincando con un banderín y una corneta.

—Esto sólo lo hace la gente seria. ¿Cómo estás?

—Bien, ¿y tú?

—Yo también.

—Bueno, dijo Clotilde. Mauricio pensó que después de este lacónico intercambio ella iba a colgar. Buscaba alguna frase para mantener vivo el contacto y no se le ocurría ninguna. Al cabo de un rato oyó de nuevo la voz de Clotilde al otro extremo de la línea. En realidad te llamaba para pedirte disculpas por lo de la otra noche. En el restaurante, quiero decir. Me comporté de un modo muy grosero.

—No me debes ninguna disculpa. Además, ya han pasado cuatro días: el delito ha caducado.

—Se dice prescrito.

—Como sea.

—No, de veras, siento lo ocurrido. Pero a veces..., en fin, no te quiero dar la lata con mis tonterías. Te dejo tranquilo. Sólo llamaba para decirte esto y también que tú me gustas mucho. Buenas noches.

—¡Eh, no cuelgues!

Clotilde ya había colgado, y Mauricio se quedó perplejo. Toda la noche estuvo tratando de entender el significado y la finalidad de aquella llamada. No quería dar a las palabras de Clotilde un sentido literal y mucho menos cimentar en ella sus esperanzas. Dejó pasar dos días y luego llamó él.

—¿Qué haces el sábado?

—¿Este sábado?

—Claro, mujer, ¿cuál va a ser?

Hubo una breve pausa.

—Este sábado no hago nada.

—Podríamos vernos.

—¿Salir a cenar?

—Por ejemplo.

—¿Tú y yo solos?

—Si no te parece mal.

—No, no me parece mal. Pero tengo una idea mejor. Vámonos fuera todo el fin de semana. A un hotel agradable, en el campo. Mar o montaña me da lo mismo. Tengo ganas de pasear y de tomar el sol. Estoy harta de la ciudad, necesito un cambio. Hizo una nueva pausa y agregó: No pienses que sólo te quiero de chófer.

—¿Pues entonces...?

—Mauricio, ya he dicho más de lo que debe decir una chica decente. Si el plan no te apetece puedes darme una excusa verosímil.

—Qué dices, me apetece mucho, dijo Mauricio tratando de no dar a sus palabras una excesiva solemnidad. Sólo que... si el domingo estamos fuera, ¿cómo haremos para votar?

—Ah, no votaremos, dijo Clotilde con naturalidad. Yo estoy en contra de todos y tú ya has hecho bastante por los tuyos. Que los bomben.

Mauricio tenía la suerte de cara: al día siguiente acudió a la consulta un paciente sometido a un largo tratamiento y con el que Mauricio mantenía un trato afable. En una ocasión el paciente le había contado que tenía una casa en la Cerdaña, de modo que Mauricio le preguntó si conocía un hotel tranquilo y confortable en aquella zona. El paciente le hizo varias sugerencias y aquella misma noche Mauricio reservó una habitación de matrimonio a nombre de señor y señora Greis.

El sábado amaneció limpio y soleado.

Durante el trayecto Clotilde se mostró risueña y parlanchina. Mauricio pensaba que en algún momento habría que dejar de lado la camaradería que ambos fingían e imprimir un giro distinto a su relación, pero temía precipitarse o actuar con desacierto y perder todo lo ganado. También temía dejar pasar la ocasión por exceso de cautela y que se consolidara una relación sólida pero superficial, que no concordaba con la verdadera naturaleza de sus sentimientos. Desde el primer encuentro ella había tomado todas las iniciativas, incluida la inesperada excursión en la que ahora andaban. Pero este proceder no se podía prolongar en forma indefinida: ahora le tocaba a él puntualizar. Sin embargo, a medida que se prolongaba el viaje y se iban alejando de sus respectivas vidas para adentrarse en un territorio común, a solas el uno con el otro, la perspectiva se le hacía más confusa. Experimentaba una gran excitación pero también un gran desasosiego, y se preguntaba si no obstante su aparente naturalidad, Clotilde no se encontraría en la misma situación, sopesando sin cesar el pro y el contra de cada palabra y cada gesto, hecha un lío.

Para llegar a la Cerdaña había que atravesar un túnel de varios kilómetros. La travesía duraba pocos minutos pero la sensación de encierro hacía que pareciera más larga; luego, al salir al aire libre, el paisaje era distinto.

—Es como un sueño, ¿no?, dijo Mauricio, que nunca había utilizado un túnel de aquella longitud.

—No. Los sueños siempre son sombríos, brumosos, como mal iluminados. Hasta los más alegres dan miedo. En cambio aquí la luz es diáfana y el aire limpio. Me gusta.

El último trecho hasta el hotel consistía en una carretera sinuosa entre bosques y prados de un verde intenso. De tanto en tanto se veían vacas lecheras y algún rebaño de ovejas custodiadas por un perro negro, despelotado y arisco.

En el hotel Mauricio hizo un esfuerzo para no resultar envarado a los ojos del recepcionista, el cual, por lo demás, no parecía prestar especial atención a unos clientes cuyas circunstancias personales le traían sin cuidado. Pero no estaba tan lejos el tiempo de las denuncias para que aquellos simples trámites no estuvieran ensombrecidos por el recuerdo de la opresiva vigilancia, del riesgo de sanción y de ignominia. Las cosas, sin embargo, habían cambiado radicalmente: Clotilde, que deambulaba por el *hall* del hotel haciéndose la distraída mientras Mauricio rellenaba el formulario de registro, ni siquiera tuvo que mostrar su documentación. El recepcionista parecía más preocupado por los aspectos prácticos de la administración interna que por la rectitud moral de sus clientes.

—Si los señores desean comer en el hotel, deberán acudir sin demora al restaurante, pues la cocina cierra dentro de veinte minutos.

Mauricio agradeció aquella circunstancia que solventaba el embarazoso momento de ocupar la alcoba.

Dejaron las maletas sin deshacer, se lavaron las manos y bajaron al restaurante.

Al acabar la comida volvieron al cuarto. Mauricio zascandileaba por la pieza, encendiendo y apagando las luces y revisando el contenido de los cajones.

—¿Estás nervioso?

—Un poco.

—Yo también. Pero es absurdo: ya hemos estado así un par de veces.

—Ahora es distinto, dijo Mauricio.

—Pues hemos de procurar que sea igual, dijo ella. Mira qué bonito está el campo.

Cuando salieron a pasear ya estaba muy avanzada la tarde. Subieron por un camino que ascendía bruscamente por la ladera de una colina y luego descendía describiendo curvas suaves hasta llegar a un prado por donde discurría un riachuelo. El agua era muy clara y permitía ver los guijarros del lecho. Metieron la mano y estaba helada. Más adelante se cruzaron con dos hombres provistos de aparejos de pesca. Mauricio se preguntaba si en aquel río tan escuálido habría peces pero luego vio que el agua se remansaba y formaba un laguito de dimensiones regulares. La visión del laguito a la luz dorada de la tarde, con los juncos mecidos por la brisa, aumentó su melancolía. A Mauricio el crepúsculo le entristecía, el campo le deprimía y la suma de ambas cosas lo sumía en una insuperable postración. Pero en aquella ocasión no le costó sobreponerse a este influjo al advertir la transformación que experimentaba Clotilde. Tenía las mejillas arreboladas, las facciones distendidas y los ojos luminosos, como si la animara una excitación interior. Se alejó sin decir nada, trepó a una loma por una cuesta cercana y se detuvo junto a un grupo de árboles jóvenes, de tronco esbelto y claro y hoja de un verde intenso, ensimismada y como a la espera. Oscurecía rápidamente y la temperatura había empezado a descender.

—Volvamos al hotel si no queremos pillar unas anginas o algo peor, dijo Mauricio.

Como Clotilde no respondía, se aproximó a ella hasta donde lo permitían las accidentadas condiciones del terreno y le puso la mano suavemente en el brazo. Ella le dio la mano y volvieron a la orilla. Allí Mauricio le soltó la mano y le rodeó los hombros en un gesto afectuoso y protector. Clotilde no dijo nada: su actitud habitual, ávida y defensiva, había dejado paso a otra más serena, casi de abandono.

Anduvieron de este modo, muy despacio, y cuando llegaron al hotel ya era noche cerrada.

—Estás tiritando. Ahora mismo te prepararé un baño, dijo Mauricio.

Durante la cena ella le pidió que le contara cómo le había venido la vocación de dentista.

—No hay tal vocación. Sólo una elección fríamente sopesada. Al acabar la carrera tenía pensado hacer pediatría. Por suerte mientras estaba en Alemania, con tiempo de sobra para reflexionar, me di cuenta de mi error en seguida. No me gustan los niños. No me interpretes mal: me encantan los niños. No soy un ogro. Quiero decir que no me gustan los niños enfermos o las enfermedades de los niños, como quieras llamarlo. La cuestión es que me puse a indagar, hablé con la gente y al final me incliné por la estomatología. Fue una decisión acertada. No es una especialidad romántica, al menos vista desde fuera, pero a mí me encanta. Además, está en una etapa muy estimulante. Todas las ramas de la medicina lo están, y la estomatología es de las que más. No son progresos espectaculares, pero las cosas han cambiado de un modo abismal, y esto nos permite ofrecer a los pacientes una calidad de vida muy superior, comparada con unos años atrás... Se detuvo de pronto y sonrió. Perdona, me embalo sin darme cuenta.

—No. Está bien.

—Es un rollo, ya lo sé.

—Pero es tu rollo, y a mí me interesa, porque estoy contigo.

—Bueno, dijo Mauricio después de una pausa, pero has de prometerme que luego me hablarás de ti.

—Soy muy aburrida.

—No siempre, dijo Mauricio.

—Vale, te lo contaré todo. Pero no esta noche.

El domingo se levantaron tarde y fueron en coche hasta el pueblo. Tuvieron que aparcar en la cuneta, lejos de donde empezaban las casas, porque todo el mundo parecía haber tenido la misma idea. Los habitantes del lugar se saludaban con voces y aspavientos: unos iban al colegio electoral a depositar su voto y otros venían. En la plaza había pancartas de los partidos en pugna colgadas de los árboles, pero en general predominaban las de Convergència i Unió:

FEM I FAREM!

—¡Vaya morro!, dijo Mauricio.

—Calla, que te van a oír.

La gente de la ciudad, que había ido a pasar el fin de semana, era más circunspecta, iba vestida con ropa más aparatosa y ocupaba las mesas que el bar del pueblo había colocado en la acera.

El reloj de la iglesia dio las doce y repicaron las campanas, pero era una grabación: las puertas de la iglesia estaban cerradas a cal y canto, porque la hora de la misa había pasado hacía mucho y el párroco se había ido a votar y luego a comer. Las ráfagas de viento traían olor a leña quemada.

Mauricio sentía volatilizarse su aversión al campo.

—Me gusta mucho este sitio. Si algún día tengo dinero, me compraré una casa para venir los fines de semana, a descansar.

—Te aburrirás, dijo Clotilde.

—Contigo no.

—Ah, ¿yo estoy incluida en la compra?

—Jolín, las feministas sois insoportables.

Comieron en la fonda, donde reinaba un griterío ensordecedor, y al salir tenían la ropa impregnada del olor de la parrilla. A llegar al hotel caía la tarde. Mauricio tuvo la sensación de que el tiempo se le escurría entre los dedos y con él, un amago de felicidad no exento de incerteza.

—¿Y si nos quedáramos una noche más?, dijo.

—Yo trabajo mañana.

—Y yo, pero podemos llamar y dar una excusa. Además, a estas horas la carretera estará llenísima. Es una imprudencia.

—Tú sí que eres una imprudencia.

Mientras hablaban ella iba metiendo sus cosas en la bolsa de viaje. Mauricio no quiso insistir.

El regreso fue un poco lento, pero no tanto como él había augurado. La mayor parte del trayecto fueron en silencio. Cerca de Barcelona, Clotilde apoyó la cabeza en el hombro de Mauricio.

—Si estás cansada, puedes dormir un rato. Yo voy bien.

—No estoy cansada.

Al cabo de un rato añadió:

—Me alegro de lo que me contaste anoche.

—¿Anoche?

—Durante la cena. Me refiero a tu entusiasmo por la odontología. Tenía miedo de que dejaras la medicina para dedicarte de lleno a la política.

—¿No te gustaría?

—Lo digo por ti.

—Pierde cuidado: nunca tuve la menor intención. Si he participado en esta movida es porque soy de los que todavía creen en el compromiso. Es de la época de Antonio Machín, ya lo sé, pero no puedo evitarlo. Y a estas alturas ya deben estar llegando los primeros resultados de las votaciones. Lástima que mi coche no tenga radio. Te dejaré en tu casa y me llegaré a la sede del partido: allí me informarán de lo que ha pasado y habrá un ambientazo, sobre todo si hemos ganado. ¿Tú me habrías votado?

—A ti, sí. A tus compinches, no estoy tan segura.

Pero no es motivo para que me dejes en casa. Es pronto y si no te soy un estorbo te acompaño.

A la puerta de la sede había un remolino de gente que entraba y salía. Mauricio preguntó a alguien a quien conocía de vista cómo iban las cosas y el otro le miró con asombro. Hacía rato que se conocían los resultados definitivos: Jordi Pujol había vuelto a ganar y Raimon Obiols había reconocido la derrota y agradecido el esfuerzo de todos. En el interior sólo vieron caras largas. Algunos simpatizantes trataban de mantener el ánimo y hablaban de hacer una oposición implacable y de seguir luchando, pero a los profesionales nada les consolaba del fracaso personal y de las expectativas arruinadas. En voz baja se murmuraba que no caerían cabezas. Era un pobre consuelo.

Un individuo con aspecto de profesor universitario dijo:

—No hay que escandalizarse. Un país democrático es por definición conservador. La gente prefiere la eficacia a las ideas, y una administración que aparente funcionar sin injerirse demasiado en los asuntos privados. En teoría, bastan unas pocas leyes que garanticen las libertades fundamentales y una distribución razonable de la riqueza por medio de los impuestos. Lo demás les parecen aventuras o remedios extremos para tiempos de crisis. Lenguaje sencillo y, en igualdad de circunstancias, los de casa. Luego están los marginados, claro, pero éstos, por definición, no cuentan.

Entre la concurrencia Mauricio vio a Brihuegas, le saludó y le presentó a Clotilde.

—Mauricio me ha hablado mucho de ti, dijo Clotilde.

—Mal, supongo.

—Pse.

—Pues no veas las cosas que me ha contado de ti, dijo el viejo militante. Y dejando el tono humorístico, añadió sin transición: Ha pasado lo que tenía que pasar. Son unos señoritos y encima unos arrugaos.

—¿Qué quieres decir?, preguntó Mauricio.

—Que hay que llamar al pan, pan y al vino, vino, y lo demás es cazar perdices en campo raso, joroba.

Mauricio vio a Fitó y fue a saludarle, dejando a Clotilde con Brihuegas. Fitó estaba muy abatido.

—Ya ves, tanto esfuerzo para esta mierda. Ahora me siento culpable de haberte metido en el lío.

—No digas eso, hombre, tú no podías saber si íbamos a ganar o a perder. Además, yo no aspiraba a nada y estoy contento de haber participado en la campaña. Me ha sido muy provechoso, de veras.

—Me da lo mismo: yo me siento culpable. Mira, ¿recuerdas la comida con Raurell, cuando te pedimos que intervinieras? Teníamos que haber ido Alemany y yo, pero no fuimos porque estábamos ocupados, ¿te acuerdas? Bueno, pues no era verdad. Podíamos haber ido, pero desde hace unos meses vamos con escolta a todas partes, y pensamos que eso te causaría mala impresión, vamos, que te metería el miedo en el cuerpo. Por eso te mentimos. Ahora te lo confieso porque me he bebido todo el champán que teníamos preparado por si ganábamos y llevo una tajada de campeonato.

Sin dar ocasión a que Mauricio dijera nada, Fitó se alejó con paso tan decidido como inseguro y a empellones fue absorbido por la gente que seguía deambulando sin saber hacia dónde ni por qué. De improviso Clotilde se colgó de su brazo.

—Te la devuelvo sana y salva, dijo Brihuegas. Y sin bajar la voz, añadió: Tu prometida es un ángel. Qué suerte tienes, cabrón.

Mauricio pensó que el apelativo anacrónico de prometida adquiría autoridad en boca del viejo militante.

—Bueno, yo me voy, dijo Brihuegas. Aquí no hay nada más que hacer. Ya nos veremos.

Les dio la mano y se fue.

—Tu amigo es genial, dijo Clotilde. Habla como Sancho Panza.

—Sí, es un buen elemento, pero no habla así. Seguramente lo ha hecho para impresionarte. Pero esto no quita que tenga razón: aquí no hay nada que hacer.

Les costó salir, porque seguía entrando gente malhumorada y cariacontecida por el resultado de las elecciones.

*

Después del fin de semana que habían pasado juntos en la Cerdaña, Mauricio creía conocer finalmente los sentimientos de Clotilde. Al mismo tiempo comprendía sus recelos y contradicciones. En buena medida, la posición de ella difería poco de la suya. De lo que no dudaba, sin embargo, era de la sinceridad e intensidad de su propio enamoramiento. Vivía embelesado, pensaba en Clotilde a todas horas y cada cosa que hacía, desde la actividad más trivial hasta la intervención quirúrgica más delicada, la comentaba mentalmente con ella, como si entre ambos se hubiera establecido una vía de comunicación telepática. Luego, cuando estaban en contacto personal o telefónico, volvía a contárselo todo muy pormenorizadamente. Pero no sabía si ella compartía este delirio y no se aventuraba a preguntárselo para no resultar escarnecido.

Convencido de que el asunto por fuerza había de acabar bien, se había propuesto dejar que Clotilde resolviera las incertidumbres y los conflictos a su aire, sin presiones ni agobios de su parte.

Se veían con regularidad, pero no a diario, y hablaban por teléfono cuando algo justificaba la llamada, no por rutina. Mauricio no quería ser un fardo.

Ahora, sin preocupaciones emocionales, y finalizada la breve etapa de actividad política, tenía tiempo sobrado para dedicarse a su profesión: trabajaba, estudiaba y asistía a las conferencias y encuentros que se organizaban en Barcelona y también en Madrid o en otras ciudades españolas si podía compaginar el desplazamiento con sus ocupaciones.

En uno de estos viajes coincidió en el avión con un colega llamado Manolo Villares y apodado Rabus, dos años mayor que Mauricio, a quien había conocido cuando ambos cursaban la especialidad en Madrid. La familia de Villares era de origen revuelto: su padre era canario, su madre aragonesa y su abuela materna cubana. De todas estas influencias genéticas, Villares sólo había destilado una elegante indolencia. En la residencia de estudiantes tenía fama de ir de putas con mucha frecuencia. Sus padres le enviaban todos los meses una suma de dinero considerable. Entonces Rabus acudía a los mejores burdeles de Madrid. Luego, a medida que sus haberes iban menguando, bajaba de categoría hasta acabar en los antros más inmundos, con las mujeres menos agraciadas. No todas le gustaban por igual, pero siempre se adaptaba a las circunstancias y se mostraba satisfecho. Las habladurías exageraban sus hazañas, pero algo de cierto debía de haber, porque estando allí Mauricio, Rabus contrajo una blenorragia que fue muy comentada.

En el avión recordaron su época de estudiantes y se pusieron al corriente de sus respectivas andanzas. Sin que Mauricio lo supiera, Rabus se había establecido en

Barcelona desde hacía unos años y había abierto consulta en Mataró. Allí se dedicaba exclusivamente a odontología infantil y el negocio, según dijo, iba viento en popa. Ahora estaba buscando otro dentista con el que asociarse para poder atender a una clientela más amplia.

—¿Por qué no te animas? Como mucho, serían dos tardes a la semana, o dos mañanas, a tu conveniencia. Si te lo montas bien, quizá podrías despachar todo el trabajo en un solo día. Y ganarías una pasta gansa. La parte más dura, que son los comienzos, ya la he hecho yo. Tú sólo tendrías que recoger los frutos.

Al aterrizar ya se habían puesto de acuerdo, aunque Mauricio no se quiso comprometer sin haber hablado antes con Clotilde.

Aquella misma noche la llevó a cenar y le expuso el plan. Clotilde mostró escaso interés.

—Haz lo que quieras.

—Mujer, no te he pedido permiso; yo sólo quería saber tu opinión.

—¿Cómo voy a dártela? No sé nada de odontología.

Mauricio comprendió que Clotilde se resistía a intervenir en algo que tuviera visos de proyecto común.

—Claro que si tengo que ir y venir de Mataró con frecuencia, comentó al salir del restaurante, tendré que cambiar de coche.

—¿Ves como ya lo tenías todo pensado y decidido?

—Bueno, pero habría cambiado de idea si tú me lo hubieras dicho.

—No me eches encima una responsabilidad que no puedo asumir. Yo no sé lo que te conviene. Si has de firmar algún contrato, déjamelo ver antes, y si has de poner dinero, ándate con cuidado. Lo demás es cosa tuya. Haz lo que más te convenga o lo que más te ilusione. Lo que te dije cuando me preguntaste por la política vale igual en este caso. ¿Qué puede pasar? Si te equivocas, siempre estás a tiempo de rectificar. Eres joven y sin ataduras. Lo que no hagas ahora, nunca lo harás.

Mauricio habría preferido una opinión menos ligera, pero de aquellas vaguedades dedujo que ella no se oponía expresamente al proyecto. Si Clotilde hubiera tenido reparos sin duda se los habría expuesto.

Aquella misma semana fue a Mataró con Manolo Villares y éste le mostró la consulta. Estaba situada en un edificio antiguo de la Rambla, pomposo pero muy abandonado: la falsa piedra de la fachada estaba erosionada y cubierta de hollín y de la ornamentación, de traza modernista, se habían desprendido fragmentos de considerable envergadura.

—Esta casa está en ruinas, Rabus.

—Sí, pero el propietario se niega a restaurarla mientras no le dejen subir los alquileres. Hay vecinos que llevan viviendo aquí desde antes de la guerra y pagan dos duros al mes. Pero esto a nosotros no debe preocuparnos. El edificio es céntrico y tiene empaque, y los pisos son amplios y cojonudos, ya los vas a ver.

El consultorio ocupaba un piso entero en la quinta planta del edificio. Por una de las ventanas traseras se podía atisbar la vía del tren, unos galpones y un trozo de mar. El piso había estado ocupado largos años por una familia y conservaba un cuarto de baño y un aseo en muy mal estado y una cocina mugrienta donde aún había unos fogones ennegrecidos y una lavadora inservible y oxidada. En un armario empotrado Mauricio encontró una colcha apolillada, un par de zapatos mohosos y algunos juguetes de plástico rotos y descoloridos.

—Esto es una cochambre.

—Bah, no seas tiquis miquis. Esta parte de la casa no se usa: déjala. Lo importante es la sala de espera, el consultorio y el instrumental.

La sala de espera tenía las paredes tapizadas de papel oscuro y estaba amueblada con un sofá desvencijado, una mesa de vidrio y metal y una lámpara de pie. Sobre la mesa se apilaban revistas antiguas y algunos ejemplares desencuadernados de *Mortadelo y Filemón.* El consultorio era lo mejor; las paredes estaban enyesadas y blanqueadas de cualquier manera, pero el instrumental era moderno y se veía limpio y cuidado.

—Está bien, dijo Mauricio.

—Ya te lo decía yo.

—De todos modos, habría que adecentar un poco el resto del piso.

—¿Tú crees? Nosotros no lo usamos y los pacientes no lo ven, ¿por qué vamos a gastarnos el dinero?

—Por dignidad, Rabus. Yo en estas condiciones no puedo trabajar.

Villares reflexionó un rato y luego dio su conformidad, más por abulia que por convencimiento.

—Está bien. Tú te instalas por tu cuenta y en el resto vamos a medias. ¿Tienes dinero?

—No. Pensaba pedir un crédito. No creo que me lo nieguen.

Al día siguiente, aprovechando un hueco en el trabajo, fue a la sucursal del banco donde tenía cuenta y se entrevistó con el director. Cuando hubo acabado de exponer sus planes, el director de la sucursal se frotó las manos como si previera realizar una ganancia extraordinaria con aquella operación, pero no dijo nada.

—¿Qué le parece, señor Barnabás?

—Muy bien, doctor, muy bien. El banco fomenta la iniciativa de los jóvenes profesionales. Es una prioridad del banco.

—Entonces, ¿puedo contar con el dinero?

El director de la sucursal volvió a frotarse las manos.

—Esto tendría que consultarlo con el departamento de créditos, doctor Greis, pero me temo que hay muy pocas posibilidades de que se lo concedan.

Mauricio se quedó un tanto desconcertado.

—No lo entiendo, señor Barnabás.

—Llámeme Miquel.

—Éste no es el momento de hacerse amigos, señor Barnabás. Dígame por qué razón me niega usted el crédito que acabo de solicitar.

—Yo no, doctor Greis, yo no. El banco. Si estuviera en mi mano, créame que... pero los tiempos que corren son de mucha incertidumbre. Confianza en usted, toda, pero garantía, ¿quién nos dice? Puede pasar cualquier cosa. No por usted, que también, Dios no lo quiera, sino por la coyuntura. Ahora mandan los socialistas, sálvese quien pueda, usted ya me entiende. Y luego, claro, el banco ha de velar por su dinero, el dinero de sus impositores, quiero decir. No correr riesgos, es decir, no invertir sin garantías. Garantías reales, quiero decir. Llámeme Miquel. Garantías hipotecarias. Y aun así, ya veríamos. Prendas pignoraticias, ni hablar. Además, ¿para qué necesita tanto dinero, doctor?

—Ya se lo he dicho: para poner un consultorio decente. Hay que cambiar las instalaciones, pintar, comprar maquinaria, instrumental quirúrgico... también me gustaría poner aire acondicionado... y cambiar de coche. Pero si no me van a dejar el dinero, ¿a usted qué más le da?

—Sólo lo hacía para ayudarle, doctor.

La entrevista con el señor Barnabás deprimió a Mauricio. Unos años antes, en los inicios de su carrera profesional, los bancos le ofrecían créditos en condiciones muy ventajosas y sin más garantía que la confianza que les inspiraba su futuro. Como la especialidad de estomatología sólo se podía cursar en Madrid, cada año salían muy pocos dentistas, que luego se repartían por toda España. Pero en aquella época Mauricio no pensaba en el futuro ni quería complicaciones: había rechazado con fastidio las ofertas de los bancos y se había puesto a trabajar en la clínica dental Torralba, al servicio del doctor Robartes. Ganaba lo suficiente y no se había de preocupar de nada.

Ahora descubría que había dejado escapar una oportunidad irrepetible.

Bueno, continuaré como estoy, pensó. No seré rico, pero tendré más tiempo libre. No obstante, este razonamiento no disipaba su frustración. Sentía que en su vida había llegado el momento de dar un paso adelante y el no hacerlo, aunque fuese por causas ajenas a su voluntad, le parecía una cobardía.

Aquel fin de semana, después de un largo período de silencio, le llamó Fontán.

—Eres un descastado, siempre he de ser yo el que llame.

—He estado ocupado.

—No me lo creo: tu carrera política se ha ido al garete y no pegas sello. Lo sé de buena tinta. También sé que sales con Clotilde.

—¿Te lo ha contado ella?

—Eso no te lo digo. Pero te propongo que salgamos a cenar los cuatro. Yo también me he agenciado una pareja y me gustaría presentárosla.

—Por mí, encantado, dijo Mauricio sin demasiado entusiasmo: le parecía que formalizar socialmente su relación con Clotilde en cierto modo la trivializaba.

Llamó a Clotilde y le contó lo sucedido. Clotilde reaccionó con un desabrimiento inesperado.

—Vaya rollo: una cena de parejas.

—Lo siento, debería haberte consultado antes de

comprometerme. Si quieres, le doy una excusa y pasamos de cena.

—No, no. Si ya te has comprometido, no es cosa de echarse atrás sin motivo.

Las cosas no pintaban bien, pero la realidad resultó todavía peor. La novia de Fontán se llamaba Michelle y era una mujer de belleza espectacular, algo fría, de tez pálida, con el cabello teñido de rubio. Tenía unos ojos grandes y hermosos, pero una mirada obtusa y a veces dura. Atendía poco a la conversación general y cuando intervenía lo hacía sin ton ni son, con comentarios que no venían a cuento, refiriéndose a personas y sucesos que sólo conocían Fontán y ella y siempre en un tono impertinente. Desde el principio trató a Mauricio con desdeñosa condescendencia y se esforzó por ignorar la presencia de Clotilde. Comió poco y a disgusto.

A la hora del postre, un camarero llevó a la mesa una *omelette norvégienne.*

—Madre mía, ¿qué es esto?, exclamó la novia de Fontán.

—Una *omelette norvégienne.*

—¡Qué horror! ¿Y por qué nos la trae?

—La encargué yo antes de la cena, dijo Fontán.

—¡Vaya idea! ¡Es típico tuyo! ¿Cómo se te ha ocurrido?

—Hace un tiempo me dijiste que te encantaba la *omelette norvégienne.*

—¿Yo? ¿Yo dije que me gustaba la *omelette norvégienne*? ¿Pero tú estás mal de la cabeza o qué? ¿Cómo voy a decir yo que me gusta la *omelette norvégienne*? Me horroriza. ¿Una *omelette norvégienne*? No la he probado en mi vida. ¡Ni que fuera un cerdo!

—Está bien, dijo Fontán, llévesela.

—No, dijo Clotilde, ¿por qué? Si la has encargado,

lo lógico es comérsela. Además, a mí me encanta la *omelette norvégienne.*

Mauricio no quería participar en aquella escaramuza, pero tampoco podía abandonar a Fontán en una tesitura tan incómoda.

—De perdidos, al río, dijo. Yo voto porque se quede la *omelette norvégienne.* Hoy nos la zampamos y mañana será otro día.

Clotilde le lanzó una mirada cargada de censura.

—Entonces, ¿qué hago?, dijo el camarero, ¿la dejo o me la llevo?

—Déjela, maldita sea, déjela, dijo Fontán.

—Si lo desean, se la puedo flambear, dijo el camarero.

—Sí, hombre, ¡sólo faltaría eso!, exclamó la novia de Fontán.

El camarero colocó la *omelette norvégienne* sobre la mesa y la partió en cuatro porciones con un cuchillo de hoja larga.

—Estamos dando el espectáculo, dijo Michelle.

Como estaba deliciosa, Mauricio se comió su parte de la *omelette norvégienne* en un instante. Fontán y Clotilde comieron con moderación y Michelle se limitó a probarla con expresión de repugnancia. Al cabo de un rato anunció que algo le había sentado mal y se fue al lavabo.

—Confío en que no haya sido la *omelette norvégienne,* dijo Fontán en tono preocupado.

—Iré a ver, dijo Clotilde, que había interpretado las palabras de Fontán como un ruego.

Cuando los dos amigos se quedaron solos, dijo Fontán:

—Tío, échame un cable. Esto es un entierro y yo he de cargar con el muerto y con la caja.

Lo dijo en un tono más divertido que angustiado.

Mauricio admiraba la entereza de Fontán, en quien la situación no parecía hacer mella y cuya actitud no revelaba desaliento ni contrariedad.

—Lo siento, Clotilde no sé qué tiene y yo ando con el ánimo por los suelos.

—¿Y eso?

—Nada, una tontería.

—Cuéntame.

—No sé si nos dará tiempo.

—Seguro, ya verás.

A instancias de Fontán, Mauricio le refirió sus problemas financieros.

—Pero tú eres tonto, Greis. Tendrías que haber hablado conmigo antes de dar el primer paso.

—¿Y qué me habrías aconsejado?

—No te habría aconsejado nada. Te habría conseguido el dinero. Aún te lo puedo conseguir, si sigues interesado en el proyecto.

—¿De veras?

—Claro. Me dedico a esto y además soy tu amigo. Llámame mañana y cuenta con el crédito. Sólo pongo una condición: que esta noche me ayudes a animar el cotarro.

—Trato hecho.

En aquel momento regresaban a la mesa Michelle y Clotilde. Las dos venían muy risueñas, enlazadas por la cintura, como si hubieran aprovechado aquellos minutos a solas para intimar.

—¿Cómo te encuentras?, preguntó Fontán muy solícito.

—Mejor, dijo Michelle con debilidad y bravura, como si acabara de recibir una herida mortal en mitad de una batalla decisiva. Estoy un poco mareada. Llévame a casa, por favor.

—Como tú digas. Y añadió dirigiéndose a Mauricio

y Clotilde: Vosotros no hace falta que levantéis el campo. Quedaros un rato más. Ya nos llamaremos. A ver si la próxima vez hay más suerte.

Cuando se quedaron a solas, Clotilde cayó en un hosco mutismo. A Mauricio le apetecía un café y una copa, pero viendo que todos sus esfuerzos por iniciar una conversación se estrellaban contra un muro, pidió la cuenta. El *maître* consultó algo dentro y regresó para comunicarles que el señor Fontán había pagado la cena de los cuatro. Qué menos, pensó Mauricio. En cambio Clotilde se sintió ofendida.

—No pienso verle más. Ni a él ni a ese florero estúpido.

—Pues parecíais haber hecho muy buenas migas.

—No hagas caso. Entre los hombres se produce una camaradería espontánea y entre las mujeres, solidaridad. Eso no impide que luego nos arranquemos la piel a tiras.

Se calló como si ya no fuera a decir nada más en toda la noche, pero de repente añadió:

—No salgo de mi asombro. Yo creía que ya no quedaban mujeres así.

—¿Cómo?

—Pues así. Mujeres que explotan lo peor de sí mismas y lo peor de los hombres para triunfar en la vida. Es inmoral y encima es contraproducente.

—Bueno. Así la dejará antes.

—No te hagas ilusiones. Si ella se lo propone, éstos se casan antes de un año. Seguramente de penalti. Lo malo vendrá luego, pero la parte que a ella le interesa ya la tendrá solucionada.

Mauricio no respondió. A él Michelle no le parecía tan mal. Era sensible a la belleza y no sólo comprendía la atracción que pudiera sentir Fontán por aquella escultura viviente, sino también el desafío que le planteaba la aspereza de su carácter. Por lo demás, tal vez aquél fuera en definitiva el tipo de mujer que correspondía a Fontán por su modo de ser, por su mentalidad y por el ambiente en el que habitualmente se desenvolvía su vida. Fontán no podía tomar decisiones personales. Se debía a su grupo y del mismo modo que había de aceptar la compañía de individuos que seguramente no resultaban de su agrado, no podía planear su futuro familiar de un modo inconsciente y apasionado. Esta ley parecía injusta y anacrónica, pero seguía teniendo validez universal. En el fondo, nosotros somos la excepción y Michelle, con todo lo que representa, es la regla, lo que ha de ser, pensaba Mauricio. Sin embargo se cuidó de no ofrecer esta explicación a Clotilde.

—¿Vienes a casa o te llevo a la tuya?

—¿Me lo preguntas o es una proposición?

—No quiero forzarte. Si mañana has de madrugar...

—No he de madrugar, pero si te da lo mismo una cosa o la otra, quizá será mejor que me vaya a casa. Y puedo coger un taxi, no hace falta que te molestes en acompañarme.

—Mujer, ya sabes cuál es mi preferencia. Y no me hables en este tono. Yo no tengo la culpa de la *omelette norvégienne.*

No volvieron a dirigirse la palabra en todo el trayecto ni al llegar a casa de Mauricio. En aquella ocasión, por primera vez, Clotilde se mostró esquiva y rechazó los intentos de acercamiento por parte de Mauricio. Los dos pasaron una mala noche, con frecuentes intervalos de insomnio y a la mañana siguiente estaban cansados, deprimidos y de mal humor. De común acuerdo se separaron pronto, como si los dos tuvieran compromisos inexcusables a primera hora.

En vista de lo sucedido con Clotilde, Mauricio decidió no llamar a Fontán, como éste le había sugerido. La oferta de su amigo le había devuelto la ilusión, pero estaba convencido de que Clotilde desaprobaría la operación. Nunca había sido partidaria del proyecto de establecer un consultorio paralelo y era evidente que la intervención de Fontán habría agravado las cosas. Sin embargo, aquella noche recibió una llamada del propio Fontán: todo estaba arreglado y podía disponer del crédito en cuanto se hubieran cumplimentado los trámites de rigor.

—Por cierto, no me dijiste la cantidad.

—Yo había calculado unos tres millones.

—¿Tres millones? Chico, no me extraña que los bancos te den con la puerta en las narices. ¡Tres millones es una ridiculez!

—No necesito más.

—No importa. Siempre se puede gastar el doble. O el triple. No te quedes corto. Monta una consulta por todo lo alto, y si te sobra algo, llévate a Clotilde al Caribe. Dale una sorpresa.

Mauricio quedó en llamar al banco y concertar día y hora para concluir el trato.

Cuando colgó el teléfono estuvo reflexionando un rato y finalmente optó por llamar a Clotilde y contárselo todo, pero Clotilde había salido a cenar con unos amigos. Molesto, llamó a Manolo Villares y le informó de que había conseguido el dinero y de que el plan iba adelante.

—De buten, dijo Rabus.

*

Una tarde, al volver Clotilde del trabajo, su madre le dijo:

—Arréglate que hemos de ir a ver al tío Manuel.

—¿Y eso?

—Hoy cumple años.

—Pues le felicito por teléfono. Estoy cansada y allí no tengo nada que hacer.

Su padre terció con aire desolado.

—Anda, hija, no te hagas de rogar. Todos los años es la misma historia y al final acabas viniendo. Además, en esta ocasión tienes más motivo.

Clotilde cedió ante el ruego de su padre. El padre de Clotilde aborrecía al tío Manuel tanto como ella y enfrentársele sólo habría servido para poner de manifiesto la humillación implícita en aquel acto de pleitesía al que él se había plegado sin resistencia. El tío Manuel era un hombre influyente y sus intercesiones ocasionales a favor de algún pariente habían creado en toda la familia una deuda de gratitud de la que nadie parecía ser más consciente que el propio tío Manuel.

—Está bien, pero no me cambio.

Fueron los tres de mal humor.

El tío Manuel vivía en la parte alta de la calle Muntaner, en un piso moderno, grande, suntuoso y feo, con amplios salones que daban sobre un jardín público. Cuando llegaron el tío Manuel se quejaba del deterioro sufrido por aquel jardín, donde ahora se congregaban los drogadictos en pleno día sin el menor recato.

—Lo dejan todo perdido; y luego, el espectáculo. Meando contra las tapias, y a veces, ni eso. Antes los niños del barrio jugaban en el jardín; ahora no veréis ni uno.

Había llamado a la policía en varias ocasiones, pero la policía no se mostraba dispuesta a intervenir.

—Es natural: si le ponen la mano encima a esta escoria, pueden acabar en la cárcel o, como poco, suspendidos de empleo y sueldo. La culpa de todo la tenéis los abogados.

—Yo no, dijo el padre de Clotilde.

El padre de Clotilde también era abogado pero trabajaba como administrador de fincas. Él creía que el tío Manuel lo despreciaba por haber elegido esta especialidad tan poco creativa, pero al tío Manuel le traía sin cuidado el trabajo de su cuñado. Sólo le reprochaba la escasez de sus ingresos.

—No, si yo lo decía por la nena, dijo el tío Manuel. Ven acá, buena pieza, y cuéntame cómo te va con el sinvergüenza de Macabrós.

—Bien.

—¿Sólo bien?

—Lleva poco tiempo, dijo el padre de Clotilde, pero está encantada.

—No desperdicies la oportunidad, dijo el tío Manuel recuperando la seriedad. Macabrós es un gran abogado y una gran persona. Cualquiera daría un ojo de la cara por trabajar con él. Cualquiera lo consideraría un gran privilegio.

—Soy consciente, tío Manuel, y también de que entré gracias a tu recomendación.

—No digas tonterías: Macabrós no contrata a nadie si a él no le parece bien. ¡Menudo es Macabrós! Seguro que está encantado contigo. ¿Te deja ir a trabajar vestida así?

—¿Así cómo?

—De hippy.

—Por Dios, tío, voy de lo más discreta.

—Tú lo que has de hacer es casarte.

De buen gusto, Clotilde se habría ido. Afortunadamente otras personas acaparaban la atención del tío Manuel. Su padre le dijo en voz baja:

—No le hagas caso, mujer, ya sabes cómo es. Pero te quiere bien.

Clotilde lo dudaba. El tío Manuel tenía una hija llamada Verónica, de la misma edad que Clotilde, con la que ésta no congeniaba. La hija del tío Manuel había crecido en un ambiente de lujo y vaciedad; no le faltaba inteligencia natural, pero era consentida y veleidosa. En los últimos tiempos, tal vez por inseguridad, Verónica había manifestado una abierta hostilidad hacia Clotilde, cuyos éxitos académicos oía ponderar constantemente. De resultas de esta actitud, Clotilde rehuía el trato con Verónica y el tío Manuel, que se creía obligado a tomar partido en cualquier disputa ajena, se había inclinado lógicamente en favor de su propia hija. La conducta rebelde de Clotilde en la universidad y los problemas que esto le había acarreado reafirmaron al tío Manuel en su diagnóstico: Clotilde era en realidad la malcriada y nada bueno se podía esperar de ella si alguien no la metía en cintura.

Clotilde se alegraba de que no estuviera Verónica en la reunión, pero preguntó por ella simulando interés. La madre de Verónica le dijo que Verónica se había ido a California a hacer un cursillo muy interesante.

—Pero no me preguntes de qué. Una de estas cosas modernas. Y luego ha encontrado un trabajo de no sé qué en Nueva York.

La vaguedad de la respuesta entristeció a Clotilde, que ya estaba predispuesta al desánimo. En el fondo, a nadie le importa un bledo lo que haces, pensó. En aquel momento sentía lástima por su prima. De inmediato se arrepintió de haber cedido a esta debilidad. Con toda certeza Verónica se estaba dando la gran vida en California o en Nueva York sin dar golpe y sin tener que rendir cuentas a nadie de sus actos. Hasta tanto no se casara con algún imbécil adinerado, Verónica gozaría de una envidiable independencia subvencionada, mientras Clotilde consumía sus días en el aburrimiento de un despacho pequeño, mal iluminado y peor ventilado, a solas con una computadora y una pila de legajos, sometida a la vigilancia de todo el mundo.

Su padre todavía conversaba con el tío Manuel. Clotilde se acercó para despedirse y antes de que ellos advirtieran su presencia, captó un fragmento de la conversación.

—Ya sabes que nunca cuenta nada, pero por lo visto ahora sale con un chico que es dentista.

—Ah, es una buena profesión.

—Sí, a mí me daría mucha tranquilidad saber que...

A Clotilde le subió toda la sangre a la cara y en aquel preciso instante sintió una invencible repugnancia hacia Mauricio.

De vuelta a casa le llamó y le dijo:

—Mira, Mauricio, será mejor que lo dejemos.

Mauricio entendió lo que ella le quería decir, pero se hizo el inocente para recuperarse de aquel ataque por sorpresa.

—¿Qué es lo que hemos de dejar, Clotilde?

—¿Qué va a ser? Lo nuestro.

—¿Qué es lo nuestro?

—Nuestro compromiso.

—No te entiendo. Entre nosotros nunca ha habido ningún compromiso. Tú no has querido y yo no te he presionado.

—Da lo mismo. Ésta es una ciudad pequeña y nos movemos en un círculo aún más pequeño, donde todo el mundo está mirando por el ojo de la cerradura. Pornografía social. ¡Mierda de ciudad y mierda de todo! Si pudiera, ahora mismo me iría a vivir a otra parte y no volvería a poner los pies en Barcelona, te lo juro.

Mauricio advirtió que Clotilde lloraba. Si hubiera entendido que lloraba de rabia, habría sido más prudente, pero atribuyó el llanto a la aflicción, se sintió embargado de una gran ternura y metió la pata.

—Si realmente quieres irte, vámonos juntos. Yo puedo trabajar en cualquier parte.

—Tú lo que eres es un chantajista de mierda y un miserable. No te quiero ver más. Si quieres follar, fóllate a tus pacientes.

Mauricio no replicó. Vio en seguida que Clotilde estaba poseída por una ira de la que él no era causante, pero sí destinatario. Aquella ira hacía aflorar un hondo resentimiento hacia él.

Al día siguiente Clotilde llamó de nuevo a Mauricio para disculparse por el tono de sus palabras.

—Fui injusta. Tú no te merecías los insultos. Eres buena persona, inteligente, agradable... y como amante eres afectuoso y considerado... para los tiempos que corren. Pero cuando te pones a hacer planes eres muy pesado: todo lo quieres organizar a tu conveniencia, según tú crees que han de ser las cosas.

Este discurso no disipó el abatimiento de Mauricio: era evidente que Clotilde no le quería.

—Está bien, ya hablaremos. Ahora te he de dejar.

Clotilde percibió la amargura de Mauricio y sintió una punzada de congoja, pero decidió mantenerse firme y no caer en la trampa de la compasión. Dejar de verse durante un tiempo le parecía una sabia medida para evitar que la inercia consolidara las cosas al margen de los sentimientos y la voluntad de ambos. La presencia de Mauricio en la vida de Clotilde era una carga para ella, no sólo en el terreno sentimental, sino también en el profesional. Mauricio ofrecía una seguridad económica que le quitaba el acicate de la necesidad y justificaba el estancamiento de Clotilde, su resignación a ocupar una posición subordinada, sin perspectivas de mejora.

Aquella misma tarde aprovechó una ocasión propicia para hablar con el abogado Macabrós.

—Quiero algo de más responsabilidad.

Macabrós sonreía y asentía con aire paternal mientras pensaba: Podría aprovechar su insolencia para ponerla en la calle; aquí no me sirve de nada, con su tío ya he cumplido y me ahorraría un sueldo. En su fuero interno dudaba de la competencia profesional de las mujeres: no tenían capacidad de análisis, les faltaba ecuanimidad y sangre fría, se ofendían por cualquier motivo y era fácil hacer que se liaran y se contradijeran. Clotilde era inteligente y trabajadora, pero, a su juicio, una cabecita loca.

Sin embargo, la miraba y no podía dejar de imaginarse a la hija que le habría gustado tener. Los sentimientos son un tributo contra el que no valen evasiones. En fin, peor sería vivir con ocho gatos, como esas solteronas... o militar en una buena causa, pensó.

—Entiendo tus razones, dijo, y alabo tu afán de superación. Sin embargo aquí, ya ves, pocos asuntos llegan que te pueda confiar. Los importantes los he de llevar yo personalmente; luego están los otros colaboradores, y al final, tú. No porque no valgas, sino porque no tienes experiencia.

—Nunca la tendré si usted no me da ninguna oportunidad. Por favor.

—Déjame pensarlo.

Clotilde se retiró con sensación de derrota. Del abogado Macabrós no podía esperar nada. Se dio un plazo de un mes y se juró a sí misma que presentaría su renuncia si para entonces no se había producido un cambio significativo en su situación profesional. Mientras tanto, iba leyendo todos los días las ofertas de trabajo en *La Vanguardia* y daba voces entre la gente conocida para ver si por chiripa se presentaba una oportunidad.

Por su parte, Mauricio había hablado con las personas que Fontán le había indicado y había obtenido el crédito en unas condiciones que le parecieron abusivas, pero que aceptó sin discusión.

Como Clotilde le había dejado, todo le daba lo mismo.

En cuanto tuvo el dinero, puso en marcha el arreglo del consultorio y al cabo de un mes ya estaba trabajando allí dos tardes a la semana.

Manolo Villares estaba encantado.

—Tendríamos que hacer una inauguración, dijo.

—¿De qué tipo?

—No lo sé: una copa, invitar a los amigos...

—¿Y recibirlos dónde? ¿En la sala de espera? No querrá venir nadie, y menos desde Barcelona.

—Es verdad.

Mauricio comprendía lo desacertado de llamar a Clotilde con cualquier pretexto, pero la vida sin ella le parecía absurda y por primera vez experimentaba los embates de la soledad.

Un día le preguntó a su socio si seguía frecuentando los burdeles.

—Sí, claro, voy con regularidad. Es lo mejor.

—¿Y vas a uno fijo?

—No, cambio continuamente, no vaya a enamorarme de una tía. Más de uno ha acabado enamorándose de una puta y no veas el lío. El infeliz las retira, les pone un piso, les pasa una pasta al mes y acaba arruinándose, materialmente, y moralmente también, porque ellas no están por la labor y al cabo de poco vuelven a las andadas. Esto si un macarra no se mete por medio y lo somete a extorsión o algo peor. A uno que conocí en Madrid lo cosieron a navajazos. No la diñó de milagro y el infeliz todavía seguía con ella, de encoñado que estaba. Me parece que al final acabó viviendo con la pájara en cuestión y con el chulo que le había rajado. Ya ves tú.

Este panorama tan poco halagüeño disuadió a Mauricio de buscar en amores meretricios consuelo a su desamparo. En el fondo, no creía necesitarlo: tenía los días ocupados con el trabajo y con el ir y venir, de Barcelona a Mataró y vuelta. Sólo las noches constituían un problema: vencido por la fatiga se dormía en seguida, pero se despertaba al cabo de un par de horas y ya no volvía a conciliar el sueño hasta la madrugada. Durante estas horas de insomnio le asaltaban todos los temores y en especial el de no poder pagar la deuda contraída. Creía haber obrado con precipitación, haber aceptado un préstamo en condiciones imposibles de cumplir, haber sido objeto de un engaño. Trataba de cuadrar los números pero en seguida se encontraba metido en unas operaciones insolubles, que no eran tales, sino caprichos de su imaginación descontrolada.

Al día siguiente Manolo Villares escuchaba la letanía y luego le tranquilizaba.

—Ya verás cómo todo sale de maravilla.

*

Contra todo pronóstico, antes de finalizar el plazo que Clotilde se había fijado para abandonar el bufete del abogado Macabrós, éste la llamó a su despacho y le dijo:

—El primer día me dijiste que hablabas francés.

—Sí.

—¿Con fluidez y corrección o sólo lo chapurreas?

—Hasta hace poco lo hablaba bien, pero últimamente no practico.

—¿Es indiscreto preguntar dónde y cómo lo aprendiste?

—Ni en la cárcel ni *dans une maison close*. Lo estudié en el colegio y pasé varios veranos en Francia. Además tuve un noviete gabacho.

El tío Manuel había comprado en la década de los sesenta una casa en Pau, una población fronteriza en el Pirineo aragonés, y durante unos años Clotilde pasaba allí tres semanas todos los veranos. La casa era pequeña, con un jardín húmedo y umbrío que la separaba de una carretera secundaria bordeada de plátanos enormes. Durante sus estancias, Clotilde compartía con su prima Verónica una cama de matrimonio en la buhardilla. A través de la ventana se veían las últimas ramas de un viejo olmo y un recuadro de cielo blanquecino. La casa estaba situada en las estribaciones del pueblo y Clotilde iba todas las mañanas en bicicleta a la *boulangerie* a buscar pan y cruasanes para el desayuno mientras su prima holgazaneaba en la cama. Clotilde guardaba de aquellos veraneos un recuerdo agradable y un punto nostálgico, que gustaba de evocar, aunque no hablaba de ello con nadie. El lugar no era especialmente hermoso, pero emanaba una sensualidad melancólica a la que las dos adolescentes se entregaban sin reservas. Por la noche intercambiaban secretos de almohada que eran sólo fantasías y proyectos delirantes. En aquella época Clotilde y Verónica eran amigas del alma. A menudo llovía a raudales y el jardín se inundaba y la carretera era intransitable durante varias horas. Entonces tenían que estar en la habitación, porque su tío ocupaba la sala y su mera presencia le habría importunado. Después de la lluvia la carretera quedaba cubierta de hojas.

El abogado Macabrós continuó:

—He de enviar a alguien a Ginebra. Es un trabajo sencillo, aparentemente sin complicación. Esto no quiere decir fácil: todo se puede hacer mal, todo se puede echar a rodar por una imprudencia o por una distracción. No hay trabajo fácil. Estaba pensando enviarte a ti. En resumidas cuentas, se trata de recoger una firma. Alguien tiene unos documentos y alguien los ha de firmar. El firmante se aloja en *Le Richelieu*. Tú no te alojarás allí, naturalmente. Ni siquiera yo me alojo en *Le Richelieu* cuando voy a Ginebra. Pero la firma tendrá lugar en *Le Richelieu*, por lo cual tendrás que llevarte ropa adecuada a las circunstancias. Puedes ir con lo de siempre para viajar más cómoda, pero en este caso una muda es preceptiva. Pasarás una noche en Ginebra y regresarás al día siguiente, en el avión de la tarde, con los documentos. En ningún momento te desprenderás de los documentos, este detalle es fundamental. En ningún momento y en ningún lugar, ni siquiera en *Le Richelieu*, ni siquiera para ir al servicio o para telefonear, y no se los entregarás ni se los mostrarás a nadie. A nadie significa a nadie: familia directa o indirecta, compañeros de trabajo, amistades y relaciones personales más íntimas. A nadie. Tampoco irás contando que has intervenido en una transacción de cuyo contenido no estás autorizada a hablar. El lema es: punto en boca. Por supuesto, no se trata de una operación irregular, pero si te vas de la lengua con los asuntos legales, todo el mundo pensará que hacemos algo ilegal cuando guardemos silencio. Para evitar lío, lo mejor es borrar de la memoria cualquier cosa relacionada con el trabajo, siempre y sin excepción. De este modo no tendrás ningún problema ni con el mundo exterior ni con el interior.

El día previsto para el viaje amaneció lluvioso y al

aterrizar en Ginebra seguía cayendo una lluvia fina. Como el hotel donde se alojaba quedaba cerca de la estación, Clotilde tomó un autobús en el aeropuerto hasta Cornavin. El trayecto por los suburbios bajo la lluvia le resultó poco estimulante. El último tramo lo hizo a pie, por una calle ancha, al final de la cual se veía el lago, oscuro y envuelto en una niebla densa. En el hotel deshizo el equipaje y salió de nuevo. En el puente una ráfaga de viento le hizo dar un traspié y estuvo a punto de arrancarle el paraguas de la mano. En el agua negra, bajo el puente, flotaban cisnes y patos, indiferentes al frío y al mal tiempo, en medio de una gran suciedad. La zona comercial estaba todavía animada. Clotilde miró los escaparates y entró en unos almacenes pero no compró nada: el carácter secreto del viaje justificaba no llevar regalos, pensó con alivio. No era aficionada a ir de tiendas, pero en esta ocasión se sintió agradablemente protegida en medio de aquella afluencia ordenada.

Cuando cerraron las tiendas subió por unas calles estrechas y empinadas hasta la catedral y el Bourg du Four. En aquella parte de la ciudad todo era viejo, pero estaba impecablemente conservado; hasta los adoquines parecían pulidos por los siglos o por la mano del hombre. Sin embargo hacía frío y viento, no había nadie y los pequeños restaurantes, donde tenía pensado cenar, estaban vacíos. Finalmente cenó sola en un *bistrot* bajo el escrutinio de una camarera desabrida que la miraba con aire puritano.

Al salir del restaurante seguía lloviendo. Aunque era temprano para retirarse, emprendió el regreso al hotel. De camino pasó por delante de una sala de cine y tomó nota del horario de proyección de las películas.

La habitación del hotel era reducida de tamaño. Había una butaca dura e incómoda y una lámpara de pie que daba una luz azulada. Clotilde trató de leer pero no conseguía concentrarse. Allí todo parecía comprimido. Aunque la lluvia había arreciado, se echó a la calle y se metió en el cine que había descubierto un rato antes. En la sala sólo había cuatro espectadores y la película, hablada en un francés oscuro y entrecortado, le resultó ininteligible y aburrida.

Al salir del cine era tarde, había dejado de llover y se sentía cansada. Había sido un día muy largo.

Anduvo a buen paso porque en la zona peatonal por la que iba se habían reunido varios tipos de aspecto inquietante que se protegían del relente con capotes de hule y se pasaban un garrafón de vinazo sin hablar.

A pesar del cansancio durmió mal y se levantó cansada y abatida. Sin embargo, para su sorpresa, al abrir los postigos la deslumbró un día radiante. El cielo era azul y el aire, fresco y ligero, traía aroma de hierba segada. Bajó al comedor, desayunó con apetito y como era pronto salió a dar un paseo.

La ciudad parecía otra. Los bares y restaurantes habían invadido las aceras con mesas y parasoles de colores vistosos y en los parterres había gente tumbada tomando el sol. Ahora las montañas se perfilaban nítidamente contra el cielo y el lago, que la víspera le había parecido tenebroso, era azul y alegre y estaba lleno de embarcaciones de vela. De un islote brotaba el surtidor que había visto tantas veces en las estampas turísticas.

Animada por este espectáculo, compró un periódico local, se sentó en una terraza y pidió un café. Antes de que el camarero se lo sirviera ya había terminado de hojear el periódico: ni las noticias ni los artículos de fondo le resultaban comprensibles. Lo mismo le sucedería a cualquier habitante de esta ciudad si leyera los periódicos de Barcelona, pensó, las cosas se minimizan con la distancia, igual que con el tiempo: lo que hoy es importante aquí no significa nada en otro sitio y no significará nada mañana, ni aquí ni en ninguna parte.

De estos pensamientos le habría gustado dar parte a Mauricio. Todas las cosas que hoy te parecen importantísimas te parecerán triviales dentro de nada, incluida yo misma, le habría dicho. Sus pensamientos volvían a Mauricio sin desagrado.

La distrajo de estas reflexiones la presencia de unos gorriones que brincaban descaradamente por su mesa. La visión de las montañas, el agua y el cielo la llenó de serenidad y de energía. Consultó el reloj, pidió la cuenta y volvió al hotel. Allí se cambió para acudir a la cita en *Le Richelieu* y metió en la maleta la ropa que llevaba y el resto de sus pertenencias, bajó a la recepción, pagó, dejó la maleta en consigna y volvió a salir.

Al pasar por delante del *Hôtel des Berges* vio salir un árabe muy guapo vestido con chilaba y *kefiya* de lino blanco. Le seguían tres mujeres, una baja y gruesa y dos altas y delgadas. Las tres mujeres iban rigurosamente veladas, con chilabas negras y unas máscaras de oro sobre los ojos, la nariz y la boca. Por contraste, las tres llevaban bolsos modernos de charol rojo, muy llamativos. El exótico cuarteto pasó entre las mesas de la terraza sin despertar la curiosidad de los clientes que desayunaban y leían la prensa internacional. Aquélla era realmente una ciudad cosmopolita, pensó Clotilde.

Delante de *Le Richelieu* vio estacionados dos Rolls-Royce, un Jaguar, dos Mercedes y un Porsche. A la puerta del hotel Clotilde volvió a sentir la inquietud que la había dominado la noche anterior. Por primera vez entraba en contacto con un mundo diametralmente opuesto al que hasta entonces había frecuentado y para moverse en el cual su paso por la Facultad de Derecho no sólo no la había preparado sino todo lo contrario. Ahora comprendía el absurdo de una educación universitaria que consentía e incluso fomentaba la hostilidad hacia la sociedad para cuyo servicio preparaba al alumnado. Mientras los estudiantes urdían planes revolucionarios y reorganizaban el mundo, los que verdaderamente tenían el dinero y el poder tomaban el aperitivo en *Le Richelieu* y esperaban con benevolencia la llegada de los revolucionarios amansados y vestidos para la ocasión. Vayan pasando, parecía decir el portero uniformado, y dejen en el guardarropa los panfletos y los cócteles Molotov.

Alejando de sí estas amargas consideraciones, Clotilde se dirigió a la recepción del hotel.

—*Je cherche monsieur Pasquine.*

El recepcionista irradiaba un sosiego perfumado.

—*Monsieur Pasquine est là, mademoiselle. Il vous attend depuis quelque temps.*

Clotilde entró en el *hall* siguiendo la mirada del recepcionista. En los butacones había varios hombres solos. Pasaron dos mujeres guapas y elegantes charlando y riendo en voz muy baja. Clotilde se preguntaba si serían putas de hotel o mantenidas de algún ricacho. Tal vez ni una cosa ni la otra, pensó. Simplemente mujeres como yo, sólo que con más suerte; ahora se van de compras al centro y volverán cargadas de bolsas de Armani, de Saint-Laurent y de Ferragamo. Lo mismo da. Yo he venido a trabajar y lo que he de hacer es localizar a monsieur Pasquine.

Acostumbrada a que nadie la mirase en aquella atmósfera circunspecta, le llamó la atención un hombre de mediana edad que le sonreía. En una mano tenía una taza de café turco y con la otra manoseaba un rosario árabe de cuentas de ámbar. Clotilde se dirigía hacia él cuando oyó una voz a sus espaldas.

—*Mademoiselle Clotilde?*

El que había pronunciado su nombre era un joven, alto, delgado, con abundante cabellera, ojos azules y gafas de concha.

—*Monsieur Pasquine?*

—*Oui, c'est moi.*

Mientras Clotilde pensaba que había estado a punto de meterse en un buen lío, monsieur Pasquine la llevó a un tresillo situado en un rincón del *hall*; en la mesa había dejado una cartera abierta y unos documentos a la vista de todo el mundo. Se sentaron y monsieur Pasquine miró su reloj de pulsera y dijo que su cliente no tardaría en llegar. Mientras tanto, ¿qué le apetecía tomar?

Clotilde declinó la invitación: no sabía qué se podía tomar en aquel lugar y a aquella hora. Monsieur Pasquine sonrió y Clotilde lo imitó. Monsieur Pasquine tenía una sonrisa contagiosa. Con gran animación le contó que había estado varias veces en Barcelona, algunas por razones profesionales y otras por gusto, atraído por los encantos de la ciudad, y, en especial, por su afición a Lluís Llach, a cuyas actuaciones procuraba asistir si su trabajo y sus compromisos se lo permitían. Monsieur Pasquine tenía todos los discos de Lluís Llach y aunque no sabía una palabra de catalán, podía cantar varias canciones de Lluís Llach de cabo a rabo, sin entender lo que decía, sólo imitando el fraseo y los murmullos de su admirado cantautor.

Clotilde no compartía los gustos de monsieur Pasquine, pero le agradeció para sus adentros aquella muestra de interés y, sobre todo, que fuera él quien llevara el peso de la conversación, lo que la liberaba de usar un idioma en el que se iba sintiendo más insegura conforme pasaba el rato.

De esta congoja no parecía darse cuenta monsieur

Pasquine, el cual seguía hablando a buen ritmo, sin tratar de simplificar el léxico ni la sintaxis, con lo que Clotilde debía hacer un gran esfuerzo de concentración. Monsieur Pasquine era un hombre jovial y desenfadado, que no se recataba de bostezar o de rascarse el occipucio y que clavaba en ella sus ojos azules con mucha fijeza, como si las trivialidades que contaba fueran cuestiones de la máxima trascendencia.

Clotilde, que había esperado encontrarse con un tiburón de las finanzas, estaba subyugada por aquel individuo vehemente y atolondrado.

—*Ah, mais voilà! Notre client!*, exclamó de repente monsieur Pasquine. *Il arrive avec cinq minutes de retard... Il a eu peut-être un accident.*

Se puso de pie y agitó los dos brazos.

—*Il s'appelle monsieur Weissmüller. Weissmüller, voyez-vous? Comme l'inoubliable acteur que jouait Tarzan dans les vieux films d'Olivoute.*

Clotilde vio avanzar hacia ellos procedente de los ascensores a un hombre de edad indefinida, bajo, robusto y sin cuello, con el cráneo rapado y el cutis picado de viruela. A su lado iba un empleado del hotel con un teléfono. Cuando estuvo junto a ellos, monsieur Weissmüller estrechó la mano de monsieur Pasquine y sin darle tiempo a hacer las oportunas presentaciones, tomó el teléfono que el empleado del hotel acababa de conectar a un enchufe cercano y exclamó con marcado acento extranjero:

—*Allô, c'est toi, mon bébé?*

Escuchó largo rato en silencio y finalmente dijo:

—*Ne t'inquiètes pas, mon bébé. Je m'en occupe*, y dirigiéndose a monsieur Pasquine aclaró: *Mon bébé vient de perdre tout son argent au Casino.*

Devolvió el teléfono al empleado del hotel y cuando

éste se hubo ido con el aparato, preguntó a monsieur Pasquine si tenía la documentación lista para la firma. Clotilde lo observaba con interés, tratando de descifrar el enigma de aquel individuo repelente y poderoso. Sin duda se trataba de un hombre muy rico, probablemente el propietario de alguno de los automóviles imponentes estacionados frente al hotel y de alguna de las mujeres con las que se había cruzado poco antes en el *hall*. Esta imagen, carente de fundamento, creada por su inexperta fantasía, le producía una mezcla de repugnancia y fascinación y se preguntaba cómo debía de ser en la intimidad aquel sátrapa con cara de sapo. Por su parte, monsieur Weissmüller ni siquiera le había dirigido una mirada ni había dado a entender de ningún modo que se percataba de su existencia.

—*Voilà les papiers, monsieur Weissmüller!*, exclamó monsieur Pasquine.

Extendió sobre la mesa un documento y le mostró otro a monsieur Weissmüller.

—*Très bien*, dijo después de haber hojeado el documento. Sacó del bolsillo una pluma estilográfica de oro y exclamó de nuevo: *Très bien.*

En aquel momento regresó el empleado del hotel con el teléfono y lo puso encima de la mesa. Monsieur Weissmüller hizo un ademán de contrariedad.

—*Pas maintenant! Nous sommes en train de signer des documents très importants.*

El empleado del hotel, que se había arrodillado para enchufar la clavija del teléfono, se volvió con el cable en la mano.

—*Mais c'est votre bébé, monsieur Weissmüller!*

El interpelado se encogió de hombros.

—*Allez, allez*, dijo con voz perentoria, *vous m'emmerdez!*

El empleado se batió en retirada y monsieur Weissmüller firmó el documento extendido sobre la mesa y le pasó la pluma a Clotilde sin mirarla a la cara.

Clotilde se dirigió a monsieur Pasquine, que asistía a la operación con expresión solemne.

—*Moi?*

—*Oui, oui, signez, mademoiselle. C'est pour cela que vous êtes venue de Barcelone. Monsieur Macabrós m'a envoyé vos pouvoirs.*

Monsieur Weissmüller le mostró el documento que había estado examinando y Clotilde vio que se trataba efectivamente de un poder notarial que la capacitaba para actuar en representación de una empresa cuyo nombre no había oído mencionar nunca. Decididamente, cogió la pluma que le tendía monsieur Weissmüller y firmó. De inmediato monsieur Pasquine se apoderó del documento y lo guardó en la cartera junto con el poder notarial.

Monsieur Weissmüller recuperó la pluma estilográfica y se puso de pie.

—*Finito*, dijo dirigiéndose siempre a monsieur Pasquine, *je vous invite à dîner. Malheureusement je dois partir tout de suite, mais vous pouvez manger à l'hôtel et charger l'addition sur ma chambre. Au revoir, monsieur Pasquine.*

Mientras se alejaba a buen paso hacia la salida, monsieur Pasquine cerró la cartera y tendió la mano a Clotilde. Le habría encantado acompañarla, dijo, pero precisamente aquel día tenía una comida de negocios en Montreux. Clotilde, recordando las instrucciones del abogado Macabrós, reclamó el documento con firmeza.

—*Ah, oui, oui, le document. Je vous ferai arriver une copie à votre hôtel, bien sûr. Ou, plutôt, je ferai qu'elle vous soit envoyée à Barcelone tout de suite. À la belle ville de Barcelone!*

Antes de que pudiera reaccionar, Clotilde se encontró sola en el *hall* del hotel. Fue a la recepción y preguntó dónde y cómo podía telefonear. El recepcionista le señaló una cabina. Clotilde llamó al abogado Macabrós.

—¿Qué tal ha ido?

—Nadie me dijo que yo también tenía que firmar.

—Bueno... estaba implícito. Además, no hay ningún mal en ello: un abogado siempre actúa en representación de su poderdante, es lo habitual. ¿Tienes el contrato en tu poder?

—Pues no. Se lo ha llevado monsieur Pasquine. Dice que se lo hará llegar.

—¡Vaya zorro! Te ha tomado el pelo y nunca veremos ese contrato.

—¿Es grave?

—No mucho. Además, lleva tu firma y no la mía.

—Al menos, dígame lo que he firmado.

—¿Qué más te da? Podías haber leído tú misma la documentación: estaba en francés. También podías haberte negado a firmar. Pero lo hecho, hecho está. No le des más vueltas.

Clotilde salió a la calle. El cielo se había encapotado. Aquél había sido su primer asunto importante y si bien no podía decir que lo hubiera resuelto de un modo satisfactorio, no le cabía duda de que había ganado una considerable experiencia.

De regreso a Barcelona, lo primero que hizo fue llamar a Mauricio, pero aunque era tarde, no contestó nadie a su llamada.

*

Una tarde, al salir de la consulta de Barcelona, una mujer joven y atractiva se acercó a Mauricio y le dijo:

—Hola, ¿te acuerdas de mí?

A Mauricio no le resultaba desconocida, pero no recordaba ni el nombre ni dónde la había conocido. Ella advirtió su desconcierto y se echó a reír.

—No te dé apuro, hombre. Soy la Porritos, la que cantaba rancheras en los mítines de mosén Serapio. El día que tú viniste estuvimos tomando unas cañas.

—¡Claro, la chica de la guitarra! ¡Qué casualidad!

—No es casualidad. Una amiga mía que vive en Mataró se fue a visitar contigo. Después, hablando las dos, no sé cómo, salió tu nombre. Me acordé de ti y buscando, buscando supe dónde trabajabas en Barcelona... y aquí me tienes.

Mauricio iba a preguntarle el motivo de tanto interés, pero al ver los titubeos de la Porritos prefirió guardar silencio.

—No he venido a pedirte hora ni nada. Los dientes los tengo bien. Al menos, daño no me hacen. Sólo quería saludarte... y ver qué había sido de ti después de las elecciones... Como os fue tan mal... Pero no nos quedemos aquí en mitad de la acera. Si entran y salen tus clientes es mejor que no te vean conmigo. No por nada, pero yo, con estas pintas, se ve mucho que no soy del barrio.

—No tiene ninguna importancia. Pero podemos ir a un bar a tomar algo. Para estar más cómodos.

Fueron a un bar, se sentaron a una mesa y pidieron dos cervezas y una ración de berberechos. El local estaba casi vacío y tenía un gran ventanal por donde entraba la luz tenue del crepúsculo.

—Y a mosén Serapio, ¿cómo le va?, preguntó Mauricio.

—Hace un siglo que no le veo. Me cansé de seguirle a todas partes con la guitarra. Él me ayudó mucho en una época y como yo ingrata no lo soy, pues durante años he estado haciendo por él lo único que podía hacer: tocar y cantar y... bueno, llamar la atención de alguna manera para ver si la gente iba a las asambleas en vez de quedarse en casa viendo la tele. Y eso que a mí la causa me importa bien poco. Antes era distinto, pero el desencanto..., ya sabes. En el fondo, a mí sólo me interesa mi arte, quiero decir cantar. Si valgo o no valgo, eso allá películas, pero me gustaría probarlo, la verdad. Tener una oportunidad y ver si alguien se fija en mí por mí misma. Y esto, yendo con un cura obrero de mitin en mitin no se consigue y encima te perjudica, porque si luego no salen los tuyos, como pasa siempre, los del otro bando te ponen en la lista negra. Y los que no lo son, también, para no estar a las malas con el poder. Total, que acabas fregando suelos. No sé por qué te cuento estas cosas.

Mauricio sonrió y se encogió de hombros. La Porritos continuó diciendo:

—No vayas a pensar que te estoy dando la tabarra para después pedirte algo. Ya sé que tú no me puedes ayudar. Ni yo te lo pediría aunque pudieras. Lo que sea me lo he de ganar yo por mis propios méritos. Si no, pan para hoy y hambre para mañana. Bueno, si fueras productor o dueño de una discográfica quizá sí que te pediría un trato especial. Pero como dentista no me vales para nada.

—No me has dicho cómo te llamas, y si lo he sabido, no me acuerdo.

—Adela, como la canción.

—¿Qué canción?

—Si Adelita se fuera con otro.

—Ah, sí. ¿Y de dónde te viene la afición al canto?

La Porritos le contó su vida. Mauricio la escuchaba a ratos y a ratos perdía el hilo, porque el relato era largo, confuso y no siempre coherente. Según pudo colegir, la Porritos procedía de una familia muy pobre, originaria de Extremadura, que se había afincado en Tetuán durante el Protectorado y se había quedado allí después de la independencia de Marruecos, dedicada principalmente al contrabando de tabaco. Mauricio no entendía qué interés podía tener esta actividad cuando en todos los estancos se podía comprar tabaco de cualquier marca y procedencia. Ella le explicó que el tabaco de contrabando salía a un tercio del precio de venta al público. El negocio, sin embargo, comportaba riesgos. Casi todos los varones de la familia habían pasado por la cárcel en algún momento de su vida. Las mujeres no, porque no se metían en este tipo de líos, aunque sí en otros: una prima de su madre se había fugado de casa a los once años aprovechando el paso de un circo ambulante donde trabajó hasta que una caída del trapecio le arruinó la rodilla, tras lo cual sobrevivió haciendo *striptease* en un cabaret de Tánger y luego en un tugurio de Marsella. Otra prima había sido abducida por los extraterrestres. En general, todos los miembros de la familia poseían cierta dosis de temperamento artístico, una disposición o un don que no habían sabido aplicar adecuadamente. Ella, en cambio, sí. Las rancheras sólo eran una pequeña parte de su repertorio. Y eso que había tardado en dar con su vocación.

Siendo casi una niña, continuó diciendo, y siguiendo los pasos de una tía o prima segunda, se había ido a Málaga, atraída por la demanda de trabajo en el sector turístico. Varios años había trabajado en Torremolinos, pero había acabado sintiéndose incómoda en aquel mundo cerrado y artificial. Entonces había renunciado a un salario alto y un empleo seguro y se había ido a Barcelona, a la aventura, a sabiendas de que allí las condiciones laborales dejaban mucho que desear, pero donde pensaba que sus inquietudes artísticas y su conciencia social tendrían más posibilidades de desarrollo y de expresión. Una vez en Barcelona, sin embargo, las cosas se habían torcido, había hecho amistades nocivas y había entrado en una vía mala y sin salida, hasta que mosén Serapio la había ayudado a ver la realidad en toda su crudeza y a recuperar las riendas de su propia vida y, sobre todo, su propia dignidad como mujer y como ser humano.

—Me había convertido en una auténtica basura. Una tía degradada, tú ya me entiendes.

A Mauricio, que era hombre de pocas palabras, le fascinaba la verborrea de la Porritos. Fuera había oscurecido.

—Se ha hecho tarde, dijo. Ya va siendo hora de cenar. Te invito.

—No, no, tú debes tener algún compromiso.

—Si lo tuviera no te estaría invitando. Ahora, si no te apetece...

—Sí, ya lo creo, pero según a donde me pienses llevar. No contaba con esto y voy hecha un pingo.

—Vas bien, y además el vestuario es lo de menos porque eres guapa.

—¿Tú lo crees?

—Lo crea o no, es la verdad. Y además lo creo.

La Porritos se puso muy contenta.

Fueron a un pequeño restaurante de menú fijo próximo al lugar donde se encontraban. Era un local sencillo que a la Porritos le pareció el colmo del lujo. Sin dejar de hablar, comió con entusiasmo y lo encontró todo buenísimo; en cambio, casi no bebió vino.

Mauricio no consideraba que su actitud fuera paternalista. Le gustaba hacer feliz a otra persona porque era de natural desprendido.

Al acabar la cena Mauricio preguntó a la Porritos dónde vivía. Ella mencionó una dirección en Santa Coloma de Gramanet. Mauricio se brindó a llevarla en coche. Ella protestó: no quería ocasionarle más molestias, pero él alegó que era pronto y que no tenía nada que hacer salvo acompañarla.

—Además, el metro a estas horas no es recomendable.

—Uf, pues no lo habré cogido yo veces, exclamó ella muy divertida.

—¿Y nunca te ha pasado nada?

—Bah, una vez me robaron y un par más tuve que salir por piernas, ya te puedes figurar por qué. En fin de cuentas, nada. Lo peor son los retrasos, los apretujones en horas punta y los precios, que todos los años los suben sin avisar. Ahora, viviendo donde vivo, no hay elección.

Lo decía sin amargura ni resignación, como la cosa más natural del mundo. Pero después de hablar se quedaba mirando fijamente a Mauricio para ver qué juicio le habían merecido sus explicaciones. La opinión de él parecía preocuparle más que los peligros e incomodidades del metro.

Fueron al garaje. Al entrar en el coche la Porritos se puso tímida y sólo hablaba para indicar el camino. Como nunca iba en coche, no conocía las direcciones y dieron algún rodeo innecesario. Al adentrarse en el barrio, las cosas se complicaron aún más.

—Por mi culpa estamos dando más vueltas que un ventilador. Si te cansas, déjame en cualquier sitio. Andando sé llegar. Es las direcciones prohibidas lo que no tengo por la mano, y menos de noche. Debes de estar pensando que soy tonta de capirote.

—No, mujer. Ya llegaremos a puerto. Lo que no sé es cómo haré para salir de este laberinto.

—Es verdad. Al final te he metido en un buen lío, ¿ves?

—Pues sí, dijo Mauricio. La única solución es que pase la noche contigo.

—¿Tú quieres?, preguntó ella sin pausa, como si hubiera estado esperando desde hacía rato una proposición de aquella índole.

—Yo sí, ¿y tú?

—También, ¿no lo has notado?

Tuvieron suerte y después de dar varias vueltas pudieron dejar el coche cerca de la casa.

Mauricio se despertó al cabo de unas horas sin recordar dónde estaba ni cómo había ido a parar al lugar que ahora trataba de reconocer a la escasa luz que se filtraba por la rendija de una puerta mal cerrada. La pieza estaba abarrotada de trastos y el aire era cálido y denso y estaba impregnado de olor a comida rancia, ropa sucia y perfume barato. Mauricio pensaba que al entrar en el piso ella lo había empujado a oscuras al jergón que hacía las veces de cama en un rincón del cuarto para impedirle percibir el desbarajuste y la penuria. Pero incluso ahora Mauricio estaba demasiado absorto en lo insólito de la aventura para dar importancia al lugar o extraer alguna conclusión que no se refiriese a sí mismo. Miraba a la mujer que dormía a su lado y se preguntaba si la mezcla de solicitud y pasión de que le había hecho objeto era innata o si respondía a una actitud cultural arcaica.

Con Clotilde todo era distinto, pensaba.

De la claridad reinante dedujo que ya había amanecido. Encontró el reloj: eran casi las nueve de la mañana. Se levantó con dificultad. No tenía sueño pero estaba exhausto. Se vistió en silencio y fue hasta la puerta del piso de puntillas, con cuidado para no tropezar con los cachivaches dispersos por todas partes. Ya en el coche y preguntando a los transeúntes, encontró el camino de vuelta. En casa llamó a la consulta y dijo que llegaría tarde por razones ajenas a su voluntad; luego se duchó, se cambió, desayunó en el bar de siempre y se fue a trabajar.

Pensaba que a la salida le estaría esperando nuevamente la Porritos, pero no fue así.

Al día siguiente le tocaba ir a Mataró. Por la noche llamó a Clotilde. Después de lo ocurrido, le parecía importante reanudar la relación interrumpida. La madre de Clotilde le dijo que Clotilde estaba de viaje. Sin que él le preguntase nada, le explicó que Clotilde había ido al extranjero por un asunto jurídico. Esta información le irritó por partida doble. Le molestaba que Clotilde no le hubiera informado personalmente de este giro repentino en su carrera profesional y le molestaba que aquella señora, a la que no conocía, le hiciera partícipe de un orgullo maternal en el que creía detectar cierto retintín. ¿Qué se han creído?, pensó.

Al día siguiente le esperaba la Porritos a la puerta de la clínica dental. Le saludó con timidez y le dijo:

—A lo mejor preferirías que no hubiera venido.

—No mujer, tenía ganas de volver a verte.

—Como te fuiste sin decir nada...

—No te quise despertar. Era temprano y tenía que venir al trabajo. Luego ya no supe cómo ponerme en contacto contigo.

—Ya. No es fácil, porque no tengo teléfono. Pero si tú quieres, yo iré viniendo hasta que te canses. No tengo nada que hacer. Estoy en el paro, ya ves.

—Bueno, dijo Mauricio. No es una buena solución, pero no se me ocurre otra mejor.

Aquella tarde fueron al cine a ver *Oficial y caballero*.

Mauricio se aburrió pero ella lo pasó en grande y al final lloró.

—Ya sé que es una tontería, pero sólo me gustan las películas que acaban bien.

Al salir del cine fueron a tomar una copa. Como el primer día ella había hablado tanto y Mauricio no tenía nada que contar, a ratos la conversación languidecía.

—¿Te llevo a casa?

—No, por Dios. Mi casa es una cochinera. No sé cómo tuve valor el otro día para dejártela ver. Debía ir salida o algo.

—Pero si ya la he visto, ¿qué más da?

La Porritos no respondió. Se había entristecido.

—Si lo prefieres, podemos ir a mi casa, dijo Mauricio.

A ella se le iluminó la cara. Mauricio pensaba que se estaba metiendo en un buen lío.

A la Porritos el piso de Mauricio le pareció el colmo del buen gusto. Al ver el efecto que le producía, Mauricio se sentía clasista y esto le producía cierto desasosiego. Dijo:

—No hagas mucho caso. A los médicos nos inculcan la obsesión del orden y la limpieza y ya no sabemos vivir de otra manera.

—¿Puedo pedirte una cosa? Es una chorrada, ¿eh? Si no puede ser, pues nada.

—Di, a ver.

—¿Me puedo bañar? Quiero decir con la bañera llena de agua caliente.

—Vaya cosa.

—Es una chorrada, a que sí.

—No, no. Es una idea estupenda. Ahora mismo te lo preparo. Pero no te hagas ilusiones, no tengo espuma ni sales ni nada.

—No faltaría más, ni que fueras un sarasa.

Mauricio graduó la temperatura del agua y sacó de un armario una toalla grande. La Porritos seguía estas operaciones muy atentamente. Cuando la bañera estuvo llena, Mauricio salió y cerró la puerta del cuarto de baño.

Mientras esperaba sonó el teléfono. Dudaba en contestar porque suponía que sería Clotilde, pero finalmente descolgó.

—¿Te molesto?

—No.

—He estado fuera.

—Ya lo sé. Me lo dijo tu madre, ¿qué tal te ha ido?

—Regulín. Me gustaría hablar contigo.

—¿Cenamos mañana?

—Vale.

Clotilde se dio cuenta de que Mauricio tenía prisa por acabar la conversación.

Poco después salió del baño la Porritos envuelta en la toalla.

—Chico, esto entona una burrada. ¿He tardado mucho?

—No. He tenido una llamada.

—¿Pasa algo?

—No. Una cuestión de trabajo.

—¿Una urgencia?

Mauricio desarrugó el ceño.

—En mi especialidad no hay este tipo de urgencias. Sólo era una consulta. Mañana me ocuparé del caso.

—He usado tu jabón y también una loción y me parece que ahora huelo a hombre, dijo ella.

—Pues también intentaremos poner remedio a esto.

Como la otra vez, se despertó de golpe y con la sensación de salir de un sueño tan profundo que le produjo espanto: creía regresar del mundo de los muertos o algo parecido. ¿Por qué me pasará esto?, pensaba.

Antes de que sonara el despertador ya se había duchado y vestido. La Porritos dormía plácidamente.

—Me tengo que ir, le susurró al oído. Tú sigue durmiendo. No ha de venir nadie.

A mediodía pasó un momento por el piso. La Porritos había hecho la cama, había puesto a secar la toalla de baño en el tendedero y se había ido.

Llamó a Clotilde y quedaron a las siete y media en el bar de la calle Aribau donde solían encontrarse. Clotilde le contó lo sucedido en *Le Richelieu*. Al término del relato le preguntó:

—¿Qué piensas?

—Que tu jefe es un cabrón. ¿Has hablado con él?

—Sí, y me ha dicho que es una práctica habitual en el ejercicio de la abogacía.

—¿Y qué le has contestado?

—Nada. No soy tan ingenua. Pero me gustaría saber qué he firmado. Igual es un asunto de tráfico de armas para la guerra del Líbano.

—No seas tonta, ¿para qué iban a necesitar tu firma? Será otra cosa menos excitante: evasión de capital, o algo por el estilo.

—En cualquier caso, una inmoralidad.

—Desde el punto de vista burgués, sí.

—Entonces, ¿tú crees que debo dejarlo?

—No, de ningún modo.

—Lo dices muy seguro.

—Si ahora dejas tu trabajo, acabarás vendiendo collares de cuentas en Ibiza, y a mí me preocupa más tu bienestar personal que la moral y las leyes.

Clotilde estuvo pensando un rato. Mauricio temía haberla ofendido con su comentario.

—¿Tan escasa de recursos me ves?

—Quizá he exagerado.

—Bueno, pues si me he de vender al capitalismo, al menos que se note: te invito a cenar a un sitio caro.

Después de cenar fueron a casa de Mauricio. No había tenido la precaución de cambiar las sábanas y temía que Clotilde detectara la huella de otra mujer, pero entre los dos se habían bebido una botella de vino durante la cena y si algún rastro había, ella no lo supo ver.

Tres días más tarde estaba de nuevo la Porritos esperándole en la acera. Mauricio había quedado en encontrarse con Clotilde al cabo de poco.

—Hoy tengo un compromiso ineludible.

—No importa, dijo la Porritos, ya me voy.

—Deberías llamarme por teléfono antes. No te costaría nada y te ahorrarías venir de balde como hoy.

—Tienes razón.

Mauricio se quedó un poco preocupado. Estaba muy contento de haber recuperado a Clotilde, pero no podía quitarse a la Porritos de la cabeza. Lo mejor será cortar por lo sano, pensó. Le diré la verdad: que tengo novia y que no nos podemos seguir viendo.

*

Mientras tanto, Clotilde seguía dándole vueltas a su propia situación. Llamó a Fontán y quedaron en verse un mediodía.

Fontán la invitó a comer a *Semon*. Era un lugar tranquilo, casi hermético. Después de haberle referido lo sucedido en *Le Richelieu*, Clotilde le preguntó:

—¿No me habré metido en un lío?

—¿En un lío? Sí, claro. Pero no pasa nada.

—A veces sí.

—Aún te falta mucho para llegar a eso. ¿Tú cómo lo ves?

—Bueno, dijo Clotilde después de una pausa, de algo hay que vivir, y si elegí esta carrera...

—Y tu novio qué dice.

—Yo no tengo novio.

—¿Cuándo aprenderás a asumir responsabilidades?

Clotilde se quedó pensando un rato.

—¿Y tú? Con tu novia, quiero decir.

—Voy en serio. Yo voy en serio en todo lo que hago. No como vosotros, que ponéis cara de funeral, habláis de cosas trascendentales y luego actuáis con la mayor frivolidad.

—¿Quiénes somos nosotros?

—Los rojillos.

De esta conversación Clotilde dedujo que Fontán estaba a punto de formalizar la relación con Michelle, pero que prefería no sacar el tema a colación.

Unos días más tarde se presentó en el bufete de Macabrós un hombre joven, muy bien vestido, preguntando por Clotilde. A Clotilde esta visita le dio un buen susto. Como no tenía un despacho decente donde recibirla, la recibió en la sala de juntas.

El visitante dijo ser un conocido de Fontán, el cual, sabiéndolo en dificultades, le había recomendado acudir a Clotilde. Con gran alivio, Clotilde escuchó el problema de aquel cliente inesperado tomando notas y haciendo preguntas y luego le prometió estudiar el asunto y decirle algo en seguida.

Cuando la visita se hubo ido, le contó lo sucedido a Macabrós.

—Vaya, ya te ha salido un cliente propio.

—¿Qué debo hacer?

—Ocuparte de él. Estás capacitada para llevar el

asunto. Pero no lo pierdas, porque comprometes el buen nombre del bufete.

El asunto no era fácil y la cuantía era elevada. A Clotilde no le llegaba la camisa al cuerpo. Además, le daba pánico defraudar a Fontán.

—¿Usted me supervisará? ¿Podré pedirle asesoramiento?

—Si me das la mitad de los honorarios, sí.

Clotilde aceptó el trato. Luego, al llegar la primera provisión de fondos, Macabrós no quiso cobrar nada. Dijo que lo había dicho en broma, pero que en el futuro Clotilde tendría que espabilarse sola. A partir de aquel momento Macabrós le pasaba asuntos de mayor envergadura.

Clotilde le refería estos casos a Mauricio con todo lujo de detalles.

—El quid de la cuestión está en saber distinguir lo esencial de lo accesorio.

—Bah, en odontología es lo mismo.

—Qué va a ser lo mismo. Tú puedes fiarte de las radiografías. Imagínate que tuvieras que diagnosticar e intervenir sobre la base de lo que te dijeran los pacientes. ¿Cómo distinguirías a un aprensivo de un estoico? O a un embustero, ¿eh?

—Por sentido común, como en todo.

—Sí, sí. Bueno eres tú en este terreno.

Mauricio se preguntaba qué habría querido decir. La frase era oportuna: Mauricio estaba hecho un mar de confusiones.

La Porritos seguía presentándose a la puerta de la clínica dental de cuando en cuando, sin avisar. Mauricio vivía en el temor de un encuentro fortuito entre Clotilde y la Porritos. Quería romper definitivamente con ésta, pero nunca encontraba el momento de plantearle la cuestión a las claras, ni él, en el fondo, lo deseaba. Estaba convencido de que Clotilde era la mujer de su vida, pero con la Porritos lo pasaba muy bien. Sin embargo, cuando estaba con ella sufría imaginando las consecuencias dramáticas de su duplicidad si alguna de las dos mujeres llegara a descubrirla. Para evitar esta eventualidad, siempre quedaba con Clotilde lejos de la clínica dental y cuando salía con la Porritos hacía lo mismo. Luego la acompañaba a casa y se quedaba a pasar la noche en Santa Coloma de Gramanet. En aquel barrio ignoto se sentía aislado del mundo, como si hubiera aparecido de improviso en otro planeta por el sistema de desintegración e integración que había visto de adolescente en una serie de ciencia ficción. Esta sensación daba a su aventura cierta impunidad que compensaba los inconvenientes. Además, en su propio piso no se sentía tranquilo: pensaba que Clotilde podía presentarse de improviso y encontrarlo en la cama con otra. En realidad, Clotilde nunca había hecho tal cosa, pero la mera posibilidad le horrorizaba. Se había comprado un callejero del área metropolitana y al cabo de poco conocía varios trayectos para ir y volver de casa de la Porritos.

A ella le daba apuro recibirlo en un lugar tan sórdido y destartalado. A menudo se proponía poner orden pero luego no sabía por dónde empezar. Al final se angustiaba y acababa dejándolo todo igual. Luego se deshacía en excusas innecesarias, porque a Mauricio el entorno le traía sin cuidado.

—A mí sólo me importas tú.

—¿Y como vivo no?

Le mortificaba que él viera aquella faceta poco halagüeña de su personalidad. Habría querido aparecer a los ojos de Mauricio como una mujer sin tacha, capaz de colmar todas sus expectativas, como él colmaba las suyas. Al ver tanta devoción, Mauricio se preguntaba si no debería dejar a Clotilde y quedarse con la Porritos. La idea era absurda, pero el mero hecho de que se le hubiera ocurrido ya le trastornaba. Al final se lo contó todo a Manolo Villares.

—Es como si se anticipara a mis deseos. Pero no vayas a pensar mal: no me refiero a perversiones ni a cosas raras. Es... algo especial. No sé si a ti te habrá pasado alguna vez.

—Sí, muchas. Pero en mi caso es normal: yo siempre voy con profesionales.

—Ah, entonces tú no crees que en eso intervengan los sentimientos. Es una cuestión de técnica y nada más.

—No, no, ahora eres tú el que piensa mal. Yo sólo digo que algunas mujeres son pescado congelado y otras, merluza de palangre. Sin ánimo de ofender a nadie.

—¿Y eso es importante?

—No lo sé. El amor se acaba, pero la calentura te acompaña hasta la tumba. Ahora, si me preguntas lo que has de hacer, ahí no puedo ayudarte.

—Lo que he de hacer ya lo sé yo. Casarme con Clotilde, si ella está dispuesta.

—¿Se lo has preguntado?

—No.

—Pues empieza por ahí.

—Y si me dice que sí, ¿qué hago con la otra?

—Despacharla.

—Me sabe mal.

—¿Por ti o por ella?

—Por los dos, pero más por ella. Me parece que se ha hecho ilusiones.

—Entonces has de decirle la verdad. Luego le das dinero y asunto liquidado.

—¡Rabus, eres un animal!

—Joder, quieres tener dos tías y que te salgan gratis. ¿Quién es el animal? Mira, Mauricio, yo de estas cosas no entiendo, pero me acuerdo de un caso y te lo voy a contar. En la facultad yo militaba en un partido revolucionario, como todos. Un día tratamos de convencer a unos obreros para que fueran a la huelga. Ellos decían que si iban a la huelga perderían los jornales, les abrirían expediente y encima les darían de palos. Pero no lo decían con irritación, sino con humildad, como pidiéndonos perdón. ¡A nosotros, que si estábamos de huelga nos íbamos al cine y al final de curso, aprobado general! Chico, en aquel momento sentí vergüenza y me prometí a mí mismo no volver a hacer el gilipollas si podía evitarlo. Hizo una pausa larga, como si aquel pequeño relato le hubiera costado un gran trabajo y añadió: Dale dinero, hombre, dale dinero. A ella le vendrá bien y es la única forma que tienes de demostrarle tu aprecio.

—Pensará que le pago por los servicios.

—Sólo si tiene mentalidad de puta.

Mauricio pensaba que los consejos de su socio, a pesar de su crudeza, encerraban una buena dosis de sabiduría, pero no se animaba a ponerlos en práctica. Confiaba en que un suceso fortuito o el simple transcurso del tiempo arreglara las cosas.

De momento, decidió tantear a Clotilde.

—¿No te parece que deberíamos casarnos?

—Anda, ¿y eso?

Mauricio comprendió que no había elegido el momento oportuno y no había puesto en la proposición ardor ni delicadeza. No obstante, la actitud de Clotilde respondía a otras razones. Creía haber iniciado con buen pie una carrera profesional que se vendría a pique si se casaba y sobre todo si empezaba a tener hijos. Por más que Mauricio le permitiera actuar a su antojo, los clientes ya no la verían del mismo modo. Para la mayoría de los hombres, las mujeres casadas que trabajaban lo hacían por aburrimiento, para ganar un dinero extra o para darle en las narices a sus maridos, pero no se tomaban en serio su trabajo. Este prejuicio y sus posibles consecuencias le impedían dar un paso decisivo, al que sus sentimientos tampoco la empujaban de una manera inequívoca.

Conforme pasaban los meses, la situación general del país se deterioraba.

Los asesinatos, las bombas y los secuestros tenían a la población en vilo.

En el terreno económico el panorama también dejaba mucho que desear. Cada vez había más gente en el paro, la reconversión industrial tenía a la clase obrera soliviantada y la presión fiscal se hacía sentir a todos los niveles. Ahora los sindicatos se enfrentaban al Gobierno que unos años antes habían apoyado. Por su parte, los empresarios vendían sus empresas a compañías extranjeras que sólo las adquirían para liquidarlas y acabar con la competencia. De este modo, mientras miles de trabajadores se quedaban en la calle, sus antiguos patronos se embolsaban sumas astronómicas que luego dedicaban a la especulación.

A Mauricio el contraste entre la pobreza y el despilfarro le parecía obsceno y desaprobaba la pasividad del Gobierno ante aquel estado de cosas, pero se negaba a pensar mal de sus correligionarios, aunque corrían rumores de corrupción a todos los niveles.

El verano ya se les había echado encima. En el piso de la Porritos el calor y la humedad no les dejaban pegar ojo en toda la noche. Un día ella dijo:

—¿Y si nos fuéramos de vacaciones? Podríamos ir a Ibiza. Nunca he estado y me muero de ganas. Hace dos años me compré un bikini y todavía no lo he estrenado.

En la piscina municipal no me atrevo, porque estoy explosiva. Te gustará.

—La clínica cierra en agosto. Antes no puedo.

—Cuando sea. Agosto es buena época.

—Y luego está el consultorio de Mataró.

—Combínatelo con tu socio. No te vas a quedar sin vacaciones.

—A veces no hay otro remedio.

La idea de ir de vacaciones con la Porritos no le había pasado por la cabeza ni le parecía factible. Llamó a Clotilde y le preguntó qué planes tenía para el mes de agosto.

—El bufete cierra del uno al treinta y mis padres estarán en la casita de Sant Feliu, así que me iré con ellos.

—¿El mes entero?

—No tengo nada mejor. Ni pelas.

—Podríamos ir a alguna parte, tú y yo, unos días.

—¿Adónde?

—No sé. A Ibiza, por ejemplo.

—¿A Ibiza en agosto? Tú estás mal de la cabeza.

—Vale. Ya pensaré otro sitio.

Llamó a Fontán, en cuyos consejos mundanos tenía puesta la máxima confianza.

—Michelle y yo nos vamos a Dinamarca y luego estaremos yendo y viniendo del Ampurdán, dijo Fontán. ¿Por qué no venís un fin de semana? En la casa hay sitio de sobra.

Conociendo la disposición de Clotilde con respecto a la pareja, la proposición de Fontán no le pareció una buena idea.

—En realidad buscaba un sitio para pasar unos días.

—Agosto es fatal. Todo debe de estar lleno. Pero podéis probar unos apartamentos en Tamariu. Son de un amigo mío. Te daré su teléfono y le llamas de mi parte.

Antes de llamar, Mauricio consultó con Clotilde.

—Ni hablar, dijo ella secamente. Ya estuve una vez en Tamariu y no quiero volver.

Mauricio intuyó la causa de la destemplanza y no dijo nada.

—Está bien. Vete a Sant Feliu y ya improvisaremos, dijo.

Molesto por sentirse ninguneado, decidió darle una alegría a la Porritos. Fue a una agencia de viajes y pidió que le buscaran algo en Ibiza para principios de agosto.

—Ya le avisaremos.

Al cabo de unos días le dijeron que había una habitación doble con baño y terraza en un hotel de la Platja d'en Bossa, muy cerca de la ciudad de Ibiza. Mauricio aceptó la oferta. Luego, conforme se acercaba la fecha, le invadía la desgana. Se sentía estúpido por haber cedido a lo que ahora consideraba una debilidad de carácter.

La Porritos no era tonta y se daba cuenta del malestar de Mauricio.

—Si no te viene bien, lo dejamos estar.

—No, no. Siempre me cuesta alterar la rutina, pero una vez allí estaremos muy a gusto y me sentará estupendamente.

A Clotilde le dijo que se iba unos días a la playa sin especificar adónde ni con quién. Clotilde no le preguntó nada, pero se puso triste.

—Llama de vez en cuando para decir hola.

Mauricio prometió llamar desde donde estuviera y en todo caso a su regreso.

*

El hotel de Ibiza estaba lleno de extranjeros, incluso el personal del hotel era extranjero, y el horario de comidas estaba trastocado.

—Valiente estupidez, dijo Mauricio.

Le parecía una actitud servil por parte de los españoles. Por su gusto se habría ido en el primer avión.

Se fue a la ciudad y alquiló un coche destartalado para tener libertad de movimientos. De este modo recorrieron la isla. Los paisajes eran espléndidos pero las playas estaban abarrotadas y lo mismo sucedía con los restaurantes. Mauricio trataba de sobrellevar las incomodidades con buen talante, pero su humor se agriaba a cada nuevo chasco.

La noche del tercer día fueron a una discoteca. Había muchísima gente y un ruido ensordecedor. Al cabo de unas horas paró la música de baile, unos reflectores iluminaron un pequeño escenario y dio comienzo un concurso de culturismo. Habían venido concursantes de todo el mundo. El público, formado en buena parte por hombres amanerados, vestidos de un modo estrafalario, vitoreaba cada aparición con un griterío en el que se advertía más hilaridad que afición. Los concursantes hacían como si no se dieran cuenta y se tomaban las poses muy en serio. A Mauricio aquellos seres estrambóticos, que habían optado por convertirse en verdaderas caricaturas anatómicas a costa de enormes sacrificios, le producían una mezcla de compasión y risa. Se lo dijo a la Porritos y ésta se enfadó con él por su actitud displicente. A ella cualquier esfuerzo por sobresalir le merecía respeto. Probablemente aquellos individuos no habían tenido otra posibilidad de diferenciarse de la masa anónima. Mauricio encontró esta teoría muy inconsistente y tuvieron una discusión. Más tarde, en el hotel, la Porritos se sintió mal. Vomitó varias veces, tenía un poco de fiebre y no paraba de llorar.

Mauricio pensaba que podía tratarse de una indigestión, pero para sus adentros se temía algo peor. Meses atrás, en la primera cita, él le había preguntado si debía tomar alguna precaución y ella le había respondido que no. Luego ya no volvió a plantear el tema.

Como esté embarazada he hecho las diez de últimas, pensaba. Al día siguiente compró en una farmacia un sobre para hacer la prueba del embarazo, que dio resultado negativo. La Porritos también debía de estar preocupada por el mismo motivo porque al ver el resultado de la prueba suspiró y se puso mejor.

En los días sucesivos su estado general experimentó altibajos y se manifestó de un modo tan incomprensible que Mauricio dio por cierto que se trataba de una enfermedad psicosomática. A veces los síntomas eran físicos y otras anímicos. Recordando que la Porritos había andado metida en la droga, Mauricio se preguntaba a veces si no habría recaído recientemente y ahora padecía el síndrome de abstinencia. Todo aquello le desconcertaba. Aunque había estudiado la carrera de Medicina, sólo había practicado su especialidad y cuando se enfrentaba con enfermos de carne y hueso se sentía más confuso que un profano, porque tenía una noción muy clara de su propia impericia.

La Porritos no quería salir de la habitación. Pasaba el tiempo en la terraza, mirando el mar y hojeando revistas ilustradas que Mauricio le compraba en un quiosco de Vara de Rey. Estos viajes a la ciudad los aprovechaba para dar una vuelta. De día no había casi nadie por las calles. La luz era cegadora y el sol abrasador. En el silencio, roto por el graznido de las gaviotas, se oía crujir la madera de los yates anclados en el puerto y entrechocar los mástiles. En cambio al caer la tarde empezaba una animación que no cesaba hasta el amanecer. En un par de ocasiones Mauricio consiguió animar a la Porritos y ambos fueron a sentarse a la terraza de un bar, a contemplar el desfile incesante de tipos pintorescos. En medio de aquel gentío abigarrado y eufórico se sentían extraños.

Al regresar a Barcelona los dos experimentaron un gran alivio. Se despidieron en el aeropuerto. Mauricio dio dinero a la Porritos para el taxi y le hizo prometer que le llamaría al día siguiente para informarle de cómo se encontraba. Ya en casa, encontró varias llamadas en el contestador. Todas menos una eran de su padre. La otra era de Clotilde. Primero llamó a su padre.

—¿Dónde estabas? No sabía nada de ti y no contestabas a mis llamadas.

—Perdona, salí precipitadamente de Barcelona y luego pensé que ya te habrías ido a Caldas.

—Pues me iba a ir el miércoles, pero como no tenía noticias tuyas... Bueno, no te preocupes. Lo importante es que estás bien. Me iré mañana o pasado... Si llamas a tu madre a Londres le darás una gran alegría. También está preocupada por tu silencio.

Para no demorar indefinidamente el cumplimiento del deber, apenas hubo acabado de hablar con su padre llamó a Londres.

—Ge-looou?

—Hola, mamá. Soy Mauricio. No sé si ahí es tarde o pronto.

—No, hijo, aquí es la misma hora. *Summer time.* Además, no es problema: no suelo acostarme pronto.

Hablaron un rato de vaguedades. Finalmente pudo hablar con Clotilde.

—¿Cómo va el veraneo?

—Bien. Al principio me subía por las paredes pero luego te acostumbras y las horas pasan sin darte cuenta. Sólo me baño, como y duermo y aún me falta tiempo. ¿Y tú, por dónde andabas?

—Estuve en Menorca. ¿Estás morena?

—Ven y lo verás.

—Ya me gustaría, pero no sé... He de hablar con mi padre. Mañana te vuelvo a llamar.

La Porritos llamó a la mañana siguiente para dar el parte. Ya estaba bien y sentía mucho lo ocurrido.

—Te he chafado las vacaciones. Suerte que aún te quedan unos días.

—Tú no tienes la culpa de nada. Cuando uno está mal, está mal. De eso vivimos los médicos. Por cierto, deberías ir a que te vieran.

—Esta misma tarde tenía pensado ir al ambulatorio.

—Si quieres te acompaño.

—No, déjalo. Es un palo y no hace falta. A la noche te llamo y te digo el qué.

Llamó y dijo que todo estaba bien. No le habían encontrado nada. Quizá algo viral o alguna cosa que le había caído mal. En verano, con el calor, ya se sabe. Y en las islas, como todo lo han de traer en barco, aún peor. Hasta el agua mineral llegaba contaminada de la travesía.

—Me alegro. Aprovecharé que estás bien para acompañar a mi padre al balneario.

—¿A un balneario?

—Aguas termales, timbas y unas enfermeras que les dan masajes. Mi padre va todos los años y vuelve hecho un pimpollo.

—Pues a ver cómo vuelves tú.

—Yo sólo voy de acompañante. Cuídate mucho.

*

Clotilde no disimuló la alegría del reencuentro. Mauricio se sentía feliz. Al principio temía que ella pudiera acosarlo a preguntas sobre los días supuestamente pasados en Menorca, pero en seguida se dio cuenta de que sus temores eran infundados. O Clotilde no sospechaba nada o prefería no amargarse la vida averiguando la índole de sus andanzas.

Al caer la tarde Clotilde le propuso que en vez de volver a Barcelona buscara alojamiento y pasara la noche allí.

—Estará todo lleno.

—Probemos.

En dos hoteles no encontraron habitación. Todas estaban reservadas desde hacía meses. El tercero tampoco tenía vacantes, pero la chica de la recepción les preguntó si tenían coche y les ofreció una habitación doble con terraza a unos kilómetros de Sant Feliu, en el camino de la costa. Mauricio y Clotilde fueron a ver el lugar. La habitación era angosta, con paredes encaladas, amueblada con más cicatería que sencillez, pero desde la terraza se veía el acantilado y el mar.

—Me gusta, dijo Clotilde. Quédatela toda la semana.

—No he traído equipaje.

—Podemos comprar ropa en Playa de Aro. Así modernizas el vestuario, que buena falta te hace.

Mauricio aceptó la propuesta. Pagó una semana por adelantado y le dieron la llave de la habitación. Sin perder tiempo fueron a Playa de Aro. Aunque era un poco tarde, el comercio seguía abierto. Las calles, las tiendas, los restaurantes y los bares estaban abarrotados de gente. Por la calzada pasaron no menos de veinte motos enormes, de gran cilindrada, conducidas por unos individuos tripones, barbudos, vestidos con cazadora de cuero y casco militar. Mauricio dijo:

—Menudo personal.

—Hay de todo.

Mauricio se compró dos bañadores, un pantalón,

una sahariana, cuatro camisas, unas alpargatas y varias mudas. Luego fueron a cenar a un restaurante cargados de bolsas. Desde el restaurante Clotilde llamó a sus padres y les dijo que no se inquietaran si aquella noche no volvía a casa.

En la habitación del hotel se oía el ruido de las olas rompiendo contra las rocas del acantilado. A eso de las cuatro los despertó un estruendo terrible. Salieron a la terraza y vieron la banda de motoristas desfilar solemnemente por la carretera. Mauricio se indignó, pero Clotilde se echó a reír.

—Míralos: viejos, gordos, feos y enamorados de sus motos. No me importaría ser así.

—Cuando lo consigas, no dejes de avisarme. Mientras tanto, yo me vuelvo a la cama.

Pero se habían desvelado y estuvieron hablando hasta ver salir el sol.

*

Durante el día Clotilde se sentía obligada a acompañar a su madre de compras. A esta actividad dedicaba parte de la mañana y casi toda la tarde. Mauricio se preguntaba cómo podían necesitar tantas cosas.

Mientras Clotilde iba de compras con su madre, Mauricio se quedaba en el hotel. En una librería de Sant Feliu se había provisto de lectura y pasaba las horas en la terraza de su habitación, leyendo y a veces dormitando. Luego iba a buscar a Clotilde y esperaba a que ella hubiera dado rienda suelta a la irritación acumulada durante la sesión de compras.

A Clotilde su madre la sacaba de quicio.

—Mi madre es una mujer frustrada que trata de compensar sus carencias comprando sin parar. Esto le proporciona un alivio efímero y en realidad contraproducente. Todo le parece mal. Si quejarse fuera un trabajo remunerado, seríamos ricos. Por supuesto, no lo somos, y esto la mortifica, pero no le impide seguir gastando dinero en tonterías. Y lo peor es que se cree que ahorra porque pierde horas y horas comparando precios hasta encontrar el mejor.

Clotilde temía ser identificada con este tipo de mujeres. Para evitarlo iba hecha una zarrapastrosa. A veces Mauricio quería regalarle alguna cosa que a ella le había llamado la atención, pero Clotilde se negaba y casi se ofendía, como si estuvieran tratando de sobornarla.

Tenía un carácter vivo, pero por fortuna la irritación le duraba poco. Después de quejarse un rato volvía a ser la persona jovial de siempre. Mauricio lo sabía y no se impacientaba.

Transcurridos unos días, Clotilde le invitó a cenar a su casa. Había hablado de él a sus padres y querían conocerlo.

—Se mueren de curiosidad.

—Yo no.

—Bah. Mi padre es aburrido pero inofensivo y mi madre habla mucho y no dice nada. Tú sólo tienes que aparentar que eres buen chico y comértelo todo.

—Ah, ¿no soy buen chico?

—Para según qué.

Mauricio llevó unos dulces y unas flores. Durante la cena sólo hablaron de trivialidades. Los padres de Clotilde se mostraron tímidos. Observaban a Mauricio con verdadera ansiedad, como si fuera Mauricio quien los estuviera examinando a ellos y no al revés. Salvo dos o tres preguntas acerca de su profesión, no parecían interesados en saber nada acerca de él. Si Mauricio empezaba a contar algo, le interrumpían de inmediato.

Después de cenar, Clotilde y él salieron a dar una vuelta.

—¿Cómo ha ido la tasación?, preguntó Mauricio.

—Bien. Se han quedado tranquilos.

—Con razón: soy el yerno ideal.

Transcurrida la semana, Mauricio regresó a Barcelona de muy mala gana. La clínica dental seguía cerrada y todavía hacía calor, pero se había comprometido con Rabus a hacerse cargo del consultorio de Mataró la segunda quincena de agosto.

Antes de dejar el hotel de Sant Feliu apalabró la misma habitación para el fin de semana siguiente.

En Barcelona encontró varios recados de la Porritos en el contestador. Todos decían lo mismo: que se pusiera en contacto con ella sin tardanza.

Al día siguiente fue a Mataró. Como había menos trabajo del previsto, distribuyó las horas de tal modo que pudiera volver a Sant Feliu el jueves por la noche y quedarse allí hasta el martes.

Desde Mataró fue directamente a casa de la Porritos en Santa Coloma. Estuvo llamando al interfono inútilmente. Al final llamó a varios pisos hasta que un hombre le abrió. Mauricio le preguntó por la Porritos. El vecino dijo no saber nada pero le abrió la puerta. Mauricio subió y dejó prendida de la mirilla una hoja de papel donde había escrito: «He vuelto. Llámame.» Pero la Porritos no llamó ni aquella noche ni en los días sucesivos.

*

Mauricio pasó un fin de semana largo en Sant Feliu. Hizo muy buen tiempo y las playas estaban a rebosar. El sábado unos amigos de Clotilde pasaron a recogerla en un yate. Mauricio no quería interferir en sus planes e insistió en quedarse en tierra, pero ella le obligó a acompañarla y aunque se limitó a presentarlo por su nombre, sin añadir ningún calificativo, su actitud daba a entender que había entre ellos una relación especial, y los dueños del yate trataron a Mauricio con la confianza y la deferencia propias del caso.

—No puedes hacerte a la idea de cómo ha cambiado esta zona, le dijo el dueño del yate. El destrozo empezó en los años sesenta, con el *boom* turístico, como en el resto de España. Luego pensamos que con la democracia se pondría freno a la especulación y la ilegalidad, pero las cosas no sólo continuaron como antes, sino que empeoraron a ojos vistas. Los ayuntamientos están a sueldo de los constructores y a los promotores les importa un bledo la ecología y el paisaje, porque saben que todo se vende. Los extranjeros compran cualquier basura: nada más les interesa el sol y comprar barato con dinero negro. Para ellos esto es un chollo.

Aún quedaban rincones agrestes, donde las formaciones rocosas hacían casi imposible edificar. Allí el agua era transparente y sólo se oía el desolado griterío de las gaviotas. Sin embargo, al acercarse a la costa, vieron que todas las radas y fondeaderos estaban ocupados por barcos de distintos tamaños.

—Los fines de semana se forman verdaderos atascos. La gente se compra unos barcos enormes, con los que podrían dar la vuelta al mundo, y luego los utilizan para tomar el aperitivo y leer el *Hola*, dijo el dueño del yate.

—Es lo que estamos haciendo nosotros, dijo su mujer.

—Es verdad, reconoció el dueño del yate. Uno se entrampa comprando un barco y piensa que recorrerá las islas griegas y yo qué sé qué. Pero a la hora de la verdad nunca hay tiempo de nada.

—Ni ganas, apostilló su mujer.

Al parecer ella le llevaba la contraria por sistema. Mauricio dedujo que ambos se conocían desde niños, probablemente se habían hecho novios en el parvulario y ahora existía entre ellos una simbiosis visceral y un poco infantil en la que el cariño ocupaba un lugar excéntrico, en reserva para las ocasiones más apremiantes, pero ausente del trato cotidiano.

Se bañaron en una cala y regresaron bastante tarde.

—Ven a comer conmigo, dijo Mauricio, tus padres ya habrán acabado.

—Eso te crees tú. Nos esperan a los dos.

—Podrías haberme avisado. No tengo ropa ni tiempo para ir a cambiarme.

—Así estás bien.

—Ni siquiera me he afeitado. Y voy lleno de sal.

—Diles que has abandonado la odontología y te has hecho pirata.

—¿A ti te gustaría?

—¿Que fueras un pirata? No. Vaya rollo.

—Quiero decir si te gustaría que fuera menos convencional.

A Mauricio no le importaba ser convencional, pero temía ser un tipo mediocre. A su edad no había destacado en ningún terreno ni se había enriquecido y se consideraba un hombre aburrido, sin originalidad, sin iniciativa y sin capacidad de transgresión.

Tanto en el ambiente familiar y circunspecto de Sant Feliu y sus calas, como en el submundo populachero y astroso de Playa de Aro encontraba motivos de reflexión: un coche deportivo, un chalet elegante, la clientela de un hotel de lujo vestida de etiqueta al fondo de un jardín. Todo lo relacionaba con su propia condición y se preguntaba quiénes serían aquellas personas y por qué caminos habrían llegado a ocupar la posición que ahora ostentaban. Tal vez todo era cuestión de proponérselo, pensaba Mauricio.

Estos pensamientos le distraían de la tertulia vana con los padres de Clotilde. Era evidente que estaban satisfechos de la relación que veían afianzarse precisamente por lo que en él había de previsible, respetable y sólido. Seguramente pensaban: Si ella le quiere de veras, él la sabrá meter en vereda. Por este motivo le apreciaban, pero no lo admiraban como persona. En cuanto a su trabajo, lo consideraban rentable pero un punto asqueroso y carente de prestigio social.

Estas comidas deprimían a Mauricio. Entre la debilidad del padre y la insustancialidad pretenciosa de la madre se había creado un tejido familiar hecho de silencios y claudicaciones al que Clotilde parecía totalmente adherida a pesar de sus protestas. Viéndola en aquel microcosmos anodino y ritual, Mauricio sentía que ella nunca le pertenecería del todo, que estaría con él como de prestado, incluso cuando los demás componentes del núcleo familiar hubieran desaparecido de este mundo sin dejar más huella que unos pocos y exiguos recuerdos tergiversados por la ausencia y magnificados por la permanente confrontación con la realidad y la inevitable decepción del tiempo.

Entonces pensaba en la Porritos, que le quería con un cariño sin condiciones y sin expectativas.

En Barcelona sólo había tres llamadas de su padre: dos del viernes y una del lunes. Todo iba bien en Caldas y que no se olvidase de llamar a su madre a Londres de cuando en cuando.

Mauricio llamó a su madre con la esperanza de no encontrarla en casa, pero ella misma descolgó el teléfono.

—Londres está fantástico, hijo, fantástico. Uno pensaría que en verano todo está cerrado, ¿verdad? Pues no. Todo en marcha, como si estuviéramos en plena temporada. Qué de tiendas, hijo, y qué ropa. Eso sí, los precios, por las nubes. Anteayer, sin ir más lejos, vi una prenda para ti que te habría chiflado. Si hubiera podido te juro que te la habría comprado.

—No hace falta, mamá, tengo de todo y como me paso el día entero en bata, la ropa me dura un montón.

—Y las exposiciones: que si la National Gallery, que si la Tate...

—Ya veo que no paras.

—Ni un minuto. Hoy me pillas por casualidad, porque el día que no es una cosa, es otra. Ayer me invitaron a una cena y como no tenía otro plan mejor fui sin saber dónde me metía. Luego resultó que la tal cena era en casa del embajador de Noruega, ¿tú te imaginas? En la propia embajada de Noruega ante la corte de St. James. ¿Y a que no sabes lo que nos dieron de cenar?

Mauricio se había distraído hojeando una revista de odontología recién llegada y vaciló antes de responder. El lapso no pasó inadvertido a su madre.

—Si no te interesa, no te lo cuento.

—Mamá, por Dios, ¿cómo quieres que me interese el menú del señor embajador?

—Pues si no te interesa lo que hago, ¿para qué me llamas?

—No seas tan susceptible, mamá.

—Eso, encima soy susceptible, ¿y qué más?

—Os dio salmón, seguro. Salmón ahumado.

—Pues no, señor doctor, no nos dio salmón. Y además no te lo pienso decir. Ya sé que no he sabido daros el afecto que teníais derecho a esperar de una madre *comme il faut.*

—Mamá, no cambies de tema ahora que me has despertado la curiosidad. Si no os dio salmón, ¿qué os dio?

—No, si no me importa lo que penséis tu hermana y tú. Ella, por lo menos, tiene el valor de decírmelo a la cara. Cada dos por tres se deja caer por Londres, de compras, al teatro, lo que sea, es igual. Se mete en casa sin preguntar si me viene bien o si me viene mal. Yo no le digo nada, claro. Al fin y al cabo es mi hija. Pero un poco de agradecimiento no es mucho pedir. O, si eso no, un poco de buenos modales. Sólo pido un poco de buenos modales, ¿es mucho pedir? Claro que tú, tú eres el peor. A ti todo te es indiferente...

Mauricio percibió un sollozo al otro lado de la línea.

—Mamá...

La respuesta tardó un rato en llegar.

—¿Qué?

—¿De veras no vas a decirme lo que os dio para cenar el embajador de Noruega?

—Paella.

—Tienes razón: nunca lo habría adivinado.

—Yo tampoco me lo podía creer. Figúrate. ¿Tú sabes cómo se llama el rey de Noruega?

—Olaf.

—Sí.

—Ésta era fácil.

—Su graciosa majestad Olaf V, rey de los vikingos. Parece un chiste, ¿verdad?

—Sí, mamá.

—¿Has visto a tu padre últimamente?

—Sí, está bien. En Caldas.

—¿Y tú?

—Yo bien, como siempre.

—Cuídate mucho.

—Tú más, que el clima de Londres es muy loco. Y dale recuerdos al Big Ben.

Después de colgar se duchó y se metió en la cama con un libro. Temía haberse desvelado hablando con su madre, pero se durmió a la segunda página.

Le despertó el teléfono. Miró el reloj: las doce y cuarto.

—¿Doctor Greis?

—Soy yo.

—¿Mauricio Greis?

—Sí, ¿con quién hablo?

—Soy mosén Serapio. Espero no haberte...

—No, ¿de qué se trata?

Mauricio comprendió que estaba pasando algo muy malo.

—Tengo que hablar contigo. Te he estado llamando día sí, día también, y nada.

—Estaba fuera. ¿Por qué me buscabas?

—Por teléfono no quiero hablar.

—¿Tan grave es?

—Si me dices dónde vives me planto ahí en un santiamén. Voy en moto. Si te va bien, claro.

Mauricio le dio la dirección. Mosén Serapio llegó en seguida. Colgó del perchero una cazadora aceitosa y maloliente y se dejó caer en el sofá.

—No había ni un coche por la calle. Estos días la ciudad parece vacía. Da gusto.

—Sin circunloquios, mosén, ¿qué ha pasado?

—La Porritos está enferma.

—Me lo figuraba. Se puso mala estando conmigo, pero se estaba recuperando bien. ¿Ha recaído? ¿Está en casa?

—No. En el hospital. Al principio no sabían el qué y la ingresaron para hacerla pruebas.

—¿Qué le han encontrado?

—Lo peor.

Mosén Serapio encendió un cigarrillo. Mauricio le alargó un cenicero sin hacer ningún comentario.

—Me dijo que intentó avisarte varias veces. Como no contestabas a sus mensajes y no quería dejarte el notición en el contestador, me pidió que te localizara. Ella no está para nada, como te puedes imaginar.

—Iré a verla.

—Te lo agradecerá, dijo mosén Serapio, y acto seguido añadió: Tú eres médico, a ti no necesito darte explicaciones. La Porritos me dijo que tenías una novia. Tendrás que avisarla. Es una papeleta, pero no le veo otra salida.

—¿La Porritos dijo que yo tenía novia? ¿De dónde lo ha sacado?

—Tú se lo debiste decir, o ella se las arregló. Lo mismo da. Además, para qué nos vamos a engañar: a mí tú y tu novia me traéis sin cuidado. Me preocupa la Porritos. Si quieres pensar mal, allá tú.

—Dejémonos de tonterías. ¿Cuánto hace que es portadora del virus?

—No se lo han dicho y seguramente no lo saben. La Porritos dejó de pincharse hace un par de años por lo menos. Puede que haya tenido alguna recaída. Todos las tienen. De modo que la cosa puede ser reciente o venir de lejos. En fin, tú sabrás de esto más que yo.

—Sí, algo sé. La incubación es larga. La enfermedad no se manifiesta hasta pasados unos años.

Mosén Serapio se encogió de hombros.

—¿Aún te dedicas a la política?, dijo al cabo de un rato.

—Nunca me he dedicado a la política. Aquello fue ocasional.

—Mejor. Un candidato infectado no le conviene a ningún partido.

—Ni un mosén.

—Yo estoy limpio.

—No pondría la mano en el fuego.

Mosén Serapio apagó el cigarrillo y se levantó del sofá.

—Bueno, me voy.

—No somos muy amigos, pero quizá deberíamos estar en contacto. ¿Cómo te puedo localizar?

—Te doy el teléfono de mi piso. Si no estoy me puedes dejar el recado. También voy al hospital siempre que puedo. Si tú vas, es posible que coincidamos.

Sacó del bolsillo de la cazadora una libreta y un bolígrafo, anotó un número, arrancó la hoja y se la dio a Mauricio. Luego abrió la puerta del piso, salió sin despedirse y cerró a sus espaldas.

Mauricio se preguntaba si debía despertar a Clotilde para prevenirla o si era mejor esperar hasta la mañana siguiente. Finalmente optó por esperar.

A primera hora de la mañana llamó a un amigo médico y le puso al corriente de lo sucedido. El otro le hizo ir a la consulta y le extendió un volante para hacerse un análisis de sangre y otro volante a nombre de Clotilde.

—El test sólo vale si es positivo. Si no, tendréis que haceros otro más adelante. Puede haber infección larvada. ¿Hace mucho que tienes relaciones con esa chica? Me refiero a la enferma.

—Varios meses.

—Deberías haber tomado precauciones.

—¿Quién hace eso?

—Poca gente, ya lo sé. Pero con según qué mujeres...

A Mauricio le dolió que se refirieran a la Porritos en estos términos.

Después de hacerse el análisis, cogió el coche y se fue a Sant Feliu.

—¡Qué sorpresa!, dijo Clotilde al verle.

—No te alegres. Vengo por un asunto muy serio. Vamos a donde podamos hablar con tranquilidad.

Todo el mundo estaba en la playa o en el mercado. En seguida encontraron un bar vacío en el Paseo Marítimo. Se sentaron a la sombra de un árbol y Mauricio se lo contó todo. Clotilde escuchó atentamente y al final dijo:

—De modo que mientras me hacías declaraciones de amor andabas con otra.

Mauricio comprendió que ella no se había percatado aún de la gravedad del caso.

—Sí, he tenido una aventura. Esto no invalida las cosas que te he dicho ni cambia mis sentimientos. Pero ahora lo importante es lo otro. Ven conmigo a Barcelona y mañana mismo te haces la prueba. Y si... No te lo tomes a mal, pero no podemos andarnos con rodeos. Si en los últimos meses has estado con otro hombre, más valdrá que le avises.

Clotilde arrugó el entrecejo.

—No sé qué pensar. Necesito tiempo para hacerme a la idea. Vete y vuelve a última hora de la tarde.

Mauricio cogió el coche y se fue a una cala vecina. Había mucha gente y le costó encontrar un aparcamiento que no fuera a pleno sol. Luego estuvo paseando por la playa. No había traído bañador ni toalla. Veía a los niños bañarse y jugar en la arena y le invadía una desazón en la que no había tristeza ni rabia ni miedo.

La perspectiva de morir no le impresionaba. Como se encontraba bien y no percibía un peligro inminente, seguía viendo la muerte como algo abstracto. No creía en el más allá y menos en la caduca escenografía del cielo y el infierno. Era como si sus remotos genes judíos lo hubiesen inmunizado contra el imaginario barroco y tenebrista de la contrarreforma. En cambio otras visiones de ultratumba sí tenían la capacidad de sobrecogerle: un mundo oscuro, inmóvil, silencioso y solitario. Pero su formación intelectual le decía que esto sólo eran miedos ancestrales. Para bien o para mal, en la muerte no había misterio. Sólo se interrumpía la conciencia de un mundo que en aquel momento le ofrecía muy pocos alicientes. Pensaba que si había de morir en breve, habría llevado una vida bien sosa, hecha de proyectos irrealizados, esperanzas frustradas y sueños incumplidos. Había desaprovechado todas las oportunidades que la vida le había brindado por labrarse un futuro que ahora se volatilizaba delante de sus ojos. Si volviera a nacer obraría de un modo diferente, pensaba; pero no volveré a nacer. Sólo me ha sido dada una vida y la he desperdiciado tontamente.

Huyendo del sol se refugió en un restaurante. Era pronto pero muchos extranjeros ya estaban comiendo. Pidió una cerveza y un plato de calamares a la romana. Cuando le trajeron lo que había pedido se preguntó si debía advertir al camarero del peligro de contagio, encarecerle el más escrupuloso lavado del vaso, el plato y los cubiertos. Luego pensó en sus actividades profesionales. Por el momento, no podía seguir trabajando y debía informar cuanto antes a su socio.

Cansado y aturdido por el calor y la cerveza, regresó al coche y a pesar del bullicio, se quedó dormido.

Se despertó sediento y bañado en sudor, pero no angustiado. Había dormido plácidamente y sin pesadillas. Sólo despierto le atormentaban la vergüenza y la humillación de haber mostrado el peor aspecto de su personalidad a Clotilde y también a la Porritos. Pensaba que las dos tenían motivos sobrados para despreciarle.

Para ocupar el tiempo restante, regresó a Sant Feliu y se metió en la librería, como solía hacer muchas tardes. El librero le comentó las novedades. Mauricio pensaba que en su situación no tenía sentido preocuparse por las novedades. Tampoco valía la pena aplicarse en la lectura de obras importantes que había ido aplazando hasta una ocasión propicia. Las grandes obras de la literatura universal. Ahora la posibilidad de una muerte próxima cancelaba por igual el pasado y el futuro. Sólo quedaba un presente efímero y trivial y su total incapacidad para aprovecharlo.

Para no defraudar al librero, acabó comprando una historia de Sant Feliu. Era una edición antigua, probablemente valiosa, pero en realidad muy barata.

—Ahora esto ya no le interesa a nadie. Ni a los de aquí ni a los de fuera, dijo el librero.

Mauricio se sentó en una terraza de la Rambla, pidió un café y una botella de agua y empezó a leer la historia de Sant Feliu. Soplaba una brisa húmeda, refrescante, que traía olor a mar y al combustible agrio de los barcos. El puerto era pequeño. A diferencia de otras poblaciones costeras, Sant Feliu no había vivido de la pesca, sino del corcho procedente de los bosques de encinas circundantes. Con el corcho se fabricaban tapones que permitían embotellar y exportar el vino y el champán de otras zonas de Cataluña. Más tarde la competencia de la industria corchotaponera andaluza arruinó la economía de Sant Feliu hasta la llegada del turismo. En el libro había unas láminas con fotografías desvaídas en blanco y negro: señores ensombrerados, obreros con gorra y mandil, un ferrocarril de vía estrecha, casas blancas y barcos de vela. El puerto era lo único que no había cambiado. El resto pertenecía a un pasado apenas reconocible, a la vez ingenuo y sombrío.

Mauricio pensaba que todo estaba llamado a perecer y a transformarse.

A su alrededor grupos de extranjeros bebían y hablaban con voz fuerte. En una mesa cercana tres chicas rubias se pusieron a cantar hasta que la risa les obligó a interrumpir la canción. Mauricio se sintió ridículo filosofando en medio de la despreocupación general. Parecía un pájaro de mal agüero.

Al ponerse el sol fue a buscar a Clotilde.

Ella había dado una excusa para justificar la marcha. Su padre dijo:

—Tened cuidado con la carretera. No corráis.

—¡Qué más quisiera yo!, dijo Mauricio señalando el coche. Con este trasto...

—Pues a ver si nos compramos otro.

—Cuando pase el verano.

Durante el viaje Clotilde y él no hablaron.

Al entrar en la ciudad, Mauricio le preguntó si quería cenar en algún sitio y Clotilde dijo que no con la cabeza.

—¿Te llevo a casa?

Clotilde dijo que sí.

—No me gusta dejarte así.

—¿Cómo?

—Desanimada.

—Pues anda que tú...

—¿Estás enfadada conmigo?

—¿Tú qué crees?

Mauricio no dijo nada.

Delante de la casa de Clotilde detuvo el coche. Estuvieron un rato en silencio. Al final Clotilde dijo:

—Dame esa receta. Prefiero ir sola a hacerme la prueba. Luego volveré a Sant Feliu en el coche de línea. A renglón seguido añadió: ¿Qué piensas hacer? Con esa chica, digo. Si está enferma no la irás a dejar tirada.

—Ya hablaremos de esto en otro momento.

—Me da lo mismo, dijo Clotilde.

Salió del coche y se metió en el portal sin despedirse.

*

Entre tufaradas del pescado frito, bajo el sol abrasador, Mauricio llegó al hospital donde seguía internada la Porritos.

El hospital se levantaba como un tinglado más, en el confín más degradado de la Barceloneta. Era un edificio rectangular, de cuatro plantas, construido con materiales de mala calidad, carcomidos por la humedad salina. En el interior las paredes estaban tiznadas y el revoque cuarteado.

Al verle entrar en la habitación la Porritos se cubrió la cabeza con la sábana.

La habitación tenía dos camas separadas por una cortina. En la cama contigua yacía una mujer maciza vestida con unas bragas de color carne y una camisola transparente.

—Ozú, dijo al advertir el gesto de la Porritos.

—Dígale que se vaya, señá Remedios, dijo la Porritos; no quiero verle y menos que él me vea.

—No la haga caso, dijo la señá Remedios. Se pasa los días suspirando por usté y a la noche se hace una jartá de llorá al ver que no ha venío.

Debajo de su cobija la Porritos lanzó un grito lastimero. Mauricio dijo:

—¿A qué viene este número?

La Porritos masculló algo incomprensible.

—No te entiendo.

—Acércate.

Mauricio acercó la cara al bulto.

—Te estuve llamando no sé cuántas veces. No sólo para avisarte, sino para pedirte perdón.

—No lo hiciste a posta, mujer. La vida es así.

—Me voy a morir, ¿verdad?

—Si sigues ahí metida, seguramente.

La Porritos asomó la cabeza. Estaba pálida y presentaba eccemas en la cara y el cuello. Mauricio advirtió que debía de ser mayor de lo que él había pensado.

—No me toques, dijo ella.

Mauricio no tenía la menor intención de hacerlo, pero le puso la mano en el promontorio de la rodilla. A través de la sábana notó la fiebre. La Porritos dijo:

—Habla con el doctor. A mí sólo me dice mentiras, pero a ti te dirá la verdad y además lo entenderás. Y luego me lo explicas. Lo que tengo ya lo sé, pero nadie me cuenta el resto. Prométeme que no me engañarás para tranquilizarme. Prométemelo.

—Yo no te prometo nada, pero hablaré con el médico si me dices su nombre.

—No lo sé. Doctor algo. Lleva bigote.

—Con estos datos no hay pérdida, rió Mauricio, y viendo que la Porritos se ponía a llorar, añadió: No seas tonta. Era una broma. Las enfermeras me lo dirán. ¿Necesitas algo?

—No. Nunca he estado tan bien cuidada.

Mauricio averiguó quién era el jefe de planta y fue a verle a su despacho del hospital.

—Oh, dentista, exclamó el médico al ver la tarjeta de visita. En Estados Unidos se han dado casos interesantes.

—Espero que el mío no lo sea, dijo Mauricio.

El médico era un hombre joven, atlético, moreno y atildado, llamado Sánchez.

—Yo en tu caso no me preocuparía demasiado. Los

casos de contagio heterosexual son muy raros. Por ahora. Todavía no sabemos nada de este puñetero virus.

—¿Y la chica?

—Ah, ésa no tiene solución. Durará lo que dure, pero a partir de aquí todo será cuesta abajo. El mal lo viene arrastrando de antiguo. Por lo visto ya había tenido algunos episodios, pero nadie se los supo diagnosticar. Éste es un país de bestias.

—Yo debería haber sospechado algo, dijo Mauricio. Quizá he sido negligente.

—No. Las bacterias oportunistas provocan síntomas comunes. Aún estamos en pañales. Lo malo es que pronto aprenderemos. Esto se va a convertir en una epidemia.

Jugueteó con un tarugo de madera pulida que tenía en la mesa a modo de adorno o de pisapapeles. Luego, viendo que Mauricio no decía nada, agregó:

—Aquí no se puede quedar indefinidamente. ¿Tiene familia?

—Sí, pero Dios sabe dónde.

—No se querrán hacer cargo, ¿eh?

—Ni idea.

—Pues es un problema.

Mauricio le contó a la Porritos unas vaguedades, le dijo que debía tener paciencia y buen ánimo y prometió volver a diario si sus obligaciones se lo permitían.

Al salir del hospital experimentó un alivio momentáneo.

En la playa la gente sudaba y sesteaba. Con cuatro cañas cortas y una sábana alguien había hecho un sombrajo para proteger a una mujer muy gorda enfundada en un bañador negro. Al respirar la barrigota levantaba la sábana. Un perro sarnoso iba de bañista en bañista gruñendo y enseñando los dientes.

Huyendo de la reverberación, Mauricio se adentró en las callejas umbrías. Allí el olor a comida y a basura era asfixiante. Ante la puerta de un figón voceaba un hombre joven con traje negro y mandil.

—¡Hay llobarro y lluç de arrastre! ¡Hay langosta con pollastre!

Estaba pálido y parecía a punto de sufrir una lipotimia. Mauricio se le acercó y le dijo:

—Estás deshidratado.

—¿Y a ti qué te importa?

—Soy médico.

—Pues ocúpate de lo tuyo y déjame en paz, joder.

—Allá tú.

Los análisis dieron negativo, tanto en su caso como en el de Clotilde, pero el médico le recomendó cautela.

—Convendría que os hicierais otro más adelante. A veces los anticuerpos tardan en aparecer.

—¿Cuánto?

—Depende. Quince días, un mes. Compra condones.

A Mauricio el resultado de los análisis le produjo una euforia provisional, como el propio resultado. De repente todo le parecía provisional, como si estuviera ganando tiempo a un enemigo implacable. Tal vez la vida sólo sea una maniobra dilatoria, pensó.

Mauricio decidió informar personalmente a Clotilde del resultado de los análisis.

Al caer la tarde cogió el coche y partió rumbo a Sant Feliu, pero había tal embotellamiento a la salida de la ciudad que dio media vuelta y buscó un restaurante refrigerado. Después de cenar la circulación se había hecho más fluida y llegó a su destino al filo de la medianoche.

En casa de los padres de Clotilde había luz. Llamó al timbre y le abrió la propia Clotilde. Iba descalza y llevaba una camiseta holgada, unos shorts deshilachados y el cabello recogido. En la mano sostenía un libro grueso. Al ver a Mauricio dijo:

—Tenía pensado quedarme a leer.

—Salgamos.

—Bueno.

Dejó el libro sobre una consola del recibidor y salió a la calle tal como iba. Mauricio admiraba su aplomo y su desparpajo.

—¿No tienes que decirme nada más?, preguntó Clotilde cuando le hubo puesto al corriente de las novedades.

—No traigo ninguna argumentación preparada. Así que te diré lo que he estado pensando. Si eso equivale a la verdad o a la sinceridad, yo no lo sé. Ya te he dicho varias veces que siento mucho lo ocurrido. Ha sido un accidente inusitado, pero asumiría toda la responsabilidad si supiera en qué consiste la responsabilidad. Hoy por hoy, sólo es una palabra hueca. Sobre mi relación con esa chica, poco tengo que añadir a lo que ya sabes, salvo que estoy avergonzado. No tenía ningún compromiso contigo, pero lanzarme a una aventura por una mezcla de vanidad, lujuria e inercia ha sido una bajeza y una insensatez. Me creas o no, durante todo este episodio lamentable he seguido enamorado de ti, como lo estaba antes y como lo estoy ahora. Ha hecho falta llegar a esta encrucijada para comprender además cuánto te necesito y cuánto me importas. Seguramente ya es tarde para hablar así. Si me mandas a paseo lo entenderé y lo aceptaré. Me dolerá mucho, pero si las cosas no se tuercen y dispongo del tiempo necesario, me repondré y reharé mi vida. Si por el contrario me puedes perdonar...

Clotilde le interrumpió.

—Calla. El perdón también es una palabra hueca

entre tú y yo en estos momentos. No tengo nada que perdonarte, porque, como tú acabas de decir, ni tenías ni tienes ningún compromiso conmigo. Otra cosa es que tuvieras un compromiso más general, con respecto a mí o con respecto a nosotros, o un compromiso contigo mismo. Yo creo que lo tenías y que te has comportado de un modo mezquino, porque has obrado a espaldas de nuestra relación. En este sentido me has engañado. Que hayas engañado por igual a esa chica no me sirve de compensación.

Hizo una pausa y se detuvo a mirar el agua quieta del puerto. De lejos llegaba la música ramplona de una orquestina que interpretaba viejas canciones veraniegas.

—No estoy hablando de ética, prosiguió luego en voz baja, sino de dolor.

Caminaron un rato en silencio. Se levantó una brisa fresca y húmeda. Clotilde cruzó los brazos.

—Tengo un poco de frío. Volvamos.

Mauricio no sabía cómo despedirse. A la puerta de su casa, Clotilde le dio un abrazo breve.

—Cuídate.

Mauricio emprendió el regreso. A la altura de Hostalric el coche empezó a echar un humo pestilente. Aunque en el *tablier* todo parecía normal, se arrimó al arcén y paró el motor. Probablemente se habían estropeado al mismo tiempo una pieza y su correspondiente indicador, pensó.

Decidió esperar unos minutos antes de acudir a un teléfono de socorro por si la avería se arreglaba sola, milagrosamente. La noche era destemplada. Se quedó dentro, con las ventanillas cerradas. Desde allí veía pasar los coches a tanta velocidad que apenas podía identificar la marca. Y yo con esta cafetera, pensó. El aire que desplazaban los camiones zarandeaba el coche.

En vez de irritarse, tomó la determinación de aprovechar la contrariedad para cambiar de coche de una vez. Su situación le había enseñado a no aplazar el disfrute de las cosas cuando se presenta. Y si había de morir en un plazo breve, al menos se habría dado aquel capricho.

Volvió a encender el motor. Habían cesado las emanaciones y todo parecía funcionar con normalidad. Conduciendo con extrema lentitud, llegó a su casa sin percance.

Al día siguiente compró varias revistas de automóviles y al cabo de una semana ya tenía apalabrado un coche descapotable.

*

El día que la Porritos salió del hospital había huelga de transportes.

Mauricio la esperaba en el coche a la puerta del hospital.

—Vaya, el famoso coche, dijo ella con una sonrisa débil.

—Cuando lo veas descapotado ya me contarás. Aquí no, porque no es sitio para fanfarronadas. Además, no conviene que te dé el aire.

—¿Habrá alguien en casa?

Sólo le preocupaba el desvalimiento a que se veía abocada. Lo demás le traía sin cuidado.

—Sí, mujer.

Mosén Serapio había hablado con una vecina y ésta prometió adecentar la casa y ocuparse de la Porritos por el momento. Era viuda o separada y vivía con una hija estúpida y vocinglera, que desde niña solía desaparecer sin previo aviso y reaparecer al cabo de un tiempo sin decir dónde había estado ni con quién ni cuál había sido la causa de su desaparición. En estos períodos de ausencia, la madre vivía más tranquila, pero con grandes estrecheces, porque sólo la hija llevaba dinero a la casa.

Mosén Serapio prometió remunerar el trabajo de la vecina, que se llamaba Marcela, y su hija, Corina.

Durante el trayecto, Mauricio y la Porritos no advirtieron nada inusual, pero al llegar a Santa Coloma encontraron las calles tomadas por la policía.

—Me cago en la leche, dijo la Porritos.

Por la calle circulaban vehículos y peatones como de costumbre, pero la tirantez se palpaba en el aire.

Mauricio temía por su coche nuevo. Por su gusto lo habría metido en un *parking*, pero no podía dejar a la Porritos en el portal, de modo que subió el coche a la acera y la ayudó a bajar y a subir al piso.

Los viandantes los miraban sin disimulo. La pose decaída de la Porritos contrastaba con su figura exuberante y evidenciaba aún más su condición de enferma grave.

Al entrar en la vivienda constataron que la señora Marcela se había empleado a fondo en la limpieza y también la inutilidad de sus esfuerzos.

Mauricio deshizo el equipaje. La Porritos se había dejado caer en una butaca y encendió la televisión. Daban un episodio antiguo de la serie *El coche fantástico*.

Cuando lo hubo puesto todo en su sitio, Mauricio acercó una silla a la butaca, se sentó y cogió la mano de la Porritos. Estuvieron un rato en silencio siguiendo las peripecias del coche fantástico.

—Qué bobada, dijo Mauricio.

—No te burles, que entre tú y tu coche os traéis el mismo rollo, dijo la Porritos.

Mauricio no veía el momento de salir de allí. Por fin

llamaron a la puerta. Era la señora Marcela, que traía una bandeja con la comida.

—No tengo gana, dijo la Porritos.

—Ni falta que hace, dijo la señora Marcela. Aquí hay que cuidarse para ponerse pronto buena. Dígaselo usted, doctor.

Mauricio sonrió y estrechó la mano de la Porritos.

—Vete, dijo ella. Ya te he hecho perder toda la mañana.

—Sí, he de volver a la clínica. Vendré a última hora.

—No te preocupes. Estoy en buenas manos.

—Seguro, pero vendré de todas formas.

Temía que le hubieran rajado la capota del coche o que le hubieran pinchado los neumáticos, pero lo encontró intacto. En aquel momento pasó una furgoneta llena de policías antidisturbios. El parabrisas y las ventanillas de la furgoneta estaban protegidos por una malla metálica y los policías llevaban puesto el casco.

Cambian los gobiernos, cambian las ideologías, pero esto sigue igual, pensó Mauricio. Al que levanta la voz, porrazo que te crió. Naturalmente, no se podía gobernar a gusto de todos, pero las imágenes hacían inevitable rememorar los tiempos de la represión.

Hoy he salido bien librado, iba pensando en el trayecto a la clínica, pero no puedo ir yendo y viniendo por estos andurriales con un coche así. A la larga me lo robarán o me lo vandalizarán o le echarán un petardo.

A veces pensaba sacar a la Porritos de su agujero y llevarla a un lugar alegre: un ático soleado, con terraza y vistas sobre la ciudad. Aunque el alquiler sea exorbitante, ¿cuánto tiempo puede durar?, pensaba.

Otras veces se rebelaba contra estos ramalazos de filantropía.

¿Qué responsabilidad tengo yo en lo que le pasa?,

pensaba. Hace años le dio por pincharse, ¿y qué? A lo mejor por su culpa me muero yo también sin haber hecho nada para merecerlo. No se lo echo en cara, pero tampoco es cuestión de agradecérselo. No soy su marido, ni siquiera su amante. Unas cuantas veces hemos salido juntos, eso es todo.

Luego le invadía la compasión. Poco le costaría aliviar los últimos días de una persona buena y generosa que sólo había conocido privaciones y sinsabores. Ella nunca le había pedido nada, ni ahora esperaba nada de él.

Se prometió buscar un ático en alquiler que reuniera las condiciones óptimas.

*

El abogado Macabrós comunicó a Clotilde que tenía que volver a Ginebra. En esta ocasión iría él a realizar personalmente las gestiones, pero quería que Clotilde le acompañara.

Clotilde conocía al abogado Macabrós y sabía que se trataba de un asunto estrictamente profesional, sin segundas intenciones. Que pudiera ser malinterpretado le traía sin cuidado. Dijo que iría encantada. El viaje la distraería de sus negras cavilaciones. Además, sentía curiosidad por ver al abogado Macabrós en el desempeño de sus funciones.

El abogado no la puso al corriente del asunto. Al subir al avión le pasó un legajo.

—El vuelo dura casi una hora. Tienes tiempo de echarle un vistazo.

Iban en primera, prácticamente solos. El resto del avión iba abarrotado. A Clotilde esta diferencia le pareció extravagante pero agradable.

Inmediatamente después del despegue el avión se

metió en una nube oscura de la que no salió en todo el viaje. El aparato se movía sin cesar. Por el altavoz el sobrecargo pidió disculpas: debido a las turbulencias, se veían obligados a suspender todos los servicios a bordo. Una azafata fue a decirles personalmente que no sería posible servir el habitual refrigerio a los señores pasajeros de primera clase.

—Pues que nos lo den en una fiambrera, dijo muy serio el abogado Macabrós.

La azafata se mostró perpleja. A duras penas se tenía en pie debido a las sacudidas del avión, pero no se atrevía a recuperar la seguridad de su asiento hasta no haber solucionado aquel incidente.

—Era un chiste, dijo el abogado Macabrós.

El vuelo fue malo y el aterrizaje, peor. Al iniciar el descenso el avión cayó a plomo y durante unos segundos los pasajeros creyeron que iban a estrellarse irremisiblemente. Clotilde dejó caer el legajo y se agarró con fuerza al brazo del abogado Macabrós. Cuando el avión hubo recuperado la estabilidad se soltó de inmediato y murmuró una disculpa.

—Sí, con este traqueteo no hay quien lea, dijo el abogado.

En el aeropuerto les esperaba el impecable y sorprendente monsieur Pasquine. Al verse en tierra firme, Clotilde olvidó el rencor que le guardaba. Monsieur Pasquine dobló el espinazo y le besó la mano en un gesto anacrónico y provinciano. Luego preguntó si habían tenido un vuelo agradable.

—*Excellent!*, respondió el abogado Macabrós, y guiñó de soslayo un ojo a Clotilde como diciendo: nunca hay que mostrar debilidad ante el contrario.

A la salida de la terminal había un Mercedes plateado con chófer. Monsieur Pasquine ocupó el asiento delantero, se abrochó el cinturón de seguridad y no dijo nada más hasta llegar a la puerta de *Le Richelieu*.

A pesar de lo que había dicho el abogado Macabrós en la ocasión anterior, ahora tenían reservadas dos habitaciones en aquel hotel. Las habitaciones de Clotilde y del abogado Macabrós estaban en pisos distintos. La de Clotilde era suntuosa. Apartando los cortinajes se veía por la ventana un jardín solitario. Los árboles de hojas mustias se perfilaban contra el cielo gris. Todo tenía ya un aire otoñal.

Clotilde vació la maleta y bajó al vestíbulo, donde ya estaban el abogado Macabrós y monsieur Pasquine.

El coche los condujo a un restaurante a la orilla del lago. Allí se unieron al grupo cuatro individuos y pasaron a un comedor privado. Nada más sentarse a la mesa, los comensales empezaron a discutir el asunto que los había reunido. El abogado Macabrós intervenía sin cesar, en un francés correcto y muy preciso. Dominaba la terminología jurídica y la combinaba con expresiones coloquiales para demostrar que se movía con igual soltura en todas las parcelas del idioma. En cambio Clotilde entendía muy poco de lo que se hablaba. Aún le duraba la agitación del vuelo y ni siquiera había hojeado el legajo. Ahora el ruido de platos y las conversaciones cruzadas le impedían concentrar la atención en el tema que se discutía. Si alguno de los comensales le dirigía la palabra, no entendía lo que le decía, pero una sonrisa parecía dejar satisfecho a su interlocutor. Sólo estaba allí de comparsa.

Al acabar la comida todos se trasladaron en varios coches a un edificio en pleno centro de la ciudad. En los bajos del edificio había una relojería. Todo aquello a Clotilde se le antojaba misterioso y trivial.

Subieron al cuarto piso. En el ascensor todos callaban y miraban decididamente hacia la puerta, como si fueran paracaidistas a punto de ser lanzados tras las líneas enemigas.

Al llegar a unas oficinas, los individuos del restaurante y el abogado Macabrós entraron en una sala de juntas y dejaron fuera a Clotilde y a monsieur Pasquine.

—*Vous fumez?*, le preguntó monsieur Pasquine.

—No.

—*Moi non plus*, dijo monsieur Pasquine.

A Clotilde le intrigaba aquel hombre. No sabía si era un cínico o un idiota, si tenía un rígido control de sus emociones o si carecía de ellas por completo, aunque fuera capaz de imitar cualquier estado de ánimo. Clotilde pensaba que era un autómata programado para ser un sinvergüenza y esto lo hacía extrañamente atractivo a sus ojos. En circunstancias favorables podría haberla tentado tener una breve aventura amorosa con aquel sujeto, pensó. Esta idea fugaz le hizo recordar su posible enfermedad. Los apestados ni siquiera tenemos derecho a fantasear, se dijo.

Monsieur Pasquine le preguntó por el proyecto olímpico. Clotilde no supo qué responder. Desde hacía un tiempo oía hablar esporádicamente del tema, pero no le había prestado atención. El deporte le traía sin cuidado en todos sus aspectos. Monsieur Pasquine le explicó que Barcelona había solicitado la organización de los juegos olímpicos de 1992. Como la sede del Comité Olímpico Internacional estaba en Lausana, el asunto había llegado de refilón a sus oídos. Clotilde dijo que en su opinión era pura propaganda electoralista. Le parecía imposible que Barcelona desbancara a otras ciudades que también pugnaban por aquel honor, dudoso pero seguramente lucrativo.

—*Ah, mais Barcelone c'est une ville très importante!*, exclamó monsieur Pasquine.

—*Et puis, nous avons Lluís Llach*, dijo Clotilde.

—*Les catalans*, repuso monsieur Pasquine con expresión mortificada, *vous n'appréciez pas ce que vous avez.*

Se abrió la puerta de la sala de juntas, salió el abogado Macabrós y le dio a Clotilde una hoja de papel.

—Traduce esto al castellano y envíaselo a Feli por fax.

Eran cláusulas de un contrato mecanografiado a las que se habían introducido numerosas correcciones a mano. De su lectura, sin embargo, no se podía deducir la índole de la transacción.

Cuando hubo hecho lo que el abogado Macabrós le había pedido, éste le dijo que ya no la necesitaba.

—Vete a dar una vuelta. Nos veremos en el hotel a las ocho.

El edificio estaba en una calle comercial. Clotilde anduvo mirando escaparates y compró unas chocolatinas para sus padres. En unos grandes almacenes se le pasó por la cabeza llevarle un regalo a Mauricio. No había motivo alguno y él nunca le regalaba nada. No obstante, compró un reloj Swatch de colores chillones y decidió que más adelante ya vería lo que hacía con él. Luego entró en una librería y compró varios libros.

Al salir de la librería todas las tiendas habían echado el cierre y la calle aparecía desierta y en penumbra.

Clotilde regresó al hotel.

En la habitación empezó a leer uno de los libros y sin darse cuenta se quedó dormida.

Se despertó con la sensación de llevar mucho tiempo a la deriva. Tenía la impresión de haber caído, como Gulliver, en un país donde las cosas prácticas funcionaban bien, pero con arreglo a una lógica que no era la suya.

Esta impresión no se refería a Suiza, sino al mundo en general. Allí, sin embargo, se le hacía patente, como si la ciudad fuera un escaparate de esta discordancia.

En el cuarto de baño había toallas de varios tejidos y tamaños, dos albornoces blancos y un amplio surtido de potingues.

Clotilde estuvo un rato en la bañera y luego se vistió con esmero por si tenía que asistir a una cena.

A las ocho menos cinco bajó al vestíbulo, donde ya estaban el abogado Macabrós y monsieur Pasquine. El abogado le dio un sobre marrón de gran tamaño.

—Escóndelo en tu habitación.

Clotilde subió a la habitación y metió el sobre entre la ropa.

Esta precaución le parecía muy tonta. En cada habitación había una caja fuerte y si alguien quería robar los documentos sin duda buscaría en su equipaje. Además, no eran medidas de seguridad lo que faltaba en aquel país.

Cuando bajó de nuevo, monsieur Pasquine se había marchado.

—Nos hemos quedado solos, monsieur Pasquine se habría quedado con mucho gusto a cenar con nosotros, pero he preferido prescindir de su compañía. Es buen chico, pero un poco plomo. Me ha rogado que te saludara en su nombre.

—Podía haber esperado un minuto y despedirse personalmente.

—Es muy tímido y tú le gustas. He pedido una mesa en el restaurante del hotel. Vamos pasando. Si no somos puntuales, nos castigarán.

Entraron en el comedor. Un señor de frac los condujo a una mesa con tanta severidad y lentitud como si fueran camino del cadalso. Al pasar junto a un señor negro que comía solo, éste se incorporó y dirigió una reverencia al abogado Macabrós y a su acompañante. El abogado respondió al saludo con una ligera inclinación de cabeza.

—¿Sabes quién era el caballero que nos ha saludado?, dijo el abogado Macabrós cuando se hubieron sentado.

—No.

—Doudou Agouadou.

—No me suena.

—A mí tampoco me sonaba hasta hace poco. En un viaje anterior coincidimos en el bar del hotel y me contó su historia. Por lo visto fue rey de un país africano. Un hombre exquisito, educado en Oxford. En su juventud había practicado el canibalismo y cuando regresó de Oxford recayó en esta bárbara dieta. Conociendo la comida inglesa, no me extraña. Al acceder al trono eliminó a la oposición por el método más expeditivo y gobernó de una manera cruel y arbitraria. Haber estudiado en Europa sólo le sirvió para saber cómo se abría una cuenta numerada en Suiza y cómo podía invertir con el máximo provecho las riquezas que había esquilmado. Finalmente unos militares de otra etnia lo depusieron e instauraron un régimen *soi-disant* maoísta. Ahora sus súbditos están peor y a él, ya lo ves.

Clotilde no sabía si el abogado Macabrós decía la verdad o se estaba inventando aquella historia.

—¿Qué nos espera mañana?, preguntó.

—¿Es una pregunta filosófica?

—No. Me refiero al trabajo.

—Nada. Ya hemos acabado. El avión sale a las diez, y si no hay retrasos, a las once y media, en el despacho.

—¿Sólo me ha traído para enviar un fax?

—No. Te he hecho venir por si se presentaba una eventualidad. Quiero que te vayas familiarizando con este tipo de gestiones, y no sólo en el aspecto jurídico. ¿Qué piensas de monsieur Pasquine?

—No sabría decirle. Parece un hombre sin escrúpulos, incapaz de tener una idea propia.

—En efecto, posee estas dos cualidades. Monsieur Pasquine es nuestro hombre en Ginebra. Nos engañaría si supiera cómo hacerlo, pero su falta de imaginación garantiza su lealtad. El capitalismo, añadió sin transición, no es un sistema para ganar dinero, sino un juego. El beneficio o la pérdida es el premio o el castigo por haber jugado bien o mal. Como en el tenis. ¿Juegas al tenis?

—No.

—Hay que subir a la red.

Después de esta afirmación, estuvieron un rato en silencio, concentrados en la comida. A Clotilde le agobiaba aquel lugar recargado y la afectación con que el servicio ejecutaba los actos más insignificantes. La vajilla, la cubertería e incluso los manjares le parecían una farsa.

—Este hotel es demasiado lujoso para mi gusto, dijo. El de la otra vez estaba muy bien.

—Sí, pero esta vez has venido conmigo. Además, has de aprender a moverte con naturalidad en estos ambientes. No tienen nada de especial: sólo apariencia. No hay que dejarse impresionar. Por otra parte...

El abogado Macabrós no acabó la frase.

—¿Qué iba a decir?

—Una impertinencia.

—No importa, dígala.

—Iba a decir que eres guapa, inteligente y distinguida. Al margen de tus ideas, de tus preferencias y de tus principios, estás destinada a vivir en este mundo, tanto si quieres como si no. Cuanto antes aceptes la realidad, mejor para ti y para los demás. Perdona si me inmiscuyo en asuntos que no me conciernen.

Clotilde se encogió de hombros. No sabía adónde quería ir a parar el abogado, pero no se sentía intimidada. En el trato con los hombres estaba acostumbrada a alcanzar rápidamente un nivel de intimidad rayano en el atrevimiento. En aquella ocasión, sin embargo, habría preferido no iniciar con su jefe una relación demasiado personal.

Por fortuna el depuesto reyezuelo había acabado de cenar y se dirigía a su mesa, todo él recato y gentileza.

—*Je ne veux pas vous déranger*, susurró, *seulement vous dire bon soir.*

—*Vous partez déjà, monsieur Doudou?*

—*Oui. Comme on dit: early to bed, early to rise...*

Monsieur Doudou dejó el refrán inconcluso.

El abogado Macabrós le presentó a Clotilde. El reyezuelo esbozó un besamanos y al incorporarse la repasó con disimulo. El ojo izquierdo tenía una veladura y el párpado alicaído. En cambio el derecho era brillante e incisivo. Uno expresaba tristeza y el otro ferocidad.

—Desde su destronamiento, dijo el abogado Macabrós cuando el reyezuelo se hubo retirado, vive aquí permanentemente, según me contó él mismo. No va a ninguna parte por temor a los atentados. Me imagino que el gobierno de su país ha pedido la extradición a todos los países y por eso no se mueve de Suiza. No tiene familia, ni séquito. Se pasa el día leyendo la prensa y de vez en cuando se hace traer prostitutas de Inglaterra. ¿Por qué de Inglaterra? Ni idea. Nostalgia, *spanking*, ¿quién sabe? En definitiva, una figura patética. Y ejemplar. El poder se puede obtener con la violencia y la crueldad, pero sólo se conserva con la intriga. Ahora *notre ami* Doudou paga las consecuencias de ignorar este principio.

Aquella noche Clotilde durmió mal. El cobertor la asfixiaba. A ratos no sabía si estaba dormida o despierta y en todo momento los pensamientos más diversos se arremolinaban en su cabeza y parecían reclamar su atención preferente. Aunque no entendía nada de lo que sucedía a su alrededor tenía la sensación de haber penetrado finalmente en el mundo de la realidad, enredado y deshonesto, pero en definitiva preferible a la burbuja de fantasías bienintencionadas en que había vivido hasta entonces.

*

Debido a sus visitas frecuentes, Mauricio se había acostumbrado a la zona de Santa Coloma de Gramanet donde vivía la Porritos. Con anterioridad sólo había estado allí de noche y había sacado una impresión tenebrosa de las calles desiertas, los espacios baldíos y las casas decrépitas. Ahora en cambio le sorprendía la febril actividad diurna. Las tiendas eran pequeñas y muy variadas. Cada una reflejaba la peculiaridad de su dueño y todas estaban llenas. La gente hablaba en voz alta, todo el mundo parecía conocerse y el talante general era desenvuelto y alegre. Mauricio creía ver en esto un hedonismo espontáneo privativo de las clases populares.

La Porritos se burlaba de esta representación idílica. Él sólo quería ver la cara festiva del barrio y no una realidad menos aparente, pero más verídica y esencial. Para avalar su teoría le relataba sucesos atroces: bandas de adolescentes que agredían a los transeúntes sin ton ni son, por el puro placer de dar miedo y sentirse fuertes; drogadictos cegados por el desasosiego, capaces de matar para robar un monedero; por no hablar de los hombres sádicos y cobardes que pegaban a las mujeres o las violaban a cualquier hora y en cualquier lugar, porque al amparo del caos se sabían impunes. Luego estaban los narcotraficantes: eran los más implacables y sanguinarios, pero por fortuna sólo se mataban entre ellos.

Mauricio no sabía si creerla o no. Recordaba haberle oído contar episodios violentos de su propia vida y haber admirado la naturalidad con que ella los asumía. Nunca se había hecho la víctima. Ahora, en cambio, la enfermedad parecía haberle cambiado la visión del mundo. Era como el negativo de una fotografía. Otras veces Mauricio interpretaba aquella pintura truculenta como un llamamiento para que él la sacara de allí y la llevara consigo.

Los intentos de mosén Serapio por localizar a la familia de la Porritos habían resultado infructuosos y ella temía quedarse sola.

Mauricio la visitaba casi a diario, pero no se quedaba mucho rato. Mosén Serapio también iba a verla de cuando en cuando. Irrumpía en el piso en forma extemporánea, lo revolucionaba todo y se volvía a marchar tan bruscamente como había venido, sin haber solucionado nada.

Las visitas de Mauricio entristecían a la Porritos. En cambio las de mosén Serapio le levantaban la moral sin motivo alguno. Valoraba en mucho lo que éste hacía por ella y en muy poco la constante solicitud de Mauricio que, por otra parte, corría con todos los gastos. Uno sacaba lo mejor y más positivo de la enferma, y el otro, lo peor.

Su salud mejoraba gradualmente. Pero ella se negaba a reconocer esta mejoría. Al contrario: se iba adentrando en una especie de invalidez hecha de apatía y torpor.

Para animarla, a Mauricio se le ocurrió llevarla de viaje aprovechando esta mejoría transitoria. A lo largo de su vida la Porritos se había desplazado varias veces impelida por la necesidad, pero, salvo la desafortunada escapada a Ibiza, nunca había hecho un viaje de placer ni cambiado de ambiente. Había recorrido el mundo por el subsuelo, sin levantar la vista de las trampas y tropiezos del camino. Mauricio se imaginaba su asombro si de repente se viera transportada a una gran ciudad. No se atrevía a exponerle estas ideas para no crear falsas expectativas, pero hizo averiguaciones en una agencia de viajes. Lo tenía todo a punto para cuando ella se sintiera un poco más fuerte y animosa. Finalmente le dijo:

—¿No te gustaría ir a París?

—¿A París?, ¿a qué hacer?

—Nada, mujer; a verlo.

La Porritos sopesó esta posibilidad y luego dijo:

—No.

—¿Por qué?

—No sé hablar francés. Y no tengo qué ponerme. Haría el ridículo. Aquí ya estoy bien.

La señora Marcela no daba crédito a sus oídos.

—Ay, Jesús, si me invitarían a mí, saldría disparada tal y como estoy. Ni las enaguas me cambiaba.

Les contó que unos años atrás su hija había hecho un viaje a París.

—¡Qué elegancia por todas partes! Las avenidas, los escaparates, la gente, ¡todo!

Ponía tanto énfasis como si hubiera sido ella la que hubiera presenciado tantas maravillas. Salió corriendo y volvió al cabo de unos minutos con una postal. Su hija se la había enviado cuando estuvo en París y la guardaba como oro en paño.

—¡Los Campos Elíseos, ahí es nada! Y al fondo, el Arco de Triunfo. Mira el tráfico. En esto es donde más se nota la buena educación. Mi hija dice que allí cruzas por un paso cebra sin mirar si viene o no viene un coche: tan cierto es que se pararán en seco en cuanto que ven un pederasta. Clavaos como muertos se quedan.

La señora Marcela era una mujer de muy cortas luces. Con lo más sencillo se armaba un lío. Pero con la disponibilidad compensaba otras carencias. La Porritos la llamaba a cualquier hora del día o de la noche y la señora Marcela acudía de inmediato, a veces en camisón y a veces en un pijama de franela gris muy descolorido. Mauricio extremaba las atenciones con la señora Marcela: le llevaba chocolatinas y revistas de cotilleo.

—Entonces, ¿dejamos para más adelante lo de París?, dijo Mauricio.

La Porritos se encogió de hombros. Le irritaban las muestras de compasión, aunque las reclamaba continuamente.

—Si tan mal estoy, cómprame un nicho.

—Amargarse la vida no alivia las dolencias, le decía Mauricio.

A menudo había de hacer acopio de paciencia para no mandarla al diablo.

—¿Tú vendrías conmigo? A París, digo.

—Pues claro.

—¿Tú y yo solos?

—No querrás llevarte a la señora Marcela.

La Porritos se quedó pensando. Al cabo de un rato dijo:

—Parecerá un viaje de novios.

—Algo así.

—Pero tú ya tienes una novia.

—¿Y a ti quién te ha contado eso?

—No quiero causarte ningún problema.

—A buenas horas.

*

La candidatura olímpica de Barcelona iba penetrando en la conciencia de los ciudadanos gracias a los medios de difusión, que daban la elección por segura y el hecho como un beneficio indiscutible para todos.

La clínica dental Torralba no era ajena al entusiasmo general. Sólo Mauricio se mostraba escéptico.

—Tenemos al comité en el bote. Lo acaba de decir Maragall, por la radio.

—Bueno, ahora sólo falta que sea verdad y que nos elijan.

Incapaz de sustraerse a la excitación general, aquella noche Mauricio llamó a Clotilde.

—¿Qué te parece? Lo de las olimpiadas, digo.

—Me da lo mismo. Si a la gente le hace ilusión, está bien.

—Si Maragall se sale con la suya, nos arruinaremos.

—Al contrario. Caerá dinero a espuertas de todas partes y los precios se pondrán por las nubes. Al final los ricos se harán más ricos y los pobres se quedarán igual, pero encantados con el espectáculo.

—Ya veremos. Y tú, ¿cómo estás?

—Bien. ¿Y tu amiga?

—Pasando una buena etapa.

—¿La vas a ver a menudo?

—Me ocupo de que no le falte lo mínimo.

—Bueno, adiós, dijo Clotilde.

Clotilde era generosa de natural, pero en el fondo se habría sentido satisfecha si Mauricio hubiera abandonado a la Porritos a su suerte. No lo podía evitar.

Pasado el plazo indicado por el médico, se habían vuelto a hacer análisis. Los resultados fueron negativos. El médico dijo:

—No volváis a pensar en el tema.

A partir de entonces, de común acuerdo, se esforzaban por no incluir el percance en sus conversaciones.

El anuncio de la candidatura olímpica no tardó en surtir efecto en el despacho del abogado Macabrós.

—Cuando se remueven tierras, sumas enormes de dinero cambian de mano, dijo el abogado.

El teléfono no paraba de sonar.

—Me estoy poniendo de los nervios, dijo la telefonista.

El abogado Macabrós prometió un aumento de sueldo a fin de año. Clotilde hizo sus cálculos: el aumento prometido aún no le permitía independizarse. Los alquileres habían subido y parecían decididos a subir aún más. Los contratos de inquilinato se hacían por plazos cortos, sin cláusula de renovación. A la carestía se unía la incertidumbre. En estas condiciones, era impensable lanzarse a vivir sola. Algunas amigas habían resuelto una situación similar compartiendo un piso, pero a Clotilde no le atraía esta perspectiva. En casa de sus padres creía disfrutar de una independencia mayor de la que podría encontrar conviviendo con personas extrañas. Era muy individualista y temía las intromisiones y los roces inevitables en una convivencia estrecha y prolongada. Estaba resuelta a vivir por su cuenta y se sentía incómoda aplazando el momento de separarse de sus padres, pero siempre encontraba alguna razón de peso para postergar el momento de llevar estos planes a la práctica.

Dándole vueltas al asunto, se le ocurrió comprarse un coche, que le proporcionaría autonomía de movimientos sin gastos excesivos ni complicaciones.

Como sus ingresos no eran elevados ni siquiera con el aumento prometido, buscaba un coche de segunda mano. Para evitar engaños llamó a Fontán.

—¿Para qué necesitas un coche si tu novio se acaba de comprar uno de puta madre?

—¿Siempre has de ser tan machista?

—Me caso dentro de nada. Déjame disfrutar de los últimos privilegios de la soltería.

—Aún estás a tiempo de echarte atrás, dijo Clotilde precipitadamente.

—Puede ser. ¿Qué tipo de coche buscas?

—Me da igual. Sólo pretendo que me lleve. Las marcas y los modelos me traen sin cuidado.

—Eso decís todas las mujeres, pero no es verdad. Mucho Freud veo yo por aquí.

Al cabo de unos días la llamó y le dijo que tenía exactamente lo que necesitaba. Su novia tenía un Volkswagen con bastantes años a cuestas y muy pocos kilómetros, del que quería desprenderse.

—Si tan bien está, ¿por qué lo vende?, preguntó Clotilde.

—Si haces esta pregunta nunca comprarás nada de segunda mano. Michelle dice que cuando nos casemos ya no le hará falta.

—¡Joder, cómo apretamos!

—Bueno, ¿te interesa o no?

—No lo sé. No es bueno hacer negocios con los amigos ni con los parientes.

—Tonterías. Sólo es cuestión de hablar claro y pagar a tocateja.

—¿Y si luego hay problemas?

—No los habrá. Conozco el coche; está en perfecto estado.

—No me refiero al coche. Si tu novia no es tonta, por fuerza me ha de haber puesto la proa.

—¿Y qué? Michelle no es una estafadora y tú eres abogada.

—Déjamelo pensar.

Clotilde no sabía qué hacer. Desoír la oferta y buscar en otro sitio era ofender a la novia de Fontán y de rebote a Fontán, pero si no quería tener tratos con ella no le quedaba más alternativa que renunciar a la compra de un coche y esto le resultaba doloroso. Se había hecho a la idea y ya se veía al volante.

Estas vacilaciones duraron poco, porque a la mañana siguiente recibió en el despacho una llamada de la novia de Fontán.

—Mi pocholito dice que te interesa mi coche.

—Le estoy dando vueltas.

—No puedes darle vueltas si aún no lo has visto. ¿Te paso a buscar este mediodía? Damos una vuelta, nos tomamos un alguito y te dejo otra vez en el despacho o donde tú me digas. Sin compromiso.

—Vale. Me parece bien.

—¿A la una y media?

—Sí. ¿Sabes la dirección?

—Por supuesto.

El coche era rojo, discreto y sin aditamentos.

Clotilde se resistía a probarlo. En varias ocasiones había llevado el coche nuevo de Mauricio, pero se sabía una conductora inexperta. Tenía miedo de darse un topetazo y aún más de hacer el ridículo.

La novia de Fontán habló todo el trayecto. Le explicó las características del vehículo, le contó cuándo lo había comprado y el uso que le había dado y le dio otros datos de tipo práctico, como la compañía aseguradora y el taller de reparaciones, aunque de hecho no había necesitado ni una cosa ni la otra.

Era un coche muy fiable, dijo Michelle. Nunca le había dado quebraderos de cabeza.

Se expresaba con propiedad, sin afectación. Como conducía sólo miraba a Clotilde ocasionalmente, de reojo.

Clotilde no atendía a sus explicaciones. En la intimidad de aquel espacio diminuto, aislado, impregnado de la fragancia de aquella mujer hermosa y enigmática, se sentía fascinada. ¿Seré bollera?, se preguntaba. Luego recordó haber sentido una atracción similar por monsieur Pasquine. Voy salida y no me doy cuenta, pensó. La cosa no tiene más secreto.

Finalmente probó el coche en unas calles solitarias, detrás del monasterio de Pedralbes.

—Va bien.

—Claro. He reservado mesa en el Tenis Barcelona.

Clotilde no había estado nunca en aquel lugar.

Comieron en la terraza. El aire era limpio y el cielo claro. Aún hacía calor, pero en el jardín se anunciaba el otoño. Clotilde se acordó de Ginebra. Ahora allí ya debe de ser invierno.

—Hablemos de dinero, dijo.

—En otro momento. No hay prisa. Ahora prefiero aprovechar este encuentro para pedirte consejo. Es algo relativo a la boda.

Clotilde había considerado la posibilidad de que surgiera el tema, pero no esperaba un planteamiento tan brusco. Diga lo que diga, pensó, no voy a mostrar mis cartas. Si ella es una esfinge, yo tengo muchas horas de vuelo.

—Verás, es un asunto un poco delicado. A lo mejor es una tontería, pero a veces, según el momento o las circunstancias, una tontería puede convertirse en algo importante o dar lugar a un malentendido, ya sabes a lo que me refiero.

Clotilde hizo un gesto afirmativo. Michelle prosiguió:

—Se trata de lo siguiente. Para la boda, no para la ceremonia religiosa, sino luego, para la fiesta o el banquete o como le quieras llamar, yo había pensado traer un conjunto de música magrebí. Les oí tocar hace un año o dos, en Madrid, y son una pasada. Al final, después de remover cielo y tierra, di con ellos a través de un amigo que tiene una agencia..., bueno, te ahorro los detalles. La cuestión es que ya los tengo localizados y en principio la fecha les viene bien.

Calló bruscamente y se quedó mirando a Clotilde

con impávida fijeza. Clotilde comprendió que debía intervenir de algún modo. Nada indicaba que aquella cuestión estrafalaria ocultara otra intención que la de conocer su parecer al respecto.

—Me parece estupendo.

—¿De veras?

—Sí.

—¿Y tú no crees que debería alternar este conjunto con otro más normal? A mí la música oriental me chifla pero para los no iniciados puede resultar un palo, ¿no te parece?

—Michelle, yo no soy la persona más indicada para resolver este dilema.

—Oh.

—¿Has hablado de este asunto con tu prometido?

—No. Está muy ocupado y ha dejado todos los preparativos en mis manos. Ya sabes cómo son los hombres: esperan que una se lo haga todo. Y yo, francamente, estoy desbordada. Que si la ropa, que si la lista de invitados, que si el *catering*, no te puedes hacer una idea. Necesito alguien que me eche una mano.

—Tendrás amigas con más experiencia que yo.

—Sí, pero de muy poco fiar. Y como mi futuro *husband* siempre dice que tú eres la mujer más inteligente que ha conocido, pues por esto.

—Fontán y yo somos amigos desde hace un siglo y el cariño le hace ser hiperbólico, quiero decir exagerado, cuando habla de mis aptitudes.

—No, seguro que eres inteligente. Inteligente y guapa, si no te molesta que te lo diga. A mí me gustas un montón, sobre todo por detrás. ¿Te han dicho que tienes un culito monísimo?

Clotilde estaba desconcertada.

—Bueno, no me imagino una boda sin pasodobles, dijo al cabo de un rato.

—Eso mismo pienso yo. ¿Ves como nos hemos entendido en seguida? Dos conjuntos y que se vayan alternando. O puede tocar primero uno y luego el otro. Confío en que el local tendrá un cuarto donde los músicos puedan esperar su turno. No irán a mezclarse con los invitados, digo yo.

—Y guardar los instrumentos.

—Con los magrebís no hay problema, porque tocan instrumentos pequeños: una flauta, un tamborín, ya sabes. Pero no es cosa de que anden por la sala mal afeitados y con una gumía.

Clotilde miró el reloj. Se había hecho tarde.

—He de volver al trabajo, dijo.

—Sí, sí, no te entretengo más. No te importa si no te acompaño, ¿verdad? Acabo de ver a una gente y he de hablar con ellos de un tema urgentísimo. Di en recepción que te pidan un taxi. Y del coche ya hablaremos otro día. El arreglo te va a convenir, estoy segura. El coche está nuevo, pero tiene unos años y no me dan nada por él, así que te lo dejaré por un precio simbólico. Yo te llamo. Besitos.

Clotilde llegó al despacho con retraso y sumida en un mar de confusiones.

Tenía la sensación de haber mantenido un combate y haber quedado K.O. sin haber llegado a entender las reglas del juego. Esto, sin embargo, le dolía menos que haber percibido el poder de aquella mujer insondablemente estúpida sobre un hombre inteligente, descentrado e inseguro como Fontán.

Aquella noche llamó a Mauricio para contarle lo sucedido. Era la primera vez que tomaba esta iniciativa desde hacía meses.

—En lo del culito estoy de acuerdo, dijo Mauricio.

—Estoy perpleja.

Mauricio percibió una tristeza oculta en la voz de Clotilde.

—Si quieres mi consejo, compra el coche.

Clotilde también captó el tono seco de esta frase intrascendente.

—Perdona. Llamarte ha sido un error. Hoy no me he levantado con buen pie.

—No pasa nada. Habrá más días. Buenas noches.

Al colgar, Mauricio fue presa de la cólera.

Él también había tenido una jornada poco grata. Su vida consistía en escuchar lamentaciones sin interrupción. Los pacientes gritaban de dolor, sus padres eran un pozo de sufrimiento callado y las mujeres le agobiaban con sus padecimientos. Unas veces se le reclamaban soluciones y otras se le imputaban responsabilidades, cuando no ambas cosas. Yo me he de preocupar por todos, pero, ¿quién se preocupa por mí? Y encima he de pedir perdón por estar sano, por ganarme la vida honradamente, por saber lo que quiero y por haberme comprado un buen coche con mi dinero.

En estas ocasiones sentía la tentación de enviar a todo el mundo a paseo.

*

La madre de Mauricio le llamó al trabajo para informarle de que estaba en Barcelona. Mauricio prometió pasar a verla aquella misma tarde. Antes llamó a la Porritos.

—Hoy no vendré. Mi madre ha desembarcado y no me puedo zafar.

—No importa. ¿Está en tu piso?

—Dios me libre. Se ha instalado en casa de mi padre.

—¿No estaban separados?

—Lo están, pero esto no es obstáculo para ella. Mientras está aquí, reanudan una convivencia más o menos llevadera, incluso hacen vida social. No se pelean, pero al cabo de unos días los dos caen en una depresión de caballo.

—Ve con cuidado, no te vayan a contagiar.

La madre de Mauricio le abrazó y le besó distraídamente para no interrumpir un relato en el que llevaba tiempo enfrascada.

—No sabéis la suerte que han tenido. No digo yo que no se la merezcan, pero las cosas pueden salir bien o pueden salir mal, y en este caso concreto han salido requetebién. La chica reúne todas las condiciones: es una gran dama y al mismo tiempo una figura popular. La gente la adora y los intelectuales, siempre tan cicateros con la monarquía, no han podido resistirse a sus encantos.

Mauricio llegó a la conclusión de que su madre había tenido un breve encuentro con la princesa de Gales.

Su padre asentía con minúsculas oscilaciones de cabeza. Paulatinamente y sin darse cuenta, su expresión de interés se iba transformando en una mueca de ceñuda gravedad, como si estuviera escuchando la noticia de una catástrofe. De cuando en cuando lanzaba de soslayo miradas afligidas a un televisor antiguo y pequeño que emitía en silencio un resplandor cadavérico en un rincón sombrío del comedor.

—Al natural es más guapa que en las fotos. Podría ser una artista de cine, pero sin la vulgaridad. Tendrá asesores de imagen me figuro, pero en el andar, en los gestos y en la manera de llevar la ropa, se le ve un caché que le viene de cuna.

—¿Hoy no se cena?, preguntó Mauricio.

—Tu padre ha reservado una mesa no sé dónde.

—Aquí no tengo nada, dijo su padre. Yo, ya sabes

que a la noche soy muy frugal. Una tortillita, un yogur, dos galletas y pare usted de contar.

—¿Está lejos? He venido en coche, dijo Mauricio.

Su padre se levantó y dio unos pasos dubitativos, como si buscara la puerta en una habitación desconocida. El cambio brusco de rutina le abrumaba.

—No sabéis cuántas llamadas he tenido que hacer. Mendigando casi. Todo está lleno: restaurantes, hoteles, todo. Debe de haber una feria de muestras. No quiero ni pensar lo que sería si saliese lo de las olimpiadas.

—El plan es poner la ciudad patas arriba, dijo Mauricio. No sé qué tienen que ver las obras públicas con los cien metros lisos, pero cualquier excusa es buena.

Repetía lo que había oído para desviar la conversación hacia un tema menos privativo.

—Si queremos dar una buena impresión, dijo su madre, lo primero es la limpieza. Barcelona es una ciudad sucia. La gente no se recata de tirar cosas al suelo. Las aceras son un basural. ¿A qué hora has reservado?

—A las diez.

—No hay forma de cambiar estos horarios bárbaros.

—En Inglaterra la comida es tan mala que cuanto antes se acabe con ella, mejor, dijo Mauricio. Por eso comen y cenan tan temprano.

—Es más saludable.

—Lo saludable es una buena dieta, y la dieta inglesa es nefasta. Si comieran garbanzos con chorizo dejaría de llover tanto.

En el restaurante una chica rubia, enjuta, de aire trágico, paseó los ojos por un dietario lleno de tachaduras y luego los acompañó a una mesa.

La decoración era moderna y un poco pretenciosa. Un lienzo de pared estaba ocupado por un botellero.

—Está bien el sitio, dijo Mauricio. No lo conocía.

—Yo tampoco, pero me han dicho que sirven buen pescado, dijo su padre en tono de disculpa.

—¿Por qué hay cuatro platos si somos tres?

—Ah, no te lo hemos dicho. La Leona vendrá un poco más tarde. Casualmente llega hoy de Bruselas. Ya sabes cómo viaja.

La Leona era como llamaban a la hermana de Mauricio. Los dos hermanos se llevaban bien, pero se veían muy poco.

—¿Cómo le van las cosas?

Su madre hizo un gesto de burlona inocencia.

—A mí que me registren. Nunca me cuenta nada. No se toma esa molestia.

Su padre intervino en tono conciliador.

—La nena es muy suya para sus cosas. Con nosotros tampoco suelta prenda, ¿verdad, Mauricio?

Su hermana y su madre siempre andaban a la greña. Tenían un carácter parecido. En cambio Mauricio era como su padre, conciliador y bastante abúlico.

—Vamos a pedir. Si viene en avión vete a saber cuándo llegará.

—¡Cuando lluevan muebles!, exclamó su padre, y prorrumpió en grandes carcajadas.

Celebraba con risa espasmódica aquella incoherencia y así liberaba parte de la tensión nerviosa a que estaba sometido. Su mujer enderezó la espalda y le dirigió una mirada esquinada de censura. Confiaba en que los restantes parroquianos del local la tomaran por una dama altiva y displicente, pero nadie reparaba en ellos.

—¿Estará buena la lubina a la vasca?, dijo Mauricio.

Su padre hacía esfuerzos por recobrar la compostura.

—Del país vasco no puede venir nada bueno, dijo.

—Hombre, la cocina y unos cuantos futbolistas, dijo Mauricio.

—Si quieren la independencia, por mí ya se la pueden dar, dijo su madre, a ver cómo se las arreglan sin nosotros.

Mauricio veía muy enmarañada la cuestión vasca, pero no estaba dispuesto a romper la precaria avenencia que parecía existir al respecto entre sus padres.

—Allá ellos, dijo.

La Leona llegó cuando iban por el segundo plato.

Mauricio estaba contando a su madre la buena marcha del consultorio de Mataró. Su madre, que le escuchaba con poco interés, aprovechó la llegada de su hija para dar el tema por concluido.

La madre y la hija no tardaron en enzarzarse en una discusión interminable por una cuestión trivial. Como dos compuestos químicos, al entrar en contacto se inflamaban.

La Leona había ido a Bruselas a pedir fondos comunitarios para financiar un proyecto de investigación. Después de varias sesiones de trabajo extenuantes y muchos circunloquios, le habían dicho que nones. La culpa había sido de la presidenta de la comisión, una holandesa incompetente, borracha y lesbiana, elegida a dedo.

—¿Por quién?, preguntó Mauricio.

—Y hasta dentro de dos años no hay posibilidad de volver a presentar la solicitud. A este paso...

—¡Cuando lluevan muebles!, exclamó su padre.

Al salir soplaba un viento húmedo y frío.

—Si os esperáis cinco minutos, voy a buscar el coche, dijo Mauricio.

—No vale la pena.

—Igualmente he de ir a buscarlo.

—Como te sea más cómodo.

Al regresar los encontró en la barra del restaurante, mudos y cansados. Se hermana bebía un whisky con hielo. A su lado tenía una maleta pequeña que había dejado en el guardarropa al llegar al restaurante.

Sus padres subieron al coche sin hacer ningún comentario.

—Sube tú también. Te llevo, le dijo a su hermana.

—Puedo coger un taxi.

—Sí, pero te llevo yo. Anda sube.

Cuando dejaron a sus padres en la puerta de casa, los dos hermanos exhalaron un suspiro y se echaron a reír. La Leona encendió un cigarrillo sin pedir permiso para fumar dentro del coche. Mauricio le agradeció aquella muestra de confianza.

La Leona tenía un piso de alquiler en la calle Cerdeña, pero aquella noche no iba allí, sino a casa de un novio temporal, como ella lo calificó.

—¿Quién es?

—¿Y a ti qué te importa?

Mauricio no entendía la razón del secreto. La Leona le dijo que era un hombre conocido y que ambos preferían mantener oculta una relación esporádica y sin futuro.

—¿Por qué sin futuro? ¿Está casado?

—No, no es eso. Ya te lo contaré algún día.

—Como quieras.

—¿Y tú, en qué andas?

—En nada. Historietas.

—Con este coche debes ligar una barbaridad.

—No, al revés.

—¿Un coche no es un símbolo fálico?

—Sólo para la guardia urbana.

En la puerta de la casa había un individuo parado con gafas oscuras y el cuello de la gabardina subido hasta las cejas.

—No me gusta ese tiparraco, dijo Mauricio. Bajaré contigo.

—No te preocupes, dijo la Leona, es el guardaespaldas de mi noviete.

—Esto me lo has de contar mejor. Llámame un día y comemos.

*

Se había echado encima el invierno.

La Porritos sufrió una recaída justo antes del viaje a París que habían proyectado después de mucho hablar. La llevaron al hospital. Estuvo unos días internada, mientras le hacían pruebas. De cada prueba la Porritos salía extenuada, abatida y quejumbrosa.

—Si saben lo que tengo y que me voy a morir, ¿para qué me torturan?

Mauricio estaba de acuerdo con esta visión, pero trataba de animarla.

—En América están investigando como locos, y en Europa. El laboratorio que primero encuentre un remedio eficaz se forra, así que no tardarán. La consigna es resistir. El tiempo juega a nuestro favor.

La Porritos no le daba la razón, pero se dejaba consolar con esta palabrería y en su fuero interno alimentaba falsas esperanzas.

Un día en un pasillo del hospital encontraron a la señá Remedios con quien la Porritos había compartido habitación en su primer ingreso. Llevaba el mismo camisón y la misma bata. Sólo ella había cambiado visiblemente. Estaba mucho más delgada y se había quedado casi calva.

—Estoy más tiempo adentro que afuera, pero de quejarme no me quejo, porque afuera con estas pintas, ¿cómo voy a trabajar? Y luego hacer la calle me afatiga un huevo. En cambio aquí hay buena calefacción.

Mauricio dedujo que la señá Remedios ejercía la prostitución. Probablemente de este modo había contraído la enfermedad y probablemente la había propagado a diestro y siniestro.

—¿Y tú, cómo andas, niña?

—Yo, mal, señá Remedios. Me estoy muriendo y nadie me lo quiere decir.

—Natural. No te lo dicen porque no lo saben. Una se muere cuando lo dispone Dios, ni un minuto antes ni un minuto después. Mira Franco, que sin ir más lejos unos le querían conservar en to lo más alto y otros que la diñase pa hacer el cambio, y al final, fue lo que Dios dispuso: el 20-N. Pues tú, lo mismo.

La Porritos se tomaba en serio aquel razonamiento disparatado. Entre ellas se entienden, pensaba Mauricio, los enfermos tienen un código secreto.

La señá Remedios había salido un rato al pasillo para cambiar de panorama, pero ya estaba cansada y quería volver a la habitación.

La ayudaron a levantarse y la llevaron casi en volandas. A través de la manga Mauricio notó la piel fláccida y las aristas de una osamenta quebradiza.

En la mesilla de noche tenía una estampa enorme.

—Si uno tiene fe, se cura sin necesidad de melecinas, les explicó. Todo es cuestión de pensar: estoy como una flor, qué coño. El esperitu lo pue to.

Durante una de sus estancias en el hospital, la señá Remedios había recibido la visita de unos predicadores y se había adherido a su secta.

—Con los curas no saca una la agua clara. En cambio con éstos, la verdá de la verdá.

—¿Qué secta es ésa?

—Y yo qué sé. Los evangelios de algo, me paice. Y no es una secta. Es la verdá de la verdá. Morirse no vale la pena si la fe te pue curar. Ahora, el jodío mecrobio se le resiste. Míreme a mí.

Al salir al pasillo, la Porritos se le agarró del brazo.

—¿Tú crees eso?

—¿En los milagros? Muy poco. Pero una actitud positiva por parte del enfermo ayuda mucho.

—¿Yo la tengo?

—A ratos. Cada cual hace lo que puede.

—A la señá Remedios no parece irle muy bien.

—La señá Remedios ha llevado una vida poco higiénica.

—Como yo. Ella empujada por el hambre y yo por no saber decir que no. Cuatro palabras tontas y hacer como que me querían era lo único que hacía falta. ¿Tú crees que esto que nos pasa es un castigo de Dios?

—No digas tonterías.

Mauricio salía irritado del hospital. Lo tengo todo a mi favor, la vida es bella, ¿qué hago metido en este pozo?, se preguntaba.

Al cabo de unos días Clotilde le llamó a casa y le propuso ir juntos a comprar el regalo de boda de Fontán.

—Ya no debe de quedar nada.

—Ah, ¿vamos a pasar por la indignidad de la lista de boda?

—Es lo más práctico.

Mauricio no se opuso. Cualquier síntoma de normalidad en su relación con Clotilde le parecía un gran paso.

En la tienda los recibió una mujer muy amable con aires de complicidad.

—Les dejo solos para que se la estudien. Cuando estén decididos me llaman, y si tienen alguna duda, pues aquí estoy, para atenderles.

Mauricio recorrió el listado de objetos y precios. La mayoría estaban marcados con un aspa. Sólo quedaban piezas sueltas.

—¿Cómo se puede caer en una horterada semejante?

—Luego lo monetizan, dijo Clotilde.

—Aun así. Me niego a comprar una porcelana de sobremesa. ¿Para esto hemos leído a Althusser?

Al final seleccionaron una bandeja de desayuno cuyo precio se acomodaba a su presupuesto. En una cartulina Mauricio escribió unos parabienes y firmaron los dos.

Mauricio veía una especie de compromiso en aquel acto banal y en la pasividad de Clotilde, una callada invitación a otras iniciativas.

—¿Vamos a cenar?

—Es muy pronto.

—No importa: yo tengo hambre a todas horas y tú nunca. Nos haremos pasar por guiris.

A Mauricio la comida japonesa le parecía escasa, absurda y cara, pero como a Clotilde le gustaba, propuso un restaurante japonés nuevo del que había oído hablar en términos elogiosos.

En la entrada minúscula el suelo era de guijarros y de un dintel de madera colgaban unos trapos rectangulares en cada uno de los cuales había un ideograma pintado a brochazos. Salió una mujer rechoncha con kimono y delantal. Mauricio le preguntó si el restaurante estaba abierto.

—Ti, ti.

—¿Y podemos cenar?

—¿Cena? Ti, ti.

El local era pequeño y estaba vacío. La mujer los sentó a una mesa en un rincón y les dio una carta escrita en caracteres japoneses, en castellano y en inglés.

—Siempre hay los mismos platos y aun así nunca recuerdo qué es qué, dijo Clotilde. Por suerte, todos me encantan.

—Bah, pescado crudo y plátano frito. ¿A quién se le ocurre?

—Nadie te ha obligado a venir.

—No era una queja. A mí todo me va bien. Yo lo único que quería era cenar contigo, aunque sea salsa de soja. ¿A ti de pequeña no te daban un laxante muy parecido?

—No. ¿De verdad tenías ganas de cenar conmigo?

—Ya lo sabes.

—Pero no me lo has dicho.

—Las circunstancias no eran propicias.

—¿Siempre has de ir a favor de la corriente?

—No, pero tampoco quiero estamparme contra una roca.

—¿La roca soy yo?

—No lo sé.

—Prueba a ver.

Sin haber hablado de ello, al salir del restaurante fueron a casa de Mauricio.

Mauricio estaba muy nervioso.

Clotilde también, pero por otra causa. Al ceder a los deseos de Mauricio y en buena parte a los propios, creía estar cometiendo un error de consecuencias imprevisibles, pero no veía razón alguna para no cometerlo y actuaba con arreglo a este razonamiento inconsistente.

A la mañana siguiente, cuando fueron a desayunar al *Bar Claret*, el dueño los recibió con una sonrisa exagerada. Mauricio estaba tan contento que de buena gana se lo habría contado todo al señor Claret. También sentía el impulso de decirle a Clotilde lo feliz que era en aquel momento, pero se contuvo al advertir la incomodidad de ella ante la indiscreción del dueño del bar. Temía ponerla entre la espada y la pared con una manifestación que la obligase a explicitar sus propios sentimientos. Por consideración a ella, más que por estrategia, adoptó una actitud liviana, rayana en el fastidio, como si lo sucedido entre ambos hubiera sido un hecho aislado y sin secuelas.

Clotilde se comportaba del mismo modo. Sin embargo más tarde, en el bufete del abogado Macabrós, éste la sorprendió canturreando al entrar de improviso en su despacho. Clotilde enrojeció. El abogado pasó por alto estos detalles. Después de la cena en el hotel de Ginebra se había reinstaurado entre ambos la forma distante y un punto autoritaria que caracterizaba el trato del abogado con sus colaboradores.

—Ven a mi despacho, le dijo. Y una vez allí: Por razones que no vienen a cuento he tenido que aceptar un caso penal. Tú lo llevarás.

—¿De que se trata?

—Robo con homicidio. El fiscal pedirá veintisiete años.

—Es mucha responsabilidad.

—Habrás de asumirla. No tengo a nadie más.

Le entregó una copia de las actuaciones judiciales, que Clotilde leyó atentamente antes de entrevistarse con el acusado, que estaba en prisión preventiva.

En el patio de la cárcel se presentó en la oficina de régimen, donde le dieron un volante. Con este volante obtuvo la pertinente autorización para ver al preso. Después de atravesar dos verjas y subir por una escalera lóbrega, un funcionario la acompañó a uno de los locutorios. Era un cuartucho separado de otro cuartucho idéntico por una ventana de metacrilato horadado que permitía ver y hablar con la persona que estaba al otro lado. Al cabo de un rato apareció el preso. Era un hombre de mediana edad, flaco, desmañado, inexpresivo, de aspecto apocado. Se sentó con los ojos bajos. Clotilde no sabía cómo había de dirigirse a él. Todo aquello le parecía irreal, pero procuraba olvidar sus propias reacciones y concentrarse en el trabajo.

—¿Te llamas Breto?

—Sí, señora.

—¿Breto es un nombre?

—Un diminutivo.

—¿De qué?

—De Libreto.

—¿No será de Liberto?

—No, señora. De Libreto.

—Está bien, Breto. Ya sabes a qué he venido. Me han asignado tu caso y estoy dispuesta a llevarlo, pero quiero tener tu consentimiento. No me refiero sólo a la autorización, sino a la confianza.

El preso cabeceó.

—Ha de ser mutual, dijo.

—No te entiendo.

—Yo confío en usted, y usted en mí. Es que yo, por ser, soy inocente, sabe.

—Todo el mundo es...

—No, no. Yo le estoy hablando de mí. Usted ha de creer en mi inocencia.

—De momento, vayamos al día de autos.

El día de autos, a las veintitrés horas, el inculpado había entrado en el bar que regentaba la víctima. Dijo no haber cenado y no tener dinero, por lo que pidió fiado. No sin renuencia le fue servida una ración de albóndigas, un trozo de pan y un vaso de vino, consumido lo cual el inculpado pidió permiso para permanecer en el establecimiento, pues se había puesto a llover y no tenía adónde ir. Habiéndosele concedido dicho permiso, estuvo allí hasta la hora del cierre, que se produjo, como de costumbre, poco después de las tres de la madrugada. Aunque clientes de paso daban testimonio de lo que antecede, en el momento de cerrar el establecimiento sólo quedaban en él el dueño y el inculpado. Interrogado éste con posterioridad, afirmó haber dejado al dueño del bar vivo e incólume e incluso haberle ayudado desde la calle a bajar la persiana de hierro del local. Según el mismo inculpado, el dueño se había quedado dentro para poner orden y hacer caja a puerta cerrada. A continuación, y en vista de que seguía lloviendo, el inculpado había acudido a un local de alterne, donde había llegado a eso de las cuatro menos veinte y donde había pasado a cubierto el resto de la noche, según testimonio de algunas mujeres que habitualmente ejercen su oficio en dicho local. Informado de la muerte del dueño del bar, el inculpado se mostró sorprendido y conturbado y aseguró no saber nada ni sospechar de nadie. En su poder se halló una pequeña suma de dinero, de cuya procedencia no supo dar razón cabal. Como poco antes había asegurado no disponer de efectivo y había sido el último en abandonar el bar, y en consideración a sus antecedentes, fue detenido y puesto a disposición del juez, el cual ordenó su ingreso en prisión.

—Yo no tenía ningún motivo para matarlo, al contrario. Era un buen hombre y siempre me había tratado bien, en especial y muy señaladamente cuando me iban mal dadas. ¿Lo iba yo a matar? Todo es una suposición basada en presunciones sin valor de ley.

Hablaba en tono quejumbroso, pausado y preciso y movía la cabeza con gravedad al compás de las palabras, como si sus propios argumentos le provocaran profundas reflexiones.

—Algo habrá para que te acusen.

—La pasma la tiene tomada conmigo.

—Tienes antecedentes, Breto, por agresión y hurto.

—Ya le digo, los maderos me tienen ojeriza.

—¿Por qué?

—Con alguien se han de desahogar. Antes era la clase obrera y ahora, los desgraciados.

*

Clotilde iba cargada con una cartera enorme de cuero. Mauricio dijo:

—¿Se puede saber qué llevas ahí?

Habían quedado para tomar una cerveza al acabar la jornada.

Clotilde le contó los pormenores del caso y le hizo leer algunos fragmentos del atestado policial.

Estaba muy animada. En la cárcel había temido que por ser mujer y carecer de experiencia, Breto se hubiera negado a firmar el escrito de designa, pero el preso no había mostrado la menor vacilación. Esto a Clotilde le había conferido mucha confianza en sí misma y un gran aprecio por su cliente.

—Ganaremos. El atestado es un cúmulo de incoherencias.

—Y de sentido común, dijo Mauricio. Este tipo esperó a que se fueran los clientes del bar y cuando estuvo a solas con el dueño, lo mató, se embolsó la recaudación del día y se fue directamente a un burdel a celebrar el golpe con sus amiguitas. Es un criminal y los criminales se comportan así.

—Para mí es un ciudadano con derecho a un juicio justo.

—No he dicho lo contrario. ¿Tú crees que es inocente?

—No puedo plantearme la pregunta. Si es culpable, que lo demuestren ellos. Mi obligación es no dejar pasar nada que no venga sustanciado por pruebas irrefutables.

—¿Y dejar suelto a un criminal?

—No es un criminal.

—Pues tiene unos antecedentes de aquí te espero.

A Clotilde la actitud de Mauricio le parecía simplista y reaccionaria. Para él, en cambio, la actitud de Clotilde tenía ribetes de amoralidad.

—Escucha, el tribunal dicta sentencia, yo no. Un abogado sólo ha de velar por el cumplimiento de la ley y por la aplicación de todas las garantías. ¿Lo entiendes?

—Aun así, no puedes basar la realidad y la justicia en unos cuantos errores sintácticos.

—Pues si no, ¿en qué? Tal vez en el futuro existan medios de prueba científicos, infalibles, pero hoy por hoy no tenemos otra realidad que las palabras. Si las palabras fallan, la realidad se desmorona.

A Mauricio esto le parecía un sofisma y a ella la obstinación de Mauricio le producía irritación y desánimo. Se sentía incomprendida por él y no podía menos de compararlo con Fontán, cuya aparente falta de escrúpulos le parecía paradójicamente más comprometida con la realidad y, en consecuencia, más honrada. Pero Fontán ya pertenecía a un mundo del que ella había quedado excluida.

—No se trata de juzgar a un hombre por lo que es o ha sido, sino de determinar si cometió o no cometió un acto concreto. No pretenderás que arrastre toda la vida los errores del pasado.

—Yo no pretendo nada, pero me temo que es así, para tu cliente y para todo el mundo.

—No. Una cosa es la conciencia y otra, pasar veinte años en el trullo. Este hombre ha sido muy maltratado por la vida. No me refiero sólo a los antecedentes familiares y demás, sino al hecho de que la sociedad lo ha utilizado siempre de felpudo. Escucha esto: «En el momento de practicarse la detención, el detenido reclamó a grandes voces que le fueran leídos sus fundamentos de derecho, a lo que uno de los agentes respondió: ahora verás lo que hago yo con tus fundamentos, y agarrándole por las partes bajas lo sacudió de manera procaz y reiterada.»

—No está mal.

—¿Lo ves? Esto que para ti es un gag, para él es humillación y desvalimiento. Su vida es un chiste para los demás. Incluso para ti, que todavía les pones velas a Mao y a Trotsky. ¿Adónde han ido a parar los parias de la tierra?

—A ninguna parte. Están donde estaban y allí seguirán, con mi ayuda o sin ella.

—¿Ya te has retirado?

—Retirado no es la palabra. Estoy en otra etapa de la vida. He perdido el entusiasmo, pero no he renunciado a mis convicciones. Ni tampoco a la esperanza: otros más jóvenes vendrán y ocuparán los lugares que vamos dejando a medida que pasa el tiempo y cambian las circunstancias.

—¿No es una postura muy cómoda?

—Quizá sí, pero la vida no es un circo. Las posturas no son mejores o peores en función de su incomodidad. Ni del precio que hemos de pagar por ellas.

Clotilde redactó un escrito y se lo enseñó al abogado Macabrós.

—Está bien, pero no te lo tomes demasiado en serio.

Clotilde estudiaba el sumario y visitaba a Breto en la cárcel para contrastar datos y resolver contradicciones. Estas visitas la deprimían, pero se felicitaba de haber entrado en contacto con esta faceta de la realidad.

—Por mí no se preocupe, le decía Breto, yo aquí estoy bien y tengo fe en usted. Algún día, para variar, se hará justicia y cambiarán las tuercas. Porque usted cree en mi inocencia, a que sí.

Ante la insistencia de Breto, Clotilde acababa diciendo que sí, aunque comprendía que empeñar su credulidad en aquel asunto o en otro parecido era tan temerario como implicarse emocionalmente, pero no lo podía evitar. No trabajaba para ganar, sino para demostrar al mundo que tenía razón.

De esta zozobra Mauricio pagaba el pato.

—Mujer, ni que fuera el juicio de Nuremberg.

Sólo trataba de quitarle importancia a la situación, pero a Clotilde estas cuchufletas la sacaban de quicio.

—Los hombres sólo sabéis hablar de vuestro trabajo y de los problemas de vuestro trabajo y de lo bien que os va en vuestro trabajo. Y es lógico, porque vuestro trabajo es lo que mueve el mundo. En cambio las mujeres, como sólo trabajamos para matar el tiempo, no hemos de darle ninguna importancia. Al fin y al cabo, ¿quién nos manda trabajar, con lo bien que estaríamos en casa cuidando de los niños y haciendo calceta?

Una mañana, cuando estaba enfrascada en el caso, la llamó la novia de Fontán.

—¿Has decidido algo?

—¿De qué?

—Del coche.

—Ah, sí, me lo quedo.

—Acabas de hacer un buen negocio. ¿Cómo lo piensas pagar?

—Con mi dinero, guapa.

—Digo si en efectivo, cheque, transferencia o eso. Si es *cash* puedo ajustar un poco el precio, tú ya me entiendes.

Clotilde prometió pagar en efectivo. Luego reparó en que no tenía aquella suma ni medios de obtenerla. Con su sueldo y sin contrato de trabajo, ningún banco le prestaría el dinero. Como no quería recurrir a Mauricio, decidió hacer de tripas corazón y acudir a su tío Manuel.

—Por supuesto. Por supuesto que podría adelantarte ese dinero. Y mi primer impulso sería decir: toma. Sin embargo...

El tío Manuel adoptó un tono grave, casi desconsolado.

—Por el cariño que os tengo a tus padres y a ti... aunque sé que en el pasado entre tú y yo ha habido pequeñas diferencias... Ahora, con todo y las pequeñas diferencias, siempre te he considerado de la familia. Para mí esto cuenta. Por eso mismo no puedo eludir mi responsabilidad. Aunque parezco un hombre anticuado, no lo soy. Ya sé que hoy en día un coche no es un capricho, sino una herramienta de trabajo. Pero aun así... Con todo y eso...

Clotilde perdió la paciencia.

—Tienes razón. Entre nosotros ha habido algunas diferencias, y ésta no es la mejor manera de solventarlas. Guárdate tu dinero.

—Oye, conmigo no te pongas gallito, ¿eh?

Al salir llovía. Clotilde maldecía su suerte.

—Esto te pasa por buscar donde no debes, dijo Mauricio.

—Y ahora qué.

—Yo tengo el crédito que pedí para montar la consulta de Mataró. He reintegrado el dinero pero no lo he cancelado porque me desgrava. Úsalo sin reparo. Al fin y al cabo, no es mi dinero. Yo sólo actúo como garante. El dinero es del banco y ya sabes lo que decía Bertolt Brecht. Y si me dejas en la estacada, se lo digo a tu amigo Breto.

Clotilde aceptó apremiada por la necesidad, pero el arreglo le dejó mal sabor de boca. A pesar de la ligereza de Mauricio, lo cierto era que había acabado recurriendo a él: aceptar su dinero o su gentileza era lo mismo y esto último, en definitiva, le resultaba más humillante. ¿Habré de vivir constantemente dando las gracias y pidiendo perdón?, se preguntaba.

*

A pesar de la perspectiva de los juegos olímpicos, la ciudad había caído en una especie de tristeza incómoda. Las conversaciones languidecían, las reuniones eran aburridas. A nadie le resultaban interesantes las ideas de los demás, ni siquiera las propias. El dinero circulaba con profusión, pero sin entrar en contacto con la vida real. Había un estado general de queja. El desenfreno de la época anterior había dejado paso a una red de relaciones mecánicas, un poco sucias. El presente contaminaba el pasado: al volver la vista atrás todo el mundo reinterpretaba sus actos bajo una luz fría y crítica y el idealismo de los años anteriores se les antojaba ahora como algo estúpido, cuando no hipócrita. En este ambiente desazonado medraban los sinvergüenzas y los que actuaban al amparo de las sombras. Los que habían puesto sus esperanzas en el futuro se desdecían y los que habían callado se vanagloriaban ahora de haber augurado lo peor en su fuero interno.

Los que habían empezado actuando por altruismo se dejaban corromper, unos por codicia o inmoralidad, otros por desaliento. La opinión pública se resignaba. Temas nuevos ocupaban la atención de la gente, temas triviales, que los medios de comunicación se encargaban de propagar y alimentar. Nunca la falta de decoro había llegado a tales límites con el aplauso generalizado.

Los intelectuales cerraban la boca por temor a las represalias o por ambición, vendían su silencio e incluso su complicidad a cambio de dinero o de una fama pasajera y provinciana. La adulación y el cohecho volvían a abrir todas las puertas.

Los políticos habían aprendido las posibilidades del poder y se injerían en todos los campos sin disimulo. Muchos sobrepasaban los límites de lo permisible y se veían obligados a dejar sus cargos, pero el escándalo duraba poco y no tenía consecuencias prácticas.

Las finanzas lo dominaban todo.

Mientras esto ocurría, la salud de la Porritos se agravaba. Seguía en casa, al cuidado de la señora Marcela, pero en condiciones insostenibles.

Una tarde Mauricio se encontró con la hija de la señora Marcela. Sabía de su existencia, pero nunca la había visto.

La hija de la señora Marcela se llamaba Corina. Era una mujer joven, de aspecto ajamonado y expresión obtusa. Tenía un rictus agresivo en los labios y sonrisa gingival y olía fuertemente a esencia de rosas.

Se llevó a Mauricio a donde la Porritos no pudiera oírlos y le dijo que no pensaba consentir más tiempo la permanencia de su madre en aquella casa, expuesta al contagio.

Mauricio le aseguró que el peligro era inexistente si se tomaban las precauciones debidas, pero sus argumentos no sonaban convincentes. Al final consiguió dejar las cosas como estaban hasta tanto no se les ocurriera una solución mejor.

Cuando se hubo ido la hija de la señora Marcela llegó mosén Serapio. Mauricio vio el cielo abierto.

—Si tú hablas con ella, te hará caso.

—Bah, esa bruja sólo quiere más dinero. Su madre la trae sin cuidado.

—No seas cínico. La pobre lleva parte de razón.

Mosén Serapio montó en cólera.

—¡A mí nadie me llama cínico! ¡Y menos un niñato como tú!

Mauricio se desanimó. Era evidente que el mosén había estado empinando el codo. De él no se podía esperar nada, salvo líos.

—Déjalo correr. No nos vamos a pelear por una bobada. Tenemos un problema más acuciante.

—A mí nadie me llama cínico.

—Vale, hombre. Retiro lo dicho y te pido perdón.

—El dinero, el dinero... No conocéis otro idioma, pero arrugáis la nariz cuando alguien lo menciona. Y encima yo soy el cínico. ¡Mira cómo voy vestido! ¿Y la moto? Ya no aguanta un remiendo más. Anda de milagro. Y todo por cumplir con el precepto evangélico. Dad y se os dará. Sí, sí. Por el culo se os dará. Aquí nadie da nada, joder. Y los que más tienen, ésos menos dan.

Mauricio esbozó un ademán de indiferencia y el otro, exasperado, hizo amago de darle un puñetazo. Estaba fuera de sí. Mauricio dio un paso atrás y derribó una mesita.

Alertada por el ruido y por las voces, apareció la Porritos. Al ver el panorama también se enfureció. Le parecía intolerable que se tomaran en serio algo distinto de su enfermedad. El sufrimiento sin tregua ni esperanza había agriado su carácter. Exigía atención constante y la menor contrariedad la sacaba de sus casillas. Sólo a ratos, cuando Mauricio y ella estaban solos, recobraba la antigua dulzura. Entonces reclamaba ternura y compasión. Estos momentos a Mauricio le resultaban especialmente penosos.

Por contraste, el mundo de Clotilde le parecía cada vez más placentero. Allí también había problemas, pero la mayor parte se podía solucionar aplicando la razón y los demás desaparecían solos, con el paso del tiempo.

Mauricio se preguntaba si este mundo racional no sería ficticio. Tal vez la diferencia entre lo real y lo falso sea ésta, pensaba: que en el mundo real las cosas no tienen solución por la obcecación y el empecinamiento de las personas. La naturaleza humana prefiere el mal de todos a la transacción. Que se venga el mundo abajo antes de ceder un palmo.

Clotilde no se tomaba en serio sus reflexiones.

—Qué sabrás tú de estas cosas. Te pasas el día entero haciendo daño y cobrando una fortuna.

Para ella el trabajo diario en la clínica dental no enriquecía el conocimiento de las personas ni de la vida. Era delicado y sin duda útil, pero mecánico. Su propia índole insensibilizaba ante el dolor ajeno.

—Vaya, si ni tú me comprendes, ¿quién me comprenderá?

A Mauricio le apasionaba su profesión y le entristecía la incomprensión de la gente. Los médicos eran héroes y santos a los ojos de la opinión pública; en cambio los dentistas eran objeto de chiste. En las revistas infantiles nunca faltaban viñetas alusivas a la odontología.

—No te quejes. Los abogados tenemos peor fama y encima cobramos poco. A veces, ni eso, como en el caso del pobre Breto.

Clotilde vivía volcada en el caso del presunto homicida. Hablaba de él a todas horas.

—A este paso, saldrá libre y llegará a presidente de la Generalitat.

A Clotilde le molestaba esta reticencia, que en el fondo parecía encaminada a infravalorar el trabajo de la mujer.

—Tienes celos.

—¿De ese mequetrefe?

—En muchos aspectos te da cien vueltas.

—Sí, claro. Yo extraigo muelas cobrando y él saca tripas por amor al arte.

Hablaba en broma pero el tono de voz reflejaba un enfado auténtico. Sin darse cuenta, descargaba sobre Clotilde la irritación que le producía la Porritos.

*

Al cabo de unos días la hija de la señora Marcela volvió a la carga.

—Que no, que no me da la gana de ver a mi madre expuesta a todas las infecciones.

—¿Y su madre cómo lo ve?

—Mi madre es una bendita de Dios. Yo siempre la digo: imbécil, que eres una imbécil, y ella, como si oyera llover. Una bendita de Dios. La pides las bragas y te las da sin chistar.

—Aquí no se le exige tanto. Sólo hacer la comida, lavar la ropa y adecentar la casa. A su conveniencia y cobrando lo que se cobra en estos casos. Como vive en la casa de al lado, el trato es razonable y ventajoso para todos. Ahora, si ella lo quiere dejar, que nos lo diga con tiempo y buscaremos a otra.

Corina rezongaba pero no insistía. El dinero que ganaba su madre le venía de perlas. Era una mujer fantasiosa: tan pronto estaba a punto de montar un negocio como de emprender un viaje. Luego no hacía ni una cosa ni la otra. Trabajaba como encargada en un supermercado. Llevaba una vida desordenada y en el barrio le habían echado fama de guarrona, aunque desde hacía poco mantenía una relación sentimental estable con el propietario de una casa de revelado de fotografías, hombre arisco y maniático, que no se decidía a formalizar la relación sin que hubiera ningún impedimento para ello. Además de indeciso, el novio de Corina era tacaño, por lo que ella para sacarle algún dinero había de hacer mil arrumacos y fingir apuros de algún tipo. El dinero que él le daba, Corina lo ponía en un plan de pensiones.

*

Poco a poco la novia de Fontán había ido llevando sus cosas al piso de éste. Momentáneamente habían decidido vivir allí. Luego se harían una casa. La novia de Fontán quería vivir en el campo, en una casa grande, con jardín y piscina, y tener un caballo y dos perros.

A estos planes extravagantes Fontán no se oponía. A Mauricio le habría gustado preguntarle si le parecían bien o si, por el contrario, se limitaba a ceder a los caprichos de su futura esposa, pero hacía semanas que había perdido contacto con su amigo y aunque hubiera tenido ocasión de hablar con él no se habría atrevido a plantear el tema. Clotilde apenas hablaba de aquel asunto y cuando lo hacía adoptaba un tono sarcástico que irritaba a Mauricio.

Aquél estaba siendo uno de los años más aciagos de su vida. Salvo el trabajo, que le proporcionaba satisfacciones y abundantes ingresos, todo lo demás parecía haberse conjurado para amargarle la existencia.

Para colmo de males se echaba encima la Navidad.

Mauricio temía que su madre hubiera decidido pasar las fiestas en Barcelona.

Con su madre se veía de tanto en tanto. Él la llamaba y le proponía salir a comer. Prefería estos encuentros mano a mano. Tenían poco que decirse, pero a ella nunca le faltaba tema de conversación y por lo general estaba animada y de buen humor. Además le encantaba comer en restaurantes, sobre todo si eran nuevos y estaban de moda.

—Me han dicho que tienes novia.

—¿Quién?

—Eso no importa. ¿La tienes, sí o no?

—Salgo con una chica. Ahora, novios, lo que se dice novios, no sé.

—¿Pero a ti te gusta?

—Ya lo creo. Mucho.

—Se te ve contento. Es buena señal. De natural eres más bien apagado y tristón, como tu padre. Si yo hubiera sido un hombre, habría sido un aventurero. Tú, en cambio, eres ordenado, metódico y rutinario. De pequeño ya eras así. ¿Me la vas a presentar?

—Si le vas a hacer este retrato de mí, prefiero que no la conozcas.

—Las cosas son como son.

—O como tú las ves.

Su madre guardó un silencio compungido. En ocasiones como aquélla a Mauricio le invadía una mezcla de exasperación y piedad. Eran dos sentimientos mezquinos, pero sentimientos al fin y al cabo. Mejor esto que nada, pensaba Mauricio.

—La nena también tiene novio y tampoco me lo quiere contar. Cuando me intereso por vuestras cosas choco con una barrera. Sólo recibo que chascos.

—En todas las familias es lo mismo, mamá.

—No me consuela.

—¿Tú se lo contabas todo a tu madre?

—Las cosas importantes, sí. Bueno, no todas. Pero tampoco me sirve la comparación. Me gustaría pensar que yo no soy como mi madre. Mi madre era una mujer chapada a la antigua y yo siempre he procurado ser comprensiva. Y moderna. Los tiempos cambian y lo de antes no era necesariamente mejor. Me educaron de una manera, pero no me he quedado ahí, plantificada. No. Para eso me fui a vivir al extranjero. Este país siempre me dio grima. Anclado en la Edad Media. Y luego, cuando viene el cambio, patapim, patapum. Como se dice en inglés: *to throw the baby out of the bath and into the water*. No sé si conoces la expresión.

—La conozco y no es así.

—¿Ves como siempre me llevas la contraria?

—Porque tú siempre estás juzgándolo todo.

Al cabo de unos días Mauricio se vio con su hermana y le comentó la conversación. Esperaba encontrar solidaridad, pero la Leona tomó partido por su madre.

—Conforme, como madre ha sido una catástrofe, pero a la larga o a la corta, ¿hay alguna que no lo sea? Además, ponte en su lugar. Actuar como actuó, siendo una mujer, en aquellos años, ha de haber sido muy duro. Y lo sigue siendo. Sobre todo si eres una persona normal. Quiero decir, si tratas de ir contracorriente y no eres capaz de desarrollar un discurso bien trabado para explicar tu posición, entonces hasta el tonto del pueblo se cree con derecho a darte lecciones. Si un tío hace una cosa así, se le comprende y hasta se le aplaude. Pero una tía, si hace lo que le da la gana o si trata simplemente de salvar su propio pellejo y encima no es Simone de Beauvoir, no te digo la factura que le pasa la sociedad.

—Yo no soy la sociedad, Leona. Yo soy yo y estoy hablando de mi madre y de la tuya. Si se queda a pasar las fiestas con papá, verás la que se arma. Y entonces, con razón o sin ella, quiero verte aquí, formando. Citar a Simone de Beauvoir y luego escaquearse no me vale, ¿estamos?

La Leona no dijo nada. Desvió la mirada, frunció los labios y se le humedecieron los ojos. Son tal para cual, pensó Mauricio.

Algo andaba mal en la vida de su hermana. Probablemente la relación amorosa con el desconocido era tormentosa o insatisfactoria; en cualquier caso, fatigosa. De un hombre que necesita guardaespaldas no se puede esperar mucho en el terreno sentimental. Pero de esto Mauricio no tenía ninguna culpa.

Por un motivo o por otro, todo el mundo vivía sometido a una presión insoportable. En los problemas ajenos cada uno veía sólo intentos de restar importancia a los propios.

También Clotilde, sin conocerlas, se aliaba con las mujeres de su familia.

—Tu hermana tiene razón. Y en última instancia, tú no te preocupes. Tu madre no se quedará.

—¿Cómo lo sabes? No la conoces.

—Te conozco a ti. Y por lo que sé, ella no está tan loca.

—Todas las mujeres estáis locas.

—¿Yo también?

—Tú la que más.

Faltaban pocos días para el juicio de Breto y Clotilde no pensaba en otra cosa. Para ella su defendido era un santo laico contra el que se había tramado una conspiración inicua. Por su gusto, habría convertido la defensa en un alegato contra la sociedad capitalista y patriarcal. Pero su trabajo consistía sólo en llevar a buen puerto el asunto que le había sido encomendado.

—*Surtout, pas de zèle*, repetía el abogado Macabrós. A los magistrados no les gusta que los sermoneen.

Mauricio quería ir a escuchar a Clotilde, pero no podía dejar colgados a los pacientes.

La señora Marcela apareció con un árbol de Navidad de plástico. La presencia del arbolito hacía el ambiente aún más patético y desangelado.

—Usted que tiene gusto y dinero, ocúpese de comprar las bolas, las luces y la guirnalda, le dijo a Mauricio.

En una ferretería del barrio Mauricio compró cuatro adornos y una tira de bombillas blancas. Para que el cable de las bombillas llegara al enchufe hubo que colocar el arbolito en mitad del paso.

A la Porritos todo aquello la dejaba indiferente.

Mauricio volvió a la ferretería a comprar un alargador. En lugar del señor que le había atendido antes había una mujer de expresión inteligente pero avinagrada.

—Me alegro de que haya vuelto, porque quería hablar con usted. No le conozco ni usted a mí, pero he oído hablar de su caso. Un caso muy triste, no sabe usted cuánto lo siento. Pero no es el único. En estos barrios dejados de la mano de Dios pasan estas cosas y otras peores. Cuando digo dejado de la mano de Dios me refiero a las autoridades, usted ya me entiende.

—Sí, pero sólo quiero un alargador.

—Se lo daría si supiera dónde los guarda mi marido, pero él no está y yo de la tienda no me ocupo. Bastante tengo con lo que tengo, ya me entiende.

—En tal caso, volveré cuando esté su marido.

—Eso mismo. Pero antes le invito a una asamblea de barrio. Somos un grupo de vecinos afectados. El que no tiene un hijo enfermo tiene un marido en la cárcel. Nos reunimos cada tanto, hablamos de los problemas de cada cual y nos ayudamos como podemos. También hacemos presión a las autoridades. Cartas, interpelaciones y si hace falta, una manifestación. Pacífica. Una vez cortamos el tráfico, vino la poli y la tele. Como estaba la tele, la poli no cargó, y como la poli no cargó, la tele no tomó imágenes. Total, un fracaso. Pero esto no nos desanimó, ni mucho menos.

—Me parece muy meritorio, pero todo esto a mí...

—Si no se lo cree, pregunte a mosén Serapio. Él nos conoce y nos valora. Nos ha dado varias charlas.

—Y también mi nombre, por lo que se ve.

—Él u otro, lo mismo da. En este barrio todo se acaba sabiendo. El veintitrés hacemos una reunión en el centro cívico. Allí discutiremos sobre los problemas del barrio y al final tomaremos decisiones si es preciso. Luego iremos todos al restaurante *Can Pitu*. Queda aquí al lado y cocinan bien. Nada formal, un picoteo, unos vinos. ¿Vendrá?

—Miraré si tengo la noche libre. Ahora no llevo la agenda encima.

En aquel momento entró el dueño de la ferretería oliendo a vino de mala manera. Mientras atendía a Mauricio su mujer anotó en el reverso de un recibo el nombre y la dirección del restaurante, el día y la hora de la reunión y su propio nombre: Mariconchi Rúspide.

Mauricio no tenía intención de acudir a la reunión, pero más tarde, mientras instalaba el árbol de Navidad en el piso de la Porritos, cambió de idea. Si la situación se complicaba, y todo hacía pensar que así sería, le vendría bien poder recurrir a un grupo de gente decidida y con experiencia.

*

A mediados de diciembre volvió el calor. La gente iba por la calle en mangas de camisa y las luces navideñas de las calles parecían una equivocación.

Mauricio y Clotilde fueron al banco y Mauricio presentó a Clotilde al director de la agencia y firmó una autorización para que ella pudiera disponer de su cuenta de crédito.

Clotilde quedó con Michelle, le pagó el precio estipulado y Michelle le dio las llaves del coche.

—Vigila el aceite. Se lo bebe que es un contento. Lo demás va bien.

—Esto se llama evicción.

—No sé qué quiere decir.

—Que si el coche no funciona como es debido, te empapelo.

—Pierde cuidado. ¿Te puedo pedir una cosa?

—Tú dirás.

—Algo prestado. Ya sabes, para la boda. Hay que llevar una prenda prestada. Y como somos de la misma talla, más o menos...

—¿Qué tipo de prenda?

—Cualquier cosa. Si quieres voy a tu casa y allí vemos.

—No hace falta. Dame una orientación y yo busco algo.

La idea le parecía una bobada, como todas las ideas de Michelle, pero no se atrevía a llevarle la contraria para no tener que decir que vivía con sus padres.

—Gracias, guapa. A cambio te haré dama de honor.

—No te molestes. Seguro que tendrás muchos compromisos y a mí no me importa, de veras.

—Sí, pero como tú y yo nos hemos hecho tan amigas...

A Clotilde le impresionó esta declaración inusitada. Sentía por Michelle una animadversión y un desdén que no se molestaba en disimular. El que ella pudiera ver algo parecido a la amistad donde sólo había un escaso margen de cortesía y llaneza demostraba una soledad sin paliativos.

Clotilde era exigente con las personas y estricta a la hora de enjuiciar su conducta, pero no se podía resistir a sus carencias. Lo mismo le ocurría con Breto. Tomaba su tosquedad por desvalimiento, y éste por inocencia. La víspera del juicio oral fue a verlo.

—¿Recuerdas cómo has de contestar a las preguntas del fiscal?

—Pierda usted cuidado.

—Sobre todo, no te salgas del guión.

—Ni por piensos.

El día de la vista, Clotilde estaba muy nerviosa.

—No pierdas la calma, dijo el abogado Macabrós.

Los magistrados escuchan a medias. No declames y no se te notará que eres novata. Lo demás es pura mecánica. Yo te veo perfectamente capaz.

Clotilde no estaba de acuerdo. En realidad, al abogado Macabrós le traía sin cuidado ganar o perder aquel caso.

Por los corredores del Palacio de Justicia y en la sala de togas coincidió con varios letrados. Todos le parecieron muy mayores, muy tranquilos y un punto despiadados. Los letrados charlaban entre sí de cualquier cosa, se reían e intercambiaban muestras recíprocas de camaradería, incluso los que esperaban turno para enfrentar sus respectivas posiciones. Clotilde no quería aparentar ni gravedad ni despreocupación. Para colmo, todos la miraban, unos de reojo y otros abiertamente. Como eran colegas, no podía considerar descaro esta franqueza.

A la puerta de la sala donde se había de celebrar la vista había un grupo reunido alrededor de otro letrado con toga. Clotilde supuso que serían los familiares del muerto que ejercitaban la acusación particular. El letrado era un hombre alto, atlético y repeinado. Dejó a la gente que le rodeaba, se dirigió a Clotilde y le dio la mano.

—Pineda. Represento a la familia de la víctima. Esperemos..., ladeó la cabeza, miró de soslayo a sus clientes y bajó la voz, esperemos que se acabe pronto.

—Por mi parte...

—He visto que pides la absolución.

—No hay pruebas.

—Ni falta que hacen. Ese tipo es un animal. Mata por matar. Sin motivo. Se ensañó con la víctima. Y todo por dos duros.

Bajó aún más la voz.

—Estoy contra la pena de muerte, claro, pero a estos tipos habría que darles garrote. Los encierras y al cabo de un par de años están sueltos y como si nada. Es un animal.

—Es mi cliente.

—Sí, sí, por supuesto. ¿Tomamos algo luego?

—Lo siento. He quedado.

—Vale, vale. En otra ocasión, pues.

El procurador llegó resoplando y farfullando excusas por el retraso. Clotilde lo conocía del bufete del abogado Macabrós. Era un hombrecillo sudoroso, inquieto, redicho y aficionado a contar chistes. Algunos eran buenos, pero él los contaba con mucha prolijidad y los hacía aburridos. A la puerta de la sala deseó suerte a todos y se fue. Los demás entraron y ocuparon sus respectivos estrados.

Unos guardias trajeron a Breto y lo sentaron en el banquillo.

Entre el público se oyeron murmullos y alguna voz hostil. Clotilde estaba asustada.

El presidente del tribunal era bajo, calvo, con un párpado caído. Hablaba muy deprisa y atropelladamente. El ministerio fiscal estaba representado por una mujer bastante joven. Esta circunstancia molestó a Clotilde. No quería enfrentarse a otra mujer y menos de su misma edad. Le parecía poco estimulante.

En el desarrollo de la vista no hubo ninguna sorpresa. El presidente del tribunal resultó ser un hombre expeditivo. Parecía desear sinceramente que prevaleciera la verdad. La fiscal se mostró rigurosa y ecuánime. En cambio el letrado de la acusación privada actuó de modo distraído y ligero, como si no hubiera estudiado la causa. Se dirigía a las dos mujeres en un tono desenfadado, con un matiz presumido que predispuso al tribunal en su contra. Breto estuvo cauto y extremó las muestras de desconcierto. Se le veía mortificado por las sospechas que recaían sobre él.

En menos de dos horas el caso quedó visto para sentencia.

A la puerta de la sala los familiares de la víctima se acercaron a Clotilde.

—Si la justicia no le ajusta las cuentas, nosotros lo haremos.

Clotilde temía una agresión física.

El letrado de la acusación se acercó muy risueño.

—Venga, no os metáis con mi colega, que ni le va ni le viene. Ha hecho su papel, como manda la ley, y ahí se acabó todo. ¿Es verdad o no es verdad?

Clotilde emitió un murmullo afirmativo.

—Si hay que recurrir, recurriremos, añadió el letrado.

En su tono de voz Clotilde creyó advertir un deje de rencor.

—Me has puesto en evidencia y esto entre compañeros no se hace, dijo cuando se quedaron solos. Yo, en cambio, te acabo de salvar de esta jauría. Estás en deuda conmigo.

Al volver al despacho quería contar a todo el mundo los detalles de la vista, pero a nadie le interesaba lo ocurrido. Para los demás era pura rutina.

—¿Cuánto tardarán en dictar sentencia?, preguntó.

—Depende.

En su fuero interno, Clotilde se sentía satisfecha. Aquello le parecía mucho más interesante que los turbios trapicheos de Ginebra.

Habló de esto con el abogado Macabrós suavizando los términos.

—Bueno. Aquí, como bien sabes, no nos dedicamos a penal, aunque a veces hemos de coger algún caso por compromiso. El derecho penal da mucho trabajo y poco dinero. A menos que trabajes para las mafias. Tráfico de drogas, trata de blancas, de vez en cuando un butrón. ¿De veras quieres dedicarte a esto?

La alternativa era viajar en primera vestida de Armani y alojarse en *Le Richelieu.* Clotilde estaba confusa. Allí parecían acabar los sueños de su generación.

*

—Me voy a Londres mañana a la tarde, dijo la madre de Mauricio, ¿me podrás llevar al aeropuerto?

—¿Ya te vas?

—Es un poco precipitado, pero en estas fechas las compañías aéreas están colapsadas. Si no quieres pagar *full fare* has de aceptar lo que te dan, y aún gracias.

—Intentaré combinármelo.

—Si no te va bien, no pasa nada. Llamo un taxi. Sobre todo es por el equipaje, ¿sabes? Voy cargada como una tonta.

Mauricio se vio obligado a cancelar una visita y a desplazar otra a la hora de comer, pero no le parecía bien que su madre se fuera y no ir a despedirla al aeropuerto. Además, el alivio de saber que no pasaría las navidades en Barcelona le compensaba todas las molestias.

Durante el trayecto casi no hablaron.

—¿Con quién cenarás la Nochebuena?

—Huy, me sobran las invitaciones. Pero si puedo zafarme, me quedaré en casa, bien tranquila, viendo la BBC. En Inglaterra la Navidad es un espectáculo, pero no es una fiesta muy familiar. No como aquí, al menos. Y para mi gusto, mejor. Lo de aquí siempre me pareció un agobio. Atracarse de comer y de ver gente... No es para mí. Cuando tu hermana y tú erais pequeños era distinto; pero cuando cada cual hace su vida, la verdad, son ganas...

Mauricio pensó que su madre no estaba diciendo la verdad. Seguramente había ido a Barcelona a tantear el terreno, con la remota esperanza de encontrar una acogida más cálida. Ahora, a la vista de la realidad, regresaba a la soledad de un exilio sin causa ni sentido.

—No aparques. Déjame en la entrada y ya me agenciaré un mozo.

—No hace falta. Vamos al *parking*. Allí hay carritos.

—Bastante tiempo te he hecho perder.

El *parking* estaba lleno. Tuvieron que dejar el coche lejos de la terminal. Había una neblina húmeda, impregnada de olor a combustible.

—Mauricio, vas poco abrigado.

—Sólo es un momento, mamá.

En los mostradores se habían formado largas colas. Mauricio empujaba el carrito cargado de maletas tratando de sortear a la gente. En mitad de la terminal había un globo enorme y feo en forma de Santa Claus.

Se pusieron en la cola que les pareció más corta.

—Tendrías que venir a Londres. No lo digo por mí, sino por Londres. No te puedes figurar cómo está de animado. Mucho criticar a la Thatcher, pero ha dejado el país irreconocible. Hace unos años nadie daba un duro por la Gran Bretaña, ni los propios británicos. Parecía abocada al desastre, condenada a convertirse en un país del tercer mundo. Y ahora, ¡quién la ha visto y quién la ve!

Hizo una pausa y prosiguió en un tono menos arrobado:

—Podrías venir con tu novia. Así la conocería. No digo de quedaros en mi casa. No por nada, eh. Yo en esto soy muy moderna y además, para mí, lo que hacen mis hijos siempre está bien hecho. Es que no hay sitio. Cuando viene tu hermana duerme en el sofá, pero dos personas es distinto. Ahora, si me lo dices con tiempo, os puedo buscar un Bed and Breakfast agradable, bien situado y no demasiado caro. Y si hace bueno, podríamos hacer alguna excursión. Por ejemplo, a Stonehenge. Es muy impresionante y a ti que te gustan las cosas esotéricas, te encantaría.

Mauricio pensaba que algo debía de andar mal cuando su propia madre lo confundía con otro, pero a todo decía que sí para tranquilizarla. Estaba nerviosa, quizá por el viaje. Muchas personas se agitan ante la perspectiva de un vuelo, a menudo sin darse cuenta.

Después de facturar el equipaje aún iba cargada de bolsas. Mauricio dedujo que había traído mucha ropa por si había de pasar las fiestas en Barcelona.

—Te ayudo, mamá.

—No, no. Es cosa mía. Tú vuélvete al trabajo.

Los dos querían abreviar la despedida.

—Si estos días ves a tu hermana, trata de averiguar algo de ese novio que tiene. Y luego me lo cuentas, ¿vale?

Al volver del aeropuerto el tráfico era lentísimo por culpa de unas obras.

*

Clotilde le pidió ayuda. Había decidido comprarse un vestido para la boda de Fontán y estaba hecha un mar de dudas.

—Por el amor de Dios, Clotilde, faltan cuatro días para Navidad, ¿tienes idea de cómo están las tiendas?

—Luego no quedará nada. Para las rebajas sólo sacan andrajos. Ahora sólo están llenos los grandes almacenes. En las *boutiques* no hay nadie.

—No estoy de acuerdo, pero te acompañaré igual porque soy un caballero.

—Si has de venir en plan de coña prefiero ir sola o con una amiga.

Mauricio optó por no irritarse. A Clotilde la sacaba de quicio todo lo relacionado con la boda de Fontán.

—Además, acabo de cobrar el aguinaldo.

El abogado Macabrós le había dado una gratificación.

Aunque el dinero le venía muy bien, el gesto le resultó humillante. Todos los trabajadores tenían derecho a una paga doble, pero ella, a pesar del tiempo transcurrido, continuaba en una posición indefinida y aparentemente transitoria. La situación era injusta y antirreglamentaria y encima tenía que dar las gracias.

Quedaron aquella misma tarde.

Sin embargo, al mediodía le llamó la señora Marcela muy angustiada. La Porritos tenía dolores agudos y perdía sangre. En un principio la señora Marcela había pensado que podía ser la regla, pero los dolores persistían, los calmantes no surtían efecto y la sangre le daba aprensión.

—Me he puesto los guantes que usted me mandó, pero todo y así...

—Ha hecho bien en llamarme, señora Marcela. Ahora me ocuparé de eso.

Mauricio llamó a Clotilde y canceló la cita. En vez de inventarse una excusa, le contó la verdad. Clotilde dijo:

—Me hago cargo.

—Si quieres, quedamos mañana.

—No sé. Ya veré lo que hago.

Mauricio llamó al doctor Sánchez. Tuvo la suerte de encontrarlo en su despacho.

—Tráetela al hospital y la veremos.

—¿Llamo a una ambulancia?

—No te lo aconsejo. Entre las fiestas y las obras toda la ciudad es un inmenso atasco. Las ambulancias tardan veinte veces más de lo normal en hacer el recorrido. Si puedes venir por tu cuenta, ganarás tiempo.

Dejó el coche sobre la acera frente a la casa de la Porritos.

La señora Marcela le abrió la puerta llorando a moco tendido. No había pasado nada que justificara aquel llanto, salvo el nerviosismo: la señora Marcela presentaba síntomas de histeria. Llevaba en las manos la escoba y el recogedor, porque acababa de romper una taza y un plato y este incidente nimio había colmado la medida de su entereza.

—No sé adónde tengo la cabeza ni nada, doctor.

—Tranquila, mujer, ya estoy aquí.

Junto al árbol de Navidad había una bola roja hecha añicos.

La Porritos estaba sentada en una butaca, con abrigo, bufanda y guantes. En las rodillas sostenía la bolsa de gimnasia que solía llevar al hospital y a sus pies había una mancha de sangre oscura.

—¿Dónde te duele?

La Porritos lo miró con desconcierto y se encogió de hombros. Le dolía todo. Mauricio no se atrevía a infundirle ánimos. A duras penas dominaba su propia agitación y sus intentos por aparentar que lo tenía todo previsto y controlado resultaban muy poco convincentes.

Bajar la escalera les costó un gran esfuerzo.

Ya en la calle, la señora Marcela cubrió con una toalla el asiento del coche que había de ocupar la Porritos.

—Me sabe mal, dijo la Porritos, tu coche nuevo...

—Cuando nos hayamos ocupado de ti nos ocuparemos del coche.

La señora Marcela los despedía agitando la mano, como si se fueran de viaje.

La lentitud del tráfico exasperaba a Mauricio. Por fortuna, la Porritos parecía dormitar. Respiraba regularmente. En un semáforo se despabiló y dijo:

—Nos hemos dejado encendido el arbolito.

—¿Y qué?

—Puede haber un incendio.

—No. Antes se fundirán las bombillas. De todas formas, llamaré a la señora Marcela y le diré que lo apague.

—¿Podré volver a casa?

—Claro.

—No me quiero morir en el hospital.

—Ni en el hospital ni en ningún otro sitio.

La dejó en el coche, entró en urgencias, dio su nombre y dijo que llamaran al doctor Sánchez. Sobre el mostrador de recepción colgaba una guirnalda de papel recortado y unas letras que decían: BON NADAL. En un extremo del mostrador había un niño Jesús y una bandeja llena de caramelos.

La recepcionista tenía problemas con el ordenador. No encontraba la ficha de la paciente.

Al cabo de un rato apareció el doctor Sánchez seguido de dos camilleros. Fueron al coche y pusieron a la Porritos en la camilla.

—Puedo andar.

—Ya, pero nos gusta hacer el número, bromeó el doctor Sánchez.

La Porritos había agarrado la mano de Mauricio y no la soltaba.

—No te vayas, ¿eh?

Los camilleros se la llevaron por un puerta batiente

de un material flexible y oscuro, como caucho. Por un instante Mauricio los vio adentrarse por un pasillo largo, de paredes amarillentas, alumbrado por fluorescentes adosados al techo. Agitó la mano como había hecho poco antes la señora Marcela, a sabiendas de que ella no podía verle.

—Esta noche la tendremos en observación. Tú vete. Aquí no puedes hacer nada, salvo coger un virus hospitalario, dijo el doctor Sánchez. Llámame mañana sobre las diez.

Desde un teléfono de monedas que había en la sala de espera llamó a Clotilde. Había ido a un par de tiendas pero no había tenido humor para probarse nada. Al final había vuelto a casa irascible y abatida.

Mauricio prefirió dejar las cosas como estaban.

Cenó solo y sin apetito unos montaditos y un vaso de vino en la barra de un restaurante vasco. En la mesa del fondo se celebraba una cena de empresa. El griterío era ensordecedor y flotaba por el local la nube azulada de los puros.

Al llegar a casa encontró en el contestador varios recados de su padre. Parecía alarmado.

—¿Qué pasa?

—Un follón, hijo, un verdadero follón. Fíjate que me ha llamado el tío Judas desde Tel Aviv diciendo que su hijo va a venir a Barcelona precisamente en estas fechas. ¿A qué? Pues a nada, de viaje por España. Pero se ha encontrado con que no hay una sola plaza de hotel y me pregunta si lo puedo alojar.

—No parece grave. Mamá se ha ido, tienes un cuarto libre. ¿Qué día llega?

—Pasado mañana.

—Bueno. Dile a la asistenta que lo prepare todo.

—Y el día de Navidad, ¿qué?

—Nada. Se viene a comer con nosotros. Al fin y al cabo, es de la familia.

—¿Y si no puede comer lo que nosotros?

—Pues comerá otra cosa o se quedará en ayunas. Y no hagas un drama donde no lo hay, papá, por el amor de Dios.

—Vale, vale. Yo sólo lo comentaba. He llamado a tu hermana, pero resulta que está en Madrid. Éstas no son fechas de ir a Madrid, digo yo.

Al otro extremo de la línea Mauricio oyó algo parecido a un gemido. Comprendió que su padre estaba pasando un mal momento. La presencia de su mujer lo sulfuraba y su marcha posterior sólo servía para poner de manifiesto el vacío de su existencia.

—Al menos nos contará cosas interesantes, dijo para animarle.

*

Dentro de lo posible, las fiestas fueron llevaderas.

El veintidós de diciembre la Porritos pudo volver a casa. La señora Marcela les contó que el novio de su hija las había invitado a las dos a un restaurante el día de Navidad. Este gesto insólito le parecía un adelanto significativo en la relación estancada de ambos.

Mauricio le dijo a la Porritos que él comería, como todos los años, en casa de su hermana, con su padre y, en aquella ocasión, con un medio primo extranjero que había aparecido de improviso.

—¿Y yo?

—En cuanto acabe la comida te vendré a ver. Y te traeré turrón.

—Bueno. Peor habría sido pasar las fiestas en el hospital.

Mauricio había conocido a su primo Rubén muchos años atrás. Eran aproximadamente de la misma edad, pero no habían hecho buenas migas. La estancia de Rubén y su padre, el tío Yehuda, había sido breve y sólo había servido para poner de manifiesto sus diferencias. Mauricio era un niño tímido y tranquilo. Rubén, todo lo contrario. Se había criado en un mundo marcado por la violencia y la incertidumbre y tal vez por esta causa era hosco, desconfiado e inquieto. No quería depositar sus afectos en nada ni en nadie. Alardeaba de conocer el manejo de las armas y de haber empuñado varias veces un fusil. Nunca había tenido ocasión de disparar contra nadie, pero llegado el caso, dijo, no vacilaría en hacerlo. A los demás chicos de su edad, que siempre habían vivido exentos de peligros y rigores, los consideraba inocentones y sin interés, sobre todo a su primo Mauricio, a quien la veracidad de aquel relato no parecía convencer plenamente, y a quien la intrepidez de su primo aparentaba dejar más cohibido que impresionado. Mauricio, por su parte, consideraba a Rubén estúpido y arrogante. En su fuero interno pensaba que llevaba una vida absurda, pudiendo optar por otra mejor, sin más motivo que un confuso idealismo basado en la singularidad de una raza y un pretendido destino. Acostumbrado desde pequeño a la retórica hueca del franquismo, desconfiaba por principio de la grandilocuencia de su primo y sin conocimiento alguno del conflicto israelí, por pura rebeldía, se inclinaba a dar la razón al enemigo.

Luego habían perdido todo contacto. Como no llegaban malas noticias, en casa de Mauricio se daba por sentado que sus parientes seguían vivos y razonablemente bien.

Mauricio habló con su hermana.

—Ningún problema. Tengo la comida encargada.

Digo que somos cuatro en vez de tres y asunto liquidado.

Mauricio se felicitó de la buena disposición de su hermana. Seguramente a ella también le alegraba la presencia de un extraño que paliara la inevitable melancolía de la fiesta.

El día veintitrés, cuando fue a ver a la Porritos, ésta le dijo que la señora de la ferretería había dejado un mensaje para él.

—Por lo visto hacen una reunión y tú estás invitado.

Mauricio le refirió la conversación en la ferretería.

—No me lo habías dicho.

—Me debí de distraer en su momento y luego yo mismo me olvidé del asunto. Pero ellos, por lo visto, no.

La Porritos adoptó una actitud dolida. Tenía la sensación de que todos la marginaban. Creía que al estar imposibilitada, los demás la daban ya por muerta.

—¿Y vas a ir?

—Sí.

—¿Por qué?

—Me consideran del barrio y esto me hace ilusión. Siempre he sido un desarraigado.

—Yo más.

Esta afirmación sorprendió a Mauricio. Él creía que por ser pobre, la Porritos pertenecía a una especie de tribu entre cuyos miembros existía una fuerte vinculación. No podía imaginárselos peleando y menos aún odiándose entre sí, salvo por razones pasionales. Como en el folclore, los pobres cuando no se matan, bailan, pensaba. Ahora, sin embargo, en la hora de máxima necesidad, nadie se preocupaba por ella, salvo una vecina tonta, un cura medio loco y el propio Mauricio a regañadientes.

—Bueno, con ir no pierdo nada y me pica la curiosidad.

El encargado de la ferretería tenía el rostro abotargado, la voz pastosa y los ojos rojos como los de un albino. Su mujer ya había salido, pero él podía indicarle cómo llegar al centro donde se celebraba la reunión.

El local no tenía distintivo alguno, salvo un grafito que cubría toda la fachada: un hombre barbudo en uniforme de camuflaje. A pesar de la torpeza del dibujo se adivinaba la intención de representar al Che Guevara o a un prototipo similar de la revolución cubana. En la parte superior se leía en letras grandes: LIBERTAD O MUERTE.

Una puerta de hierro abierta daba paso a un vestíbulo vacío y un corredor estrecho, al fondo del cual había una sala con cuatro filas de sillas de tijera. Sólo las dos primeras filas estaban ocupadas por una docena de hombres y mujeres de mediana edad. Mauricio reconoció a la mujer de la ferretería. Delante de las filas un hombre leía unos folios con voz monótona.

Mauricio se sentó en la última fila procurando no hacer ruido.

El texto a cuya lectura se estaba procediendo era el acta de la reunión anterior. Por lo visto había sido una reunión conflictiva y el acta trataba de dar cuenta de lo sucedido con ecuanimidad, para lo cual el redactor se había visto obligado a descender a muchos pormenores. El resultado era incomprensible para quien no estuviera al corriente de los hechos y de sus antecedentes, a los que el texto remitía cada dos por tres, cuidando mucho de precisar las fechas y el orden exacto en que se habían producido los acontecimientos.

Al cabo de un rato uno de los asistentes se levantó y reclamó su derecho a leer una carta abierta. El hombre del acta se mostró desconcertado y le rogó que le dejara concluir la lectura del acta, tras lo cual se daría la palabra a quien la pidiera sin ningún tipo de cortapisas ni limitaciones. El otro no estaba conforme con este procedimiento, porque si se acababa de leer el acta y ésta se sometía a la aprobación de los presentes, de acuerdo con lo previsto en el orden del día, la carta abierta que se proponía leer perdería su razón de ser, puesto que se refería justamente al contenido del acta. Algo semejante había ocurrido ya en reuniones anteriores y el autor de la carta abierta se había tenido que ir sin poder dar lectura a la carta abierta. Por este motivo se sentía amordazado.

En el local hacía un frío húmedo y las sillas eran duras e incómodas.

Mauricio dejó de escuchar y se puso a rememorar la época en que había participado en la campaña electoral del partido socialista. Entonces se aireaban asuntos importantes en cada mitin, aun a sabiendas de que las discusiones tendrían una incidencia nula en la práctica. Ahora este entusiasmo le parecía una cosa ingenua.

Luego evocó la imagen de la Porritos, con la guitarra y el jersey ajustado. De todo aquello, pensó, sólo quedaba un recuerdo devaluado y cruel.

Se levantó y se dirigió con sigilo a la salida.

Alguien del público advirtió la maniobra y le increpó.

—¡No se vaya, señor!

Mauricio dio a entender por gestos que salía un momento y volvía en seguida.

Regresó a casa de la Porritos.

La Porritos dormitaba en el sillón, pero se despertó al oír la puerta. Mauricio le contó lo sucedido.

—No sé qué esperabas.

—Cualquier cosa. Nunca se sabe. ¿Te acuerdas de aquellos mítines, cuando salías tú a cantar rancheras con un jersey muy ceñido?

—Qué cosas tienes, ¿cómo no me voy a acordar?

—Hace un rato, en la reunión, pensaba que tantas energías y tanto entusiasmo no han servido para nada.

—Bueno, a ti no te ha ido mal.

—No me refería a nosotros.

—Pues a ver.

La pieza estaba en penumbra. La mitad de las luces del arbolito se había fundido y la otra mitad se encendía y se apagaba cuando le daba la gana.

—¿De veras te fijaste en mí el primer día?, dijo la Porritos.

—Yo y todos.

La Porritos sonrió con una mezcla de orgullo y picardía.

—No te lo creerás, pero estaba muerta de vergüenza. No quería salir. Ya había cantado en público otras veces, pero cada vez era lo mismo. Como si me hubiese quedado paralizada, y la cabeza en blanco. Ni recordaba la letra de las canciones, ni los acordes, ni nada. Como un zombi.

—Pues te salió muy bien.

—Sí. Al final una sale a escena y no sabe cómo le vuelve todo de golpe. Son los nervios. Y luego aquel jersey tan prieto...

—Eso también te quedaba muy bien.

—Yo no soy de ir por ahí anunciando la mercancía, tú ya lo sabes, pero en aquella ocasión, no sé, como que el ambiente lo pedía, ¿no?

—Sí. Era una buena causa.

—Tú sí que eres una buena causa.

—¿En qué sentido?

La Porritos se encogió de hombros.

—Pues no sé. Recuerdo que luego del mitin fuimos a tomar algo y hablamos un poco, de nada en particular... y yo te iba mirando y pensaba: es un buen chico.

No un buen chico como quien dice: un tontaina. Eso no. Un hombre en el que se puede confiar. Te dará disgustos, pensé. Te las hará pasar canutas. Pero al final saldrás ganando.

—¿Y aún piensas así?

—Ahora ya no pienso nada. Y menos en estas cosas. Hacer planes no vale la pena. Y pensar en lo que podría haber sido es peor. Pero a veces, a ratos, cuando estamos tú y yo solos, y bien, como en este momento... Entonces me acuerdo de cuando te conocí y de lo que pensé. Y del día que te fui a buscar a la puerta de la clínica. Tú no sabes la de veces que fui y no me atreví a decirte nada. Me quedaba escondida detrás de un árbol. Como una...

La Porritos guardó silencio. Mauricio temía que se echase a llorar.

—¿Cómo una qué?

—Como una chica enamorada. Y eso sin conocerte siquiera.

Hizo una pausa y añadió:

—¿Y tú?, ¿te arrepientes de haberme conocido? Motivos te sobran. Pero es igual. No hace falta que contestes. A menudo me hago estas preguntas, pero no espero contestación. Seguramente no la hay.

Guardó de nuevo un largo silencio. Mauricio comprendía que ella quería decir algo importante y no quiso interrumpir el curso de sus pensamientos.

—He estado pensando..., dijo finalmente la Porritos, tú escúchame sin decir nada, ¿vale? He estado pensando... Bueno, pues que como es Navidad y no te puedo hacer ningún regalo... No me interrumpas... Yo había pensado... Había pensado que no quiero que vengas a verme. Ni a casa ni al hospital. No me interrumpas, ¿vale? Tú tienes tu casa, tu trabajo, tu novia, tus aficiones, vaya, todo. Y yo sola, ya me apaño. Si me falta de algo, te lo pido. Con toda confianza. Pero mientras tanto, no te acerques. No lo digo sólo por el contagio, sino por todo lo demás. Por mí no puedes hacer nada. Ya has hecho mucho, eh, no pienses que no me doy cuenta. Nadie había hecho nunca tanto por mí. Pero ni eso ni cualquier otra cosa sirve de nada. Es así, no le des más vueltas. Aquí no haces más que malgastar tu vida. Y a mí, ponerme más triste de lo que ya estoy.

Hubo otro silencio. Al final Mauricio dijo:

—No sé qué decir.

—Nada. No has de decir nada.

—No puedo abandonarte.

—No me abandonas. Yo sé que estás ahí. Si te necesito, te llamo y vienes. Y si no, no.

Mauricio pensaba que la Porritos, sin ser muy lista, era la única persona que le conocía, le entendía y, en definitiva, la única persona que le quería de verdad.

*

El primo Rubén llegó al día siguiente.

Mauricio fue a casa de su padre al caer la tarde para ver cómo se las habían arreglado. Con su presencia pensaba tranquilizar a su padre, pero al llegar los encontró bebiendo vino blanco y charlando animadamente, como dos buenos amigos.

La llegada de Mauricio, en vez de ser providencial, casi resultó una intromisión.

Rubén no se parecía en nada al adolescente desgarbado de la visita anterior. Era alto y fuerte, con las manos y los pies muy grandes. Llevaba ropa vieja, deportiva, como de andar por casa. Mauricio lo consideró una muestra excesiva de confianza.

—Mauricio, hemos cambiado mucho. Tu padre está

como yo lo recordaba. En cambio tú y yo estamos hechos unos carcamales.

—Vamos a cenar por ahí, dijo su padre. Si te quieres apuntar...

—No, gracias. He tenido una jornada un poco densa y he de madrugar. Pero si te parece, añadió dirigiéndose a Rubén, comemos mañana a mediodía.

Rubén tenía un programa de visitas muy metódico: el barrio Gótico, la Rambla, la Sagrada Familia, el parque Güell y un par de museos. Después de deliberar un rato, los dos primos quedaron en comer a las dos en *La Puñalada*, a unos pasos de la Pedrera.

Mauricio llamó a Clotilde, le puso en antecedentes y le preguntó si quería unirse a la comida.

—¿De veras tienes un primo que se llama Judas? Eres un pozo de sorpresas.

—No tiene nada de particular. Es israelí. Y se llama Rubén. Su padre se llama Yehuda, pero aquí siempre le llamamos el tío Judas.

En el restaurante Rubén esperaba a Mauricio bebiendo cerveza.

—He invitado a mi novia. Así la conoces.

—Fenomenal.

Rubén hablaba un castellano muy correcto, con un leve acento indeterminado.

Clotilde llegó con retraso, azorada. Unas llamadas de última hora la habían retenido.

Durante la comida se habló de Israel. Mauricio y Clotilde mostraron interés en el tema y Rubén no se hizo de rogar.

Ante todo, dijo, era preciso desdramatizar la imagen del asunto. Según las noticias que podían leerse en todas partes, allí se vivía en una espiral de violencia. La realidad, sin embargo, era diferente. La vida cotidiana discurría más o menos como en todas partes, y la convivencia entre israelíes y palestinos, sin estar exenta de fricciones, era fluida. Los propios corresponsales de prensa llevaban una vida plácida, por no decir regalada, y luego enviaban reportajes estremecedores para justificar sus emolumentos.

Mauricio y Clotilde escuchaban sorprendidos aquella versión de la realidad política tan discordante con lo que describían a diario los medios de información. Al percatarse de la reacción de sus oyentes, el primo Rubén sonrió con tristeza y añadió:

—Por supuesto, lo que acabo de decir es una mentira que los israelíes nos contamos a nosotros mismos y le contamos al resto del mundo para ver si a fuerza de oírla nos la acabamos creyendo. Porque en la práctica la tensión es insostenible, no sólo por la certeza del peligro físico, sino por la incertidumbre moral que preside todos nuestros actos, nuestra propia razón de ser como Estado.

Apuró la cerveza, se encogió de hombros y añadió:

—Pero como el ser humano se acostumbra a todo, vamos tirando por este callejón sangriento y sin salida.

Mauricio sintió compasión por su primo.

—¿Sin salida? ¿Es verdaderamente un conflicto sin solución?

—No sé. En teoría supongo que todo tiene solución. Pero la práctica es harina de otro costal. Hemos llegado a un punto donde no hay marcha atrás. Nosotros no desmantelaremos los asentamientos y los palestinos no aceptarán ninguna transacción. Su objetivo irrenunciable es arrojarnos al mar; y el nuestro, expulsarlos definitivamente de su país.

—Al menos reconoces que el país es suyo.

—Lo fue. Ahora ya no estoy tan seguro. Al principio vendieron sus tierras con gran alegría. Les parecía estupendo que alguien estuviera dispuesto a pagar un puñado de dólares por cuatro terrones secos. Cuando se dieron cuenta, habían enajenado buena parte del territorio y habían despilfarrado el producto de la venta. En cambio el comprador había convertido el erial en un vergel. Se habría podido evitar la tragedia de esa pobre gente si los países árabes los hubieran acogido. No eran muchos y con una cultura seminómada, la misma lengua, la misma religión y las mismas costumbres, se habrían adaptado al cambio deprisa y sin dificultad. Pero nadie les quiso tender una mano. Prefirieron darles armas y usarlos de carne de cañón en un conflicto que les permitía y aún les permite desviar la atención de sus propias poblaciones hacia un enemigo común. Por esto se niegan a negociar con Israel, a reconocer su existencia y a firmar la paz.

—La culpabilidad de la víctima no justifica el crimen, dijo Clotilde.

—Ya sé que mi discurso choca con el pensamiento tradicional de la izquierda europea. Pero a mi juicio, y sin ánimo de ofender, vuestra postura es fruto de la ignorancia. Lo que vosotros llamáis crimen, nosotros lo llamamos supervivencia. Todos los países han sido implacables con sus enemigos. ¿Por qué Israel ha de ser una excepción? Yo también soy de izquierdas, pero creo que se ha de aplicar el pensamiento a la realidad y no tergiversar la realidad para amoldarla a nuestras ideas. No niego nuestros defectos ni nuestros errores ni nuestros excesos. Pero los palestinos no son la víctima inocente que muestra la prensa. Son un pueblo cerril y fanático, dispuesto a sacrificar a sus hijos, adolescentes y niños, con fines propagandísticos. Y mientras el pueblo pasa hambre y privaciones, sus líderes, al amparo de la causa santa, amasan fortunas. Ellos controlan, a menudo en connivencia con las autoridades israelíes, la importación de bienes de primera necesidad. Comida, medicinas, combustible, material de construcción, todo pasa por sus manos. Luego el dinero va a parar a los bancos suizos e incluso a los bancos de Tel Aviv.

Calló de repente y se puso de pie. Mauricio temía que su primo hiciera extensiva la perorata al resto de los parroquianos, pero éste dijo:

—Disculpad. Voy un momento al baño. La cerveza.

Cuando se hubo ido, Clotilde dijo:

—Me cae bien tu primo Judas.

—No se llama Judas.

—¿Será agente del Mossad?

—¿Cómo va a ser agente del Mossad si es pariente mío?

—Pues no os parecéis en nada.

—Bah, es un matón y eso te excita.

El primo Rubén volvió a la mesa.

—Perdonad mi exaltación. Es un síndrome nacional. Y Clotilde tiene razón: una cosa no justifica la otra. Por miedo y por cansancio los israelíes nos estamos convirtiendo en unos desalmados. También nosotros sacamos provecho del conflicto. Los asentamientos son operaciones económicas fabulosas, transacciones inmobiliarias a gran escala. La especulación siempre es la fuerza motriz de todas las guerras. Israel empezó siendo una utopía. Hoy ya no queda nada. El proyecto socialista se ha esfumado y ha sido reemplazado por una estrategia posibilista y por el capitalismo más feroz. Pero tal vez éste es el destino de todos los proyectos construidos sobre un ideal.

—Te refieres a Cataluña, dijo Mauricio.

—¿Siempre has de decir alguna payasada?, le reprendió Clotilde. Es un chiste tonto y el pobre Judas ni siquiera lo puede entender.

—Mujer, era sólo una broma para levantar los ánimos.

Mauricio se daba cuenta de que tarde o temprano acababa causando la irritación de Clotilde. En cambio Rubén le había caído en gracia. Su apasionamiento era contagioso y como incurría en un cúmulo de contradicciones, no resultaba pretencioso ni sectario.

La comida continuó en buena armonía.

Rubén se interesó por el trabajo de Clotilde y ésta le refirió en detalle lo que llevaba entre manos. Mauricio la veía más animada de lo habitual. Tal vez era la novedad, o tal vez no. Soy un cenizo, pensaba. Mi abulia y mi empeño por ser ecuánime me han convertido en un individuo sin relieve. Tengo sangre de horchata. En cambio este locatis, con sus ideas baratas y su política de tertulia radiofónica, donde se mezcla la historia de Gedeón con los acuerdos de Camp David, infunde ganas de vivir incluso al que piensa de un modo radicalmente opuesto al suyo. Los matices lo echan todo a perder.

*

El día de Navidad Rubén apareció en casa de la Leona con regalos para todos. Para Mauricio, un estuche de discos compactos con las sinfonías de Brahms por la orquesta filarmónica de Israel dirigida por Lorin Maazel; para su padre, una bonita cartera de piel, y para la Leona, un broche de plata y esmalte procedente de una tribu del Yemen. No eran regalos muy imaginativos, pero a todos les hicieron ilusión.

Por una desidia disfrazada de sentido práctico, la familia había abandonado la costumbre de intercambiar regalos en fecha fija desde hacía años. Sólo en contadas ocasiones la madre de Mauricio le traía de Londres una camisa o un jersey horrorosos que acababan languideciendo en el fondo del armario.

Mauricio había acudido a casa de su hermana una hora antes para ayudarla en los preparativos. La mesa ya estaba puesta y la comida, lista. Sólo faltaba calentar el segundo plato.

La Leona le dio un cuchillo y lo mandó al comedor a cortar las barras de turrón en porciones individuales. En la cocina estorbaba.

Como en la mesa sólo había cuatro servicios, Mauricio dedujo que el misterioso novio de la Leona no comería con ellos. Buscando algún rasgo de su identidad o al menos algún indicio revelador de su existencia recorrió la casa con el cuchillo en la mano, como un personaje de película de terror.

El registro no dio ningún fruto. En el lavabo había un vaso de cristal opaco con un solo cepillo de dientes.

En cambio Mauricio se sorprendió al descubrir un número considerable de objetos infantiles: dibujos y figuritas reunidas y dispuestas con meticulosa intencionalidad. Había estado muchas veces en aquel piso y nunca había reparado en esta sorprendente colección.

Volvió al comedor y oyó ruido de cacharros en la cocina seguido de una interjección.

—¿Algún problema?

—No, todo controlado. ¿Has cortado el turrón?

—Estoy en ello.

La Leona aparentaba tener un carácter fuerte. Siempre había sido muy independiente. Hacía su voluntad y no aceptaba consejos ni ayuda de nadie. En ausencia de su madre, ella se había convertido en el eje de la familia. No era mucho trabajo, pero algo era. Ella se ocupaba de todos y nadie se ocupaba de ella. Tenía mal genio y solía criticar la conducta de los demás, pero nunca se quejaba de su suerte. Aquel piso pequeño, sencillo y un poco destartalado era su único refugio y las chucherías, el testimonio mudo de sus temores y sus flaquezas.

Durante la comida Rubén se mostró entusiasmado por el cambio que estaba experimentando Barcelona y de la fiebre provocada por los hipotéticos juegos olímpicos.

—Seguro que os los dan, y yo no me los pienso perder. Iros haciendo a la idea.

—Aquí siempre serás bien recibido, Rubén. Ahora yo, francamente, a los juegos olímpicos no les veo la gracia. El atletismo está bien para quien le interese, pero gastar un fortunón en algo que durará quince días, no me parece sensato.

—Es un acontecimiento internacional. El mundo entero estará pendiente de lo que pase aquí. Las olimpiadas pondrían a Barcelona en el mapa.

—¿Y eso es bueno o es malo?

—Bueno, ya lo veréis. Barcelona es una ciudad de primer orden. Sólo necesita un empujón, y el mejor reclamo es un acontecimiento deportivo de esta envergadura.

En Israel había una gran afición a los deportes. Rubén sabía que el Barça había ganado la liga anterior holgadamente y hablaba con entusiasmo de Johan Cruyff.

Todo le interesaba y estaba al corriente de todo: el deporte, la cultura, la política, la moda, todo. Esta avidez, les explicó, era común entre los israelíes. De aquel modo se sentían unidos al resto del mundo y contrarrestaban el aislamiento provocado por las turbulentas condiciones en que vivían.

En Barcelona no había dejado museo, iglesia ni edificio notable por visitar. Además había recorrido el puerto en un barquito, había subido al Tibidabo y a Montjuich y había ido al Liceo, donde había visto *Tos-*

ca. En los días sucesivos se proponía ir a Montserrat y recorrer la Costa Brava en un coche alquilado.

—¿Nadie se anima a acompañarme?

Mauricio no podía dejar a sus pacientes, su padre tenía miedo de andar de un lado para otro con aquel frío y la Leona declinó la invitación sin alegar ningún pretexto.

Animado por los manjares y la bebida, Rubén contó varios chistes de judíos. A su vez, el padre de Mauricio contó chistes de catalanes, inocentes y archisabidos. Pero como eran nuevos para Rubén, éste los celebró con sonoras carcajadas.

Todos le agradecían que hubiera alegrado una reunión que prometía ser aburrida y melancólica.

Después de un rato de sobremesa, Mauricio dio una vaga excusa y se fue a ver a la Porritos. Ella le había dispensado de hacerlo, pero al imaginarla enferma y sola se le encogía el corazón.

Al salir de casa de la Leona ya era oscuro. Las calles estaban vacías, soplaba un viento frío y reinaba un silencio inusual y deprimente. Mauricio fue presa de la desolación. Ahora veía la alegría de las horas precedentes como algo falso; un esfuerzo estéril por encubrir el fracaso de unas vidas desesperanzadas.

De buen grado se habría quedado sentado en el coche, sin ir a ninguna parte.

Durante el trayecto su desazón fue en aumento.

Por suerte, la Porritos había recibido la visita de un matrimonio joven al que Mauricio no había visto nunca y cuyo nombre tampoco le sonaba, pero que dijeron ser muy amigos de la Porritos. Aunque vivían algo lejos, habían tenido la ocurrencia de pasar a saludarla.

—Hace muchos años que vivimos en Cataluña, pero allí de donde semos no se celebra la Navidad, sino la Nochebuena, de modo que hoy no estábamos ocupados. Por esto hemos venido.

Hablaban fuerte, quitándose la palabra el uno al otro, y se reían continuamente. A Mauricio su presencia le aliviaba pero al mismo tiempo se sentía inútil y fuera de lugar.

—Ya nos vamos y os dejamos tranquilos.

—No, no, de ningún modo. Un día que venís...

Habían traído una botella de champán tibio y de muy mala calidad.

Al cabo de un rato llamaron a la puerta. Mauricio fue a abrir. Era la señora Marcela, que iba de retirada pero antes había querido pasar a decir hola.

—¿Cómo ha ido la comida, señora Marcela?

—Bien.

No parecía satisfecha. En realidad venía a relatar sus cuitas y la presencia de desconocidos la inhibía. Mauricio la invitó a pasar.

—No quiero ser una molestia.

—Todo lo contrario. Tome una copa de champán con nosotros.

—Bueno, pero sólo una.

Sin hacer caso de Mauricio ni de la recién llegada, los visitantes proseguían su charla bulliciosa, llena de alusiones a personas y sucesos desconocidos. La Porritos se reía con las ocurrencias de sus amigos. Se la veía cansada del visiteo, pero contenta y agradecida.

Cuando finalmente se hubieron ido, dijo que se quería acostar.

—Gracias por haber venido. Sois todos muy buenos.

Como en el salón se estaba caliente, la señora Marcela trajo el pijama allí y la ayudó a desvestirse en presencia de Mauricio. Éste hacía tiempo que no la veía sin ropa y se impresionó al advertir su delgadez. Para que ella no se sintiera incómoda, se llevó los vasos y la botella a la cocina, vació el resto del champán en el fregadero y se puso a lavar los vasos.

Cuando la Porritos se hubo acostado entró a despedirse. Luego la señora Marcela y él salieron juntos.

—No conocía al novio de mi hija, dijo la señora Marcela en el rellano, antes de separarse.

—¿Y qué impresión le ha causado?

La señora Marcela suspiró.

—Es tuerto. Tiene un ojo de cristal.

—Bueno, no es un defecto grave. Puede hacer vida normal.

—Sí, claro.

—Lo importante son otras cosas. ¿Las ha llevado a un restaurante?

—Sí. Hemos comido muy bien. El menú de Navidad. Yo no me lo he podido acabar. Entremeses con no sé cuántas cosas y sopa y pavo relleno, por no hablar de turrones y barquillos. Todo buenísimo. Era un cargo de conciencia dejarlo en el plato, pero ni loca me podía haber comido tanta cantidad. Ya no estoy en edad. El novio de Corina...

—¿Qué?

—Nada. Vámonos, que aquí hay corriente y usted tendrá sus compromisos.

En el trayecto de vuelta Mauricio se propuso hacer de tripas corazón y no volver a ver a la Porritos.

*

Clotilde llamó a Mauricio para contarle que la Navidad le había deparado un grato encuentro.

Después de la comida, cuando la tarde parecía condenada a prolongarse lánguidamente a solas con sus padres, se había presentado en casa de improviso su prima Verónica.

Mauricio recordaba vagamente haber oído a Clotilde mencionar a su prima, siempre en términos peyorativos.

Verónica tenía la edad de Clotilde, era hija única del tío Manuel y desde hacía un año vivía en Nueva York, trabajando para una empresa española. A pesar de su trabajo, por el que cobraba un buen sueldo, hacía lo que le pasaba por las narices. En esta ocasión había decidido pasar las fiestas en Barcelona y se había plantado en casa sin anunciar su llegada. A su madre por poco le da un patatús.

Clotilde la tenía mal conceptuada. Ahora, sin embargo, el trato personal la había obligado a modificar su juicio. Verónica no era tonta ni engreída, sino inteligente y cariñosa. Pronto habían vuelto a congeniar.

—Le he contado mi problema con el vestido de la boda y me ha dicho que me dejará uno de los suyos.

—Por lo visto habéis quemado etapas muy deprisa.

—De pequeñas éramos íntimas y ahora es como si no hubiese pasado el tiempo.

—Eso está muy bien.

—Como es una manirrota dice que tiene un montón de ropa que no usa.

—¿Y la ha traído toda?

—No, tonto. Sólo un par de maletas con lo mínimo. Pero dice que me lo enviará. Somos más o menos de la misma talla... y a las malas, mi madre le puede dar dos puntadas.

Mauricio se alegraba de verla tan animada.

—Ha sido un reencuentro providencial, dijo.

—Hemos estado charloteando casi tres horas. Al final la pobre ya no se tenía en pie, entre el *jet lag* y la comilona... Pero he quedado con ella para vernos un día de éstos. Así la conoces.

—Me encantará.

Al día siguiente le volvió a llamar.

—¿Cenamos hoy? A Verónica es el único día que le viene bien. Tiene muchos compromisos.

—Vaya, justamente hoy tenía pensado llevar a mi primo al Palau de la Música.

—¿A Judas?

—No se llama Judas.

—Da lo mismo. Tráetelo. A Verónica le hará gracia. Es un tipo original.

—Se lo comentaré.

Rubén a todo decía que sí.

Pasaron a buscar a Clotilde y luego a Verónica.

Verónica causó muy buena impresión a Mauricio y despertó el entusiasmo de Rubén. No le quitaba los ojos de encima y sólo hablaba con ella, como si Mauricio y Clotilde no existieran.

—Me parece que hay ligue a la vista, dijo Clotilde a Mauricio en un aparte.

—Puede ser. Son almas gemelas: dos desquiciados.

—No digas bobadas. Son dos desarraigados, eso sí.

—No veo por qué. Él vive en su país y ella, donde le apetece. Pueden volver cuando quieran. El desarraigo es otra cosa.

—Calla, que te van a oír.

Verónica les preguntó si tenían algún plan para la noche de fin de año. A ella la habían invitado a seis o siete reveillones.

—Podemos ir los cuatro. ¿Cuándo es el año nuevo judío?

—En octubre, dijo Rubén.

—Fantástico. Este año lo podrás celebrar dos veces. ¿Los judíos podéis comer uvas?

—Claro.

—No sé. Como sois tan estrambóticos...

—Pero si se acaba de zampar una butifarra con secas, exclamó Clotilde.

—Pues se irá de cabeza al infierno, dijo Mauricio, y se pasará toda la eternidad tirándose pedos.

—¡Mauricio! ¿Cómo puedes ser tan ordinario y tener tan poca gracia?

Mauricio estaba un poco borracho. Desde que había decidido abandonar a la Porritos a su suerte sentía una gran ligereza de espíritu. Vivía en un estado de euforia perpetua.

La noche de fin de año Mauricio fue a buscar a Rubén para ir juntos a la fiesta. Ya en el coche y antes de recoger a Clotilde, Rubén le contó que el día anterior Verónica y él habían pasado la tarde en un hotel de las afueras. Verónica, que todavía arrastraba el cansancio del viaje y de las fiestas, se había quedado dormida y Rubén, por no despertarla, se había pasado varias horas mirando por la ventana y haciendo planes para el futuro.

—No puedo pedirle que se venga conmigo a Tel Aviv ni yo irme con ella a Nueva York.

—¿Por qué no? Las dos cosas me parecen factibles. Pero, ¿no es un poco precipitado?

—No. Yo estoy enamorado y ella, según me dice, también. Estas cosas cuando pasan, pasan. A la mayoría de las personas no les pasa jamás. Nosotros hemos tenido suerte, aunque lo nuestro es un callejón sin salida.

En el transcurso de la cena, Mauricio contó a Clotilde los devaneos de sus respectivos primos. A Clotilde le pareció muy romántico. Mauricio no pensaba lo mismo, pero no dijo nada. Las mujeres siempre celebran las historias de amor, pensaba, incluso las más artificiosas e insensatas. Era una actitud irracional contra la que era inútil luchar.

La fiesta tenía lugar en un piso de grandes dimensiones, decorado de una manera ostentosa. Había mucha gente de edades diversas. Todos se conocían entre sí, pero no parecían ser amigos, ni siquiera pertenecer al mismo círculo profesional o social. Era como si hubieran caído allí accidentalmente.

La cena era buena y abundante, pero la conversación resultaba aburrida. A las doce todos se intercambiaron felicitaciones con una efusión fingida.

—Vámonos a otro sitio, dijo Clotilde. Verónica dijo que tenía varias fiestas. Voy a ver si la encuentro.

La buscó en balde por los salones de la mansión.

—Se ha largado con el primo Judas.

—Por esta vez, el nombre es adecuado. ¿Qué hacemos? Es pronto para volver a casa.

—Pues bailemos, dijo Clotilde.

Habían improvisado una pista de baile arrollando la alfombra de uno de los salones y alguien puso música. A Mauricio bailar le repateaba. Para colmo, la música consistía en canciones antiguas y apestosas o en éxitos del momento, de una irritante vulgaridad. Pero de todas las posibilidades que ofrecía la noche, aquélla era la más razonable.

Al principio Mauricio bailaba de un modo mecánico, distraído y de mala gana. Luego, gradualmente, se fue hundiendo en un estado de laxitud. Abrazado a la única persona que le importaba, rodeado de personas desconocidas, elegantes y superfluas que circulaban discretamente por su campo de visión al compás de una música ramplona, creía estar en un lugar remoto, donde todo era anodino e intrascendente y a donde, en cumplimiento de una tregua casual, no llegaban los problemas y contrariedades que le asediaban a todas horas y amenazaban con frustrar sus sueños y arruinar su vida.

Si en aquel preciso instante le hubiera sido concedido un sólo deseo, habría pedido que aquella canción estomagante no se hubiera acabado nunca.

*

Después de la fiesta de fin de año, pasaron varios días sin noticias de Rubén ni de Verónica. Finalmente los padres de Clotilde le informaron de que los dos se habían ido juntos a Tel Aviv. Verónica había pedido una excedencia indefinida en la empresa de Nueva York. El tío Manuel, por quien lo habían sabido todo, estaba furioso y culpaba a Clotilde y a Mauricio de aquella decisión irresponsable.

—Figúrate tú: con lo peligroso que está Israel.

—No tanto como Nueva York.

—Es distinto. Aparte del peligro de que Verónica se convierta al judaísmo.

—¿No nos estamos adelantando a los acontecimientos? Todavía no ha pasado nada ni es probable que pase. Sobre todo lo de la apostasía.

—No sé. Allí les hacen un lavado de cerebro.

—¿Quién?

—Los fariseos: los de la barba y el sombrero.

Clotilde optó por no seguir discutiendo.

A Mauricio lo sucedido le hizo gracia al principio y luego se incomodó.

—Me lo podía haber dicho.

Rubén se había ido sin despedirse de él.

—Además, no entiendo cómo Verónica ha conseguido un visado tan deprisa en estas fechas.

—Lo peor es que me he quedado sin el vestido para la boda.

Después de Reyes, la vida recuperó la normalidad.

Pasado un tiempo, el procurador llamó a Clotilde y le dijo:

—Acaban de notificarme la sentencia. Han absuelto a tu cliente. Enhorabuena.

Clotilde esperaba que Breto fuera a verla para darle las gracias.

—Ca, dijo el abogado Macabrós, a ése ya no lo ves más. Salvo que decida recurrir a ti cuando se vuelva a cargar a alguien.

—¿Usted también lo cree culpable?

—No te quepa la menor duda.

Clotilde se quedó preocupada.

—He dejado en libertad a un criminal, le dijo a Mauricio.

—Tú no. El tribunal dictó sentencia después de examinar el caso desde todos los puntos de vista. Tú estabas obligada a defender a tu cliente.

—Cuando empezó el asunto decías lo contrario.

—Sí, y tú me convenciste. Además, eres mi clienta.

—Lo difícil es convencerse a una misma.

Mauricio la acompañó a comprar un vestido.

Recorrieron muchas *boutiques*. Mauricio no sabía que en Barcelona hubiera tantas y se sorprendió de que Clotilde estuviera tan bien informada. Creía que a ella la moda le traía sin cuidado. En realidad Clotilde era muy quisquillosa. Ninguna prenda merecía su aprobación. Una la encontraba demasiado llamativa, otra demasiado sosa, otra atrevida, otra monjil, una de niña, otra de señorona, y así sucesivamente. A Mauricio todo le gustaba.

—No me sirves para nada.

—Si cualquier cosa que te pones te queda bien, ¿qué te voy a decir?

—No seas hipócrita. Te aburre ir de tiendas y quieres acabar cuanto antes.

Al final se quedó con un vestido verde, escotado por la espalda y sin mangas. A Mauricio le parecía como los otros, pero más caro. Aun rebajado costaba un dineral.

—Es una locura, dijo Clotilde parada frente a la caja.

—Pero si es el que a ti te gusta, no lo pienses más.

—Yo no puedo permitirme este gasto.

—Yo sí. Te lo regalo.

Clotilde se negó rotundamente. En vez de agradecida se la veía humillada. Mauricio retiró su ofrecimiento. Clotilde pagó con tarjeta de crédito.

—Fraccionaré los pagos, dijo con aire resignado.

—Serás la más guapa de la fiesta.

—A estos precios, más me vale.

Fueron a cenar al *Giardinetto*. En cada mesa había políticos y arquitectos comentando los rumores que rodeaban las distintas candidaturas olímpicas. París y Amsterdam también habían entrado en liza y parecían rivales formidables.

Clotilde no quería comer pasta para no engordar.

—Imagínate si luego no me entra el vestido.

—Faltan quince días para la boda. En tan poco tiempo sólo aumenta de talla el que se lo propone. Además, los hidratos de carbono se eliminan rápidamente. Lo malo son las salsas. Y el alcohol. Pero tú no tienes problema, por ahora.

—¿Por ahora?

—El futuro es impredecible. Cásate conmigo y podrás engordar todo lo que quieras.

—Es la proposición más romántica que me han hecho jamás.

*

La compra del vestido recordó a Clotilde la petición de la novia de Fontán. Al principio había estado revolviendo su armario sin encontrar nada susceptible de ser prestado. Luego se había olvidado por completo del asunto.

Le parecía una superstición tonta y cursi.

La llamó para disculparse.

—No te agobies. Al ver que no decías nada recurrí a otra amiga. Todo solucionado.

—Siento haberte fallado.

—*No problem.*

—Si te puedo ayudar en alguna otra cosa...

—Bueno, sí. Me gustaría enseñarte el traje de novia. Ya me lo han traído y no veo claro un pliegue en el talle. Y aún estamos a tiempo, ya me entiendes.

—Michelle, ésta no es mi especialidad.

—Lo importante es el golpe de vista. Y tú tienes mucho gusto para vestir, cuando quieres.

La novia de Fontán vivía en una torre de tres plantas en la Bonanova. Le abrió un criado filipino adusto y desolado.

—La señorita Michelle está arriba. ¿Quién eres tú?

—Clotilde. La señorita Michelle me está esperando. Dígale que he venido.

El criado cerró la puerta y la dejó fuera.

Michelle apareció al cabo de un rato.

—Ay, chica, perdona que no te haya hecho pasar. Gabriel es un tarugo. Y tan estirado... Dan ganas de darle un rodillazo en los huevos, a que sí.

Subieron a la segunda planta. Por la ventana de la habitación de Michelle se veía la silueta oscura de un ciprés contra el cielo azul.

—¿Quieres tomar algo?

—No. Tenéis una casa fantástica.

—Sí, pero es un mausoleo. No veo el momento de salir arreando. Mi madre todo el santo día viendo la tele y mi padre diciendo que en la tele sólo dan basura, pero también la mira. ¿Sabes como dos focas? Pues igual.

Sobre la cama estaba extendido el traje de novia. A Clotilde le pareció como todos.

—Póntelo, dijo.

—No, póntelo tú. Así lo veo en perspectiva, ya me entiendes.

Clotilde se desvistió y se puso el traje de novia. Michelle la ayudó con los botones, las cremalleras y los gafetes.

—Te queda divino, chica. Mejor que a mí.

—No hagas caso. Una nunca se ve bien a sí misma.

—Yo sí. Pero por si acaso, que no te vea mi novio, no sea que cambie de idea.

Clotilde se ruborizó hasta las orejas. Para ocultar el sofoco adoptó varias poses ante el espejo.

—Pesa un quintal.

—Sólo es un rato. Te cambias al salir de la iglesia.

Con mucha paciencia fueron soltando los gafetes y lo volvieron a extender sobre la cama.

—Bueno, ahora póntelo tú.

—Yo no. Me da yuyu.

—Pero si no te lo veo puesto, ¿cómo voy a opinar?

—Lo mismo da. ¿Nos comemos el chichi?

—Si tú quieres, por mí vale, dijo Clotilde.

No sentía atracción por las mujeres, pero tampoco repugnancia y en aquella ocasión prevalecía sobre sus inclinaciones la idea de engañar a Fontán pocos días antes de la boda.

Al salir se había nublado y empezaban a caer gotas. Clotilde entró en un bar, pidió una cerveza y llamó a Mauricio y le dijo:

—Llueve, no tengo paraguas y me apetece verte. Ven a buscarme y llévame a cenar.

—¿En media horita?

—Cuando te venga bien.

Durante la cena estuvo muy locuaz y risueña, pero ni entonces ni luego le reveló lo sucedido aquella tarde en casa de la novia de Fontán.

Mauricio, por su parte, tenía otras preocupaciones. El doctor Robartes quería incorporar a la clínica dental Torralba un quirófano para realizar implantes dentales y había propuesto a Mauricio que se especializase en esta técnica. Le pagaría una estancia de varios meses en una clínica de Suecia. Mauricio le había pedido tiempo para reflexionar.

Demasiadas cosas le ataban a Barcelona en aquel momento.

—No sé qué hacer.

Clotilde no quiso opinar. Pensaba que si se separaban ahora no volverían a juntarse más.

Al día siguiente de esta charla, Mauricio comió con Rabus y le expuso la situación y sus indecisiones. Rabus le escuchaba con atención, porque especializarse en implantes implicaba abandonar la práctica de la odontología convencional y, por consiguiente, disolver la sociedad que ambos habían montado. Al final dijo:

—Yo preferiría que todo continuara como hasta ahora, eso ni que decir tiene. Pero me hago cargo de tus intereses. Con los implantes se gana un pastón.

El propio Rabus llevaba tiempo ponderando la conveniencia de especializarse en ortodoncia infantil.

—La gente tiene dinero y nadie es feo por gusto. La cirugía estética es la medicina del futuro. El resto se lo acabará zampando la seguridad social.

Mauricio se sinceró con su socio. No quería separarse de Clotilde ni podía, en conciencia, abandonar a su suerte a la Porritos. El dinero era lo de menos.

—¿Lo ves? Las mujeres te llevan de un lado para otro. Yo, en cambio, soy un hombre libre.

Para Rabus las mujeres eran una fuente de disgustos y complicaciones. Según le habían contado, un colega de Madrid se había enrollado con una paciente. Pasados unos meses, el marido de ella se presentó en la consulta con un bate de béisbol y le destrozó el instrumental. El colega en cuestión había presentado la correspondiente denuncia y ahora estaban pendientes de juicio. Y lo peor era que la causante de semejante estropicio no valía nada. Era poco agraciada, tonta y antipática.

—Algo le habrá visto.

—Las encías inflamadas, dijo Rabus con más pesadumbre que sarcasmo. Lo que la gente llama amor es una adicción, como el tabaquismo. Se empieza en la adolescencia, sin ton ni son, por imitar a los mayores. Luego ya no te puedes quitar del vicio y te acabas dejando la salud y el dinero en una cosa que, en el fondo, no te produce la más mínima satisfacción. En este sentido, las mujeres nos dan mil vueltas. Ahora que están introduciéndose en todos los campos profesionales, no verás a ninguna que sacrifique su carrera por el amor de un hombre. Por los hijos, no digo que no; pero por un hombre, ni hablar. Hace un siglo se morían de sentimiento porque no tenían nada mejor que hacer. Hoy, ni en broma.

—Eres un misógino.

—Todo lo contrario. Me encantan las mujeres y me inspiran un profundo respeto. Simplemente, no me creo obligado a subordinarles mi vida, y no les pido a ellas que subordinen la suya a mis necesidades ni a mis caprichos. Ni ellas, por lo general, nos lo piden. En tu caso, al menos, es así. Aunque eres bígamo, ninguna de las dos te exige ningún sacrificio. Sólo que no las engañes ni te engañes a ti mismo, y que no las cargues con la responsabilidad de tus decisiones.

—Eres muy duro, Rabus.

—No. Eres tú el que se lo monta mal.

Aun concediendo a su socio una parte de razón, Mauricio no salía de dudas. Mientras tanto iba estudiando la literatura científica sobre implantes y prótesis y recabando la opinión de algunos colegas. Estas averiguaciones no le transmitieron ningún entusiasmo. Llegó a la conclusión de que si se dedicaba a la cirugía perdería el poco contacto humano que ahora tenía con los pacientes y la infinita variedad de sus problemas. Cuantas más vueltas le daba, más se inclinaba por dejar las cosas como estaban.

—Yo no te puedo ayudar, le dijo Clotilde. Los dentistas me parecéis marcianos.

—Pues no lo somos. Y no te lo pareceríamos si te tomaras por nuestro trabajo el interés que yo me tomo por el tuyo.

—No compares. Un homicidio es un tema de interés general. La periodontitis, no. ¿Qué cara pondrías si yo te hablara de censos enfitéuticos?

Mauricio veía el sofisma, pero no lo rebatía. Su dilema no le impedía percibir bajo la ironía de Clotilde un desasosiego cuyo origen no conseguía entender.

Después del lance con Michelle, Clotilde la había llamado varias veces sin obtener resultado alguno. Invariablemente el astuto criado filipino la chasqueaba con frases incoherentes.

—¿Tú no estás en tu casa?

—¿Quién no está en su casa? Yo quiero hablar con la señorita Michelle. ¿Me entiende?

—Sí. No te entiende.

—¿Cuándo volverá?

—¿A tu casa?

—Dígale que ha llamado Clotilde. ¿Me ha entendido?

—Sí. Y tú, ¿quién eres?

Clotilde decidió que Michelle no quería hablar con ella y había dado instrucciones al avieso filipino para que éste interpusiera entre ambas el muro infranqueable de sus patochadas lingüísticas. De este modo Michelle había trastocado la relación: antes Clotilde la menospreciaba, ahora vivía obsesionada por ella. Sus desplantes le producían dolor físico y acrecentaban su pasión. Pasaba las noches sin dormir, presa de agitación, y luego en el trabajo no se podía concentrar. Con frecuencia se le traspapelaba la documentación del asunto que tenía entre manos, olvidaba las citas y no prestaba atención a lo que le decían los clientes.

Si reflexionaba, no encontraba razón alguna para su obnubilación. Era una locura en la que no intervenían los sentimientos.

En aquellas condiciones no se veía con ánimos de asistir a la boda, pero como tampoco podía dejar de hacerlo sin una buena excusa, pidió al abogado Macabrós que la enviara nuevamente a Ginebra.

—Ese día no tenemos ningún asunto en Ginebra.

—Da igual. Yo pago el hotel y el billete. Sólo necesito quitarme de en medio.

—Lo comprendo, pero el bufete no puede prestarse a falsedades y encubrimientos. Es una norma deontológica.

A Clotilde, que sabía los trapicheos que se hacían a diario en aquel despacho, esta respuesta le pareció el colmo del cinismo.

Aquella noche, mientras cenaban en el *Giardinetto*, tanteó a Mauricio.

—¿Y si nos saltáramos la boda? Será un palo.

—Esto lo sabíamos desde el primer día. Ahora no nos podemos echar atrás. Y encima sin motivo.

—Vámonos a Suecia. Así tomas contacto con el país y decides lo de los implantes dentales.

—Están a veinte bajo cero.

—No saldremos del hotel.

—¿Se puede saber qué mosca te ha picado?

Clotilde comprendió que no se saldría con la suya.

—Nada. Era sólo una idea. Como te veo tan preocupado con lo de los implantes...

Mauricio cambió de tema para evitar a Clotilde una situación embarazosa, pero en lugar de aliviar la situación, la empeoró.

—¿No me preguntas lo que me pasa?, dijo Clotilde al cabo de un rato.

—Si me lo quieres contar, bien. Si no, yo no te fuerzo.

—No sé si lo haces por delicadeza o por desinterés.

—Piensa lo que quieras, pero el problema es tuyo.

Clotilde se levantó y arrojó la servilleta al suelo.

—El problema eres tú, a ver si te enteras. Me tienes harta. ¿No ves cómo estoy? Estoy deshecha, Mauricio, estoy hecha polvo. ¿No podrías dejar de lado la sangre fría por una puñetera vez? Estoy fatal, me quiero morir, y lo peor que puedes hacer en estas circunstancias es disimular y seguir como si no pasara nada. Eres un pedazo de hielo. Anda, dedícate a los implantes, pásate la vida poniendo tornillos a la gente. Tornillos y prótesis. Así se arregla todo. ¿Algo te duele? Extracción y recambio. Ya sé por qué elegiste esta profesión: eres como una dentadura postiza; sólo sirves para sonreír y masticar cosas blandas.

Estaba haciendo el ridículo, pero no podía parar. Mauricio le ofreció su pañuelo. Clotilde se sonó y abandonó el local con el pañuelo arrebujado en la mano.

Los demás comensales contemplaban la escena. Los conocidos, de soslayo, y los desconocidos, sin el menor disimulo. En ocasiones como aquélla Mauricio lamentaba no fumar. Con un whisky y un cigarro habría compuesto una imagen más digna.

Camino del *parking* donde había dejado el coche iba pensando en lo sucedido. No estaba ofendido, sino triste. Los insultos de Clotilde podían ser certeros, pero eran crueles e inmerecidos. Fueran cuales fuesen sus carencias, ella no tenía derecho a juzgarlas ni a echárselas en cara. No obstante, Mauricio entendía su exasperación. Él también se encontraba en circunstancias semejantes. La noche era fría.

Mañana me llamará como si no hubiera pasado nada y yo no habré olvidado sus palabras pero sí su intención y el daño que me han hecho, y al final las cosas volverán a ser como hasta ahora, iba pensando Mauricio.

Sus sentimientos con respecto a Clotilde no habían variado, pero si se le hubiera ocurrido una forma inocua de venganza, no habría vacilado en llevarla a cabo.

Clotilde tardó tres días en llamar. A lo mejor esta vez va en serio, llegó a pensar Mauricio.

—¿Podemos vernos?, dijo ella.

—Esta noche no. Fontán hace su despedida de soltero y me ha invitado.

—¿Iréis de putas?

—No seas fantasiosa. Seremos un mogollón. Chistes viejos, anécdotas de la mili y pare de contar. Comeremos y beberemos demasiado y luego pasaremos la noche del loro. En resumidas cuentas, un peñazo.

—Pues no vayas.

—No tengo más remedio. Es parte del sacramento del matrimonio y sirve para demostrar que la soltería no es tan buena como dicen.

—Vaya bobada.

—Por supuesto. Las ventajas de la soltería son otras.

—Por ejemplo, no tener que aguantar a una idiota como yo.

—Por ejemplo.

—Está bien. Llámame mañana y me cuentas cómo ha ido esa bacanal.

La despedida de soltero de Fontán colmó con creces los temores de Mauricio. En el reservado de un restaurante se reunieron unos treinta hombres de la edad del novio. Algunos se conocían entre sí y formaban grupos; otros, como Mauricio, no conocían a nadie y deambulaban de grupo en grupo, con una copa en la mano, aparentando desenvoltura, sin saber qué hacer ni qué decir.

Según pudo deducir de fragmentos de conversación, los invitados eran ejecutivos y profesionales. Sin duda eran inteligentes y simpáticos tomados de uno en uno, pero el conjunto resultaba ruidoso, deslavazado y aburrido. Había dos o tres idiotas que llevaban la voz cantante. Los demás seguían la pauta que les marcaban, como si los idiotas los tuvieran secuestrados. El más idiota de todos se puso una chilaba amarilla y un fez y bailó sin gracia. Mauricio sentía vergüenza ajena. Sus compañeros de mesa compartían su irritación y su tedio, pero todos fingían estar a gusto y pasarlo bien para no desairar al novio ni al resto de la concurrencia. A la hora del café hubo algunos discursos, no todos carentes de ingenio. Fontán habló el último, en tono de broma. Al final dijo que estaba despidiendo una etapa feliz de su vida para entrar en otra, cargada de incertidumbre y responsabilidades. Al decir esta trivialidad se emocionó un poco. Luego recobró la jovialidad. No se le veía ilusionado, pero tampoco afligido. Ciertamente la situación no propiciaba una actitud reflexiva ni seria. Para concluir, agradeció la asistencia de sus amigos en aquel momento importante de su vida y animó a los solteros a imitar su ejemplo. Esto desencadenó un chaparrón de comentarios y ya no fue posible restablecer la calma. Algunos invitados estaban bastante bebidos.

Al salir se volvieron a formar los grupitos iniciales. Algunos manifestaban con cierta jactancia su intención de prolongar la velada en un local de alterne. Mauricio pensó que si se lo proponían, aceptaría la propuesta. Había bebido y tenía ganas de hacer algo sonado. Como nadie le decía nada, se unió a un grupo que parecía más animado que el resto. Todos juntos echaron a andar, pero poco a poco unos iban a buscar su coche y otros paraban un taxi. Al final sólo quedaron dos individuos y Mauricio. Los dos individuos no llevaban traza de retirarse, pero era evidente que deseaban desprenderse de Mauricio sin descortesía. A la puerta de un local elegante, cuyo interior velaban unas cortinas de terciopelo granate, Mauricio les dio las buenas noches y se fue a su casa.

La idea de pasar solo el resto de la noche le resultaba insoportable. Se le pasó por la cabeza despertar a Clotilde y decirle que se vistiera mientras él iba a buscarla, que por una vez sacrificara a sus deseos la sensatez y el decoro. Pero no lo hizo, porque el arrebato no cuadraba con su carácter y habría resultado falso y pretencioso.

*

El día de la boda amaneció nublado y muy frío. Luego salió el sol, pero persistía el frío.

Mauricio pasó a recoger a Clotilde. La víspera había ido a la peluquería y aquel día se había maquillado con ayuda de su madre. Estaba muy guapa y Mauricio se sentía cohibido. El cambio físico parecía haber afectado también a su manera de ser. Se movía de un modo artificial y decía cosas sin demasiado sentido, como si recibiera órdenes lejanas a través de las ondas.

La iglesia estaba abarrotada. Por suerte encontraron dónde sentarse, porque ya se veía que la espera sería larga y la ceremonia también. En los pasillos laterales habían colocado estufas de butano para caldear la nave.

Algunos hombres iban de chaqué y bastantes mujeres llevaban pamelas de ala ancha, con lazos y gasa. Todo aquello era anacrónico, postizo y bastante incómodo.

Finalmente sonó el órgano y entró la novia. Fontán, que esperaba con su familia, sentado en el primer banco, se apresuró a ocupar uno de los sitiales dispuestos frente al altar. La novia recorría el pasillo central del brazo de su padre, con una lentitud exasperante. Delante de cada hilera de bancos se detenía unos segundos y saludaba a derecha e izquierda con una leve inclinación de cabeza y una sonrisa dulce, sin levantar los ojos del suelo. A Clotilde esta pantomima virginal le pareció el colmo de la hipocresía. Al verla de nuevo se había disipado la obsesión de los días anteriores. Ahora encontraba absurdo haber llegado al borde del desvarío por culpa de aquella muñeca engreída.

En cuanto empezó el ritual, susurró al oído de Mauricio:

—Vamos fuera. Esto no hay quien lo aguante.

—Llamaremos la atención.

—No, nadie se dará cuenta. Y me muero de sed. Además, he de hacer una llamada. Tú quédate si quieres.

—Está bien, ya te acompaño.

Salieron sigilosamente. En las escaleras del templo había invitados que les habían precedido y ahora fumaban y charlaban con gran naturalidad a pesar del frío.

—¿Lo ves? Sólo se quedan los pardillos.

—Sí, no estoy *à la page*, dijo Mauricio.

Entraron en un bar y pidieron dos cañas. Clotilde bebía con mucha cautela para no echar a perder el maquillaje. Mauricio sonrió al verlo.

—¿Por qué me miras así?

—No sé. Me hace gracia verte tan arreglada. Pareces otra.

—Dime la verdad, estoy horrorosa.

—¿Te has mirado al espejo?

—Sí. Parezco la representante de Luxemburgo en el Festival de Eurovisión.

—Esto son pensamientos suicidas.

—Y esta boda es una fantochada a la que nosotros estamos colaborando como idiotas, gastando fortunas en vestidos inútiles y pintándonos como monas. Y a fin de cuentas, para qué.

—El matrimonio es un tinglado social muy complejo. Los reyes de Francia lo consumaban delante de la corte.

—Espero ahorrarme el espectáculo.

Regresaron a la iglesia a media plática. El sacerdote recomendaba paciencia y comprensión para cuando la alegría de los primeros tiempos dejara paso a las amarguras de la vida y las agrias disensiones de la convivencia. Esta admonición no iba dirigida sólo a los contrayentes, sino a todos los asistentes al acto.

—¿Qué sabrá él?, murmuró Clotilde.

—Lo mismo que tú sobre homicidios: lo que ha leído y lo que se imagina. Una empanada mental.

—Muy gracioso.

A la salida se formó una congestión en los pasillos. En el exterior unos posaban para la foto de grupo y otros se arremolinaban para felicitar a los recién casados. Las mujeres, que llevaban vestidos escotados y sin mangas y abrigos livianos, estaban ateridas. Hombres enfundados en gabanes oscuros iban a buscar los coches diseminados por el barrio. Los recién casados se escabulleron entre risas y palmadas.

A Mauricio le sonaban algunas caras de la despedida de soltero.

Agarró a Clotilde del brazo y dijo:

—Vamos yendo o cogeremos algo.

El banquete se celebraba en un hotel situado a 40 kilómetros de Barcelona. Para acceder a los salones recorrieron un sendero de grava flanqueado de árboles sin hojas que dejaban pasar la luz apagada del crepúsculo. Clotilde se aferraba al brazo de Mauricio. No estaba acostumbrada a los tacones altos y temía que se quebraran en el suelo irregular.

En un gran salón les fue servido el aperitivo. Los invitados iban llegando espaciadamente, se saludaban de nuevo y formaban corrillos.

Al cabo de mucho rato las camareras uniformadas que habían estado circulando sin cesar por el salón con bandejas de comida y bebidas, rogaron a los invitados que tuvieran la bondad de pasar al comedor. Nadie les hacía caso. Después de tanto esperar, todos estaban saciados y un poco borrachos.

Finalmente las camareras consiguieron conducir a los invitados con amable firmeza, como si fueran un rebaño.

A la puerta del comedor los invitados tenían que encontrar su nombre en unas listas donde figuraba su colocación en mesas numeradas. Parecía difícil, pero no lo era.

Mauricio y Clotilde fueron al lugar asignado. Sus compañeros de mesa eran Fitó y Raurell con sus respectivas mujeres, un hombre de mediana edad sin acompañante y una adolescente tímida que dijo ser sobrina segunda de Fontán. Mauricio se imaginaba a una parienta pobre y huérfana, incrustada en la periferia del círculo familiar. Probablemente era sólo una fantasía.

Los dos políticos y Mauricio se habían saludado en la iglesia y habían cambiado algunas frases de cortesía durante el aperitivo. No se habían visto desde la noche de las elecciones. En aquella ocasión ambos habían manifestado su pesimismo ante el futuro político de Cataluña, que veían en manos de la derecha nacionalista por un período indefinido. Ahora, en cambio, estaban muy animados. Sobre todo Raurell, que era el más vivaz. Fitó era más circunspecto, lo que le daba un cierto ascendiente sobre su compañero de partido, que le cedía la palabra en cuanto Fitó abría la boca. Ahora Fitó vivía en Madrid, adscrito a la Dirección General de Prisiones, un cargo ingrato y de gran responsabilidad. Raurell, por el contrario, ocupaba un puesto importante en el proyecto olímpico de Barcelona. Uno desde la sombra y el otro mediante su proyección al exterior contribuían a mejorar el país.

—¿Cómo? ¿Metiendo a la gente en el trullo y haciendo la rosca a los miembros del Comité Olímpico Internacional?, dijo Mauricio.

Mauricio también había bebido más de la cuenta y la presencia de los dos políticos del PSC le provocaba una agresividad injustificada. Descontento con el curso de su vida, atribuía un efecto nocivo y malintencionado a los factores que habían intervenido en ella en algún momento. Todo el quehacer político le parecía una conspiración contra su bienestar.

—Si dar coba al COI sirve para abrir mercados donde ahora no los hay, pues bendita sea la rosca, dijo Raurell.

—Siempre el puñetero derrotismo catalán, dijo la mujer de Fitó.

Había cambiado de peinado y de indumentaria y adquirido un rictus de crispación. Pero en seguida se puso a reír.

—He comido tantas croquetas que si como algo más reventaré el vestido, dijo.

Era un vestido espectacular, sin duda comprado en Madrid.

—Pues se avecinan tres platos, postre, tarta nupcial y *clafoutis,* dijo el desconocido que compartía la mesa con ellos.

Se presentó él mismo. Se llamaba Toni y se dedicaba a organizar conciertos de música clásica en verano en pueblos de montaña. La música era su pasión, pero su trabajo no era artístico: él se ocupaba de conseguir subvenciones.

—Esta noche no. Pueden ustedes cenar tranquilos.

Acto seguido añadió que era homosexual. No era ésta la razón de que no estuviera acompañado, sino el hecho de no tener pareja en aquel momento.

—Pues díganos qué son *clafoutis,* dijo Clotilde.

—¿Por qué habría de saberlo?

—Ya que es una persona cosmopolita, le suponía al corriente de estas cosas.

Toni esbozó una sonrisa condescendiente.

—Maricón no quiere decir cosmopolita. Yo más bien soy un poco marujona.

—Lo decía por los festivales. ¿O sólo contrata coblas?

—No. Trato con gente de todos los países y viajo mucho, es verdad. Pero hasta hoy no me habían dado *clafoutis.* Al menos, sin mi consentimiento.

Este comentario provocó la risa de la huerfanita, que de inmediato se puso colorada y pidió disculpas.

—Con tal de que no sean boniatos, dijo Raurell. En el cole nos los daban de vez en cuando y yo los odiaba.

—*Clafoutis* son como unos buñuelitos para acompañar el café, dijo la mujer de Fitó.

—Al irnos a Madrid, aclaró Fitó, mi mujer tuvo que dejar el despacho de Barcelona y ha montado una empresa de *catering*. Por eso lo sabe. No penséis que en casa comemos estas pijadas.

—Lo dices como si comiéramos bocatas de sardina.

—A mí me encantan, dijo Raurell.

Los recién casados hicieron su entrada a los acordes de la marcha nupcial. Algunos invitados silbaban y hacían molinetes con la servilleta. A pesar de lo que le había dicho a Clotilde, Michelle seguía llevando el traje de novia, pero se había quitado el velo y la chaquetilla. El resultado era una prenda sacramental y atrevida, un punto perversa. Clotilde sintió un vacío en el estómago y la sangre agolpársele en la cara.

Mauricio estaba un poco mareado y a duras penas podía seguir aquella charla frívola y dispersa. Él quería centrar la cuestión y hablar de cosas serias. Raurell advirtió su desazón y quiso integrarlo en la conversación.

—¿Y tú, qué, sigues sacando muelas?

—Y algún colmillo.

—De la política no has querido saber nada más, ¿eh? Está bien. Respeto tu opción. ¿Te acuerdas de Brihuegas?

—Sí, claro, pero no he vuelto a saber nada de él. ¿Sigue en la brecha?

—Ya lo creo, y ahora todas le ponen.

—No entiendo la expresión.

—Dejadlo para otro momento, dijo Fitó. No hay cosa más aburrida que los cotilleos. Y más los cotilleos políticos. En Madrid no hago otra cosa que oír rumores y difundirlos. No me creo nada de lo que oigo, pero no puedo evitar propagar yo mismo los embustes. ¿Por qué? Ni yo mismo lo sé.

—Bueno, dijo Mauricio, pues si no hemos de hablar de cosas serias, hablemos sólo de tonterías. Tenemos varias horas por delante, pero estoy seguro de que no nos quedaremos sin existencias.

Clotilde le dirigió una mirada severa.

—Tengamos la fiesta en paz, dijo entre dientes.

Mauricio susurró una disculpa y se puso a ordenar metódicamente los cubiertos.

En cuanto los recién casados hubieron acabado de saludar y se sentaron a la mesa presidencial, entraron en la sala muchos camareros y empezaron a repartir la comida. Se movían muy disciplinadamente, con gran celeridad y precisión, para que no se enfriara la comida y todos los comensales pudieran empezar a comer al mismo tiempo. Se veía que era una maniobra prevista hasta sus últimos detalles, ensayada y realizada muchas veces con anterioridad.

Por los altavoces sonaba una discreta música árabe. Clotilde recordó la consulta de Michelle sobre la orquesta magrebí. Al final la cosa había quedado en un disco apenas audible al que nadie prestaba atención. La organización social requería la homologación y, en consecuencia, anulaba cualquier iniciativa, pensaba Clotilde, incluso las más simples y tontas.

Para evitar el silencio embarazoso en que comían, Fitó dijo:

—No se trata de enzarzarse en una discusión ideológica, pero tampoco hemos de arrinconar todos los temas que puedan provocar discrepancias. Podemos hablar de cualquier cosa.

—Vivimos en un país libre, dijo la mujer de Raurell.

—¡Libre de *clafoutis*!, exclamó la adolescente.

Esta intervención extemporánea le provocó una risa breve y nerviosa y un intenso rubor. Mauricio la miró con simpatía. Sin duda era una muchacha tímida, insegura y dócil, incapaz de expresar su propia opinión. Sólo de vez en cuando, por necesidad biológica, se dejaba dominar por el impulso de proferir una inconveniencia. Por fin hay alguien que no nos toma en serio, pensaba Mauricio. Una nueva generación que juzga nuestros errores y se burla de nuestros sueños. Pronto se harán con el poder, impondrán sus ideas y sus fantasías y nos enviarán al asilo. Ellos, a su vez, fracasarán como hemos fracasado nosotros, pero al menos podremos descansar.

—No caeré en el tópico de que es fácil criticar desde fuera. Se trabaja para obtener unos resultados y esto es lo único que cuenta, en última instancia. Los resultados. Lo que ocurre en la cocina no le importa a nadie. Yo sólo quería decir una cosa: los resultados no sólo son los que se ven, los computables. También están los que no se ven. ¿Me explico?

—No del todo.

—Me refiero a lo que no está pasando. Cosas que podrían pasar, pero no pasan. Tan importante es lo que se hace como lo que se frena, en el poder o en la oposición, lo mismo da. La labor de contención. En este país hay muchas fuerzas opuestas. En todos los países ocurre igual, pero en éste quizá más. La transición aún está reciente y muchas cosas quedaron sin resolver. La batalla todavía está por ganar. No la batalla decisiva, sino la batalla de la normalidad. Cada día que pasa sin un golpe de Estado o sin una amenaza de golpe es un triunfo, como lo es cada periódico que expresa libremente una opinión sin ser cerrado por orden gubernativa; cada detenido que ejerce sus garantías legales... en fin, cosas que hoy damos por hecho, cosas que nos permiten ir olvidando el pasado...

—¿Olvidando? ¿Cómo lo vamos a olvidar si nos lo estáis refregando cada dos por tres? A la mínima contrariedad sacáis al Caudillo del armario. Así, cualquiera.

—Vivimos en una tregua. De un lado, la derecha recalcitrante, a la espera de una oportunidad; de otro, el nacionalismo reaccionario y victimista disfrazado de progresismo y rebeldía. Mira el país vasco, o aquí mismo, en los sectores más radicales del catalanismo: *skinheads* bendecidos por la iglesia.

—No será tanto, dijo Toni.

Por su voz y su actitud se veía que no trataba de llevar la contraria, sino de apaciguar los ánimos. Sin embargo las miradas convergieron y él hubo de dar explicaciones.

—No digo ni que sí ni que no. Sólo pretendía reivindicar el derecho a pasar de todo. Es mi posición: soy una loca. Hago un trabajo que me gusta y procuro vivir mi vida sin molestar a nadie. Pago mis impuestos. A regañadientes, pero los pago, y confío en que sean bien administrados. No me gusta pensar que con mis impuestos se compran armas y se mantiene un ejército que en vez de defendernos nos tutela, y una policía que si pudiera me daría una paliza por mariquita, pero me resigno. Tampoco protesto porque una parte del dinero que he ganado con mi trabajo haya de ir a los bolsillos de algunos políticos corruptos, o a financiar la burocracia de unos partidos que no necesito para nada. Pido que además de esto haya escuelas y hospitales y que si un día caigo enfermo no me encuentre en la calle. Pero no vivo pendiente de estos temas todo el día. Vivo pensando en mis cosas, en las cosas que me conciernen directamente. Quizá no soy un ciudadano ejemplar. Me da lo mismo. Me conformo con no ser un ciudadano aburrido. Me preocupa el aburrimiento. Este país ha perdido el sentido del humor y la alegría de vivir. Nos aburrimos y aburrimos al prójimo. La prensa es aburrida, la televisión es aburrida, y las conversaciones, mejorando la presente, son un coñazo. Y el discurso político, no digamos. No quisiera personalizar, de hecho no les conozco a ustedes. Pero cuando oigo hablar a un político por la tele, siempre pienso: ay, hijo, ¿por qué no te arrancas por bulerías?

Las mujeres lo escuchaban con una sonrisa de complicidad y los hombres, con una sonrisa torcida. Él se echó a reír.

—He hablado demasiado. Además de loca, soy una cotorra. Espero no haberles ofendido.

—No, no, todo lo contrario, dijo Raurell.

Mauricio no dijo nada, pero en su fuero interno sí que se sentía ofendido. Aquella manifestación aparentemente sincera, dicha en tono teatral y adornada de ademanes melifluos, le parecía una forma encubierta de expresar el máximo desprecio por la opinión de los demás sin ser reconvenido. Estas salidas sólo hacen gracia a las mujeres, pensaba.

La cena progresaba a buen ritmo. La administración del local quería liquidar cuanto antes aquella parte del festejo para cerrar la cocina y reducir el personal de sala.

En una mesa distante un invitado propuso a gritos un brindis por los recién casados. Éstos se pusieron de pie y levantaron sus copas. Un coro burlón exigió que se besaran y cuando lo hubieron hecho irrumpieron en aplausos, vítores y silbidos.

Mauricio no veía el momento de salir de allí.

Raurell explicó algunos aspectos del proyecto olímpico en el supuesto de que todo saliera bien. La obra de mayor alcance y también la más aparatosa sería la apertura de una vía rápida de circulación que rodearía la ciudad. Con esta ronda, cuyo impacto ambiental sería mínimo, no sólo mejoraría el tráfico interno y se aliviarían las entradas y salidas del núcleo urbano, sino que se conectarían los barrios periféricos entre sí y con el centro de la ciudad. De este modo se ponía fin a décadas de aislamiento. La integración de toda la ciudadanía, la eliminación de barreras clasistas eran aspectos esenciales del proyecto socialista, de su concepto de la ciudad. Pero el proyecto no acababa aquí: también se abriría la ciudad al mar y se sanearía y esponjaría el barrio chino.

—Si todo sale como es de esperar, nos quedará una ciudad de puta madre. Ya sé que algunos hablan del peligro de perder la personalidad. Dicen que si actuamos así, Barcelona se convertirá en una ciudad de diseño. Nadie sabe qué quiere decir esta expresión, pero la emplean como algo negativo. Una traición a la memoria histórica. Dan la voz de alarma ante la posibilidad de que en el barrio chino no queden putas ni burdeles ni tiendas de gomas y lavajes, como si fuera algo malo la supresión de una prostitución ignominiosa y malsana.

Mauricio no prestaba atención a estos argumentos. Los sabía de memoria. En realidad, eran Raurell y a veces Fitó quienes llevaban el peso de la conversación sin que nadie les contradijera ni les diera la razón. Se le ocurrió decir: Los políticos les estáis quitando el trabajo a las putas. Hasta eso queréis acaparar. Pero no dijo nada. Todo le daba igual.

—En Cataluña la tradición hoy por hoy es un peso muerto. Vivimos anclados en el textil y en una industria de pequeño calibre totalmente obsoleta. Lo que hacemos aquí otros lo hacen igual de bien por la décima parte del jornal, sin quejas ni reivindicaciones. En algunos países los obreros trabajan por un plato de arroz. Si tuvieran una bandera roja se harían una sábana. Si queremos sobrevivir hemos de transformarnos. Todo ha cambiado, para bien o para mal. Gracias a las computadoras y al fax el dinero se ha internacionalizado. El capital no tiene nacionalidad.

Hizo una pausa, apuró la copa de vino y agregó:

—Por lo demás, la cacareada productividad catalana no tendría que ser un motivo de orgullo. Primero nos enriquecimos con el tráfico de esclavos, luego a costa del mercado colonial, a principios de siglo, gracias a la devastación de la Primera Guerra Mundial, y por último, con la especulación inmobiliaria y el turismo barato.

—Se ve que en Madrid te han vuelto loco, dijo Raurell.

En su voz había una inesperada agresividad. Parecía que iba a producirse un enfrentamiento.

De repente se apagaron las luces del comedor y salieron cuatro camareros de la cocina conduciendo un carretón con faldas sobre el que había una tarta nupcial de muchos pisos. En cada piso chisporroteaban bengalas produciendo un efecto indecoroso.

Estalló una ovación acompañada de berridos de borrachuzo, se fueron extinguiendo las bengalas y se encendieron de nuevo las lámparas. Los recién casados se colocaron junto a la tarta y el maestro de ceremonias les presentó un sable de caballería, con el que hicieron un corte simbólico al pastel.

Mauricio recordó de pronto la trifulca de la *omelette norvégienne*. Miró de reojo a Clotilde para ver si ella compartía su repugnancia por aquel espectáculo, pero en la expresión de ella había una complacencia bondadosa. Parecía mesmerizada por el significado de aquel torpe ritual. Contra todos los principios, la institución del matrimonio despertaba en el inconsciente femenino una reacción ancestral que hundía sus raíces en incontables siglos de acatamiento.

El mito degradante de la cenicienta, pensó Mauricio: chica de servicio, mansa, guarra y catalana, se ofrece para lo que sea menester.

—Cuando nos casemos, no caeremos en esta horterada, le susurró al oído.

—En su día se verá, dijo ella.

Clotilde no había detectado el sarcasmo de la observación ni era consciente de haber respondido afirmativamente a la proposición de Mauricio.

Mientras troceaban la tarta y distribuían entre los invitados las porciones con la celeridad habitual, un conjunto musical ocupó el estrado. Al conectar los bafles se produjeron reverberaciones penetrantes y dolorosas.

Los camareros llenaban las copas de champán.

El conjunto musical emitió una notas destempladas y a continuación se puso a tocar un vals. Los recién casados abrieron el baile. Al cabo de poco el novio sacó a bailar a su suegra y la novia a su suegro. Luego hubo otras combinaciones protocolarias. Algunos invitados salieron a bailar pero la participación era escasa. La estridencia había hecho cesar las conversaciones. Sólo era posible intercambiar frases breves con el vecino de mesa.

—Bailemos, dijo Clotilde.

—Ahora no. Dentro de un rato.

—Es sólo para dar ambiente. Los amigos son para las ocasiones.

Mauricio no veía motivo alguno para contribuir a la buena marcha de aquella mamarrachada, pero no quería oponerse a los deseos de Clotilde, cuya animación le resultaba tan incomprensible como ofensiva, pero aun así, gratificante.

El vals de Strauss pésimamente tocado con instrumentos electrónicos era una aberración. Mauricio bailaba pasablemente y Clotilde se dejaba llevar con ligereza.

En el centro de la pista coincidieron con los recién casados, que volvían a bailar emparejados una vez concluida la ronda familiar.

Al verlos, Michelle dejó a Fontán, se fue derecha a ellos y sacó a bailar a Clotilde. Mauricio y Fontán se encontraron en mitad de la pista, en una situación poco airosa. Mauricio estaba perplejo. Fontán sonrió. Se le veía dispuesto de antemano a soportar con buen ánimo todos los vejámenes.

—Las mujeres... No les hagas caso si no quieres volverte loco.

Cogió del brazo a su amigo y lo condujo a la mesa de éste. Allí saludó a Fitó y a Raurell y a sus respectivas cónyuges. Toni bailaba con la adolescente timorata.

Fontán llamó a un camarero y le pidió un whisky con hielo. Otro camarero les presentó una caja de puros.

—Los habanos ya no son lo que eran, dijo Raurell apretando el suyo.

—Esto díselo a Fidel, dijo Fontán con una sonrisa maliciosa. El socialismo tiende a nivelar por lo bajo.

Mauricio miraba a Clotilde y a Michelle. Las dos mujeres bailaban con absoluta seriedad. Los demás las miraban complacidos y risueños. Era un espectáculo elegante y libidinoso, como ocurre cuando la belleza impone su presencia avasalladora.

—Ven, vamos a saludar a mi padre, dijo Fontán. ¿Te acuerdas de él?

—El campeón de tenis. No faltaría más. Pero él no se acordará de mí.

—A veces no se acuerda ni de mí, pero hace como que se acuerda. Todo se le olvida, menos el fingimiento.

Cruzaron de nuevo la pista. Fontán le iba presentando a sus familiares con voz monótona, como quien recita una letanía.

—Mi tía Carmen, mi tía Mercedes y su marido, mi primo José María.

Finalmente llegaron al padre de Fontán. Mauricio reconoció de inmediato en el anciano atildado que sostenía un cigarrillo con dedos temblorosos al admirado *dandy* del franquismo. La ceniza le caía sobre las arrugas del pantalón.

—Papá, éste es Mauricio Greis, un compañero de colegio.

El viejo *playboy* dejó vagar la mirada sin fijarla en nadie y sonrió de medio lado.

—¡Caramba, chico, cuánto tiempo sin verte! Patricio, ¿eh?

—Mauricio.

—Sí, ya me acuerdo de ti. Hace un montón de años. ¿Te has casado, Patricio?

—Pronto me toca, señor Fontán.

El viejo *playboy* sonrió con aire distante y protector.

—Siéntate un rato con nosotros. Mira, dijo señalando a un hombre vestido de gris, éste es el padre Arriaga. Lo habrás visto en la ceremonia, ¿eh? Ha estado muy bien, muy bien, pero ahora, vestido así, parece otro. Un bandarra parece, a que sí. A mí me gustaban los curas con sotana, o, si no, con alzacuellos, pero con esta corbata de tergal, ¿adónde iremos a parar? ¿Tú lees la Biblia, Patricio?

—Confieso que no.

—Haces mal. La Biblia es la palabra de Dios. Tenemos en casa la palabra de Dios y ni siquiera le echamos un vistazo. Al saldo de la cuenta corriente, eso sí. En cambio a la palabra de Dios, como si nada. ¿Llevo razón, padre?

—La palabra de Dios es el amor, dijo el padre Arriaga. El amor y las buenas obras.

—Yo me he acostumbrado a leer la Biblia todos los días. Desde que me jubilé. Un libro tremendo: dice lo que ha pasado y lo que pasará. Uno quiere saber el porvenir del mundo, pues no tiene más que consultar el Apocalipsis. Ahí está todo: la guerra nuclear, la crisis de los valores, el fin del mundo. Todo.

—Pero quién ganará Wimbledon este año, eso no lo dice.

—No, pero ya te lo digo yo: Boris Becker.

Clotilde y Michelle se acercaron a la mesa cogidas de la cintura.

—¿Has visto que nuera más guapa tengo?

—¿Y a mí no me piropea, señor Fontán? Soy Clotilde.

—Anda, es verdad, coño. No te había conocido, con este vestido y tan bien peinada. La última vez que te vi parecías una bruja. Guapa y encantadora, pero una bruja. ¿Ya te has casado?

—Todavía no.

—¿Y a qué esperas?

—A que usted me lo pida, señor Fontán.

—Si tuviera diez años menos, no digo que no. Me casé con una bruja. Había una película que se decía así: *Me casé con una bruja.* ¿Usted se acuerda, padre? Éstos no, porque son muy jóvenes. En cambio yo, hija, ya me ves, medio caducado, recogido en mis pensamientos, y un poco cansado de vivir. El médico me ha prohibido fumar.

—Ya lo veo, dijo Clotilde señalando el cigarrillo que el viejo *dandy* sostenía entre los dedos.

—Un día es un día. Y a la porra los médicos. Mi salud es mía, qué coño. Me han dicho que estás en el bufete de Macabrós. Es un punto. Dile que te lo he dicho yo. Pero díselo, ¿eh?

Michelle se colgó del brazo de Mauricio.

—Baila conmigo. Este tío me saca de quicio.

—Te va a oír.

—No escucha.

Michelle se le arrimaba tanto que Mauricio sentía crujir la tela del traje de novia.

—En el fondo, no me traga. Él habría preferido que su hijo se casara con Clotilde. Era la niña de sus ojos. Pero como el padre de ella es un zascandil y su tío un mangante, cambió de parecer.

Mauricio no seguía aquel razonamiento ni quería hacer averiguaciones. En aquel asunto, lo mejor era mantenerse al margen. Cuanto menos sepa, mejor, pensaba.

—Mira cómo la soba.

—Yo no veo que haga nada.

—Con la mirada, hombre.

—Ah, bueno, si sólo es eso...

Disgustada por la indiferencia de Mauricio, Michelle lo dejó plantado en mitad de la pista.

Mauricio regresó a su mesa. Sobre el mantel, cubierto de lamparones, trozos de pan y ceniza, se acumulaban platos sucios, copas vacías y servilletas revueltas. Recogió del suelo una servilleta manchada de comida y carmín y un chal de moaré que había resbalado del respaldo de una silla.

Raurell estaba bailando con su mujer y la de Fitó dormitaba descaradamente despatarrada en su silla. La adolescente timorata se había ausentado. Fitó y Toni discutían. Al ver llegar a Mauricio, Fitó le puso al corriente del tema a debate.

—Yo no tengo nada contra los homosexuales, no

faltaría más. Yo sólo digo que no entiendo este afán por casarse. Tantos años luchando contra el sistema y ahora que se despenaliza su condición, resulta que lo que querían era ser amas de casa.

—Nosotros no luchábamos contra el sistema, guapo. Era el sistema el que luchaba contra nosotros.

Mauricio se dio cuenta de que los dos estaban borrachos, pero no agresivos.

—Y también quieren ser guardias civiles, ¿no te jode?, insistió Fitó.

—Yo no quiero ser guardia civil. Yo sólo pido que no se me cierre ninguna puerta por ser como soy.

—Me parece una reclamación razonable, dijo Mauricio.

—La sociedad no está preparada, dijo Fitó, y no se puede legislar contra el sentir de la comunidad.

—Según este criterio, ya podéis ir suprimiendo el IRPF, dijo Mauricio.

—Mira, si hemos de decir chorradas, me voy, dijo Fitó.

Se levantó y abandonó la mesa tambaleándose.

—Hoy no tengo la noche, dijo Mauricio.

—No le hagas caso. En cuanto beben dos copas les sale el facha que llevan dentro.

—¿A los heteros?

—A los políticos. Mandar es de fachas. El partido y el programa es lo de menos. En el fondo sólo les interesa decir a los demás lo que han de hacer. Cualquier cosa menos dejar a la gente en paz.

—¿No habíamos quedado en que pasabas de todo?

—A mí sólo me da por el culo quien yo elijo, ¿vale?

Por fortuna en aquel momento llegó Clotilde.

—¿De qué se habla?

—*Die Wahlverwandtschaften.*

—Hostia.

—*Las afinidades electivas.* No conozco a nadie que lea a Goethe. Es una pena.

—¿No es un plasta?

Toni se levantó.

—Me voy a mear. Si dentro de una hora no he vuelto, no aviséis a la policía.

—Se va ofendido, dijo Clotilde, ¿qué le has dicho?

—¿Yo? Nada. Mi especialidad es ofender sin intención. Lo que antiguamente se llamaba tener mala sombra. ¿Soy un bocazas? Si lo soy, no me doy cuenta. ¿Bailamos?

—No. Estoy cansada. Y la música es un horror. Los peores *hits* de hace veinte años. Sólo falta el porompompero.

—Entonces vámonos.

Clotilde se dejó caer en una silla.

—Eso tampoco.

—No tengo la noche, repitió Mauricio.

—¿Te importaría traerme algo de beber? Cualquier cosa. Agua de Vichy. No. Mejor un gintonic. Cargado. No. Con poca ginebra. Bueno, como sea.

Mauricio se levantó con esfuerzo. También había bebido más de la cuenta y le dolía la espalda y le flaqueaban las piernas. Bordeando la pista de baile llegó a una mesa larga llena de botellas y vasos. Al camarero que le atendió le pidió un gintonic y un vaso de agua. El camarero hizo un ademán de asentimiento y se fue. Mauricio se sirvió el vaso de agua y se lo bebió. Al cabo de un rato largo regresó el camarero con el gintonic ya servido en un vaso de tubo. De camino a la mesa, un invitado tropezó con él y le volcó media copa de champán en la americana. Mascullando disculpas apenas inteligibles, siguió a Mauricio hasta la mesa. Insistía en hacerse cargo de la tintorería. A toda costa Mauricio debía enviarle la factura. Buscando su tarjeta de visita por los bolsillos, acabó de vaciar el resto del champán sobre su propio traje. Finalmente renunció y se fue refunfuñando.

En la mesa ya no quedaba nadie. Hasta Clotilde se había ido.

Mauricio se sentó y empezó a beberse el gintonic a pequeños sorbos.

Miraba a su alrededor y veía a la gente bailar y deambular por la sala y pensaba que seguramente él era el único que no había entendido la utilidad de aquella farsa monumental. Sólo el compromiso asumido de común acuerdo permitía a las personas funcionar en medio de la confusión general, cumplir con sus obligaciones sin dejarse aplastar por el absurdo y la contradicción. El ceremonial y el disfraz y el lenguaje mecánico que constituían la raíz y el andamiaje de la vida social era lo único que permitía al individuo subsistir, ejercer su oficio, mandar y obedecer, ganar dinero, vivir en familia, tener hijos, hacer frente a las contrariedades, fracasos y desengaños, soportar la duda, el miedo y la incertidumbre, sobrellevar la enfermedad y el dolor y aceptar la certeza de la muerte. Pero para esto hay que tener una fe que yo no tengo. Poca fe, pero fe. El Papa cree realmente en Dios y Hitler creía que los judíos eran la causa de todos los males. Atribuirles una cínica instrumentalización de las supersticiones y los bajos instintos de las masas es conceder a la inteligencia una relevancia que no tiene. La fe es la clave. Mueve montañas y toda clase de terrenos, especialmente los que permiten la especulación inmobiliaria. Pero yo no tengo fe. Vamos andando inexorablemente hacia el final, malgastando el tiempo y los recursos, como esta americana sucia y mojada por culpa de un beodo. Una buena prenda echada a perder por la incontinencia ajena. Y ahora, sin ropa y sin fe, ¿qué será de mí? El escepticismo ya no está de moda.

Mientras Mauricio se entregaba a estas reflexiones, Clotilde se agitaba en la pista enloquecida y olvidada del pollastre que la había sacado a bailar y ahora seguía sus movimientos con ojos enrojecidos y desconcertados. Había actuado impulsivamente, al verla sola en la mesa, y ahora su audacia le ponía en un compromiso. Era evidente que ella estaba fuera de sí, sin duda dispuesta a todo. Si él no sacaba partido de la ocasión, quedaría mal frente a quienes le observaran y en especial frente a sí mismo; pero no sabía cómo actuar en aquel trance ni hacia dónde debía conducir la situación, ni si verdaderamente tenía ganas de que aquella aventura inesperada desembocara en algo. Sus aprensiones estaban justificadas, porque Clotilde había salido a bailar sin reparar en su pareja, simplemente por aliviar su nerviosismo y alejar de sí un remolino de negros pensamientos. También ella veía en aquellas ridículas convenciones una forma de aglutinar fuerzas divergentes, pero se veía a sí misma como una víctima de este sistema destinado, en definitiva, a cercenar cualquier asomo de independencia, a cortar cualquier atisbo de irregularidad. Esta idea la asfixiaba y, desinhibida por el alcohol, bailaba de un modo febril y desvergonzado, con el propósito inconsciente e ilusorio de llamar la atención y de provocar un escándalo. Sólo la expulsión la salvaría de ser devorada por el ambiente en que se hallaba sumergida desde siempre. Pero un último resquicio de racionalidad desmontaba este delirio: nadie secundaría su plan. La única salvación estaba en sus manos y se sabía incapaz de dar los pasos necesarios.

Estas ideas alborotadas y el movimiento frenético le provocaron un ligero vahído. Perdió el ritmo y el equilibrio, se tambaleó, dio unos pasos vacilantes. Estaba a punto de caer despatarrada en medio de la pista. No era éste el escándalo que habría deseado. El abrazo de un hombre previno el derrumbamiento. Sin necesidad de mirar supo que era Mauricio, que había seguido reservadamente su actuación y ahora intervenía con estrategia de propietario. Clotilde sintió gratitud y rencor.

—Sácame de aquí.

La condujo al lavabo. Al salir, Clotilde tuvo la impresión de que todo había cambiado. El conjunto musical había abandonado el estrado. Ahora los altavoces emitían una música suave. Unas pocas parejas bailaban agarradas y tambaleantes. Las mesas estaban casi vacías. El suelo, lleno de residuos de la fiesta.

—¿Tanto he tardado?

Mauricio la esperaba recostado contra la pared.

—Un poco, sí.

—¿Los novios se han ido?

—Hace horas.

—¿Y nosotros?

—Nos estamos yendo.

—¿Adónde?

—A donde tú quieras.

—Y tú, ¿adónde quieres ir?

—Depende.

—¿De qué?

—De ti. Contigo, a cualquier parte. Sin ti, a mi casa y mis zapatillas.

—¿Y por qué lo tengo que decidir yo? Siempre me toca decidir a mí.

—Esto te pasa por indecisa. El que sabe lo que quiere nunca ha de decidir nada. Ya lo tiene todo decidido.

—Pero yo soy megaidiota, Mauricio. Ayúdame.

—¿Vas a llorar?

—Sí.

—¿Por qué?

—Porque me da la gana. Pero no en público. Además, se me correría el rímel y parecería una película de Almodóvar. Llévame a casa. No. Llévame a Sudamérica. Vamos a hacer la revolución pendiente.

—¿Has esnifado en el baño?

—Qué va. Quiero ir a Bolivia.

—Me parece una idea excelente. De momento iremos a dormir y mañana compraremos la metralleta y la guía Michelin.

*

Después de la boda de Fontán la Porritos todavía vivió un año largo, por más que su salud menguaba visiblemente de día en día. Mauricio se informaba por mosén Serapio, a quien de vez en cuando daba dinero para la subsistencia, cuidado y medicación de la Porritos. Por un acuerdo tácito establecido de buen principio, las entregas no eran periódicas ni las cantidades fijas, sino que variaban en función de las necesidades y las circunstancias. Llegada la ocasión, mosén Serapio se ponía en contacto con Mauricio, le decía una cifra y fijaba el lugar y el momento de la entrega. Entonces Mauricio preguntaba por la Porritos y por el curso de su enfermedad y mosén Serapio le informaba de un modo escueto y desabrido que ponía de manifiesto el desprecio que sentía por su interlocutor. Mauricio aceptaba este castigo y no discutía la suma que el otro le reclamaba ni pedía explicaciones sobre su destino. Nunca pidió un recibo ni el otro se ofreció a dárselo.

Avanzada la primavera, sin embargo, Mauricio sintió deseos de ver a la Porritos, no por mala conciencia, sino por afecto. A menudo le ocurría que, inopinadamente, recordaba los buenos momentos vividos con ella y experimentaba una dolorosa sensación de pérdida.

En cuanto tuvo ocasión, transmitió su deseo a mosén Serapio sin darle ninguna razón. El cura obrero torció el gesto.

—Eso le haría más mal que otra cosa. Cuando se hizo a la idea de que no te volvería a ver sufrió mucho. Ahora ya está resignada o, al menos, no se atormenta. Pero no necesitas mi permiso y supongo que te pasas mi opinión por la entrepierna.

—Ni una cosa ni la otra. Pero preferiría que te limitaras a organizar el encuentro y dejaras el resto en nuestras manos.

Mosén Serapio le llamó al cabo de unos días.

—La Porritos ha de ir al hospital para un tratamiento el jueves que viene. Le he dicho que tú la acompañarías.

—¿Se ha puesto contenta?

—Se ha puesto a llorar. Si de alegría o de pena, yo no lo sé. Pero ilusión, seguro que la hace.

A la hora convenida Mauricio estacionó el coche en doble fila frente al portal y llamó al interfono. Respondió la señora Marcela.

—¡De seguida bajamos!

La espera se le hizo larga y angustiosa. Mauricio sentía la tentación de salir huyendo.

Finalmente aparecieron las dos. La señora Marcela iba muy descuidada. Llevaba puesto un delantal sucio sobre la bata y el pelo lleno de horquillas. La Porritos había adelgazado mucho y andaba con dificultad, colgada del brazo de la señora Marcela. Al ver a Mauricio desvió la mirada. Sin decir nada, Mauricio la sujetó por el otro brazo y la ayudó a sortear los coches aparcados hasta llegar al suyo.

—Qué coche tan bonito, dijo ella, ¿es nuevo?

La señora Marcela hizo un guiño disimulado a Mauricio.

—Sí.

La señora Marcela le dio un sobre grande para ser entregado en el hospital. En el sobre iba escrito el nombre del médico.

—Voy por la bolsa, dijo la señora Marcela.

Desapareció en la oscuridad del portal. Mauricio intentaba poner el cinturón de seguridad a la Porritos, pero ella se negó. Mauricio se sentó a su lado.

—Hace calor. ¿Quieres que quite la capota?

—Me encantaría.

Mauricio encendió el motor, soltó la traba, pulsó el botón y la capota se levantó, se plegó en el aire y se escondió en el maletero. La Porritos seguía esta maniobra con curiosidad.

—Este número ya lo había visto antes, dijo al final.

—Claro, mujer. Hemos ido otras veces en este mismo coche. Lo que pasa es que así de pronto no te has acordado.

—Perdona, a veces se me va un poco la olla.

—Nos pasa a todos.

—Vaya un consuelo.

—¿A qué vas al hospital?

—Me han de hacer unas pruebas para ver si he hecho el sarcoma de Kaposi.

—Es raro en las mujeres.

—Eso dicen. Pero como me han salido unas manchas en el cuello, quieren hacerme no sé qué.

—Las manchas pueden venir de otra cosa. ¿Tienes dolores?

—Un surtido. La cabeza, las articulaciones, trastornos intestinales y últimamente, bradipsiquia.

A Mauricio le sorprendía verla tan impuesta en la terminología médica y tan ausente para todo lo demás. Por otra parte, era natural, pensó.

La señora Marcela reapareció con la bolsa de gimnasia.

—Luego vendré a verte, mi niña.

—Estaré bien, señora Marcela. Aproveche para descansar.

—¿Cómo va la vida, señora Marcela?, preguntó Mauricio.

—Ay, doctor, cada cual lleva su cruz. Pero comparado con esta pobrecita, ¿de qué se va una a quejar? Bueno, me voy.

Estaba haciendo pucheros y no quería que la vieran. Cuando se hubo ido la señora Marcela, Mauricio preguntó:

—¿Qué le pasa?

—Su hija, que es un poco trasto. Y el novio de la hija. Yo qué sé. Se pasa el día llora que llorarás, como si yo no tuviera ya suficiente con mis problemas. Anda, arranca y vámonos.

—Si quieres, podemos dar un paseo en coche antes de ir al hospital.

—Llévame a donde quieras.

—Lo digo para que te dé un poco el aire.

—Sí, está bien.

—Si tienes frío o te molesta el viento me lo dices y pongo la capota.

—No, no. Voy muy a gusto.

Mauricio conducía con lentitud, sin hablar y sin mirar a la Porritos. Tenía pensado llevarla a Montjuich aprovechando el día claro, pero a medio camino advirtió que se había quedado dormida. Disminuyó la velocidad hasta detener el coche, replegó la capota y continuó luego la marcha hacia el hospital.

Cerca del hospital la Porritos abrió los ojos y dio un grito. No sabía dónde estaba.

—Conmigo, dijo Mauricio.

—Ya lo sé. Por esto me he dormido.

—Ah, te aburro.

—Me relajas. Contigo es como si perdiera el miedo.

—Vendré a verte. Te lo prometo.

Antes de abandonar el hospital habló con el médico y éste le pintó un panorama sombrío.

—Lo peor es la obstinación con que se aferran a la vida. Te dicen que así no vale la pena seguir viviendo, pero al menor síntoma se les disparan todas las alarmas. Nada les preocupa tanto como su salud. Nunca entenderemos la naturaleza humana.

Mauricio comprendió que había sido inhumano dejar desamparada a la Porritos y decidió ocuparse nuevamente de ella y arrostrar las consecuencias. De hecho, el desvalimiento de la Porritos había creado entre Mauricio y ella un vínculo imposible de quebrar. Mauricio daba por firme el compromiso con Clotilde, pero sabía que debía subordinar su relación al desenlace inexorable de la enfermedad. Mauricio temía las consecuencias de este aplazamiento indefinido, pero su conciencia le impedía obrar de otro modo.

*

Al día siguiente Mauricio acudió al hospital y encontró a la Porritos despierta y eufórica. Por un momento creyó estar asistiendo a un milagro, pero no tardó en desengañarse. Acostumbrada a ver pasar lánguidamente las horas en la lúgubre monotonía de su piso, con la señora Marcela por toda compañía, la rutina cíclica y enérgica del hospital le resultaba estimulante.

Estaba familiarizada con las dependencias y los procedimientos del centro y había entablado una relación cordial con las enfermeras y los médicos jóvenes que hacían las rondas diarias y cuando los calmantes surtían el efecto adecuado, la Porritos creía estar viviendo los últimos vestigios de bienestar que había de ofrecerle este mundo. Por desgracia, este efecto duraba poco. Pronto la evidencia de un síntoma, una prueba dolorosa, un resultado poco esperanzador ponían nuevamente de manifiesto su irremediable condición.

—Ayer me encontré a la señá Remedios. ¿Te acuerdas de ella? La pobre está que da miedo. A duras penas si la pude reconocer. Ella, en cambio, nada más verme casi me salta al cuello. Hasta me preguntó por ti, con mucha insistencia. Que si seguíamos juntos y tal y cual. Yo la dije que sí, por decir algo alegre. Y ella, que la fueras a ver, que te quería pedir un favor importantísimo.

—Bueno. No creo que pueda hacer gran cosa por ella, pero iré si tú me acompañas.

Fueron juntos a la habitación de la señá Remedios. Mauricio iba prevenido, pero aun así se impresionó al ver el aspecto de la moribunda. Parecía un cadáver expulsado sin miramientos de la sepultura.

Al oír su nombre, la señá Remedios abrió los ojos y los miró con alarma. Luego debió de identificar a sus visitantes, porque se puso a parlotear de un modo incomprensible, entre jadeos y gemidos, con creciente agitación. Para tranquilizarla, Mauricio le preguntó si todavía pertenecía a aquella secta evangélica. La señá Remedios reflexionó un rato y luego, más serena, respondió que no. La secta era un fraude, la fe no servía de remedio a nada y a Jesucristo los sufrimientos de las personas le traían sin cuidado. Él había pasado lo suyo, con la cruz a cuestas y la de puñadas que le dieron los soldados, pero luego, por lo visto, se le había olvidado el mal trago y se había vuelto insolidario.

Mauricio admiraba aquella forma de religión, ingenua, blasfema y auténtica.

Ahora la señá Remedios creía en la magia. Con una fórmula que ella sabía podía hacer una poción que lo curaba todo. Pero en el hospital no le hacían caso y se negaban a proporcionarle los ingredientes, y con razón, porque la poción acabaría con el negocio de la medicina y de los haraganes que vivían del cuento. Ahora, si alguien le pudiera traer de afuera lo necesario y la ayudaba con la receta, ella y todos los enfermos de la planta se curarían en un plis-plas.

Mauricio comprendió que aquello era justamente lo que la señá Remedios esperaba de él y la razón de su insistencia en verle. Por seguirle la corriente le preguntó qué necesitaba y ella recitó de corrido una lista interminable e incoherente. No había forma de hacerla callar.

Al cabo de un rato Mauricio y la Porritos salieron de puntillas y dejaron a la señá Remedios con su salmodia.

—Pobre señá Remedios, dijo la Porritos, fue la primera compañera de cuarto cuando entré aquí. Luego he tenido muchas, pero la primera es algo especial. Cuando se muera empezará para mí la cuenta atrás.

—No seas macabra. La medicina y el horóscopo son cosas distintas.

—No tan distintas. Ninguna de las dos sirve para nada. En esto se parecen. Y en la charlatanería.

Las palabras de aliento la ponían de mal humor.

También a Mauricio los desplantes de la Porritos le ofendían. Se hacía cargo de la condición de ella, pero reclamaba para sí un poco de gratitud. En su fuero interno deseaba que la Porritos se fuera pronto de este mundo y lo dejara en paz. Pensar así le parecía una bajeza, pero no lo podía evitar. Lo demás era una agonía lenta y estéril.

Aunque sólo mencionaba el tema ocasionalmente y de un modo tranquilo, impersonal y como de pasada, la situación lastraba penosamente la relación de Mauricio y Clotilde.

Clotilde entendía las contradicciones, las reservas y los cambios de actitud de Mauricio y en muchos aspectos aprobaba tácitamente su postura, pero este entendimiento no hacía la realidad más llevadera. Sus padres, a quienes Clotilde había mantenido desde el principio al margen de la cuestión, no sabían cómo interpretar el estancamiento repentino de una relación que creían consolidada y se preocupaban al ver a su hija desdichada sin conocer el motivo.

Clotilde se entregó al trabajo en cuerpo y alma. Pasaba muchas horas encerrada en su despacho, absorta en los asuntos que le iban asignando. Durante unas semanas había recibido varias llamadas de Michelle a poco de regresar ésta del viaje de bodas. Clotilde había respondido con tibieza y había eludido con pretextos banales cualquier reencuentro. Del señor y la señora Fontán no quería saber nada.

*

Al cabo de unos meses el abogado Macabrós llamó a Clotilde a su despacho. Era tarde, los pasantes y las secretarias se habían ido. El piso en penumbra parecía más grande y desolado y el contorno de los muebles sugería formas tétricas y amenazantes.

Al entrar en el despacho Clotilde percibió un aroma empalagoso que recordaba de otras ocasiones.

El abogado Macabrós dijo:

—Pasa y cierra. Ya conoces a Cervello, viejo amigo de la casa.

El corcovado bajó de la butaca con una difícil contorsión y le tendió una mano húmeda y fría.

—Me tengo por buen fisonomista, pero ya no me acordaba de lo guapa que es usted, señorita.

Clotilde experimentó la misma sensación de repugnancia. El abogado dijo en tono digresivo:

—Siéntate. El amigo Cervello y yo estábamos pasando revista a los acontecimientos... Le he puesto en antecedentes de tus progresos: la absolución de Breto y otras actuaciones no menos brillantes. En fin, no soy pródigo en elogios ni te he llamado para hacer la *laudatio*, si aún se llama así... Carraspeó, adoptó una actitud menos voluble y agregó a renglón seguido: Tú recordarás, sin duda, a monsieur Pasquine, de Ginebra...

—Por supuesto. No es fácil olvidar a monsieur Pasquine.

—En efecto, dijo el abogado Macabrós lentamente, como si buscara la manera más adecuada de introducir un tema espinoso, en efecto. Monsieur Pasquine es un tipo singular... La cuestión estriba en saber... hasta dónde puede llevar a un hombre su singularidad, no sé si me explico.

El corcovado intervino con su habitual desasosiego.

—Monsieur Pasquine es un canalla, coño. Un jodido canalla. Las cosas como son. No sirve para nada marear la perdiz.

—Por el amor de Dios, Cervello, estamos entre juristas, dijo el abogado Macabrós con mansedumbre sibilina, no podemos emitir juicios precipitados. El hecho es que existen indicios... sólo indicios... de que monsieur Pasquine podría haber estado... cooperando. Ésta es la palabra justa: cooperando.

—¿Qué clase de cooperación y con quién?, preguntó Clotilde.

—¿Qué más da? Con la competencia, con las autoridades... Lo importante es la naturaleza misma del acto. La cooperación. Y yo me pregunto... Es decir, el amigo Cervello y yo nos preguntábamos si tú... si en tus contactos con monsieur Pasquine...

—Nunca mencionó sus planes de cooperación, dijo Clotilde. Sería absurdo pensar...

—A veces, atajó el abogado, a veces los hombres cuentan a las mujeres cosas que ni a sí mismos se dirían. Por debilidad o por jactancia, en momentos de... liviandad.

—¿Liviandad?

—Si en el trato entre ambos hubiera habido un atisbo de... galanteo...

—¿Se refiere a follar?

El abogado Macabrós levantó los ojos como si pusiera al cielo por testigo de la afrenta.

—Ah, *ce vocabulaire..., quand même!*

El jorobeta dejó oír su risa de grajo.

—Nadie insinúa nada por el estilo, señorita, pero se aprecia su sinceridad.

Clotilde se volvió a él por primera vez.

—¿Y qué es eso que nadie insinúa, señor Cervelló?

Intervino el abogado Macabrós afectando melindres.

—Guardemos las maneras, por favor. Monsieur Pasquine, según parece, tiene ínfulas de don Juan. Por regla general, los suizos no son golfos, pero algunos lo son, y por lo visto monsieur Pasquine pertenece a esta minoría étnica.

—Monsieur Pasquine nunca me echó los tejos, al menos de un modo perceptible. ¿Puedo saber qué ha hecho?

—Digamos que la confidencialidad de ciertas... transacciones... ha dejado de ser... confidencial. Un revés para nuestros clientes y un descrédito para el bufete.

—¿Y cómo saben que ha sido monsieur Pasquine el autor de la filtración?

—Saberlo no lo sabemos, dijo Cervello, al menos con certeza. En estos casos las pruebas raramente existen. Por eso era esencial hurgar en cualquier posibilidad... Ni el señor letrado ni yo pretendíamos ofenderla. Pero entre colegas no ha de haber secretos, esto usted no se lo pasa por lo alto.

Clotilde se encogió de hombros.

—Yo no soy su colega. Estoy aquí de precario. Pero esto no viene a cuento. Y no soy desleal. Con monsieur Pasquine he tenido un trato breve y estrictamente profesional. Quizá ni eso. No tengo más que decir. Con su permiso...

—Por favor, no se vaya, atajó el jorobeta, esto no es un interrogatorio. Además, añadió lanzando una mirada de alarma al viejo reloj de péndulo que llevaba varios lustros sin funcionar, es mi menda el que toca el pirandó. Saltó de la butaca, recobró el equilibrio y agregó: Por lo que concierne a ese individuo, estoy a sus gratas órdenes.

—Por el momento, dijo el abogado Macabrós en tono de resignación, poco podemos hacer. Paciencia y barajar.

—Usted manda. Yo, por mí, ya sabe: le enviaba una visita, como primera providencia. Y luego ya se verá.

—Por el amor de Dios, Cervello, no hay nada en firme. Sólo rumores y suposiciones...

El jorobeta se dirigía a la puerta. Antes de abrirla se volvió y dijo:

—Como puede suponer, a mí el asunto se me da una higa. Pero a mi modo de ver, un sustito preventivo...

El abogado Macabrós fingió no haber oído la insinuación. El jorobeta esbozó una reverencia soez y ceremoniosa y salió.

Clotilde se preguntaba si el jorobeta hablaba en sentido figurado o literal.

—Lamento la impertinencia, dijo el abogado Macabrós, en nuestro oficio a menudo nos vemos forzados a descender a... minucias, es imposible eludir la... sordidez... Ya te irás acostumbrando. ¿De veras sigues en situación de supernumeraria?

—Usted lo sabe tan bien como yo. ¿Lo habría hecho?

—¿El qué?

—Darle un susto. A monsieur Pasquine. Esa visita...

—Cervello es expeditivo. Su deontología no es la nuestra. Pero si un día, Dios no lo quiera, lo llegaras a necesitar, ya me has oído: es expeditivo. Y nosotros, a nuestro modesto nivel, también hemos de serlo: es tarde y seguramente te esperan. Yo me quedo un rato.

Clotilde regresó a su despacho, apagó las luces y salió. En la acera la abordó Cervello.

—¿Tiene coche, señorita?

—Sí, pero no lo traigo al trabajo.

—Yo, como no conduzco, siempre tengo un taxi a mano. Se lo ofrezco.

—No se moleste.

—Si fuera molestia no la habría esperado. Es un placer. Yo no tengo horario ni compromiso, a mí nadie me espera, y la noche está húmeda y ventosa.

Mientras hablaba agitaba la mano. Un taxi se detuvo junto al bordillo. El taxista se apeó y abrió la puerta trasera.

—Buenas noches, señor Cervello, dijo.

—Buenas noches, Paco. Acompañaremos a la señorita.

Como la presencia del taxista le ofrecía garantías, Clotilde subió al taxi y dio la dirección de su casa. Ya en marcha dijo el jorobeta:

—Macabrós hace mal en ningunearla. Usted vale más que esos niñatos. Los pasantes, digo, niñatos crecidos, sin imaginación y sin lo que hay que tener. Usted tiene las dos cosas. Y Macabrós es un lila. Piensa que usted se casará el día menos pensado y dejará la profesión. Pero usted no haría eso, a usted la pelea le va. Macabrós es un lila, yo mismo se lo he dicho, con estas mismas palabras. Pero el que manda, manda, aunque sea un lila. Si de mi mano estaría...

—Pero no lo está, señor Cervelló, déjelo correr.

El jorobeta cambió de tono.

—He seguido pensando en todo lo que nos explicó de las computadoras. Es muy interesante, ya lo creo. Y me preguntaba... si no le gustaría trabajar para mí. Para mi agencia, quiero decir. No digo de dejar a Macabrós. Aquí tiene usted un futuro. Pero si le interesara, aunque sólo fuese para probar, encontraríamos una fórmula. Un sobresueldo nunca está de más.

—Le agradezco la oferta si es sincera, pero no le sorprenderá si la rechazo. Además, para su agencia necesita un técnico informático, no un abogado. La materia es complicada y yo sólo sé generalidades. Y lo poco que sé es para impedir delitos, señor Cervelló; no para cometerlos.

—Cervello, señorita, Cervello. No Cervelló. Cervelló es un apellido catalán, y yo no soy catalán. Ni catalán ni de ninguna parte. Los catalanes son altos y derechos. Y los de Madrid. Los baturros y los gallegos, igual. Y todavía se pelean entre ellos. Si yo sería normal, no me pelearía con nadie. Pero siendo como soy, pues estoy contra el mundo. ¿Amargado? Ca. Sólo en guerra, señorita, sólo en guerra. Ellos son ellos, y yo soy yo. Desde el primer día ha sido así, y así será hasta el último. No habrá un segundo de tregua para mí. ¿Quién me la daría? Miraba por la ventanilla, como si estudiara a los peatones que el taxi iba dejando atrás. Sin volverse prosiguió: Mire, señorita, cuando era un mocoso y los otros mocosos aprendían a ir en bici, yo sabía que nunca podría subirme a una bici. Si ellos jugaban al fútbol, tres cuartos de lo mismo. Y así con todo. Luego vinieron las chicas y para qué le voy a contar. Lo que con los demás las tías lo hacen por gusto, yo lo tengo que pagar. El precio lo ponen ellas y yo, apoquinar y ver cómo lo hacen con asco. Las hay burras, que se ríen. Yo las prefiero, ¿sabe? Buen rollo. A mí ya me gusta que se rían... Se volvió y dirigió a Clotilde una mirada fría y divertida, como diciendo: No me tomes en serio y aún menos me tengas compasión. Le cuento estas intimidades un pelín atrevidas porque sé que para usted esto es ciencia y no pornografía. Le dio un pescozón al taxista y exclamó: ¡Tú no escuches, coño! Además, todo es hablar por hablar. Dos compañeros de trabajo compartiendo un taxi, pasando el rato. Charlando se pasa el rato y la gente se conoce. ¿Ve? Ya hemos llegado, ahí está su casa.

—¿Cómo lo sabe?

—Conozco el barrio. Para, Paco.

El taxista paró y se apeó para abrir la puerta. Clotilde se apeó.

—Gracias.

—No hay de qué, dijo el jorobeta. Ah, y una cosa más, antes de que se vaya. Yo estoy seguro de que no hubo nada, pero si yo fuera monsieur Pasquine, habría perdido la chaveta por usted.

*

Además de las contrariedades propias del caso, Mauricio había de soportar regularmente la presencia de mosén Serapio.

Mauricio advirtió que a su habitual ofuscación se unía un problema creciente de alcoholismo. Le habría traído sin cuidado si la bebida no hubiese alterado su carácter para mal, pero si estaba ebrio se volvía agresivo y si no, taciturno y gruñón. En cambio, cuando la dosis de bebida era la justa, un optimismo exaltado y agobiante invadía al cura obrero; entonces quería hacer partícipe a todo el mundo de su entusiasmo. Entre su feligresía, formada por mujeres crédulas y adolescentes cándidos, mosén Serapio pasaba por un iluminado. Le dejaban decir cualquier barbaridad y él, acostumbrado a que nadie le llevara la contraria, se volvía cada vez más loco.

Conforme menguaba la salud de la Porritos, su influencia sobre ella, que había disminuido durante la relación con Mauricio, volvía a ser enorme. La Porritos creía todo lo que mosén Serapio le decía.

—¡En cualquier momento Dios todopoderoso puede enviar a sus ángeles y a sus santos, como tantas veces hemos visto en las estampas y en las pinturas de iglesia! ¡Un carro de fuego tirado por querubines puede atravesar ahora mismo esa ventana sin romper el cristal!

Mauricio no podía contener su exasperación ante estas muestras de delirio.

—Me conformaría con que los querubines limpiaran los cristales y nos dejaran en paz. ¿Para qué queremos un carro de fuego?

En estos casos, la Porritos siempre se ponía del lado del cura obrero.

—Es un ejemplo, hombre.

—Pues no se entiende.

—Yo sí lo entiendo, y me hace bien.

Mauricio no tenía más remedio que callar.

Un día mosén Serapio lo llevó aparte y le dijo:

—¡Traigo un notición!

A Mauricio la euforia del cura obrero le infundía un gran recelo.

—A ver.

—He localizado al hermano de la Porritos. Ella no sabe nada, ¡figúrate la sorpresa! No se han visto desde hace un siglo.

—Por algo será. ¿No estaba en chirona?

—Sí, en Málaga, pero ya le han concedido el tercer grado y dicen que puede conseguir un permiso de salida. Estoy seguro de que le dejarán venir a Barcelona si acredita una causa de tanto peso. Un hermana en las últimas: habría que tener coraje para negárselo.

Mosén Serapio había localizado al hermano de la Porritos a través de unos curas exclaustrados que habían montado un centro de rehabilitación para delincuentes. Mauricio habría preferido dejar las cosas como estaban, pero no se podía inmiscuir en los asuntos familiares de la Porritos.

—¿Se lo has dicho a ella?

—Todavía no. Primero lo quería consultar contigo.

—¿Desde cuándo me consultas algo?

—Verás, el chico está un poco descolocado. No es fácil hoy en día ganar dinero, y menos para un recluso. Necesitará una ayudita.

—Pero, bueno, ¿hay algo en este mundo que no tenga que pagar yo?

—Dios da dinero a algunos para que lo distribuyan con solidaridad cristiana. Hay que elegir entre el cielo y Wall Street.

—No quiero oír más chorradas. Hablaremos con la Porritos. Si a ella le hace ilusión ver a esa joya, ya lo pensaré.

Mauricio tenía puestas sus esperanzas en el desinterés de la Porritos por todo cuanto no fuera su enfermedad, pero ella dio muestra de gran alegría ante la perspectiva de volver a ver a su hermano. Era unos años más joven y ella lo había criado como si fuera su propio hijo. Luego la mala racha de unos y otros los había separado. Como antes la Porritos nunca le había hablado de su hermano, salvo de un modo tangencial y con bastante desapego, Mauricio supuso que la historia de la crianza era una fábula y aquel arrebato de sentimiento, un efecto más de su condición. A la Porritos le parecía un buen presagio todo lo que de algún modo la retrotraía a una etapa previa de su vida.

—Vale, pero yo no pienso tener tratos con él, le dijo en un aparte a mosén Serapio. Tú le buscas alojamiento y le pasas unas dietas de manutención. Yo te daré el dinero. Eso sí: con cuentagotas y sólo por unos días. Si ese tipo se convence de que somos un filón, no habrá modo de sacárnoslo de encima.

Al cabo de unos días el hermano de la Porritos se presentó en la casa.

En aquella ocasión, mosén Serapio, a quien Mauricio tenía por un farsante improductivo, demostró una diligencia y una eficacia admirables. Dando voces por el barrio encontró una habitación con desayuno y cena para el hermano de la Porritos en casa de un matrimonio de jubilados sin hijos. La Porritos habría preferido tener a su hermano consigo. Pretendía hacerle sitio en el piso. Entre todos la convencieron de que en casa de los jubilados su hermano estaría mejor y ella no tendría que sacrificar el poco confort de que disponía. Los jubilados vivían a poca distancia y él podría ir a verla a todas horas.

El hermano de la Porritos parecía un muchacho: era de facciones aniñadas, imberbe y rubio. Se llamaba Robustiano y se hacía llamar Ruby. Era simpático y parecía tener un carácter fácil: siempre estaba alegre, se mostraba agradecido por todo y se reía por cualquier cosa. A Mauricio le recordaba mucho a la Porritos de los buenos tiempos y esto lo predisponía en su favor, a pesar de sus reservas. Sin embargo había algo turbio en su persona, seguramente por haber llevado una vida delictiva y haber estado en prisión. A veces, sin razón aparente, su mirada era torva, su actitud esquiva y su risa tenía una arista cruel.

Desde el primer momento se mostró cariñoso con su hermana y supo disimular bien el efecto que le hubieran podido producir el deterioro y la emaciación de ella. No obstante se abstuvo de abrazarla y de darle un beso y sólo la tocaba fugazmente a través de la ropa. En los gestos y precauciones se le notaba la aprensión. Sin duda en la cárcel había visto casos semejantes y sabía a qué atenerse.

A la Porritos todo esto le pasaba inadvertido. La presencia de su hermano le producía tanta alegría que hasta los síntomas de su mal desaparecieron parcialmente. Era como si hubiera venido a verla uno de los ángeles que se anunciaban en las curdas de mosén Serapio.

*

Una tarde la secretaria del abogado Macabrós entró en el despacho de Clotilde y le puso unos documentos en la mesa.

—Dice el jefe que los leas, los firmes y me los devuelvas. Y si faltan datos, que los rellenes tú misma.

Era un contrato de trabajo y los formularios de la seguridad social. Como esto sucedía poco después de la conversación con Cervello en el taxi, Clotilde se preguntaba si la iniciativa partía del abogado Macabrós o si éste obraba persuadido por los argumentos del jorobeta. Esta posibilidad la inquietaba. De aquel sujeto no se podía esperar nada bueno y la idea de estar en deuda con él retraía a Clotilde a la hora de aceptar la oferta.

—¿Qué deuda? Tú no le debes nada a nadie, dijo Mauricio. Al contrario. Otra cosa es que te convenga encadenarte al bufete de ese camandulero.

—¿De qué museo has sacado esta palabra?

—Goethe la usa mucho: *kammandulieren*.

—Bueno, un bufete de abogado no es una mercería.

—No, pero tampoco ha de ser por fuerza una sucursal del cartel de Medellín. No te hagas la ingenua. ¿De veras quieres darle este sesgo a tu carrera?

Clotilde se irritaba cuando Mauricio decía lo que ella misma pensaba. Habría preferido un contraste de pareceres. Dijo:

—No creo que haya muchas alternativas.

—Muchas no: alguna. Con una ya basta.

Clotilde acababa dándole la razón, pero luego, a solas, se enfurecía por haber cedido. El mundo de la abogacía era complejo y no exento de zonas oscuras. Sin embargo, los hombres habían resuelto este dilema desde tiempo inmemorial. En cambio a las mujeres la sociedad les exigía una honradez profesional rayana en la santidad: defender causas nobles, ayudar a los desvalidos, anteponer la integridad a la ambición. Esta actitud le parecía decididamente patriarcal. Clotilde pensaba que la mujer había de ser dueña de su cuerpo y también de su conciencia.

Para disipar sus escrúpulos habló con el abogado Macabrós y le preguntó si aceptar aquella oferta de trabajo la obligaba a aceptar cualquier caso, fuera cual fuese su índole.

—Anda, firma de una vez estos papeles miserables y no digas tonterías. Además, el contrato es rescindible por cualquiera de las partes con un mes de preaviso.

Clotilde firmó allí mismo y el abogado Macabrós arrojó los documentos dentro de un cajón de su mesa de despacho.

—Pase lo que pase, quiero darle las gracias, dijo Clotilde.

El abogado la despidió con un ademán brusco.

—*Allez, allez.* En tiempos de Franco no existían los jóvenes. Por eso vivíamos mejor.

Esta decisión no liberó a Clotilde de sus zozobras. Tener un trabajo seguro le permitía afrontar la posibilidad de vivir por su cuenta. La idea le atraía, pero no sabía cómo reaccionaría Mauricio. A la primera ocasión planteó el tema, pero de una manera tan sutil que él ni siquiera se percató de ello. Clotilde se enojó: Mauricio sólo era perspicaz cuando le convenía.

En realidad, Mauricio estaba absorto por otro asunto.

A la semana de haber llegado, el hermano de la Porritos lo llevó a un rincón del piso y le dijo que tenía que regresar a Málaga. Podía pedir una prórroga del permiso, pero para eso necesitaba un aval.

—¿Qué significa en tu caso un aval?

—Ni puta idea. Yo tampoco lo entiendo mucho. Desde luego, hacerse otro responsable de mis actos, eso ni soñarlo. Faltaría más. Y tampoco depositar una fianza, como quien dice.

—Entonces...

—Yo me figuro que sería, por poner un caso, ofrecer un empleo... a tiempo parcial. Sólo es un suponer.

—¿Y quién te va a ofrecer aquí un empleo?

El hermano de la Porritos sonrió con inocencia.

—Toma, pues tú. Si no, a ver...

—Yo no puedo emplearte y no conozco a nadie que lo pueda hacer, Ruby. Y menos de un día para otro. Me temo que habrás de volver a Málaga. ¿Allí qué hacías?

—Chapucillas. Lo justo para mantener el alma pegada al cuerpo. Pero Andalucía es una cosa y Cataluña, ya se sabe.

—No sé qué se sabe, pero no es verdad. En Cataluña hay una crisis de mil demonios, así que tendrás que volver a las chapucillas. Ahora, si de veras te interesa venir a Barcelona, mosén Serapio y yo podemos dar voces. Los tiempos están difíciles, pero a la corta o a la larga, algo acabará cayendo.

—No. Es ahora cuando he de estar aquí, al lado de mi pobre hermana, que la hago mucha falta. Si me voy, la doy un disgustazo que igual la acelera el final. Y si ella fallece estando yo en Málaga, ya me puedo despedir, a ver si me entiendes.

—No eres tonto, Ruby, y por eso mismo comprenderás que lo que pides no es razonable.

La entrada de la señora Marcela, que venía a bajar la basura, interrumpió este diálogo. Con ella entró en el piso una tufarada de cebolla frita. Mauricio aprovechó la pausa para adoptar un tono menos defensivo.

—Mira, chico, lo más razonable es que ahora te vuelvas a Málaga. Te dejarán ir viniendo de vez en cuando, unos días, como esta vez...

Deshaciéndose en excusas volvió a pasar la señora Marcela con la bolsa de la basura. Los razonamientos de Mauricio quedaron suspendidos en el aire como algo falso, pomposo e inoportuno.

El hermano de la Porritos esbozó una sonrisa candorosa y dolida.

—Está bien, hombre. No hace falta que me digas lo que he de hacer. Eso de sobra lo sé yo. Yo sólo decía que con una oferta de trabajo podía pedir la condicional y por eso te pedía una ayudita. Si me la quieres dar, cojonudo, y si no, pues tan amigos.

Aquí terminó la conversación, pero no el asunto.

Previendo una nueva demanda, Mauricio habló aquel mismo día con mosén Serapio.

—El chico es majo. Yo en tu lugar le sacaría provecho. Así te habrás beneficiado a toda la familia.

Mauricio comprendió que el cura obrero, al tomar partido por un delincuente, creía mantener viva la mustia y denostada lucha de clases o, simplemente, que aprovechaba la oportunidad para divertirse a costa de sus cuitas.

Con la Porritos tampoco podía contar.

Mauricio se devanaba los sesos tratando de solventar el conflicto que a buen seguro se avecinaba.

En la boda de Fontán, Fitó había dicho que desempeñaba un alto cargo en el Departamento de Prisiones. A Mauricio se le ocurrió plantearle el caso. Si Fitó podía conseguir una prórroga del permiso, tal vez el hermano de la Porritos dejara de apremiarle. Con esto ganaba tiempo.

Llamó al Ministerio del Interior. Allí le dijeron que el Departamento de Prisiones dependía del Ministerio de Justicia. Después de varios intentos infructuosos consiguió hablar con la secretaria de Fitó, pero no con el propio Fitó, que unas veces no se encontraba en su despacho, otras estaba reunido y otras estaba hablando por teléfono en aquel preciso instante. Mauricio no quería explicarle a la secretaria el motivo de su llamada. De todos modos, como era evidente que se trataba de pedir un favor personal, la secretaria adoptaba un tono de indolencia. Sin duda debía atender a diario un sinfín de llamadas similares. Mauricio añadía a su nombre los datos que le parecían relevantes: que era de Barcelona, que era dentista, que había formado parte de la candidatura socialista en las últimas elecciones autonómicas a instancia del propio Fitó. En el cortés silencio que acogía sus palabras Mauricio veía naufragar sus expectativas.

Entre llamada y llamada al Ministerio de Justicia, Mauricio recordó de pronto a la mujer de la ferretería. En su momento había calibrado acertadamente la conveniencia de estar a bien con ella y con su grupo de acción cívica, pero a la hora de la verdad le había podido el desengaño ante aquella gente obtusa e ineficaz. Con todo, decidió probar fortuna.

Rebuscando entre sus notas, encontró el nombre de la mujer: Mariconchi Rúspide.

Con el pretexto de comprar unas bombillas se presentó en la ferretería. Mariconchi Rúspide estaba detrás del mostrador. Al instante reconoció a Mauricio, le saludó con mucha amabilidad y se interesó por la salud de la Porritos. Animado por la buena acogida, Mauricio, después de haber contestado a sus preguntas y haber departido sobre varios temas, le preguntó cómo andaba el grupo de acción cívica. Mariconchi Rúspide sonrió con desdén.

—Pse. Me di de baja hace tiempo.

—¿Y eso?

Mariconchi Rúspide le contó que una facción disidente, después de varios años de torpedear las actividades de la asociación vecinal presentando escritos, formulando quejas y alterando el desarrollo de los debates, había conseguido con triquiñuelas legales convocar elecciones extraordinarias y se había hecho con las riendas de la asociación.

—La alternancia no es mala, dijo Mauricio, ya volverán a ganar los suyos.

—¿Los míos? ¡A buenas horas! Hemos dimitido en bloque. Éramos los fundadores, sabe usted. Nosotros creamos la asociación en plena dictadura. En la clandestinidad. Y nos jugamos el pellejo las veces que hizo falta. En el barrio hicimos de todo: protesta sindical, labor asistencial, actividades culturales. Cuando aquí no había nada nosotros abrimos un cineclub. La noche que echamos *Belle de jour* vino tanta gente que la autoridad gubernativa ordenó desalojar el local. El pueblo en marcha les daba miedo, aunque sólo fuera para verle las tetas a Catherine Deneuve. Y ahora... y ahora... vienen unos sinvergon... sindesvergüen...

—Sinvergüenzas.

—Eso: unos pocas vergüenzas y nos echan con el reglamento en la mano. Con el puto reglamento, sí, señor. Pues vale. Ya se apañarán.

El marido de Mariconchi Rúspide había entrado y observaba a su mujer con preocupación. Mariconchi Rúspide se había ido aproximando a Mauricio y éste distinguió un fuerte olor a vino en el aliento de ella. El marido intervino.

—Mariconchi, vete para adentro. Yo despacharé al señor doctor.

Mariconchi Rúspide se metió dando tumbos en la trastienda.

—Disculpe a mi mujer, dijo el marido con sobriedad, está un poco cansada. ¿En qué puedo servirle?

Los papeles se han cambiado, pensó Mauricio, o estos dos la agarran por turno. Sea como sea, de aquí no sacaré nada.

De regreso con las bombillas, el hermano de la Porritos volvió a la carga.

—He estado pensando en lo que hablamos del trabajo.

—Ya te dije lo que había, Ruby. Nada ha cambiado...

—... y me se ha ocurrido... es una idea, eh... me se ha ocurrido que tú eres la única persona que me puede contratar en lo de dentista.

—Yo estoy empleado en una clínica dental. Ahí no te puedo contratar. Ni a ti ni a nadie. Además...

—No, si yo decía en el chiringuito que te has montado en Mataró. Por lo visto os va de cine.

—Si esto te lo han contado tu hermana o el cura, también te habrán contado que aún estoy pagando las obras y el instrumental.

—Venga ya, colega, no te hagas el pobre, que ya he visto el buga que gastas.

—Además, tanto en un sitio como en el otro, tú no tienes nada que hacer. Se necesita gente especializada, con estudios y experiencia...

—¿Y de recepcionista?

—Un consultorio no es un hotel, Ruby. Ya te he dicho...

—Oye, es que si no me echas un cable me voy a tener que ir, ¿vale? Yo esto lo hago por mi hermana, joder, mira cómo está la pobre. Ésta no dura ni tres meses. Luego ya puedes hacer de mí lo que te pase por las narices, en serio. Pero abandonarla así, en este calvario, yo no la puedo abandonar. Es mi hermana, joder. Y a mí el tiempo se me acaba. En rigurosidad, hace dos días que tendría que estar de vuelta en Málaga. Y estos cabrones no se distraen con el cómputo, ¿vale? Que si me trincan por cualquier tontería, me voy al talego, hermano.

Hablaba en tono suplicante y en su voz y en su actitud no había asomo de amenaza. Pero la certeza del peligro la hacía innecesaria y esto lo sabían por igual Mauricio y el hermano de la Porritos.

Mauricio no era cobarde, pero tampoco era belicoso. Odiaba los altercados, y en la situación presente temía acabar cediendo para mantener una paz precaria en aquellas atribuladas circunstancias.

Abrumado por la incertidumbre y sin encontrar apoyo en ninguna parte, acabó por contárselo todo a Clotilde.

A Clotilde, que era de carácter resuelto y combativo, la actitud de Mauricio le parecía pusilánime.

—Si cedes un milímetro, quedarás ligado a ese fulano para el resto de tus días. Tú les das un trabajillo por compasión y ellos te llevan a Magistratura y de ahí no sales.

—Tal vez sí, pero no encuentro manera de quitármelo de encima sin armar la de Dios.

—Pues habrás de hacerlo. Y lo habrás de hacer tú solo. Yo no te puedo ayudar.

—No te he pedido ayuda. Sólo te comentaba un problema que tengo.

Clotilde se cerró en banda. No hacía mucho le había contado con detalle su conversación con Cervello y sospechaba que Mauricio le insinuaba solapadamente que recurriera a los servicios del taimado jorobeta. El abogado Macabrós le había dicho taxativamente que Cervello era expeditivo. Clotilde se sentía chantajeada.

—Nunca te he pedido que hicieras nada por mí, dijo Mauricio, y en realidad, nunca lo has hecho.

La relación entre Mauricio y Clotilde pasaba por un mal momento y este incidente acabó de agriarla. Discutieron, se hicieron reproches mutuos y se separaron sin ánimo de reconciliación.

*

Ante la imposibilidad de dar con una salida satisfactoria a la crisis, Mauricio habló con su socio.

—Me largo una temporada. No veo otra salida. Busca un sustituto. Cuando las cosas se arreglen, volveré; entonces ya veremos si me reincorporo o no.

—Vas a echarlo todo por la ventana, dijo Manolo Villares.

—A veces pienso si no debería echarme yo por la ventana, Rabus.

—Bueno, tú verás. La fuga también es una estrategia.

Mauricio agradecía la actitud de su socio. Manolo Villares nunca emitía juicios ni daba consejos.

Sin embargo, aquella misma tarde Clotilde recibió una llamada.

—Soy Manolo Villares, el socio de Mauricio.

—Ah, Rabus, ¿qué es de tu vida?

—Bien. Te llamo porque quiero hablar contigo, ya te puedes figurar de qué. ¿Comemos mañana?

Clotilde aceptó la proposición de mala gana. No sentía por Rabus ni respeto ni cariño y daba por sentado que su intercesión sería contraproducente.

Rabus la llevó a un restaurante pretencioso pero tranquilo, lleno de ejecutivos jóvenes y engominados. Clotilde apreció la elección: tratándose de Rabus cabía esperar una tasca popular, ruidosa y pestilente.

Rabus entró en materia tan pronto el *maître* les hubo tomado nota.

—Como te adelanté por teléfono, te he convocado para hablar de Mauricio. Está metido en un apuro. Yo no lo veo grave, francamente. Si no hace tonterías, se arreglará solo. Pero éste no es el fondo de la cuestión. El fondo de la cuestión es que Mauricio está muy solo y no tiene un carácter tan fuerte o tan despreocupado como para hacer frente a la vida sin la ayuda de nadie. Lo malo es que nadie le ayuda o no le ayuda de la manera que él necesita que le ayuden. Perdona si no me explico con más claridad. Hablar no es lo mío y no tengo por costumbre meterme en la vida de los demás. Allá cada cual, ¿no?

Aprovechó la aparición del primer plato para reorganizar su discurso y luego siguió diciendo:

—Aunque Mauricio y yo nos parecemos tanto como un huevo a una castaña, puedo entender lo que le ocurre. Verás, como los dentistas estamos acostumbrados a oír quejas todo el santo día, luego nos cuesta mucho ir a los demás con nuestras propias lamentaciones. Y aunque fuéramos, ¿quién nos escucharía? Ganamos bastante dinero ejerciendo una profesión poco atractiva. La gente piensa que sólo trabajamos por el dinero. Pero no es verdad. Los dentistas adoramos nuestro trabajo. Por nuestro gusto, no hablaríamos de otra cosa. Si no hiciéramos un esfuerzo, seríamos la gente más aburrida del mundo. En realidad, somos como cualquier persona. Y lo que hacemos no es feo ni vulgar ni aburrido. La gente no lo entiende, claro. La gente nos ve con bata blanca, metiendo los dedos en la boca del paciente y piensa que somos una birria comparados con... no sé... comparados con Batman o algo por el estilo. Ésta es la visión del héroe que priva en nuestra sociedad. Batman. Un personaje tan estúpido que ni siquiera existe. En cambio un dentista... Pero no, un dentista es un científico. La estomatología es una ciencia, una ciencia que progresa de un modo espectacular. Y lo que hacemos y lo que estudiamos es para curar. Es verdad que a veces hacemos daño, pero el daño que hacemos es una minucia en comparación con el daño que remediamos.

Hizo una pausa y frunció el ceño. Tenía la impresión de estar diciendo cosas intempestivas y no se atrevía a mirar a Clotilde a la cara. A Clotilde, por el contrario, le conmovía aquella defensa prolija y superflua de su profesión.

—Ves lo que te decía: me pongo a hablar de lo nuestro y es que me pasaría toda la noche. Perdona la tabarra. En realidad, sólo quería que supieras cómo es Mauricio visto desde otro ángulo. Seguramente él no te muestra esta cara de su personalidad, y si lo hace, lo hace medio en broma. Estamos acostumbrados a los chistes de dentistas y a veces sin darnos cuenta nos presentamos como un chiste, para hacernos perdonar. Yo no, porque no tengo ningún sentido del humor. Nunca lo he tenido. Al revés: tengo tan mala sombra que los chistes más inocentes, contados por mí parecen guarros. Mauricio es diferente, él tiene chispa y mucha ironía. A veces no sé si habla en serio o si me está tomando el pelo. Ya ves tú, él, que por dentro es tan serio, por fuera es un payaso, y yo, que soy de natural un viva la virgen, en lo demás soy un muermo de cuidado. En fin, otra vez me estoy yendo por las ramas. Lo que te quería decir no es esto. Ni siquiera es lo que te he dicho antes sobre los dentistas; sólo que lo tengas en cuenta. Aquí, añadió sin transición, se come muy bien. Yo más bien soy contrario a la *nouvelle cuisine.* Me parece una mandanga. A mí, donde haya un solomillo con pimiento frito... Pero esto era excelente. Un poco escaso para mi gusto, pero buenísimo, eh.

Se quedó un rato mirando el plato vacío con expresión compungida, como si se arrepintiera de haberse comido una cosa tan buena y tan bien presentada, y a renglón seguido, sin levantar los ojos ni alterar el tono de voz añadió:

—Mauricio tiene defectos, como todo el mundo, y seguramente ha cometido errores. Quién no ha cometido errores de los que luego se arrepiente, cuando las cosas ya han sucedido y no tienen vuelta de hoja. Para evitarlo tendríamos que pensar las consecuencias de cada acto, las consecuencias próximas y las remotas. Y ni siquiera así tendríamos la seguridad... Pero te quiere mucho, Mauricio. Haría cualquier cosa por ti, y por ti renunciaría a cualquier cosa. Por ti lo dejaría todo. Ahora incluso te dejaría a ti si creyera que eso es lo mejor para tu carrera o para tu felicidad o para lo que sea, yo de esto no entiendo. Y tampoco sé por qué me meto donde no me llaman.

—Porque eres un buen amigo, Rabus.

—No lo sé. Yo, los juicios morales...

—Yo sí, y lo que has hecho, trayéndome aquí y contándome estas cosas es muy noble por tu parte. Pero lo que a mí debe importarme no es lo que siente Mauricio por mí, sino lo que yo siento por Mauricio. Y no por egoísmo, sino para evitar decisiones tomadas por motivos equivocados, en un momento de flaqueza o de exaltación. Sentirse querido es muy halagador para todo el mundo, y más para una mujer. Nos han criado para agradar y sólo cuando despertamos sentimientos tiernos nos sentimos realizadas. Y como los sentimientos se pueden falsear y, quieras o no, varían y se agotan, vivimos en un estado de perpetua inseguridad. Pero no debemos caer en la tentación de arrojarnos en brazos del primero que nos quiere y jura querernos para siempre. A decir verdad, eso ya es mucho. La mayoría finge, y finge mal. Se les nota que dicen cualquier cosa con tal de lograr su objetivo. No me refiero sólo a llevarnos a la cama. Los hombres también necesitan sentirse queridos. Quizá no todos. Quizá tú no, Rabus. Si es así, estás de suerte. Ahora, sin embargo, no estamos hablando de ti, sino de Mauricio y de mí. Y ya hemos dicho todo lo que hay que decir al respecto.

Rabus ladeó la cabeza y adoptó una expresión bobalicona, como si aquel diálogo deslavazado hubiera agotado toda su energía intelectual. Clotilde reintrodujo el tema de la gastronomía para evitar un silencio insoportable. Con esta y otras banalidades llegaron al final de la comida. Por suerte ambos habían acudido a la cita en coche y la despedida fue rápida.

Luego Clotilde se iba preguntando si debía tomar una determinación drástica con respecto a Mauricio y en qué sentido.

Los argumentos de Rabus le parecían inconsistentes, pero al recordarlos no podía evitar caer en la incertidumbre.

Su resistencia a intervenir para sacar de apuros a Mauricio no se basaba sólo en razones morales. Un abogado no podía ser remilgado cuando se trataba de evitar el perjuicio de un cliente. Pero en este caso, el problema de Mauricio con el hermano de la Porritos no era de su incumbencia. Él se había metido en aquel lío a espaldas de ella. Haber perdonado su traición era generosidad suficiente por su parte.

No obstante, de un modo tácito, Clotilde había unido su suerte a la de Mauricio y ahora él la necesitaba. No acudir en su ayuda implicaba la ruptura definitiva.

Clotilde sopesaba esta posibilidad sin desespero, pero no sin escrúpulos.

Después de luchar muchos años por liberarse de las presiones externas, le faltaba práctica a la hora de enfrentarse a sí misma.

Por más que discurría, ni la voz del deber ni la del sentimiento llegaban a su oído. Hiciera lo que hiciese, Clotilde se sabía condenada a la duda y al arrepentimiento.

Finalmente se impusieron su juventud y su espíritu bondadoso y combativo.

Llamó a Mauricio y le preguntó cómo iban las cosas.

—Ah, muy bien. Todo se ha solucionado del modo más sencillo e inesperado.

Los jubilados en cuyo piso se alojaba el hermano de la Porritos habían creído advertir la desaparición de una modesta suma de dinero y habían acusado a su huésped de la sustracción. Éste lo había negado con vehemencia, la discusión había subido de tono y al final el dueño de la casa, que había resultado ser un policía jubilado, había sacado una pistola de la mesilla de noche y encañonando al sospechoso y echándose una gabardina sobre el pijama, le había llevado a la comisaría del barrio. Como el juzgado de Málaga había dictado contra él orden de busca y captura, en aquel preciso momento el hermano de la Porritos viajaba esposado rumbo a la prisión.

A Mauricio este incidente le había quitado un gran peso de encima, pero no tenía la conciencia tranquila. De hecho, la culpabilidad del hermano de la Porritos en el hurto no se había demostrado y él no había dejado de protestar de su inocencia. Juraba ignorar la existencia de aquel dinero y alegaba no ser tan tonto como para arriesgar su libertad por una suma insignificante. Sí existía, en cambio, una declarada animadversión por parte de su acusador, el cual, al parecer, adornaba la pared del recibidor con un retrato de Franco y tarareaba con frecuencia el *Cara al sol*, lo cual, si bien no guardaba relación directa con el robo, permitía conjeturar una mala predisposición hacia la persona del acusado.

—Eso dicen todos, atajó Clotilde, a la que aún escocía su propia ingenuidad en el caso de Breto.

Mauricio no insistió. Acababa de enfrentarse a mosén Serapio, que había puesto el grito en el cielo y pretendía que Mauricio interviniera a favor del hermano de la Porritos, a quien juzgaba una víctima de los prejuicios sociales y un mártir de la lucha de clases.

—¡Bienaventurados los que sufren persecución por la justicia!

Mauricio le respondió en forma tajante. Ladrón o no, el hermano de la Porritos no había respetado las condiciones del permiso y por consiguiente, las normas de la libertad condicional. Si mosén Serapio quería interceder a favor del detenido, era muy libre de hacerlo. Para Mauricio la cuestión estaba zanjada definitivamente.

—¿Y la chica, cómo se lo tomará?

—No hace ninguna falta contarle la verdad. Le decimos que su hermano ha tenido que regresar a Málaga, lo cual es cierto, y que vendrá a verla más adelante. Y que no se ha despedido de ella para evitar el dolor de la separación. Si los dos le damos la misma versión de los hechos y la señora Marcela no se va de la lengua, la Porritos se la creerá sin más ni más.

Así lo hicieron. La Porritos no puso en tela de juicio la veracidad de lo que le contaban, pero la marcha de su hermano la dejó muy abatida. Perdió por completo el apetito con gran desespero de la señora Marcela, para quien el vivir y el comer eran sinónimos.

La Porritos se pasaba el día postrada, llorando sin parar. Ni la televisión lograba distraerla. Al cabo de poco hubo que ingresarla de nuevo. Con objeto de paliar su desánimo, Mauricio prometió no cejar hasta conseguir el regreso de su hermano. Por supuesto, no tenía intención de cumplir esta promesa. La Porritos, que creía ciegamente en él y no olvidaba la promesa, le preguntaba todos los días cómo iban las gestiones y cuándo volvería a ver a Ruby. Mauricio respondía con evasivas y en su fuero interno maldecía su propia falsedad y maldecía a la Porritos por obligarle a decir tantos embustes.

También Clotilde se sentía mortificada por el desenlace del suceso. Le había costado un verdadero tormento decidirse a intervenir y al final su decisión había resultado inútil. Había hecho el ridículo y se consideraba engañada.

Finalmente, harta de permanecer al margen de una cuestión que concernía un aspecto importante de su vida, decidió enfrentarse directamente a la Porritos sin prevenir a nadie. Como no sabía ni el nombre ni los apellidos ni el domicilio de su presunta rival, pero no estaba dispuesta a renunciar a su proyecto por una minucia, llamó a la oficina de Cervello y preguntó por el jorobeta. La secretaria le dijo que el señor Cervello estaba reunido.

—¿Y a qué hora cree usted que acabará la reunión?

—Ay, ojalá lo supiera. Pero, mire, déjeme su nombre y un teléfono de contacto y en cuanto salga le pasaré aviso de su llamada.

—Está bien. Dígale que soy Clotilde, del gabinete Macabrós.

—Ah, se trata de un asunto relacionado con el gabinete...

—No. Es un asunto personal.

—En tal caso, tenga la bondad de permanecer a la espera. Veré de pasarle una nota al señor Cervello.

—Gracias.

La secretaria tardó unos segundos en ponerse de nuevo al teléfono.

—Dice el señor Cervello que tiene el día lleno, pero que si viene usted a la oficina a eso de la una, mirará de hacerle un hueco en la agenda.

La oficina de Cervello estaba situada en un piso antiguo de la ronda de San Antonio. El ascensor era nuevo y estaba averiado. Clotilde subió por una escalera angosta hasta la tercera planta, en una de cuyas puertas una placa de latón rezaba escuetamente:

CERVELLO
Informes

La secretaria resultó ser una mujer exuberante teñida de rubio.

—He llamado hace un rato. Soy Clotilde.

La secretaria miró a Clotilde con cautela.

—¿La del gabinete?

—Sí.

—Nadie lo diría.

—Lo mismo da. ¿Está visible el señor Cervello?

—Era un piropo, mujer. Vaya genio gastamos. El señor Cervello está con una clienta. Pero ya llevan rato dale que dale. No creo que tarde. Te acompaño a la sala de espera.

En la sala de espera la luz era escasa y los ceniceros rebosaban colillas apestosas. Sobre la mesa había unas revistas ilustradas muy sobadas y mugrientas. Era un ambiente pensado para moderar la arrogancia de cualquiera.

Al cabo de media hora apareció el jorobeta.

—¡Mi dilecta señorita!

—Le agradezco que me haya podido recibir.

—Al contrario, soy yo quien ha de agradecer una visita tan inesperada y hechicera. Siento haberla hecho esperar en esta covacha. Y disculpe la oscuridad. Mil veces tengo dicho que cambien las bombillas pero mi secretaria se empeña en ahorrar energía. Es natural: ella la tiene de sobra. Ya habrá visto qué ejemplar...

Con estos comentarios, acompañados de una risa marchita y entrecortada, el jorobeta condujo a Clotilde a un despacho sucio y desordenado. Cuando se hubieron sentado, dijo:

—Usted dirá en qué puedo servirla.

—Se trata de...

Viendo la vacilación de Clotilde, añadió el jorobeta entre dientes:

—Tómese su tiempo, no hay apuro. A todo el mundo le cuesta, al principio, mostrar sus vergüenzas. Luego, cuando empiezan a largar, no paran. Yo, como puede suponer, ya estoy acostumbrado. Aquí nadie viene sin un motivo..., ¿cómo llamarlo?... ¿Escabroso?

—Tengo un novio...

—Un buen muchacho. No la merece, en mi modesta opinión. Pero un buen chico. Ahora, lo que usted busca está en el Hospital de la Barceloneta, habitación 62. Ingresó anteayer. Si ésta es la información que venía a buscar, ya la tiene. Si además quiere un consejo de amigo, no vaya. Ésa tiene los días contados, y lo que la mata es contagioso. No se enfrente. Sólo puede perder y no le hace falta. Su novio sólo la quiere a usted.

—¿Así consta en mi ficha?

—No. En mi fichero sólo hay datos factuales. Dónde, cuándo, con quién. El porqué lo pongo yo de mi coleto, sólo por diversión. A la hora de la verdad, no tiene importancia ni sirve para un carajo.

Abrió un cajón y sacó una caja de madera. Clotilde pensó que iba a mostrarle unas fotos comprometedoras, pero el jorobeta sacó una tagarnina y se la puso en los labios.

—¿Le molesta si fumo? Me lo tienen prohibido, pero ya ve...

Mientras encendía el charuto iba lanzando a Clotilde miradas transversales. Luego, como ella no decía nada, agregó:

—No piense que voy siguiendo sus pasos, ni los de su novio. Seguirla sería un placer, pero yo no meto las narices donde no me llaman. Si los tengo en mi archivo, del que nada sale, pierda cuidado, es sólo por una razón. Usted trabaja en un gabinete de altos vuelos: asuntos importantes, gente de relumbrón. Personalidades del mundo de la política, de los negocios, de las artes... ¡y quién no tiene el tejado de vidrio! No conviene dejar cabos sueltos. Si luego no hace falta, tanto mejor. Fíjese en lo que ha pasado con monsieur Pasquine. Si yo lo hubiera tenido a tiro, nos habríamos ahorrado un disgusto. A tiro quiere decir bajo mi pupila, se entiende. ¿Por qué no se casan? No con el gabacho, eh. Con el dentista. Él gana un buen parné y casarse lo arregla casi todo.

—Señor Cervello, no he venido a discutir mi vida privada.

—¿Está segura?

—Completamente segura. He venido a pedirle una información y un favor. Esto no cambia la naturaleza de nuestra relación. La información ya la tengo. Por el favor estoy en deuda con usted. Espero poder pagársela algún día con un favor similar, no de otra índole. Hasta entonces, usted en su sitio, y yo en el mío.

El jorobeta adoptó una pose entre dolida y burlona.

—No veo por qué no podemos ser amigos.

—Pues a mí se me ocurren muchas razones, pero como usted acaba de decir, el porqué es irrelevante. De modo que limitemos nuestros contactos a lo estrictamente profesional. En este terreno lo respeto. En otros, no. Si quiere mi amistad, tendrá que ganársela, y no se la ganará con chulerías ni con procacidades. No quiero ser descortés, señor Cervello, pero sé cuándo he de pararle los pies a un hombre.

El jorobeta bajó de un salto de la silla giratoria a la que se había encaramado al entrar.

—¿Tengo yo la culpa de ser como soy?, preguntó con un leve jadeo.

Clotilde también se había levantado y se dirigía a la puerta. Antes de salir se volvió y dijo:

—Si quiere saber mi opinión, sí.

En la calle se preguntaba si no se había excedido en su dureza con el tullido, pero pronto se tranquilizó. No sentía por él ninguna lástima y aunque Cervello podía ser un enemigo peligroso, su instinto le decía que aún faltaba mucho para llegar a una situación de inquina y que, por el momento, aquel juego divertía al jorobeta.

Más tarde, sin embargo, su altivez y su aplomo se esfumaron a la puerta del hospital.

Pero como ya estaba allí, se armó de valor, fue directamente a la habitación que le había dicho el detective, tocó suavemente con los nudillos y entró sin esperar respuesta.

En la pieza había dos camas metálicas separadas por una cortina de tela ligera, de un azul desleído. La ventana abierta, con la persiana bajada hasta media altura, dejaba entrar una ligera brisa. Un rincón de la habitación estaba fuertemente iluminado por los rayos oblicuos del sol y el resto, por contraste, en penumbra. A pesar del aire que entraba por la ventana, la atmósfera era mórbida, impregnada de olor a medicamentos y descomposición orgánica.

La cama próxima a la ventana estaba desocupada y sin hacer. El colchón estaba cubierto de un hule blanco. Debajo de la cama se vía una bacinilla de plástico. En la otra cama dormitaba una mujer cadavérica. Clotilde sintió frío en las venas. Ante la perspectiva de comparecer ante aquella mujer, a la que en su fuero interno había detestado, sentía ahora una abrumadora timidez, como si la impresión que pudiera causarle y, en consecuencia, la opinión que se pudiera formar de ella, fueran determinantes para su autoestima.

Se quedó quieta y en silencio, escudriñando a la enferma. Al cabo de un rato apareció una enfermera de mediana edad.

—¿Quién la ha dejado entrar?

—Nadie. Tampoco me lo ha impedido nadie.

—¿Es familiar de la enferma?

—Amiga. ¿Cómo está?

—Lo que parece es lo que hay.

—¿Me entenderá si le hablo?

—Sí. La tenemos un poco sedada, pero de cabeza, como usted y como yo. No la canse. Y si no le hace caso, vuelva otro día. De aquí no se moverá. Ah, y no toque nada.

—Descuide. Procuraré no molestar.

—Molestar, nada, al contrario. Les gusta tener compañía, como a todo el mundo. Y a éstos no los visita nadie. A ésta, aún: el cura loco, su amigo y pare de contar. Pero a los demás, como si ya se hubieran muerto.

—¿Y no sería mejor...?

—No lo sé. Haga lo que quiera. Adiós.

La enfermera se fue tan bruscamente como había aparecido. Su actitud daba a entender que, habituada a tratar con enfermos terminales, los problemas de la gente sana le parecían una necedad.

A Clotilde le asaltó la duda de si aquella mujer sería efectivamente la Porritos. No tenía ningún dato para verificarlo. Se acercó a la cama. Sobre la mesilla de noche no había más que un vaso de plástico vacío, una botella de agua y una estampa del arcángel San Gabriel con casco, coraza y espada. Abrió el cajón de la mesilla. Dentro había un pañuelo limpio y planchado y un billetero de plástico rojo con cierre dorado. El billetero contenía el carné de identidad y una fotografía. En la fotografía reconoció a Mauricio, pero no a la mujer que estaba a su lado, aunque sin duda era la misma que ahora tenía delante de sus ojos. La foto había sido tomada en verano, en una playa, bajo un cañizo. Volvió a dejarlo todo en su sitio y cerró el cajón.

Al oír el ruido la enferma parpadeó. Clotilde lo interpretó como una invitación y le dijo al oído:

—Soy Clotilde. Ya sabes quién: la novia de Mauricio. Hace tiempo que deberíamos habernos conocido. O no. Da lo mismo. Ahora ya está hecho.

Nada en el aspecto de la enferma daba a entender que ésta hubiera registrado el mensaje. Clotilde añadió:

—¿Puedo hacer algo por ti?

Al no recibir respuesta, juzgó inútil seguir hablando. La Porritos y ella pertenecían a dos mundos irreconciliables. La imagen de Mauricio las unía de un modo superficial, y la soledad, de un modo más profundo. Fuera de esto, no había comunicación. La maldición podía haberles alcanzado a todos, pero no había sucedido así. Sólo la Porritos había sucumbido. En su desgracia, sin embargo, no había nada romántico. Clotilde no sentía rivalidad ni pena: sólo el sinsentido que ahora la alcanzaba a ella en virtud de un designio tan arbitrario e injusto como el que se había cebado en la Porritos.

Ahora la Porritos se moría dejándoles una herencia de futilidad que los acompañaría el resto de sus vidas. Comparados con aquel amor fatal, sus propios sentimientos se le antojaban insignificantes y acomodaticios.

Salió de puntillas. En la puerta del hospital cogió un taxi y dio la dirección del despacho.

A medio trayecto, inesperadamente, se puso a llorar. El taxista no sabía qué hacer.

—¿Se encuentra bien?

—Sí. No es nada. ¿No tendría un Kleenex, por casualidad?

—No. Yo gasto pañuelo, y no está muy curioso, si he de decirle la verdad. ¿Quiere que la lleve a alguna parte?

La pregunta no estaba tan fuera de lugar como parecía.

—Lléveme a casa, por favor.

—En estos casos, es lo mejor. Cuando hay problemillas, como en casa, en ningún sitio. Pero me habrá de decir la dirección.

Por fortuna en la casa no había nadie. Clotilde se tumbó en la cama y estuvo llorando un buen rato sin precisar la causa del llanto. Cuando se hubo serenado, se levantó, se bebió varios vasos de agua y llamó al despacho para excusar su ausencia. Luego se duchó, se lavó el pelo, se puso ropa limpia y salió a la calle.

Al pasar frente a la portería el portero le entregó una carta.

—Es para usted. Viene de lejos y acaba de llegar.

Era de Verónica.

Clotilde no había vuelto a saber nada de su prima desde la fuga con Rubén, y aunque la tenía presente y a menudo se preguntaba qué habría sido de ella, no se atrevía a recabar información de sus tíos, con quienes seguía enemistada. Ahora la carta venía a satisfacer su curiosidad.

Rubén y Verónica llevaban viviendo en Tel Aviv desde que se fugaron de Barcelona. Eran felices, seguían enamorados y la convivencia les proporcionaba muchas alegrías y satisfacciones a pesar de las diferencias de todo tipo que había entre ellos. Verónica había intentado encontrar trabajo sin éxito. Aunque el país atravesaba por una difícil situación, no cesaban de llegar oleadas de inmigrantes, muchos de ellos con una buena preparación profesional, por lo que la competencia era mucha en todos los campos. Esto y el hecho de no ser judía ni hablar hebreo habían obstaculizado sus intentos. Ahora tenía en proyecto abrir una tienda de ropa o tal vez de complementos en Dizengoff, unas galerías comerciales del centro de Tel Aviv.

Parecía muy animada.

La carta concluía diciendo: «¿Por qué no venís a vernos Mauricio y tú? Eso si sigues con él, claro. Espero que sí, porque me caía requetebién. En casa hay sitio de sobra y como todos somos primos, hay confianza. Venga, animaos. Iremos a Jerusalén, ganaremos indulgencias y haremos excursiones fantásticas.»

A Clotilde le pareció una invitación caída del cielo.

Aquella noche se lo propuso a Mauricio.

—Lo pasaremos bomba, dijo él.

—Tú siempre tan gracioso.

A Mauricio le parecía impracticable dejar el trabajo, pero Clotilde insistió a sabiendas de que contaba con la complicidad de Rabus. Lo llamó y se pusieron de acuerdo. Al día siguiente Rabus habló con Mauricio sin mencionar la conversación de la víspera.

—¿Por qué no te tomas unas vacaciones?

—Es lo mismo que me decía ayer Clotilde. Ni que estuvierais conchabados.

—A lo mejor lo estamos.

—¿Y el trabajo?

—Se aplaza. La secretaria hace unas llamadas, cambia las visitas y aquí no ha pasado nada. Como si hubieras pillado un gripazo.

—¿Tan mal me ves?

—Estás agobiado. Si no paras y te relajas, te puede dar un telele, y eso sí que sería un problema serio.

*

Verónica y Rubén vivían en un apartamento bonito y amplio cerca de la muralla de Jaffa. Desde la terraza se veían los bastiones y, más lejos, el paseo marítimo, los edificios modernos y las luces de Tel Aviv.

Al atardecer, el sol se ponía en el mar y se levantaba una brisa tibia que aliviaba el bochorno. Entonces los cuatro se sentaban en la terraza y comentaban los sucesos del día.

Nunca faltaban temas de discusión.

—Tel Aviv es una ciudad agradable, dijo Clotilde, en cambio Jerusalén no me ha gustado nada. Es fea y opresiva. A lo largo de la historia, judíos, musulmanes y cristianos han hecho de ella la capital mundial de la misoginia.

—Bravo, dijo Verónica.

Animada por su prima, Clotilde prosiguió diciendo:

—El Muro de las Lamentaciones me ha parecido tan lamentable como su nombre indica. La escenografía es imponente, pero el espectáculo de aquellos hombres hechos y derechos dándose de cabezadas y salmodiando versículos es ridículo y agobiante.

Mauricio pensaba de un modo similar, pero se callaba por respeto a su anfitrión. Verónica daba la razón a su prima y Rubén, convertido en blanco inmerecido de las críticas, se reía y las dejaba hablar. En su fuero interno estaba de acuerdo con sus huéspedes, pero a veces se creía en la obligación de responder a las críticas, llevado en parte por su deseo de poner las cosas en su sitio y en parte por sentido de la hospitalidad. Dar la callada por respuesta le habría parecido una desatención.

—No penséis que yo veo con buenos ojos lo que a vosotros os parece una mezcla de prepotencia y superchería. A mí me irritan más que a vosotros los extremistas religiosos que están haciendo naufragar el viejo sueño de un país laico, moderno y cosmopolita, tres características de la actitud intelectual de los judíos durante los últimos siglos. Y me duele ver a los niños, nacidos en Israel y herederos de esta utopía, obligados a consagrar su vida al estudio de unos textos confusos, arcaicos, y, en buena medida, absurdos, en lugar de crecer en plena libertad. Pero no debéis juzgar severamente una religión o una manera de entender la religión tan sólo porque no se corresponde con la vuestra. Y no me digáis que no sois cristianos, porque lo sois, aunque os proclaméis ateos y digáis que la religión es el opio de los pueblos. Los cristianos tenéis una religión tan cómoda que podéis estar sumergidos en ella sin daros cuenta. A menudo oigo o leo que un cristiano dice: Soy creyente, pero no practicante. ¡Menudo disparate! Sólo el cristianismo es capaz de ofrecer tantas facilidades a su clientela. El cristianismo es una religión de origen romano, es decir, la religión de una sociedad tan estable y opulenta que puede prescindir de los símbolos, y tan segura y protegida contra los ataques externos que puede tener unos dioses zascandiles y practicar su culto en casa.

»Los judíos, como los árabes, nunca han aspirado a tanto. Durante miles de años, por nómadas o por segregados, no tuvieron nunca un hogar sólido y constante donde Dios o los dioses pudieran hacer visitas a domicilio. Para ir al encuentro de la divinidad tuvieron que recorrer medio mundo, atravesar desiertos, pasar hambre, sed y penurias hasta llegar finalmente, si la muerte no les sorprendía a medio camino, ante un Muro o una Piedra Negra, donde quizá estaba Dios o quizá no, pero donde al fin tenían la sensación de haber llegado a alguna parte, de encontrar su identidad al término de un largo y doloroso trayecto.

»Comparado con esto, el Santo Sepulcro o el Vaticano son fenómenos turísticos. Ya nos van bien. Los occidentales o los occidentalizados, entre los que me incluyo, concebimos el mundo en términos estéticos. La religión, la cultura, la política, todo responde a criterios estéticos. Armonía, variedad y cadencia, esto es lo único que cuenta; el contenido es lo de menos. En el arte religioso occidental la imagen de Dios cambia cada veinte años. Cuando Europa se aburre del románico, inventa el gótico; luego el renacimiento, y así hasta el día de hoy. Las monarquías europeas son un espectáculo inventado por Nerón y llevado al paroxismo por Luis XIV. La revolución francesa, otro espectáculo maravilloso. Y el fascismo, ni que decir tiene.

»Por esta causa no entendemos a quienes conciben el mundo en términos filosóficos. No podemos entender que alguien venere una piedra o se extasíe delante de una pared, no por su disposición artística ni porque allí haya sucedido un hecho prodigioso, sino porque allí reside la divinidad.

Rubén se dejaba llevar fácilmente por su propia elocuencia y la fluidez algo arcaica y declamatoria de su castellano.

Verónica se burlaba de él y le decía que era una mezcla de profeta y cantante de boleros. Rubén no se enfadaba. Replicaba que nunca se entenderían, porque él era un místico. En cambio Mauricio era un hegeliano, y Clotilde, una calvinista.

—¿Y yo?, preguntó Verónica.

—Tú, católica y romana: inteligente, divertida, bella y un pelín viciosa.

—¿No es adorable mi amorcito circunciso?, exclamó Verónica sentándose en las rodillas de Rubén.

Pero él la apartó con suavidad y prosiguió su discurso.

—Y todo lo que acabo de decir, aquí se hace patente, no en la teoría, sino en la realidad cotidiana. Israel es un caso único en el mundo. Todos los países han sufrido guerras constantes, no hay territorio que no haya sido un perpetuo campo de batalla. Pero todos lo han sido por razones prácticas. Sólo aquí las matanzas se han hecho siempre en nombre de Dios. Por defender a Jehová contra Astarté o contra Júpiter Capitolino, o a Cristo contra el Corán.

—¿Y ahora a Herzl contra el Corán?, preguntó Mauricio.

—¿Herzl? Bah, ¿quién se acuerda de Herzl? La mayoría de los israelíes no saben quién es; ni siquiera han oído su nombre. Pero todos recuerdan que hubo un plan minucioso para borrar la raza judía de la faz de la tierra. Y no sólo un plan.

—El Ángel Exterminador, dijo Mauricio.

Parecía que iba a añadir algo, pero se quedó repentinamente mudo y embelesado, como si un ángel verdadero y tenebroso le hubiera rozado con las alas.

Al cabo de un instante, advirtiendo las miradas de los otros clavadas en él con expectación, dijo precipitadamente:

—La culpa de todos los males la tiene el monoteísmo.

Hizo una pausa para organizar sus ideas y añadió:

—Si Dios no existe pero el ser humano necesita creer en algún ser superior, cuyos designios rigen el universo, justifican lo misterioso y excusan lo terrible, lo mejor es un civilizado politeísmo. Los dioses del Olimpo pueden ser terribles, pero también son simpáticos. Un Dios único, condenado a la eterna soledad, por fuerza ha de ser severo y despiadado.

—Yo de estas cosas no entiendo, replicó Verónica.

Para mí lo más próximo a la divinidad es Manolo Blahnik, pero esto del monoteísmo no siempre es como dices. En México estudié un poco la religión azteca y te la regalo. Cientos de dioses a cual más sanguinario. Y más feos que Picio.

—¿Qué más da?, dijo Clotilde. Todas las religiones son nefastas. Pero en igualdad de condiciones, la judía es la más casposa.

Luego, a solas con Mauricio en la habitación, dijo:

—No he querido decir todo lo que pensaba para no ofender.

—Menos mal.

—Me gusta Rubén, ¿sabes? Es una pena que se malogre aquí.

—¿Malograrse? No te entiendo.

Mauricio pensaba que su primo llevaba una vida interesante, emocionante y llena de sentido en comparación con la suya.

—Este país es una entelequia, dijo Clotilde.

Al día siguiente se adentraron en el desierto y se bañaron en el Mar Muerto. Mauricio y Clotilde habían oído hablar de aquel lugar extraño y sus propiedades, pero aun así, encontraron la experiencia sorprendente.

Hacía mucho calor y el sol caía a plomo sobre la tierra calcinada y el agua, quieta y metálica.

Clotilde y Verónica se habían embadurnado la cara con un lodo gris y espeso que les habían vendido en un establecimiento termal, y se reían la una de la otra.

El agua del mar era tan densa que los mantenía en una especie de suspensión. Mauricio recordaba los fetos conservados en frascos de formol que había visto en su época de estudiante.

Después de comer en un figón de tablones y hojalata en mitad de un oasis, se tumbaron a descansar a la sombra de unos árboles frondosos.

—Aquí todo es raro, dijo Mauricio.

—¿Y eso te gusta?, dijo Clotilde.

—Sí, porque me hace sentir lejos de todo. Es como volver a nacer. Nacer no es muy divertido, pero salda todas las cuentas, aunque sólo sea para contraer otras nuevas.

—¿Has tenido noticias de Barcelona?

—No, ¿por qué me lo preguntas?

—A veces te quedas embobado, como si de repente te hubieras ido muy lejos. No te preocupes, no pasa nada. Es natural.

Clotilde no le había contado la visita al hospital, pero en su fuero interno se había producido un cambio de actitud radical respecto del asunto. Ahora se sentía mucho más unida a Mauricio, como si compartiera con él la responsabilidad por la suerte de aquella mujer injustamente sentenciada.

Finalmente llegó el momento de regresar.

La noche antes estuvieron charlando en la terraza, como de costumbre.

A Mauricio el país le había parecido un foco de conflictos irresolubles e innecesarios. Esto le producía rechazo, pero al mismo tiempo le estimulaba. Por una parte tenía ganas de dejar atrás aquel lugar y regresar a la normalidad; por otra parte se habría quedado allí una temporada.

Rubén hacía balance para que sus huéspedes se fueran con una idea completa y cabal de la situación.

—No soy optimista ni pesimista. El optimismo y el pesimismo son dos formas de predecir el futuro, como el horóscopo y el tarot, en los que no creo. Sí creo, en cambio, en este país o, al menos, en este proyecto. En cuanto al peligro, no sé, a mí me parece que la sensación de estar siempre arriesgando el pellejo, en lugar de acobardar, envalentona. Es como estar viviendo una película de aventuras. A veces voy al cine a ver una película de acción y pienso: Bah, esto lo veo yo en la calle todos los días. Y cuando salgo, me creo Silvester Stallone.

—Esto lo dices porque eres un irresponsable, dijo Verónica. Si tuviéramos un hijo, ya veríamos si pensarías lo mismo.

Lo dijo con tanta seriedad que todos se la quedaron mirando. Verónica se echó a reír.

—No pongáis estas caras, caramba. No estoy embarazada.

Mauricio, que había sorprendido en un par de ocasiones a Clotilde y a Verónica cuchicheando con animación, pensó que a Rubén le quedaba poco tiempo en Israel si no quería perder a Verónica. Estuvo dudando de si debía advertirle o no, pero se contuvo. Al fin y al cabo, pensó, si ellas se empeñan, nada serviría de nada.

*

Apenas llegaron a Barcelona, Mauricio fue al hospital. La Porritos había entrado en coma. El doctor Sánchez lo calificó de irreversible.

—Sólo queda esperar.

Mauricio sintió una pesada congoja.

—Nadie te ha querido ni te querrá tanto, dijo Clotilde.

A Mauricio no le gustaba oírselo decir.

—No hay que confundir la desgracia con la grandeza. Morir joven no es un mérito.

Iba todas las tardes al hospital al acabar la consulta.

Los días se acortaban a ojos vistas, pero el aire todavía era cálido. Habían pasado los temporales de septiembre y todavía no habían comenzado los cielos encapotados y las lluvias de noviembre.

Mauricio deseaba que acabara pronto aquel macabro compás de espera, pero se daba cuenta de que la desaparición de la Porritos dejaría un vacío en su vida y luchaba por romper los poderosos vínculos que inevitablemente se establecen con los enfermos graves. Todo parecía girar alrededor de la moribunda.

La Porritos estuvo quince días en coma.

Cuando murió la trasladaron al tanatorio de Sancho Dávila. Ella había dicho en una ocasión que quería ser incinerada, pero mosén Serapio se opuso con firmeza alegando que la Iglesia no admitía la reducción de los cuerpos a ceniza así como así.

Mauricio le preguntó el motivo de esta prohibición y el cura obrero no supo qué responder. Al final dijo:

—Para no liar las cosas el día del Juicio Final.

Como él se ocupaba de todos los trámites, Mauricio no quiso llevarle la contraria. En el fondo la cuestión le traía sin cuidado y tan poco consistentes le parecían los argumentos de los detractores como los de los defensores de la incineración.

—Yo prefiero que la tierra vuelva a la tierra y el polvo al polvo, se limitó a decir.

Estaban los dos solos en el velatorio. La señora Marcela había estado toda la tarde hundida en una butaca, haciendo pucheros y rezando el rosario. Luego se fue alegando que tenía que hacer una lavadora.

—Vendré mañana para el funeral.

—Váyase tranquila, señora Marcela. Ha hecho más por ella que nadie en el mundo.

Esta frase le provocó un ruidoso llanto. Mauricio

también se habría ido, pero le daba reparo abandonar a la difunta.

Al caer la tarde aparecieron los amigos de la Porritos que la habían visitado el día de Navidad. La víspera la señora Marcela había encontrado su teléfono y les había avisado. En un cochecito traían un bebé porque no tenían con quién dejarlo. La mujer parecía más preocupada que apesadumbrada.

—Pobrecilla, ella no había hecho nada para merecer esto, ¿verdad?

Como nadie le respondía, lo volvió a preguntar. Su marido dijo secamente:

—Calla ya, leche, que los caminos del Señor son imprescindibles.

Al oír la voz de su padre el bebé se puso a berrear y se fueron.

Al cabo de un rato apareció Brihuegas. Mauricio se alegró de verle. El viejo luchador se había vestido con cierta elegancia. Como el día era lluvioso, llevaba una gabardina corta de color verde oscuro.

—He venido a honrar a una antigua compañera de lucha, qué carajo.

—Pues yo aprovecharé para ir a tomar algo, dijo Mauricio. Este mediodía no he comido casi nada y estoy desfallecido. Vuelvo en media horita y me cuentas en qué andas metido.

Enfrente del tanatorio había dos cafeterías cerradas. Había empezado a llover de nuevo. Dobló la esquina y anduvo unos metros hasta dar con un figón vacío y desangelado. Se sentó a una mesa y pidió una ración de tortilla de patata y una cerveza. No tenía apetito y no se lo abrieron ni el lugar ni la tortilla, fría y compacta.

Al acabar vio a Brihuegas entrar precipitadamente en el local. Mauricio se sintió contrariado, porque contaba con una visita más larga que le permitiera hablar con su antiguo compañero de afanes. Le hizo señas, pero el otro fue derecho a la barra se quitó la gabardina, la sacudió y pidió un vaso de vino. Cuando se dio la vuelta advirtió la presencia de Mauricio. Se hizo rellenar el vaso y se sentó a la mesa.

—¿Ya te vas?

—Ese tío está para que lo encierren.

—¿Quién?

—El cura de los cojones.

—¿Qué ha pasado?

En cuanto Mauricio salió del velatorio, mosén Serapio había empezado a proferir insultos contra el recién llegado. Le había acusado de cobardía, deslealtad y corrupción.

—Sin que viniera a cuento, me cago en san Pancracio. Y a grito pelado. Por todo el tanatorio se podían oír sus atropellos. Todo quisque los ha oído, hasta los muertos, ¿habrase visto? Yo, naturalmente, no he replicado, por respeto al sitio y, sobre todo, por respeto a la difunta. ¡Habrase visto! ¡Con la pobre de cuerpo presente!

—No le hagas demasiado caso. Está más afectado de lo que él mismo cree.

Brihuegas se bebió el vino y se quedó mirando la mesa con extrañeza a través del culo del vaso.

—Pasan los años, cambian las cosas, pero algunos se empeñan en seguir viviendo en la clandestinidad. Es como si les faltase la dictadura. Nada más saben que quejarse y protestar. Ir a la contra, arremeter contra todo, esperando que los detengan, como si con eso contribuyeran a la causa. Allá ellos. El pueblo los hará a un lado y la Historia se olvidará de que existieron. Hay que adaptarse a la realidad, chaval. Si no te adaptas, estás jodido... ¡Y con la pobre de cuerpo presente! Puso las manazas en la mesa y se levantó. Bueno, me voy. Estas cosas me entristecen y más en estos momentos tan jodidos.

—No pagues. Yo he cenado y te invito.

—Procuraré venir mañana al entierro. Me viene fatal, pero procuraré no faltar al sepelio. Estos días voy de coronilla, pero no querría dejar de venir. Con la Porritos se nos va una época. Aunque algunos no quieran reconocerlo, así es. Toda una época enterramos mañana. Hay que joderse.

Mauricio se preguntaba qué habría hecho la Porritos para merecer la condición de símbolo que ahora le atribuía el viejo luchador. Probablemente en su día había sido la mascota de aquel grupo estólido y bragado, un instante de frivolidad en una vida de peligros, cautelas y sospechas. Tal vez ella, de un modo inconsciente, había tratado de liberarse de aquel triste papel decorativo echándose en brazos de Mauricio. En él había buscado la posibilidad de llevar una vida común, más real. Pero la suerte le había sido adversa y ahora yacía convertida de nuevo en el símbolo de una ilusión perdida, exterminada por algo nuevo, terrible y oscuro contra lo que no valían pactos ni conjuras.

Al salir del bar la lluvia arreciaba. Cuando regresó al velatorio mosén Serapio se había ido. En su lugar encontró a Manolo Villares.

—He venido por si me necesitabas, pero al ver que no había nadie, ya me iba. Chico, me estaba poniendo nervioso. Una cosa es hacer autopsias en la facultad y otra estar a solas con un batallón de fiambres, dicho sea con el máximo respeto.

—No sabes cuánto agradezco tu presencia, Rabus. Yo también me voy a ir. Deben de estar a punto de cerrar y aquí ya no pintamos nada. ¿Has cenado?

—Como un animal, ¿y tú?

—Más o menos. Vamos a tomar una copa. No quiero quedarme solo, pero tampoco me apetece llamar a Clotilde.

—Es natural. ¿Vamos de putas?

—No. Con una copa me conformo.

*

Al entierro de la Porritos acudió más gente de la que Mauricio había previsto. Entre los presentes reconoció a la pareja de la ferretería de Santa Coloma y supuso que habrían acudido otros miembros de la asociación vecinal. La Porritos era conocida en el barrio. La mayoría iba vestida de cualquier manera, como si hubieran interrumpido momentáneamente sus quehaceres para acudir allí. En uno de los últimos bancos estaba Brihuegas. Mauricio se sentó en primera fila. A su lado tenía a la señora Marcela, acompañada de su hija, que no paraba de sonreír a todo el mundo, como si estuviera en un guateque.

Mosén Serapio ofició el acto. Mauricio nunca lo había visto en funciones sacerdotales y al verle ahora gesticular y pronunciar las fórmulas rituales revestido de una casulla de tergal, le parecía estar viendo una parodia. El sermón fue largo y confuso. Probablemente había bebido y se le trababa la lengua. Después de muchas vaguedades y repeticiones, perdió el hilo del discurso. Luego reanudó el sermón en un tono más firme.

—La persona que hoy hemos venido a despedir fue como un ángel. En los tiempos que corren este concepto resulta inapropiado, ya lo sé. Ahora la ciencia lo explica todo y lo que no explica o no admite se considera una fantasía y una bobada. Hablar de los ángeles parece cosa de niños o de maricones. Pensad de mí lo que queráis. Pero hubo un tiempo de dificultad y de miedo en que los ideales y la dignidad se pagaban caros y el esfuerzo no se hacía para recibir ninguna retribución, y en este tiempo que os digo ella fue como un ángel enviado para dar ánimo y consuelo en los momentos de debilidad. Alguno sabrá a lo que me refiero, aunque no recuerde o no quiera recordar. Otros, que sí recuerden, podrán decir que la Porritos no se comportaba como un ángel, que su conducta no era ejemplar. Pero san Agustín ya dijo que los ángeles no lo son por ser espíritus sin mancha, sino por ser enviados. Y en este sentido... Bueno, qué coño, con ella se va toda una época.

Calló de nuevo, embargado por la emoción, hizo un gargajo, masculló un taco que el micrófono difundió por toda la capilla y dio la espalda al público.

A Mauricio le impresionó que sin haberse puesto de acuerdo previamente, tanto mosén Serapio como Brihuegas hubieran coincidido en aquel punto. Por puro azar, sin haberlo decidido, sin haber intervenido y sin reunir ninguna condición propicia, la Porritos había acabado representando el dolor y la rabia de una generación. Mauricio había conocido otra faceta de su personalidad, quizá la más íntima, pero quizá también la menos relevante.

Mauricio pensó que deberían haber puesto alguna música, quizá una de las rancheras que la Porritos había cantado con tanto empeño y tan poca gracia en los mítines del cura obrero.

Al salir a la calle varias personas se acercaron a Mauricio y le dieron el pésame. Mauricio no sabía qué actitud se esperaba de él pero como no quería defraudar a aquella buena gente, adoptó un aire circunspecto y agradeció las muestras de condolencia que le dispensaban.

El cielo seguía cubierto de nubes, pero no llovía.

Cuando hubo despedido el duelo se encontró solo a la puerta de la capilla. Los empleados de pompas fúnebres habían retirado el ataúd con gran diligencia y en la recepción le informaron de que el coche ya había salido para el cementerio seguido por mosén Serapio en su desvencijada moto. La señora Marcela y su hija también se habían ido, así como Brihuegas, y Rabus no había asistido para no dejar desatendido el consultorio.

Mauricio se quedó desconcertado. Sólo sabía que mosén Serapio había conseguido un nicho en el cementerio del Sudoeste.

De repente vio entrar a Clotilde.

—Hola.

—No te he visto en la capilla.

—No he estado en la capilla. He venido por ti. Te acompaño al cementerio. ¿Tienes coche?

—En el *parking*.

—Menos mal, porque yo he venido en taxi.

—No sé dónde está la fosa.

—Se pregunta.

Más tarde, mientras el sepulturero precintaba el nicho con argamasa, mosén Serapio tendió la mano a Clotilde.

—Ahora ya os podéis casar, dijo sin tino.

—Y dejar de verte, replicó Mauricio.

—Bueno, pues aquí paz y después gloria.

Mauricio lo vio alejarse sin pena por el sendero de grava. El sepulturero se les acercó.

—Esto ya está listo, caballero.

Clotilde le dio una propina.

De regreso, el coche se quedó atascado en la calle Balmes. Había mucha gente y sonaban bocinas.

—No sé qué pasa, dijo Clotilde.

Mauricio no había dicho nada en todo el trayecto.

—Será una mani, dijo.

—No. Parece algo festivo.

Bajó la ventanilla y preguntó a un peatón la causa del alboroto.

—¡Hemos ganado!

—¿El qué?

—¿Qué va a ser? Las olimpiadas. Lo ha dicho Samaranch: *La ville de Barcelone!*

—Menuda lata. ¿Y cuándo será eso?

Clotilde cerró la ventanilla.

—En el 92, dijo.

—Casémonos antes, ¿quieres?

—Pídemelo bien, dijo Clotilde.

EPÍLOGO

Mitologías de civilizaciones tan remotas e incomunicadas como Mesopotamia y la América Central, dan por cierta la presencia fugaz sobre la tierra de una raza de gigantes o titanes engendrados en el pecado, por lo que la perversidad era consustancial a su naturaleza y se veían inclinados al mal y a la violencia. Las mitologías coinciden también en que fueron estos seres de origen tenebroso y destino trágico quienes enseñaron a los hombres las cosas que habían de permitirles dominar el mundo: el fuego, la agricultura, la escritura, la medicina, la adivinación y los horóscopos, la técnica de trabajar los metales y fundir estatuas, de donde saldrían los ídolos, y la fabricación y el manejo de las armas. No hay acuerdo sobre si estas aportaciones fueron buenas o malas o si los hombres habrían podido sobrevivir sin ellas. Sí hay acuerdo sobre el fin de esta raza: con las armas de que ellos mismos se habían dotado, lucharon entre sí hasta acabar los unos con los otros sin excepción. En algunas versiones, sus huesos amontonados son el origen de las montañas. Otra versión menciona como de soslayo un grupo reducido de individuos, que a veces son ángeles y a veces hombres, dedicado a llorar su recuerdo por toda la eternidad, inútilmente.

Impreso en el mes de marzo de 2006
en Mateu Cromo Artes Gráficas, S. A.
Ctra. de Fuenlabrada, s/n
28320 Pinto (Madrid)